KB057876

농민

이무영 탄생 100주년 기념

농민

이무영 소설

문이당

차례

표기

1. 지문은 한글로 표기함을 원칙으로 삼았으며 저자가 쓴 한자 중 필요한 것은 작게 넣었다.
2. 표기와 띄어쓰기는 현대 맞춤법을 따랐으며, 대화 부분은 저자가 쓴 대로 두었고, 사투리 등 토속어도 그대로 살려 될 수 있는 한 원문에 충실하도록 했다.
3. 출판 과정에서 이미 수정된 것 외에, 원문이 남아 있는 것은 원문의 문체를 살렸다.

부호

“ ” 대화, 인용

‘ ’ 대화 속의 대화, 마음속으로 한 말

「 」 서명, 작품명, 출전

( ) 주, 보충 설명

— 부제, 보충 설명

농민 農民

탑골과 미륵동

"장쇠가 들어왔다!"

"미륵동 장쇠가 집에 들어왔다!"

이런 소문이 들렸다. 누구 입에서 나온 말인지도 모른다. 그러면서도 이 소문은 한 입 건너 두 입 건너 그날 해전으로 근동에 파다하니 퍼지고야 말았다.

"아, 장쇠란 놈이 집에 왔다면서? 거 참말인가?"

이 소문을 듣는 사람마다가 이렇게 한 번씩은 놀랐다. 호들갑이 아니라 정말 이 동리 사람들한테는 끔찍한 소식이었다.

"그래, 어디 있다누?"

"즈 집에 있잖지유, 뭐."

"즈 집에? 거 괜찮을까?"

"글씨유. 무사치는 않을 꺼여유."

“암, 무사친 못하지. 여기가 어디라구 제 녀석이 그렇게 한만히 들어오더람? 김 승지두 김 승지지만 돌이란 놈이 그냥 두잖을걸그랴?”

“그래두 뭐 전두 생각이 있겠지유. 들어오면 야단이 날 줄 모르겠어유?”

“하긴 그렇지만 암만해두 무슨 괴변이 날려는 거야. 그렇잖구서야 그 사람이 아무 소식도 없이 이렇게 쑥 들어올 리가 있는가? 거 무슨 낌새가 있어 하는 노릇이지.”

노인들은 이렇게 걱정을 하며 천기나 보듯 손으로 해를 가리고 하늘을 쳐다보는 것이다.

마침 전라도에서 동학난리가 일어나, 여기 충청도에서도 민심이 소란할 때다. 이 고장에서 하룻길밖에 안 되는 괴산槐山에서는 벌써 원님의 모가지가 잘리고 관가에 불을 질러 양반이란 양반은 모조리 잡아다가 목을 벨 놈은 목을 베고 볼기를 칠 놈은 볼기를 쳐서 내어보냈다는 소문이 떠돌고 있을 무렵이기도 하다.

“괴산은 남의 골이기나 하잖나베? 괴산은 그만두구 우리 골에서두 동학군이 문경 새재를 넘어 들어온다는 소문에 신발도 못 신고 버선바닥으로 들구튀었다데나… 젠장할 거! 어찌됐든 한번 뒤집혀나 봐라!”

모두가 뜬소문이기는 했으나 이런 소리가 핑핑 떠들어오기도 할 때라 어디서 문소리만 좀 크게 나도 눈이 휘둥그래질 판이다.

그러나 소문만 그랬지 장쇠를 보았다는 사람은 하나도 없다. 혹은 저의 집으로 들어가는 것을 보았다기도 하고 혹은 그런 것이 아니라 엿목판을 진 어떤 떠꺼머리 총각이 장쇠네 집 소식을 자꾸 캐어물어서 그것이 장쇠라는 말이 되었다기도 하고, 읍내 장에서 장쇠가 사람들을 모아놓고 막 떠들었다더라—이런 말이 들리는가 하면 정말 장쇠가 울 뒤에서 세수하는 걸 보았다는 사람도 있어 통 갈피를 잡을 수가 없다.

그러면 장쇠가 돌아왔다는 소문은 대체 어디서 난 것이던가? 내력을 알아보면 이러하다.

장쇠가 돌아왔다는 소문이 퍼지기는 삼거리 장터 눈검정이네 술집에서부터다. 삼거리라면 서쪽으로는 음성과 괴산으로 통하고 북쪽으로는 서울, 남쪽으로는 영남으로 통하는 세거리요, 눈검정이네 주막집은 바로 그 세거리 모퉁이여서 소바리꾼들이 하루에도 십여 명씩 들고나기도 하려니와 장쇠가 사는 미륵골에서 나오는 바로 길목이기도 하다.

그날이 또 마침 장날이기도 하여 눈검정이네 주막은 잠자리를 찾아드는 등짐장수와 파장머리에 출출한 판이라 한잔 생각들이 나서 모여든 촌사람들로 좁다란 술청은 몸을 돌릴 수도 없을 정도로 북적대었다.

그때였다.

"내 참 원 장군 봤지!"

누가 불쑥 한마디 하는 바람에 갈가마귀떼처럼 떠들어대던 술청 안은 물 친 듯 고요해지고 말았다. 원 장군이란 장쇠의 별명이다. 기운이 세다는 뜻일 뿐 아무런 다른 의미는 없다.

"뭐, 누구? 아, 누굴 봤다구?"

맨 먼저 소리를 친 것은 술을 치던 눈검정이다. 모르는 사람들은 눈썹이 하도 길어서 눈언저리가 사뭇 시꺼멓게 보이는 데서 생긴 이름인 줄 알지마는 기실은 눈을 몹시 깜작거리는 데서 붙은 별명이다.

"원 장군이라께, 장쇨 봤단 말유?"

사뭇 술구기를 든 채로 버쩍 달려드니까,

"허, 이 색시가 아주 오매불망하던 사람의 소식을 듣더니만 술 칠 줄두 모르잖나. 어서 술이나 치구서 봐."

담뱃대장수인 영감쟁이는 술잔을 눈검정이 턱 밑에다 버쩍 들이밀고서,

"자, 따라. 술고픈 놈한테는 술 먼저 주구 봐야잖는가, 이 사람 녀석아."

"자, 그 대신 이렇게 찰찰 넘게 따라드리지."

하고 계집이 따라주는 술을 단숨에 쭉 들이키더니만 술청 안 사람들이 자기를 좍 둘러싸고 있는 데 새삼스러이 놀라는 눈치다.

"그래, 원 장군을 어서 보셨소?"

참다못해서 나선 것은 미륵동 장쇠와 이웃해서 사는 익살꾼 권응서다. 입심도 좋거니와 이죽대기도 잘하고 거짓말도 제법 능청스럽게 잘하는 친구다.

"어제 읍내 장에서 봤지요."

"읍내서? 그래, 집으루 간다구 그럽디까?"

"건 모르겠소. 물어보질 않았으니까."

"그래, 행색은 어떻습디까?"

담배설대장수가 미처 대답도 하기 전에 등 너머에서 소장수 윤 첨지가,

"물으나마나 말이 아닐 테지, 뭐."

하고 중얼대며,

"거 말꼭지만 따지 말구 본 대루 좀 자세히 얘기허시구려. 노형은 지나가는 말로 했겠지만서두 우린 그 사람하구 이웃해서 사는 터라 궁

금해 그러는 게라우. 집을 나간 뒤루 죽었는지 살았는지두 모르는 터에 노형이 그런 소릴 하니 귀가 번쩍 뜨이지 않겠소. 얘길 좀 허시구려."

"허, 이 양반, 바늘 허리 매어서 쓰려 들잖겠나. 먹을 걸 좀 먹어야 얘기두 하잖소."

일부러처럼 술 한 잔을 더 달래어 마시고야 푸실푸실 이야기를 꺼낸다.

"어제가 바루 읍내 장 아니었겠소? 그래, 어물전 모퉁이서 물건을 보고 앉았으려니까 저만큼서 원 장군이 옵디다그려. 그래, 들은 말두 있구 해서 반색을 하구 부르려니까 휙 돌아다보더니만 그대루 사람들 틈으로 섭쓸려 들구 맙디다그려."

"그래서?"

눈검정이가 술구기를 내어던지듯 하고 재우치니까 대장수는,

"그저 그러구 말았지 뭐!"

하고 술잔만 또 쓰윽 내어민다.

"좀 쫓아가 볼 게지!"

이야기 끝이 너무도 싱거워서 눈검정이가 하는 소리다.

김 승지라면 이를 가는 눈검정이기도 하다. 그러나 대장수야 원 장군이 탑골 김 승지 집 눈에 나서 동네를 쫓겨났다는 이야기밖에 모르는 터고 보니 한 번 불렀다가 안 오면 그만이었지 물건을 벌여놓고 쫓아갈 맥도 없기는 한 노릇이다.

"허, 이 댁네 좀 보게나. 내가 뭐 몸이 단다구, 물건을 벌여놓구서 피해 가는 사람을 쫓아가더란 말요?"

"그래, 차림새 어떻던가유?"

윤 첨지가 좋이 궁금한 모양이다.

"뭐 차림새랄 것두 없습디다. 상투째 얼러서 수건으로 이마를 질끈 동여매구 깡똥하니 두루막을 입었더군. 웬 회초릴 든 걸 보면 쇠장술 하는지? 아니 그래, 뒤꼭지에다 다 찌그러진 패랭일 붙였던가?"

"패랭일?"

"예, 정녕 패랭입데다."

대장수가 대수롭지 않게 한 이 이야기는 미륵동과 탑골은 말할 것도 없거니와 근동 일대를 박작 뒤집어엎고야 말았다.

그날 저녁때 눈검정이네 술청에 모였던 사람들은 거의 모두가 장돌뱅이들이었으나 장쇠와 이웃에 사는 응서하며 소장수 윤 첨지도 있었고 술은 못하면서도 길동무를 찾아서 모여든 사람들이 탑골에서도 두서넛은 있었고 두 동리 사이에 있다 해서 '샛말 샛말' 하는 감나뭇골 사람들도 몇몇 있었던지라 저녁상을 받고 한 어른들 이야기를 아이들이 듣고는 신이 나서 퍼뜨리고 다니었다. 매양 이런 소문이란 으레껏 끝판에 가서는 얼토당토않은 이야기가 되기 쉽다. 한 입 두 입 건넌 장쇠 소문은 맨 나중에 가서는 응서와 장쇠와 술을 같이 먹고 헤어졌다기도 하고 엿목판을 메고서 미륵동 앞을 지나서 목계로 넘어갔다더라—이렇게 터무니없는 이야기가 되고 말았다.

눈검정이네 집에서 미륵동까지야 팔 마장밖에 안 되는 길이었고 탑골이란 마주 건너다보고 소리를 쳐도 들릴 만한 상거밖에 안 되는데다가 중간에 또 샛말이 끼여서 다리를 놓아주었으니 그날 저녁으로 쫙 퍼질밖에 없었고 그렇지 않아도 동학난리로 세상이 소란할 때라 장쇠와 동학란과는 그 무슨 관련이나 있는 것 같은 인상을 주어 여인네들은 여인네대로 사내는 사내대로 안방과 봉놋방에 둘러앉아서는 장쇠 이야기에 밤이 깊는 줄도 몰랐다. 모인 자리마다 이야기가 다르기는 하나 장쇠가 미륵동 근방에까지 들어왔다는 것만은 다 공통된 이야기다.

"어떻게 될 겐가? 무사친 않을끼여. 그렇지? 돌이놈은 은근히 똥끝 타겠는걸?"

"암. 그댁에서 가만 있진 않을걸. 않구말구! 장쇠 하나쯤 때려죽이기야 파리 한 마리 잡기보다 쉽게 여길 텐데 뭐."

"가만히 안 있구말구? 인저 동학난리보다두 우리 미륵동엔 장쇠 동티가 더 먼저 나구야 말걸그랴."

모두들 이런 걱정이다.

"난리가 뭐. 그댁하구 장쇠 사이에 티각이 나면 났지 가만히 있는 동리 사람들을 어쩌기야 헐라구. 뭐 우리가 그 사람을 불러들인 것두 아니것다…."

"그야 그렇지. 사죽이 멀쩡한 사람이 제 발루 걸어들어오는 걸 우리네가 어쩐담. 그렇잖아유?"

"글쎄, 두구 보래두. 그럼 뭐 언젠 우리네 상놈들이 잘못한 일이 있어서 붙들려 가 경들을 쳤던가. 재계네 집안 싸움을 하다가 화풀이할 데가 없어두 닥치는 대로 잡아다 패기가 일쑤 아녔어?"

하고 걱정을 하는 것은 노름을 해서 걱정이지 이야기책 잘 보고 구변도 좋고 이면도 멀쩡한 곰보 박태복이다. 나이도 지긋했지만 미륵동 삼십여 호 중에서 막히지 않고 육갑을 꼽는 사람도 태복이뿐이다.

"하긴 그리여. 우리네 상사람네야 성명이 있나. 때리면 맞었구 내라면 냈구, 딸이구 계집이구 바치라면 '예, 그저 죽을 죄를 졌쇠다' 하구 갖다바쳤지. 젠장할 놈에 명당자리가 어디람. 어딘 줄이나 알아야 울 아부지 밀례를 해서 난두 한번 양반이 돼보지 않나."

끝판에는 그만 신세 한탄이 나오고야 만다.

"허, 이 사람 보게나. 뭐 양반이 따루 있는 겐 줄 아는가? 지금은 백정이다 쌍놈이다 천댈 받는 사람들두 근본을 캐어보면 다 양반이라네. 피皮가다 골骨가다 하는 성들이 원래 그런 성들인 줄만 아는가? 다 저 고려가 망할 때에 이태조가 자꾸 잡아죽이니까 왕족들이 변성명을 하구 흩어진 거라네. 알구 보면 지금 양반이란 모두가 역적의 씨거든!"

"글쎄, 역적의 씨든 개불상놈의 씨든 양반은 양반 아녀유? 그까짓 조상 근본야 따져 뭣해유. 당장 호의호식하구 세도 부리구 하면 됐지."

"허, 이 사람, 자네가 틀린 소린 게, 양반이 되구 싶다구 생각하는 그 맘부터가 틀린 수작이거들랑! 자네 같은 사람이 양반이 됐다간 또 저 김 승지나 탑골 박 의관 행투를 하잖으리?"

"저놈이 양반이 됐다간 한술 더 뜰 거야!"

하고 덕만이가 튀어 나선다.

"저 지랄할 자식은 자나 깨나 생각이 그거라니께. 이 자식아, 양반 돼서 죄없는 사람 토구질해 먹는 게 그렇게두 좋으냐, ×헐 자식! 이 자식아, 빈말이래두 내가 양반이 되거들랑 죄없이 경치는 사람 구원 좀 해준다구 그래 봐, 이 자식아!"

덕만이의 입빠른 소리에 칠성이는 대번 얼굴이 붉어지며,

"젠장헐 자식! 저 자식이 나하구 무슨 대천지원수기에 내 말이라면 번번이 쌍지팽일 짚구 나선다는 거야, 응?"

하고 핏대를 올린다.

"저 자식이 나이 삼십이 가깝두룩 여태 그것두 모르는가비여. 이 자식아, 원수면 이만저만한 원순 줄 알아? 느 어머니가 날 버리구서 느 아버지한테루 갔어. 이 자식아!"

모두들 까르르 웃어댄다.

칠성이도 할 수 없는지,

"에이, 똥물에 튀겨죽일 자식!"

하고 웃고 만다.

우수 경칩은 지났지만 아직 일손을 잡기에는 이른 이월 중순께다. '그만 가야지, 가야지' 하면서도 이야기에들 팔려서 엉거주춤하다가도 누가 이야기를 꺼내면 또 슬며시 주저앉고야 만다.

언제나 그렇듯이 오늘도 박 곰보가 이야기꾼 노릇을 하고 판을 친다.

"양반이란 게 어떻게 생겼는가, 내 그 내력을 이야기헐까?"

이렇게 시작한 이야기는 이태조가 고려를 쓰러뜨리고 한양에다 도읍을 하던 옛날로 돌아간다. 그때만 해도 이태조 이야기는 전혀 백성들한테 알려지지 않았었고 그런 이야기를 했다가는 당장에 목이 달아나건만 박태복이는 어디서 들었는지 입에 거품을 뿜어가며 신바람이 났다. 그는 이태조가 몸소 철퇴를 가지고 선죽교 다리에 숨어 있다가 고려 충신 정몽주를 때려죽였다고 하면서,

"'자, 인저 고려 충신들은 모조리 때려죽였으니까 이만하면 되느니라' 하고 군병을 모아서 고려 왕국으로 쳐들어가는데…."

하고 멋들어지게 조를 빼는데, 밖에서 발소리가 요란하더니 방문이 덜컥 열리면서,

"응서놈 예 있느냐!"

하고 대추나무방망이가 쑥 들어온다. 물어볼 것도 없이 김 승지 댁 하인들이다.

"응서? 없는데! 어, 돌인가. 왜 그러나? 이 밤중에들."

벌써 눈치를 채었지만 박태복이가 이렇게 엉너리를 치고,

"부모 처자 있는 사람이 집에 있지 어디 갔겠는가. 좀 들어와 이야기나 허게나. 응선 이 밤에 왜 찾지?"

"장쇠놈이 들어왔다지유?"

"장쇠가? 어 참, 아까 귓결에 들으니 그런 소리가 들리나보더군. 그래, 정말루 장쇠가 들어왔다던가?"

"누가 알어유. 오긴 그 자식이 어디라구."

"그러면 그렇지. 지가 어디라구 한만히 동리엘 들어오겠는가?"

"즈 집엔 없어두 오긴 왔나봐유."

"왔다구? 어디?"

"글쎄, 그래서 영감마님이 잡아들이라구 호령이 추상같으시대유. 그래, 장쇠놈의 집을 에워쌌더니만 집엔 통 안 왔다구 잡아떼는군유. 영감마님께 그렇게 아뢰었더니만 그럼 그놈을 봤다는 응서를 잡아들이라는 벼락이 내렸대유."

"……."

좌중은 서로 얼굴들만 쳐다보고 있다.

"응서 여기 안 왔댔시유?"

"아니."

"이 자식이 어딜 가 처박혀서 남을 이리 골탕을 먹이여…."

하고 우— 몰려서 어디로 가버린다.

"거 내가 뭬라던가. 정녕코 일이 벌어진다니까."

승지 집 하인들이 가고 없자 박태복이는 좌중을 둘러본다. 겁에들 질려서 아무도 대꾸가 없다. 섣불리 입을 떼었다가는 주리를 틀릴 판이다.

"난 또 내 애길 듣구 들어오는가 해서 간이 콩쪽만 했었네. 아예들 어디 가서 내게서 그런 얘기 들었다구는 말게들, 괜시리—."

"미쳤시유."

덕만이도 그제야 가슴을 내리문지르듯 하면서,

"전두 꼭 그렇게만 생각했시유…."

"자, 그만 우리 일어들 나지? 어쩐지 무시무시한 게 안됐네나그려."

하고 박태복이가 먼저 궁둥이를 들자 모두들 와 일어선다.

"이 밤중에 응설 찾는 품이 아마 필경 응서 입에서 그런 소리가 나왔다니까 자세한 소릴 들어보자는 걸 끼여. 그러니 응선들 주막에서 듣구 온 얘기니 뭬라구 할 소리가 있겠나. 인저 그런 말 한 놈을 대라겠지?"

이 박태복이의 예언도 쩍 들어맞았다. 응서가 노랑이네 안방에서 투전을 하다가 끌리어가서는 매를 죽도록 맞았다. 장쇠를 찾아내라는 것이다. 아무리 자초지종 이야기를 해야 듣지를 않는다. 그러더니 나중에는 이 길로 가서 당장 장쇠를 보았다는 놈을 잡아들이라는 것이다. 응서는 할 수 없이 다리를 질질 끌며 하인들의 앞장을 서서 장터 눈검정이네 집으로 몰려나갔다.

한잔 한 김이겠다, 방은 쩔쩔 끓겠다, 가슴을 풀어헤치고 늑장을 부리던 담뱃대장수는 덜미를 잡힌 채 풀대님으로 끌려들어왔다.

"너 이놈, 장쇠를 어디서 봤다구?"

"예, 쇤이 그저 죽을 때를 모르구 그런 입을 벌렸습니다."

"잔말 말구 본 대루 아뢰어라…."

누구의 명령이라고 거역하랴. 대통장수는 본 대로를 설설히 아뢰었다.

그러나 승지의 귀에는 그것이 도무지 곧이듣기지가 않았다.

"너 이놈… 장쇠놈을 어디다 숨겨뒀는가 그걸 대란 말이다…."

"죽어두 아니올씹니다."

"죽어두 못 아뢰겠다? 여봐라, 저놈을 엎어놓구 볼길 이십 대만 쳐라…."

아닌 밤중 사람 살리라는 소리에 온 동리가 뒤집히었다. 어느 한 집 잠은커녕 집 안에 있지도 못했다. 이런 때는 불똥이 어디로 튈지를 모른다. 매에 못 이기어 아무렇게나 대어놓으면 또 잡도리가 시작되는 것이다.

"우리집에 숨겼다구나 말아야 할 텐데…."

너나없이 이 걱정에 사시나무 떨듯 했다. 어디서 버석 소리만 나도 가슴이 덜컥 내려앉고 개소리만 나도 앉았던 사람은 벌떡 일어났고 섰던 사람은 폭삭 주저앉고 만다.

대장수가 볼기 이십 대를 맞고 소장수 윤 첨지가 주리를 틀리고 했으나 역시 오지 않은 장쇠를 찾아낼 도리는 없었다. 어쩌면 담뱃대장수가 딴사람을 장쇠로 잘못 보았던지도 모르는 일이다.

"그러면 그렇지, 제놈이 어디라구 감히!"

장쇠가 들어오지 않은 것이 판명되자 김 승지는 이렇게 희짜를 빼었다. 희짜를 빼면서도 장쇠가 무섭기는 한 모양이다. 그것은 이튿날 떠돈 두 가지 소문만 들어도 알 수가 있다.

그 하나는 이튿날 아침 일찌감치 하인 둘을 앞뒤에 세우고 같은 양반인 박 의관을 찾아가서 무슨 이야기인지 한낮까지 수군대었다는 것이다.

원래 본다면 양반이 양반집에 찾아간 것이 그리 이상할 것도 없지만 그들은 같은 양반이면서도 서로 의가 좋은 사이가 못 된다.

아니 다 같은 양반이기 때문에 겉으로는 좋은 체하나 속으로는 서로 잡아먹지 못해서 으르렁대는 판이다.

그들이 같은 양반이면서도 그렇게 고양이가 개 보듯 하는 데는 물론 여러 가지 이유도 있겠지만 무엇보다도 김 승지는 남인인데, 박 의관은 동인이었다. 이것만으로도 김 승지와 박 의관은 서로 눈을 바로 뜨지 못할 충분한 조건이 되는데 김 승지와 박 의관 두 집은 재물도 비슷비슷하다. 둘 다 벼 천은 안 되나 구백 고비를 넘어섰고 그것이 또 박 의관이 한 삼십 석 더 해놓으니 그까짓 의관이 무슨 벼슬값에나 가는 게냐고 못 먹어하는 김 승지한테는 부아통이 터질 노릇이다.

거기에 또 한 가지 이유는 박 의관은 유에 없는 자복가여서 희어멀겋게 생긴 아들이 삼형제에 딸이 삼형제 도합 육남매나 되는데 김 승지는 첩을 네댓이나 갈아들였어야 낳느니 계집아이뿐이어서 박 의관네 아들만 보면 공연히 심사가 뒤틀어진다. 혹 미륵동 사람들이 박 의관네 아들 이야기를 할라치면,

"그까짓 자식이 백이면 뭘한다더냐. 사람 구실 할 자식을 나야지!" 하고 까닭없이 눈에 쌍심지를 돋운다. 그런 말까지는 차마 할 수 없어 그렇지 김 승지의 배짱에는 미륵동 사람들이 의관 집 아들들을 서방님이니 도련님이니 부르는 것까지에 배알이 틀려 못 견딜 지경이다.

"뭐 의관 집 큰아들이 청지기의 딸년을 건드렸다면서? 원, 아무리 계집이 없기루서니 아직 열댓밖에 안 된 것을 비린내가 나서 어떻게 손을 대더람!"

승지는 자기가 지금 장터에서 술장사를 하는 눈검정이를 열네 살 때 버려준 사실을 아는 사람이 다 죽고 없기나 한 것처럼 이렇게 박 의관 맏아들 건양이를 씹는다.

"아니꼽살스럽지. 의관 벼슬에 청지기란 어디 당한 겐고! 의관도 벼슬값에 간다던가?"

이러한 김 승지와 박 의관 두 양반집이 벌써 수십 년째 알력을 거듭해오는 동안에 미륵동과 탑골 상사람과 중인들도 알지 못하는 사이에 그들의 세도 다툼에 끌려들어 가고 말았던 것이다.

물론 그들이야 즐기어 이 남의 집 세도 싸움에 끌려들어간 것이 아님은 말할 것도 없다. 처음에는 그들도,

"왜, 미쳤나? 남의 다리를 긁게. 싸우구 싶거든 저희들끼리 대가리가 터지든지 다리깽이가 튕겨지게 해볼 게지, 왜 우리더러 남의 집 제사에 절을 시키려는 거야? 아예들 끌려들어가지 마라."

이렇게 슬슬 꽁무니를 빼보았지만,

"아니 그래, 그놈이 의관 집을 싸구돈다지? 여봐라, 당장 그놈을 잡아들여라!"

잡아들이면 돈대 밑에다 으레껏 꿇어앉힌다.

“너 이놈, 상놈이 외람되게 양반댁 험담을 하구 다닌다? 이놈, 그래, 상놈의 입에서 감히 양반의 욕이 나오더란 말이냐?”

홀랑감투도 분수가 있다. 이것은 사뭇 생트집이다. 아니래야 소용이 없다. 매에 못 견디어 그랬노라면 죄를 뒤집어쓰고 만다.

그래서 자기네들도 모르게 한 번 두 번 끌리어다니었고 우선 목숨을 보전하자니 그 어떤 편에고 가담할 수밖에는 없다. 그들은 죄없이 끌리어가서 애매한 볼기를 맞거나 주리를 틀리우는 것도 억울했지만 그보다도 땅을 떼이는 것이 가장 무서웠던 것이다.

“너 이놈, 당장 땅을 내놓아라!”

이것이 언제나 양반들의 마지막 수단이었다. 농군한테서 땅을 뺏는다는 것은 생선을 뭍에다 올려놓는 것이나 진배없다. 땅을 뗀다는 말보다 농군들한테 더 무서운 말이 없다. 그런 줄 아니까 양반들은 걸핏하면 땅을 내어세운다. 연명을 하느라니 자연 미륵동 사람들은 자기도 모르게 박 의관 집을 적으로 돌리게 되었고 박 의관 집 일을 돌보아주어야 할 계제라도 못 본 체하지 않으면 안 되게 되어버리었다. 아니 그들은 자기들도 모르는 사이에 정말 김 승지네 ‘편’이나 된 것처럼 박 의관네 일이라면 공연히 씹는 줄 모르게 씹고 있는 것이다.

아니 그것이 박 의관네 일에만 그친다면 오히려 좋았다. 박 의관이 사는 탑골 동리 사람들을 마치 자기네 원수처럼 적대시하고 있는 것이다.

“그깐 놈들! 탑골 놈들이 뭘 한답시구!”

툭하면 탑골 놈들이요 미륵동 놈들이요 김 승지네 앞잡이요 박 의관네 종놈들이다.

"그래, 그 자식들이 뭘 믿구 그러는 거래유? 박 의관네 믿구 그러지만 우리 동네엔 그래 양반이 없구 맨 상놈만 산다던가?"

이렇듯 으르렁대던 탑골과 미륵동 두 동리 사람들이 한번 본때있게 무릎맞춤을 한 것은 지금으로부터 한 삼십 년 전 김 승지와 박 의관이 아직 이십대 시절이다.

미륵동과 탑골은 살부채를 편 것처럼 생긴 오봉산 옴타구니에 동쪽 서쪽에서 마주 쳐다보고 있는 동리다. 미륵동이 서쪽이요 탑골이 동쪽이어서 두 동리가 다 남쪽을 향하고 있다. 그리고 탑골과 미륵동 사이에는 마치 누에처럼 생긴 조그만 산부리가 있는데 그 산부리를 둘러싸고 집이 한 이십 채 있다. 이 동리가 탑골과 미륵동 사이에 있다 해서 '샛말'이라고 불리어지고 있었다. 이 샛말에는 양반도 아니고 상사람도 아닌 중인들이 많이 살아서 '샛말'이란 이름이 붙었는지도 모른다.

그런데 이백 호나 되는 주민들은 땅은 탑골 박 의관과 미륵동 김 승지네 것을 나누어 부치지만 산이라고는 오봉산 하나뿐이니 나무는 세 동리가 다 한데로 몰릴밖에는 없다.

이것이 늘 말썽이 된다.

오봉산은 원래 국유산으로 소위 옛날부터 내려오는 무주 공산이다. 나라의 땅이로되 당파싸움이 어지러워질 대로 어지러워진 조정이었고 보니 무슨 경황에 산에까지 손이 미치랴. 그래놓으니 자연 그 근방에서 양반 좋고 세도 좋은 사람이 차지할밖에는 없다. 그래서 김 승지는 오봉산이 자기네 산인 체했고 박 의관은 또 박 의관대로 어째서 그것이 김 승지네 산이냐는 것이다. 욕심 같아서야 둘이 다 자기가 혼자서 독차지하고 싶었겠지만 세도고 돈이고가 서로 핑핑해놓으니 오봉산은 무주 공산인 채 동쪽 반은 탑골 박 의관 소유처럼 되고 서쪽으로 붙은 반은 미륵동 김 승지네 산처럼 되어버리어 미륵동 사람이 탑골 쪽 산에 가서 낙엽만 긁어도 큰 시비가 일어나고야 마는 것이다.

더욱이 그해는 큰 가물이 들어 인심이 강박할 대로 강박해진 판에 미륵동 나무꾼 아이들과 탑골 나무꾼 아이들이 나무를 하다가 말다툼한 것이 시초가 되어,

"미륵동 사람은 없느냐. 나무 그만두구 다들 모여들어라."

소리를 치자 탑골에서도 자기네 편을 모아 이삼십 명이 한데 어우러져서 머리가 터지게 싸웠었다. 산에서만 그러고 만 것이 아니라 동리에 내려와서는 정말 두 동리의 접전이 되어서 사람이 둘이나 죽고 머리 터진 사람은 수도 없었다.

이 싸움에서 가장 곤란을 겪은 것은 두 동리 가운데 끼인 샛말 사람들이다. 두 놈이 다 그르니 어떤 놈을 옳다 그르다 할 수도 없고 그렇다고 아무 쪽에도 붙지 않자니 양쪽에서 다 주장질이다. 그야말로 고래 싸움에 새우 등 터지는 격이었다.

"요 박쥐 같은 놈의 자식들! 요놈의 새끼들, 오봉산에 와서 나무만 해봐라. 다리 뼈다귀 분질러 놓지 않을 줄 아느냐?"

그렇다고 어떤 한 쪽에만 붙어볼 수도 없는 형편인 것이 이쪽에 붙고 보면 저쪽에서 못살게 굴고 저쪽으로 붙는 날이면 또 이쪽에서 잡아먹지 못해 애를 쓴다.

"젠장, 약한 놈은 이래저래 죽잖나베!"

그들은 이렇게 대동 사이에 끼여서 지기를 펴지 못하고 살아온다.

다른 것은 고사하고 첫째 나무를 긁어 땔 수가 없으니 딱한 사정이다.

그러면 오봉산 서쪽은 미륵동, 동쪽은 탑골이 차지를 하고 중간을 샛말 몫으로 치면 되련만 한복판은 나라의 태봉이라서 거기에는 발도 들여놓을 수가 없이 되어 있는 것이다.

이렇듯 두 동리는 아주 딱 갈라져서 사람들은 고사하고 어쩌다 두 동리 개가 만나도 떼쌈이 벌어지는 것이었다.

그러면 미륵동과 탑골은 아주 금을 그은 것처럼 원수를 삼느냐 하면 또 그렇지도 않다. 그렇게 딱 갈라놓았으면 도리어 단순하겠는데 수십 년 동안 싸우는 동안에도 탑골 김 서방네가 미륵동 이 서방네로 장가도 오고 또 미륵동에서 탑골로 시집도 가게 되니 자연 얼기설기 되어 탑골 산다고 반드시 박 의관네 패만도 아니요 미륵동에 집이 있다고 해서 반드시 탑골 사람 괄시를 할 수도 없는 처지다. 그래놓으니 인제는 탑골 안에서도 마음놓고 미륵동 김 승지네 욕을 할 수도 없는 형편이요 한 동리 사람들이라고 마음놓고 박 의관 욕을 했다가는 그 이튿날로 당장 박 의관 집 하인들이 몰려와서 꺽뒤잡이를 해가는 판이다.

그러니 두 양반들 세도 싸움에 애매한 동리 사람들만이 경을 치는 판이다.

"아이, 정말 박 의관 집이 쓰러지든지 김 승지가 어디로 떠나든지 해야지, 이 두 집 세도 싸움에 볶여 우리네 상사람들이야 살아볼 재간이 있나. 이야말로 고래 싸움에 새우 등 터지는 격이지 뭔가. 고 배라먹을 샛말 놈들만 이쪽으로 붙어주면 무릎맞춤을 한번 해도 할 거 아닌가?"

미륵동에서만 이렇게 바라는 것이 아니라 탑골 사람들 욕심도 역시 그렇다.

“자식들! 그 자식들이 즈 욕심만 채우는 거지, 간에 가 붙구 쓸개가 붙구 한다구 즈들은 우리만 욕하지만 당장 주먹 약한 놈이 그럼 어쩌란 말여….”

이것은 샛말 사람들의 하소연이다.

그러나 서로 막 터놓고 두 양반네가 싸울 때는 그래도 오히려 나았다. 박 의관이 미륵동 상놈을 무슨 일로 잡아다 치면 미륵동 김 승지는 차마 양반끼리니 말은 못하고 미륵동 사는 박 의관 패임직한 상놈을 잡아다 엎어놓고,

“이놈… 양반 욕을 하구 다니어? 죽일 놈… 너 네놈 죌 모르느냐…?”

하고 달구치는 것이다. 자다가 붙들려갔으니 죄가 있을 리 없다. 그러나 달구치니 불밖에는 없다.

“이놈, 네 죌 알지?”

“예, 그저 목숨만 살려주십시오….”

“너 이놈, 사람의 껍질을 뒤집어쓰고서 며느리 자식한테다 손을 대어? 이놈, 하늘이 무섭지도 않더냐?”

“예, 그저 죽을 죌 졌습니다.”

날으는 새도 떨어뜨리는 양반의 세도니 감히 누가 말을 하랴. 이럴 때 신통한 약은 땅문서와 엽전 꾸러미다. 화풀이하고 논 생기고—그러니 심심하면 달구칠밖에는 없는 노릇.

이런 사이에 김 승지가 박 의관을 처적처적 찾아나섰다니 희한한 노릇이다.

"흥, 다급했던 모양이지? 양반두 상놈 무서워할 때가 있나보군그랴!"

이렇게 빈정대는 판에 또 한 가지 소문이 떠돌았다.

장쇠가 들어왔다는 소리를 듣고 어찌도 놀랐던지 김 승지가 밥상을 다 뒤집어엎고 나가자빠졌다는 것이었다.

그러지 않아도 김 승지는 핑핑 날아드는 동학난리 소문에 좌불안석을 하고 있는 판이다. 괴산과 읍내 이야기는 헛소문인 것이 판명되었지만 무지막지한 상놈들의 하는 노릇이니 언제 무슨 일이 일어날지 요량을 할 수가 없다.

그래서 해만 지면 벌써 하인들을 불러세우고 문단속도 시키고 날마다 밤을 새워 집 주위를 돌보게 하고 있다.

그래도 마음이 놓이지 않는다. 말은 자기 종이지만 하인놈들도 바탕은 상놈이니 손이 들이곱지 내곱으랴. 언제 부동이 될지도 몰라 잠이 오지 않는다. 그래서 밤에도 몇 번씩 하인들을 불러보고서야 자리에 드는 것이다.

더욱이 그 전날 밤은 꿈자리가 몹시 어지러웠다. 그래서 그날은 하인들을 따로이 불러 제일 허전한 장독 뒷담이며 감나무 뒤를 조심하라 일렀었다. 그러고도 어쩐지 불안해서 그날 차례가 아닌 돌이를 시키어 무슨 기미가 없나 수소문을 하게 하였다.

그러나 역시 잠은 오지 않는다. 요새로 승지가 잠을 잘 못 자는 것은 물론 영남 일대를 휩쓸면서 양반이란 양반은 모조리 잡아죽이고 관가에다 불을 지른다는 동학란 소문 때문이었지만 또 한 가지 이유는 음전이란 년 때문이기도 하다.

음전이란 승지의 정부인 윤씨가 데리고 있는 몸종이다. 따로이 종문서가 있는 것은 아니나 여덟 살 때부터 데리고 있어서 저희 아범 정가는 도리어 내어보낼까 겁을 집어먹고 있으니 문서야 있거나말거나다.

이 음전이년이 요새로 볼이 발그레해진 것이다. 나이도 열다섯이니 그럼직도 하지만 날로 방둥이가 퍙파짐해가는 것이 인제 제법 처녀티가 나는 것이다. 가만히 앉혀놓고 눈여겨볼라치면 보고 있는 동안에도 젖가슴이 달싹달싹 보풀어올라 오는 것이 보이는 듯싶다. 어미 아비가 상것이라서 그렇지 아무리 두둔을 해보았자 자기 막내딸 미연이한테도 애이지를 않는다. 나이 들면서부터 몸꼴도 내고 아씨의 팥비누며 분도 훔쳐쓰는지 단장도 제법이고 천한 집 자식치고는 살결도 고와서 마치 금시 낳은 달걀껍질처럼 뽀동뽀동하다.

이 음전이에 눈독을 들인 지도 벌써 반년이나 되나 정부인 윤씨는 그렇지도 않지만 진주집이 통 근접을 못하게 해서 침만 삼키고 있는 중이다.

그럴 판에 마침 그날은 음전이년이 밤참상을 내어온지라 다리를 두드리라고 불러들이었다. 육십이 불원하건만 계집이라면 사족을 못 쓰는 승지다. 아무리 보약을 냉수 먹듯 했다지만 채 뼈가 여물기도 전부터 계집이라면 회를 쳤고 한번 계집을 붙들면 착살맞게 달라붙어서 뼈가 다 흐물거리게 되어야만 떨어진다. 그러니 늙바탕에 다린들 안 아플까만 체신없이 생각은 딴데 있었다. 그까짓 늘 먹는 밤참쯤에 경황이 있을 리 없다.

“음전이년두 인저 시집을 보내야겠구나.”

한마디를 척 건네니까 대번 얼굴이 홍당무가 된다.

"네 이년, 이만큼 온. 너 인저 몇 살이지?"

음전이는 고개만 포옥 숙이고 숨소리만이 크다.

김 승지는 문득 이십 년 전 간난이를 생각했다. 간난이란 장터에서 술장사를 하는 눈검정이다. 그때 간난이는 열네 살이었었다.

그년도 지금의 음전이처럼 쌔근거리고만 있었던 것이다.

승지는 음전이의 손을 지그시 당기어보았다. 뜻밖에 버티는 기미다. 하기는 간난이도 처음에는 그랬더니라 싶어 부쩍 잡아당기니 빠져나가려고 용을 쓴다.

"네끼년! 가만히 못 있구…."

"놔주세유. 마님이 곧 들어오라구 그리셨어요."

"그래두 고년이!"

눈을 딱 부릅뜨고 팔을 낚아채니 계집아이의 상체가 앙가슴에 와서 턱 들어안긴다. 그때는 벌써 승지의 긴 팔이 낙지처럼 음전이의 상체를 휘어감았었다. 이쯤 되고 보니 동학란은 염두에 없다.

이 기미를 챈 것이 돌이였다. 돌이는 이태 전 금순이 생각이 번개처럼 나서 일부러 소리를 질렀던 것이다.

"영감마님, 장쇠가 돌아왔어유…."

"뭐… 누가?"

"장쇠란 놈이 돌아왔대유!"

돌이는 음전이가 또 금순이 짝이 되는가 하여 울화가 푹 치민다. 그래서 마루로 썩 다가서면서 소리를 벅 질렀다.

"그놈이 왔어유!"

그래도 김 승지는 엉겁결이라 자세히 듣지를 못했는지,

"이놈아, 누가 왔단 말이냐."

하고 호령을 하다가,

"원치수 아들 장쇠가 집에 들어…."

하는데 김 승지가,

"장쇠란 놈이!"

외마디소리를 치더니 그릇 뒤엎는 소리가 요란히 났다. 장쇠란 소리에 벌떡 일어난다는 것이 어찔해지며 밥참상에 가서 쓰러졌던 것이다.

이 소문이 이튿날로 퍼진 것이었다. 김 승지가 장쇠가 왔다는 소리에 놀라 나가자빠져서 게거품을 부걱부걱 내뿜었다는 것은 살이 붙은 소리나 그 이상 김 승지가 당황해했던 것만은 사실이다.

어쨌든 김 승지가 박 의관을 찾아 나섰다는 소문이며 그날 밤 상을 들어엎었다는 소문이며가 다 김 승지의 체면을 깎이게 하는 이야기들임에는 틀림이 없었다.

장쇠가 정말 돌아온 것이 아니라는 것을 알게 된 김 승지는 인제는 그런 소문이 새어나간 출처를 캐려 들었다.

"네 요년, 바른대로 대야지, 그렇잖으면 주둥아리를 응껴놀 게니 그런 줄 알아라!"

안에서는 정부인 윤씨와 진주집이 음전이를 잡아 족치었고 밖에서는 김 승지가 돌이를 잡아 엎어놓고,

"너 이놈, 바른대루 아뢰어야지, 그렇지 않다가는 네 목숨은 없을 줄 알아라!"

하며 잡도리를 하는 것이다.

진주집의 암상이 머리끝까지 올라서 악을 박박 쓰는 소리와 음전이의 살려달라고 애걸하는 소리가 밖에서도 들리었다. 결국 매에 장사가 없다.

음전이는 매에 견디다 못해서 선선히 불고 그날로 김 승지 집을 쫓겨나고야 말았지만 기실은 돌이 입에서 나온 말이었다. 돌이는 음전이를 은근히 생각하고 있는 터이었고 또 김 승지 내외도 그런 말을 돌이한테 한 적도 있었다. 승지는 지금도 장차는 돌이를 줄 생각이기도 했다. 다만 돌이의 오산은 승지가 음전이를 고스란히 내어줄 것으로만 믿은 데 있다. 승지는 그런 뜻이 아니었다. 문어발처럼 잘강잘강 씹어서 단물이 다 빠진 담에나 내어주자던 것이다. 이 승지의 마음속을 몰랐으니 돌이가 욱할밖에 없다.

승지가 눈검정이 간난이와 금순이처럼 음전이한테까지 손을 대는 것을 볼 때 돌이는 눈이 홱 뒤집혔다. 그래서 인동 할멈을 붙들고 하소연을 한 것이 잘못이었다.

제 죄도 입이 간지러워 마음속에 간직해두지 못하는 인동 할멈이 훌륭한 얘깃거리를 입속에만 간직해둘 리가 만무다. 아니 인동 할멈은 차라리 죽으면 죽었지 들은 말을 숨겨두지 못하는 늙은이였다.

"내가 잘못했어! 암만 미우니 고우니 해두 상놈은 상놈끼리 한편이지."

그날 밤 돌이는 이렇게 머리를 끌어안고 뉘우쳤었다.

그는 자기가 승지 세도만 믿고 한 짓을 일일이 되새겨보았다. 노랑 할아버지가 그랬고 칠복이 할아버지, 복돌 아버지, 장태식이… 생각할수록 가슴이 아프게 후회가 되는 것이다.

“내가 죽일 놈이지! 양반놈들이란 체면두 인정두 없는 인종인 줄 인제야 알았다. 음전이한테 장갈 들면 뭐하느냐. 승지놈이 내 여편네라구 가만 둘 상싶게시리?”

돌이는 장쇠를 생각하고 있었다. 장쇠가 들어온다면 먼저 자기부터 그대로 안 둘 것을 알면서도,

‘젠장할, 장쇠나 정말루 들어와 보면 좋겠다!’

이렇게도 생각하는 것이었다.

그러나 그러면서도 돌이는 금세 몸서리를 치고서,

‘이놈의 자식, 들어오기만 해봐라! 내가 먼저 해치울 테니!’

이렇게 이를 북 갈아부치는 것이다.

음전이가 김 승지 집을 쫓겨나온 후로는 돌이는 온종일 시무룩해서 골질이 일쑤였다. 새벽에는 벌써 일어나서 사랑 마당부터 쓸기 시작해서 작은사랑 모퉁이에 모아가지고 삼태에다 말끔히 긁어담아다가 바깥 뒷간 옆 구덩이 앞에 쏟아놓고서 사를 놈은 사르고 가릴 것은 따로 추리어 나머지는 구덩이에 쓸어넣어서 그 넓은 마당에 티 하나가 없더니 요샌 잔뜩 부어 있기가 일쑤다.

누가 뭐라고 해도 정원 연못가 바위 위에 동그마니 올라앉아서 저도 바위인 양 움직일 줄을 모른다.

“저 자식이 왜 저러구만 있는 거여. 얘 이 녀석아, 돌이야, 부르는 소리가 안 들리느냐!”

“놔둬유, 난두 아퍼서 그래유!”

“아프긴 어디가 아퍼. 아프면 가 자빠졌든지. 그래, 이 자식아, 바위 위에 가서 앉었기만 하면 병이 낫는다니? 어서 일어나!”

"글쎄, 놔두래두 그래유. 난두 죽겠어유!"

제일 아쉬운 사람이 청지기다.

"아, 이런 곰딴지 같은 자식이 있나. 어디가 어떻게 아프다구 말을 해야 알지, 덮어놓구서 아프다기만 하면 어디가 어떻게 아픈지 알 수가 있는가. 말을 해, 이 녀석아."

"글쎄, 놔두래두 그래유."

"말을 해봐, 어디가 어떻게 아픈가."

"속이 아퍼유."

"속이라니? 속이 어떻게 아퍼."

"속이 아픈 걸 어떻게 들여다봐야 알잖어유! 그래, 샌님은 샌님 속을 들여다보셔유?"

"똥싼 놈이 성낸다더니 이 자식이, 원!"

황소처럼 골질을 해대놓으니 더 말을 붙여볼 재간도 없다.

안에서도 돌이의 시무룩해하는 눈치를 채고,

"저 녀석 왜 꿔다논 보릿자루처럼 저럴까."

하고 볼 때마다 욕지거리다.

"그 자식이 밥알이 곤두서는 게지! 삼시 밥 처먹구 뜨뜻하니 입구 하니까 제가 젠 상싶은 게지!"

그러나 음전이를 하루 새에 잃고 가슴이 찢어지게 아파하는 돌이의 사정을 아는 사람은 하나도 없다.

일년을 두고 살살 꾀어서 인제 겨우 맞웃음을 쳐주게쯤 된 것을 갑자기 뚝 떼어놓으니 기가 막히지 않을 수 없다. 나이 스물일곱에 품 안에 품었던 새를 놓치었으니 원통할 만도 한 일이다.

"젠장할 꺼! 상놈된 신세란 다 이렇담! 실컷 부려먹구서 헌신짝처럼 내어버리구!"

생각할수록 부아가 끓는다.

"오냐, 어서 장쇠가 들어와 한바탕 해얿어라. 젠장, 참말이지 헤가리 놀 시러베아들 녀석 없다!"

혹시 들어올까 겁을 내던 장쇠를 은근히 기다려도 본다. 장쇠만 해도 저하고 무슨 대천지원수가 져서 자기가 그렇게 때렸다고는 생각지 않겠지만,

"돌아! 오냐, 이눔. 언제든지 한 번 볼 때가 있을 줄 알아라!"

하고 매를 맞으면서 이를 북북 갈던 생각을 하면 자다가도 소름이 쭉쭉 끼친다.

그 장쇠를 기다리는 자기가 어처구니없이 생각이 되었다. 그러면서도,

'장쉰 속이 툭 트인 사람이니까 내가 가서 얾드려서 사죌 하면 들어줄지두 모르지!'

이렇게도 생각이 드는 것이다.

사실 코를 흘리며 같이 큰 장쇠다. 그렇게 원수가 된 것도 김 승지 때문이다.

김 승지는 나이 육십을 바라보건만 자식이라고는 진주집 몸에서 난 열두 살짜리가 있을 뿐이다. 윤씨 부인 몸에서 둘째 셋째로 아들을 둘이나 내리 뽑았으나 웬일인지 하나는 두 살 또 하나는 인제는 다 키웠다고 가슴을 내리문지른 열두 살 나던 해에 연을 쫓다가 넘어진 것이 더치어 사흘도 채 못 앓고서 살이 꺼멓게 썩어서 죽어버리었다.

그런 후로는 웬일인지 윤씨는 딸만 내리 셋을 낳았고 진주 태생이라는 기생 옥잠이를 떼어들여서 겨우 아들 하나를 얻었던 것이다. 진주집을 떼어들여 앉히기까지에는 읍내집이라는 열아홉 된 처녀장가도 들어보았고, 스물일곱 난 과부도 들여앉혀 보았고 서울이다 읍내다 하고 돌아다니면서 자식을 보려고 애를 태웠으나 웬일인지 낳는다는 것이 계집아이 아니면 아들은 낳는 족족 돌도 못 가서 죽어버리는 것이다.

“하두 남한테 못할 일을 해서 죌 받느라구 그래. 왜 남들은 쑥쑥 낳는 자식을 그렇게 못 나? 우물두 한 우물을 파랬다구 이건 며칠 데리구 살다간 툭 차구! 그냥 차기만 하나? 하인놈 아니면 청지길 붙어먹었다구 내쫓았지!”

동네 사람들이 이렇게 돌아서서 욕을 하는 것도 무리가 아닌 것이, 계집을 내어쫓을 제는 매양 무슨 죄고 뒤집어씌워서 동그마니 몸뚱이만 들어내고 들어내고 했던 것이다.

자식 볼 욕심도 욕심이겠지만 원래 김 승지란 계집이면 회를 치는 사람이다. 몸종으로 부리는 계집아이들은 으레껏 열너댓 살 되면 그냥 두지를 않았고 동네 상사람들이 좀 예쁘장한 며느리를 얻어들이면 ‘불여우’라는 별명까지 있는 인동 할멈을 내어세워서 반드시 집어먹고야 만다.

상사람이니 양반의 명령을 거역할 도리가 없거니와 거역을 하는 날이면 이튿날로 당장 남편이고 아비고를 잡아다가 양반님네 험담을 했느니 어쩌니 뒤집어씌워가지고는 주리도 틀고 볼기도 치고 해놓으니 정조를 지킬 줄 몰라서가 아니라 남편과 부모가 불쌍해서 넘어가고 넘어가고 하는 것이다.

김 승지의 이 계집 추렴은 인동 할멈이 아주 혼자서 도맡아 하거니와 그 덕에 청지기인 박 선달이 가끔 뒤에서 덧거리질을 한다. 승지한테 몸을 허락한 줄 알아놓으니 발목을 잡힐밖에 없다. 승지는 나이 아직도 있다지만 청지기 박 선달은 나이 칠순이 불원한 늙은이가 얌치도 없이 계집이라면 쥐 본 고양이다.

그러나 이런 봉욕을 당하고서도 그들은 입 밖에 내지를 못한다. 아는 것보다는 모르는 것이 좋고 몰라야 마음도 편하다 생각하기 때문이다. 아니 알았댔자 또 아무런 소용도 없었다.

"얘, 돌아! 오늘은 잘들 보아라. 원, 어찌두 세상이 소란헌지."

늙은 불여우가 이렇게 귀띔을 하는 날이면 반드시 까닭이 있는 날이다. 돌이도 그것을 모르지는 않는다. 그러나 만일 말을 냈다가는 그 날로 돌이의 목숨은 없는 날이다. 돌이는 그것도 잘 안다.

"야, 걱정 말어유! 그런데 오늘은 누구지유?"

하고 싱글 웃을라치면 불여우는 돌이의 팔을 꼬집어뜯는다.

"이 망할 녀석! 누군 알아 뭘해!"

"나두 선달님처럼 간혹 개평 좀 떼게유!"

"이놈에 자식! 왜 대추나무에 한번 거꾸루 매달리구 싶으냐!"

돌이

그러면 돌이와 장쇠는 어떠한 사이며 어째서 그렇게도 장쇠를 꺼리는가.

그것은 이러하다.

물론 돌이는 양반이 아니니 토구질을 해먹었을 리 없고 지주도 아니고 보니 작인들의 등을 쳐먹은 일도 없기야 하지마는 양반집 하인 노릇을 하자 하니 자연 상사람들의 눈 밖에 날밖에는 없다. 더욱이 돌이는 힘꼴이나 쓰는 덕으로 김 승지의 눈에 든 위인이다.

그러고 보니 달구치고 패고 하는 일체의 못된 짓은 언제나 돌이의 차지였다.

"얘, 거 돌이란 놈 어디 가고 없느냐!"

누구를 하나 잡도리할 생각이 들면 김 승지는 맨 먼저 돌이를 불러 세우는 것이었다.

"얘, 이놈. 너 냉큼 가서 창수 애비 박가눔을 잡아들여라!"

잠시만 주춤거려도 당장에 생벼락이 내리는 판이니 잡아들이는 일로부터 달구치고 하는 일까지 상사람의 원한을 살 일은 모두를 돌이가 독차지하게 된다. 그러니 자연 시키는 사람이 김 승지인 것을 모르는 바는 아니지만 당장 곤장을 치는 놈이 돌이고 보니 맞은 사람이야,

"네 돌이란 눔, 어디 두구 보자!"

이렇게 돌이한테다 앙심을 먹을밖에는 없다.

"저런, 죽일 눔! 저눔이 그래 사람을 저렇게 팰 수가 있단 말인가?"

"저놈, 그 죄 받구야 말지!"

돌이가 한창 신바람이 나서 곤장을 칠 때면 모두 돌아서서 이렇게 들 이를 부득부득 갈아부친다. 매에 견디다 못하면 양반들한테는 감히 못 덤비고,

"네 이 돌이눔아! 네눔이 사람을 이렇게 치구 죄 안 받을 줄 아느

냐! 이눔! 이 천하에 죽일 눔!"

이렇게 막 대놓고 포악도 하는 것이다. 이런 포악과 악담도 하도 듣고 보니 인제는 들을 때뿐이지 그때만 지나도 심상해지고 만다. 동네 사람들도 매를 맞을 때는 악담도 하고 포악도 하지만 혹시 그 앙화가 또 돌아오지나 않을까 겁을 내는 판이니 기운만 소처럼 세었다 뿐이지 어떤 편이냐면 소명치가 못한 돌이는 속으로는 겁을 집어먹으면서도 설마 내 배 다치랴 하는 뱃심이었다.

그러나 이렇듯 미련한 돌이한테도 무서운 사람이 꼭 하나 있으니 그것이 바로 장쇠다.

장쇠와 돌이는 코 흘릴 때부터 앞뒷집에서 같이 큰 사이였고 풀쌈으로부터 시작하여 물쌈, 욕쌈, 나뭇동쌈, 애기씨름, 중씨름, 상씨름, 이렇게 다 크도록 서로 맞겨루어온 사이기도 하다. 그것은 돌이와 장쇠가 나이도 동갑이지만 기운도 비슷했기 때문이다.

"올해두 또 장쇠와 돌이가 맞붙었다지? 올엔 뉘가 이길꾸?"

그들이 장성하면서부터는 이것이 동네 사람들의 한 화제거리였다.

"그놈들 둘이 맞붙어놔야 씨름답지!"

사실 그것은 그대로 황소 싸움이었다. 씨름이 아니라 사뭇 뜸베질이다. 하나가 넘어갈 때는 그대로 땅이 꺼지는 소리가 난다.

매양 지는 것이 돌이였다.

기운만은 장쇠보다 월등 세면서도 곰처럼 굼떠놓으니 재치있는 장쇠한테 판판이 떨어질밖에 없다.

비단 씨름뿐에만 아니라 금순이를 싸고돈 싸움에서도 돌이는 진셈이다.

무슨 내기 겨룸에 맞붙으면 앙숙이면서도 여전히 친한 동무이던 그들이 서로 헤어진 것도 이 금순이 때문이다.

금순이란 돌이네 집에서 탑골로 빠져나가자면 끝으로 넷째 집인 박 서방의 딸이다. 박 서방은 온종일 가야 군입 한번 떼지 않는 색시같이 잔존한 사람인만큼 손재주가 좋아서 체도 꾸미고 망건도 뜨며 미투리니 아이들 꽃신 같은 것도 삼아서 명절 대목을 보는가 하면 여름철에는 홍두깨며 방망이 같은 것을 깎아서 농사 한 톨 없이도 그냥저냥 꾸려가는 사람이다. 그러나 박 서방의 재간은 이에 그치는 것이 아니다.

근동 사람들이 '새 할아버지'라는 별명으로 부르리만큼 갖은 새소리를 잘한다. 그래서 봄철이면 조그만 새장을 짜가지고 나무숲에 가서 숨어 앉아서 꾀꼬리 소리도 하고 박새니 콩새, 누륵치 같은 새소리로 온갖 새를 모아놓고 말총으로 만든 올가미로 새발을 얽어서 곧잘 산 채로 잡는다. 여름철이면 또 곧잘 낚싯대를 메고 토끼섬에 나가서 잉어를 낚아오기도 한다.

"신선, 신선 하지만 다른 게 신선이 아니라 저 박 서방 같은 사람이 신선이지! 우리다 댈 것 아니어 정말. 양반처럼 손에 물 한 방울 묻히지 않고도 일년내 피땀을 흘리며 일을 한 우리네 농군들보다도 더 잘살지 않나베?"

동네 사람들은 이렇게 박 서방의 손재간을 부러워한다.

사실 단 세 식구뿐이어서 단출하기도 하지만 선비처럼 깨끗이 차리고 여름철에도 꽁보리밥을 면하는 사람도 박 서방네 하나뿐이다.

그러나 박 서방은 원래 이곳 태생이 아니다.

지금부터 한 이십여 년 전 일년에 한두 번씩 체를 팔러 미륵동에를 드나들더니 지금 장터에서 술장사를 하는 눈검정이네 집을 사가지고 주저앉았던 것이다.

고향은 경상도 안동이요 집안도 번화하다고 하나 십 년을 두고 한 번도 오고가는 일이 없는 것을 보면 그렇지도 못한 모양이다.

단 한 번 박 서방이 미륵동에 온 지 삼 년 만에 고향에를 간다고 가더니만 그림처럼 예쁘게 생긴 계집아이 하나를 데리고 돌아왔었다. 이 계집아이가 바로 금순이다.

금순이는 일가집에 맡겨두었던 딸이라고 하나 동네 사람들은 그것도 자세히 모른다. 박 서방 댁이 시집을 갔다가 소박을 맞았으니 금순이는 그전 남편한테서 난 아이니 하는 것도 모두 짐작해서 숙덜대는 소리들이다.

그것은 어쨌든 금순이는 일곱 살에 미륵동으로 들어와서 부잣집 딸 부럽지 않게 물만 톡톡 튀기며 고이 자라났다. 어려서는 별명이 '이쁜이'로 통했으리만큼 눈매고 코며 입이 꼭 그림처럼 아름다웠다.

금순이가 열너덧 되자 동네 총각들은 제각기 침을 삼키었지만 씨름판처럼 맨 나중에 남은 것이 돌이와 장쇠였다. 박 서방은 돌이를 침찍고 있었다. 그것은 돌이는 둘째아들이요 장쇠는 남의 집 장자인지라 자식 없는 박 서방은 돌이를 데릴사위로 들여앉힐 생각이다.

그러나 금순이 자신이 돌이보다 장쇠를 택했다. 돌이는 기운만 믿고 씨름을 하듯 박 서방 눈에만 들려고 애를 쓰는 동안 장쇠는 금순이와 가까이하여 금순이의 마음을 붙들었던 것이다.

이리하여 돌이는 또 한 번 장쇠한테 졌다. 그러나 장쇠로 하여금 돌이를 아주 척지게 만든 것은 김 승지다.

장쇠가 금순이와 혼인을 하던 날은 일년 중 달이 제일 밝다는 한가위를 사흘 앞둔 팔월 열이튿날이었다.

온 동네를 뒤집어엎듯 술잔치가 벌어졌을 때 돌이는 빠개지는 듯싶은 가슴의 통증을 못 이기어 홀로 토끼섬으로 나왔었다. 토끼섬이라면 미륵동과 탑골 앞 버들숲 건너로 흐르는 샛강 한구석에 섬처럼 불거진 산부리로 원이 새로 부임하면 으레껏 토끼섬 놀이를 할 만큼 경치 좋기로 이름이 난 곳이다.

강가로는 누가 심었는지도 모르는 아름드리 수양버들이 늘어졌고 큰 집 서너 채 폭이나 되는 돌산이 오봉산 부리에서 우뚝 솟았다. 산 위에는 큰 반송이 있고 바위틈에는 갖은 꽃나무와 화양나무가 있어 일부러 꾸민 산처럼 아담스럽다. 이 섬 좌우편으로 푹 들어온 웅덩이는 명주 꾸리가 풀린다고 할 만큼 깊고 섬 밑으로는 큰 굴이 뚫리어 서로 통했다고 하며 그 굴속에는 몇 백 년 묵은 이무기가 산다고 전해져 있다.

이 섬 반송 밑에서 아닌 밤중에 웬 사나이가 통곡을 했다는 소문이 이튿날로 근동에 파다하니 퍼졌다.

그리고 그 사나이는 돌이라는 소문도 바로 잇달아 동네에 퍼졌던 것이다.

돌이가 김 승지네 하인으로 들어간다는 소문이 돈 것은 그런 지 얼마 안 되어서였다.

"뭐? 저런 미친놈이 있단 말인가! 그래, 남들은 종문설 빼어내지 못해서 눈이 뻘건데 문서 없는 종 노릇을 하러 엉금엉금 기어들어가다니? 뜬소문이겠지. 그 녀석이 미쳤다던가?"

그런 소문을 듣는 사람들은 아무도 그것을 믿으려 하지 않았다.

그러나 며칠이 못 가서 그것은 사실로 나타나고야 말았다. 돌이가 검은 흑의黑衣에 다 찌그러진 패랭이를 뒤꼭지에다 붙이고 박달 방망이를 들고 나선 것이었다. 이런 돌이를 본 사람들은,

"아, 그래, 세상에 저런 미친놈두 있더란 말인가. 사족이 멀쩡하겠다, 기운이 역사겠다, 농삿거리두 있는 놈이 그래 미쳤다구 팔자에 없는 종노릇을 해?"

하고 어이가 없어했다. 그리고 어떤 사람은 돌이를 슬며시 불러가지고 만류도 하고 욕도 해보았으나 돌이는 고개만 설레설레 내둘렀던 것이다.

"나 하는 대루 내버려둬유! 난두 생각이 있어서 헌 노릇이래유!"

생각이란 다른 것이 아니다.

장쇠한테 대한 불길 같은 복수심이다.

사실 돌이는 어려서부터 장쇠한테는 지기만 해왔었다. 어려서 풀쌈에 졌고 커서는 씨름에 졌다.

그리고 이제 또 금순이와의 싸움에서도 장쇠는 본때있게 돌이를 해내었던 것이다.

"죽일 눔… 장쇠 네 이눔, 어디 보자!"

그러나 돌이는 양반이 아니었다. 장쇠와 똑같은 상놈이었고 장쇠와 똑같은 농군이었다.

기운으로는 장쇠한테 애일 것 없었지만 맞붙어 쌈을 해보아도 언제나 얻어맞는 것은 돌이였다.

"세도가 있어야지… 세도가…."

이 세도에 눈이 어두워서 돌이는 즐기어 김 승지의 종이 된 것이다.

인동 할멈한테서 돌이의 의향을 들은 김 승지는 그 자리에서 쾌락을 했다.

종을 만들자면 하다못해 밭 한 뙈기라도 주어야 하는데 이것은 제 발로 기어든 종일뿐더러 승지는 은근히 돌이의 기운을 탐내오던 터이기도 했던 것이다. 승지로 본다면 입에 맞는 떡이었다.

그러나 돌이는 이번 싸움에서도 참패의 쓴술을 한 잔 더 마시었을 뿐이다.

돌이는 다 찢어진 흑의에 찌그러진 패랭일망정 뒤꼭지에다 떡 붙이고 박달 방망이를 차고 나서니 온 세상이 다 자기 것인 양싶었다. 상놈은 말할 것도 없지만 중인이라도 자기 앞에서는 굽실대지 않을 수 없으리라. 황차 그깟 장쇠놈쯤이야 대매에 때려죽인대도 김 승지네 세도만 빌리면 그만이다 싶었다.

"이놈들! 인저두! 오늘의 돌이는 어제까지의 돌이가 아니다! 아니야!"

돌이는 의기양양해서 가래침을 한번 탁 뱉고 승지 집을 나섰다.

그날 돌이가 맨 처음 만난 것이 다른 사람도 아닌 금순이었다. 옷을 입으면서도 은근히 장쇠를 맨 먼저 만났으면 그 자식 꼴 좀 보리라 했던 것인데 원수는 외나무다리에서 만난다고 김 승지네 바깥마당 큰 느티나무를 지나서 봇둑을 타고 한데 우물로 내려가려니까 마침 장쇠 처가 된 금순이가 물동이를 이고 일어서는 길이었다. 돌이가 장쇠한테 으쓱대고 싶어하는 심정이란 따지고 보면 곧 금순이한테 장하게 보이고자 하는 생각에서였다.

돌이는 장쇠를 만난 것보다도 더 고마운 생각이 들었다. 그래서 되

도록은 위엄을 보이려고 애를 쓰면서 이미 남의 여편네가 된 옛날 애인 앞에 떡 가로막듯,

"금순이 너두 들었겠지만서두 난 오늘부터 승지 댁으루 들어갔단다."

하고 승지 댁이란 데 일부러 힘을 부쩍 주어 한번 뽐내보았던 것이다.

그러나 응당 우러러보았어야 할 금순이는 아래위를 핥듯이 싸악 흘겨보고는,

"흥… 너 큰 벼슬 했구나…."

하고 가벼이 코웃음을 치더니만,

"허지만 너 인전 내 이름 그렇게 한만히 못 부른다…."

"뭐야?"

"그럼 뭐야! 남의 집 종이 어디 함부루 남의 집 새댁 이름을 부른다던— 세상이 망하려니까 별 꼬락서니 다 보잖나베…."

하기가 무섭게 침을 퉤 뱉고 싹 돌아서서 가버리는 것이 아닌가?

돌이는 기가 콱 막히었다. 자기딴에는 울분이 치밀어서 주먹을 불끈 쥐었던 것인데 생각지도 않은 눈물이 좌르르 쏟아졌던 것이다.

"조런 괘씸한 계집년이…."

정말 울분이 터진 때는 금순이는 벌써 거기에는 없었다. 돌이는 눈을 감았다. 가벼운 현기증이 일었기 때문이었다. 정신을 가다듬으려고 애를 쓰나 머리가 홰홰 내둘리고 다리가 부들부들 떨린다. 선 그 자리가 폭 꺼져서 땅속으로 뚝 떨어져 들어가는 것만 같았다.

"오냐… 어디들 보자…."

이렇게 중얼거리며 방망이 든 주먹으로 눈물을 씻자니까,

"이쿠, 작은 김 승지가 나오셨군그랴."

하는 소리가 등 뒤에서 난다. 돌아다보니 소장수 윤 첨지와 익살꾸러기 응서다. 누구네 타작을 하려는지 윤 첨지는 도리깨를 메고 응서는 타작 모탕을 지게에 지고 있었다.

"돌이 너 이 녀석, 아주 큰 벼슬 했구나…."

이렇게 말하는 것까지는 좋았지만,

"그래, 이 녀석아, 평생 소원이 누룽갱이라더니 가는뼈 굵어가지구 끽 남의 집 종노릇을 해? 상사람이 중인 될려구 앨 쓴다더구먼서두 네 녀석은 종 되기가 소원이었구나, 응?"

돌이로 본다면 정말 어처구니없는 오산이었다. 이런 돌이의 분풀이를 도맡아준 것이 김 승지다. 승지로 본다면 꿩 먹고 알 먹는 폭인지라 또한 해롭지 않은 이야기다.

그것은 돌이한테 아니꼽게 구는 놈이면 그날 밤으로 잡아다 치는 것이었다. 승지는 이름을 들어 보아서 쇠푼이나 있는 놈이면,

"너 이눔, 양반한테 대놓구 욕을 못하니까 양반댁 하인을 못살게 군단 말이지? 이 발칙한 눔 같으니."

하고 달구칠라치면 돌이의 분풀이도 되려니와 뒷구멍으로 쌀섬도 들어오고 돈전대도 슬금슬금 기어드는 것이다.

"그저 쇤이 죽을 때를 모르고 그랬사옵니다. 이 죄값음으루 뭣이든지 영감마님께서 분부하시는 대로 시행을 하겠습니다."

"아니다. 너 같은 놈의 버릇을 고치자면 곤장밖에는 없느니라. 얘들아, 저놈 거꾸루 달아매어라!"

이쯤 해놓고는 뒷구멍으로 인동 할멈을 슬그머니 내세우는 것이

다. 그래서 인동 할멈이 귀띔해주는 뇌물의 여하로 풀려나오는 시기도 결정이 되는 것이다.

이렇듯 돌이한테 밉게 구는 사람이면 누구나 한 번씩은 매 맞고 돈 빼앗기고 해서 돌이의 분풀이를 해주었지만 정말 돌이와 옹추인 장쇠가 통 걸려들지를 않는 것이 돌이의 한이었다.

"그 장쇠 자식! 그 자식이 사람을 어떻게 안다는 거야 그래. 사람을 보아두 눈깔을 슬쩍 구통이에다 몰아붙이구서는 입을 씰룩하는 게 이건 마치…."

돌이는 가끔 인동 할멈의 귓전을 울리나 도무지 반응이 없다.

그러나 김 승지나 인동 할멈이 장쇠네가 두려워서 그러는 것은 물론 아니다.

첫째는 장쇠 아버지 원치수는 일체 말이 없이 소처럼 일만 꾸벅꾸벅 하는 사람인데다가 아무리 달구친대야 팔만 아팠지 쥐뿔도 울거낼 것이 없고 보니 김 승지가 신이 날 리가 없다.

'돌이란 놈은 장쇠 녀석이 퍽두 미운 모양이지? 허지만 내가 뭣하러 남의 다리를 긁더람!'

이것이 김 승지의 생각이었고 또 인동 할멈의 배짱이기도 했다.

그러나 기어코 장쇠도 걸려들고야 말았다. 김 승지가 우연히 장쇠의 처 금순이를 한번 보고는 체신없이 마음이 달떴던 것이다.

"아 고것 참 됐거든!"

절구통에 치마만 둘러놓아도 입이 헤—해지는 김 승지인지라 인동 할멈은 김 승지가 몇 번 이렇게 귓전을 울릴 때까지도 예사로만 들어왔었다.

그러나 날이 갈수록에 금순이에게 대한 김 승지의 관심이 커가는 것을 보자 인동 할멈도 슬며시 딴배포를 차리게 되었다. 나이 환갑에 가까운 김 승지가 이렇게 상것 계집한테 마음이 달떠 덤비는 것을 일찍이 본 일이 없는지라 이 통에 자기도 한몫 보잔 것이다.

"아이구, 그런 말씀을랑 아예 마십시유, 영감마님. 거 장쇠놈 골팍이하며 장쇠 어멈의 극성하며… 또 그 금순이란 년이 그래 보여두 여간내기가 아니랍니다. 금순이 말은 아예 다신 입 밖에두 내지 마십시오!"

인동 할멈이 나서서 안 될 일이란 없건만 이렇게 슬쩍 딴청을 한번 쓰는 것이다.

"힘이 드니까 할멈더러 이야기가 아닌가, 이 사람. 나중에 알면 어떻단 말인가. 양반이 상놈 계집쯤 봤기루서니 그게 무슨 큰 변이며 제 년만 해두 그렇지, 상것 계집으루 태어났다가 양반을 모시다니—그러다가 아기만 하나 낳어놔 보게나. 그날루 당정 아씨가 되잖던가?"

"안 됩니다유, 글쎄. 하늘의 별을 따오라시면 그건 쉬워두 금순이 년만은 어림두 없십니다."

"허, 그러지 말래두 그러네나. 할멈 수단으루두 안 되는 일이 있던가 그래?"

"안 됩니다. 안 되구말구유…."

이렇게 몸을 바짝 달구어놓으니까 김 승지도 서얼서얼 불어댔던 것이다.

"할멈, 고년만 데려오게나. 내 이번엔 굉장한 특상을 주지. 특상을…."

"호호호. 영감마님, 특상이란 끽해야 무명 한 필이시지 뭐."

"아냐, 아닐세. 이번 특상은…."

"뭘 주시겠시유, 영감마님."

"명질 한 필— 아니 두 필 주지— 두 필. 시답잖으면 한 필 더라두 줌세!"

이런 거래가 있은 다음 날부터 인동 할멈은 병아리 본 솔개처럼 장쇠네 집 근처를 맴돌기 시작했던 것이다.

"조 늙은 불여우가 요새 부지런히 동네루 내려오니 필시 또 무슨 조활 부리는 게야. 그렇잖구야 여우가 저렇게 대낮에 싸다닐 리가 없지!"

미륵동 사람들은 나이 칠십이 가까우면서도 지팡이도 없이 회작회작 팔을 내어젓는 인동 할멈을 볼 때마다 이렇게 은근히 걱정들을 했었다.

그러나 인동 할멈이 금순이를 노릴 줄은 까마득히 모르고 있었다. 인동 할멈은 일부러 장쇠네 집만 쏙 빼놓고서 미륵동 아랫말을 이집 저집 드나들며 입방아만 찧어댄다. 병아리를 본 솔개가 겉도는 것과도 같았다. 아침 까마귀처럼 동네 사람들은 인동 할멈이 피뜩만 해도 이맛살들을 찌푸린다.

"사람의 집에 사람이 온 걸 그렇게 말하면 죄루 갈지 몰라도 난 어쩐지 저 할머니 오는 건 반갑지 않더라."

하나가 이렇게 말하면 옆사람도 맞장구를 치는 것이 보통이었다.

"누가 아니래! 저 늙은이 와서 좋은 일 있던가베. 늑댄 동네 내려왔다가두 더런 그냥 가는 수가 있더구먼서두 저 늙은이 다녀간 뒤루 무사해본 일 있었어유 언제?"

"없지! 인저 그 죄 안 받을 줄 알구? 눈검정이가 지금두 별른다던데 뭐."

아낙네들은 인동 할멈을 돌려세워 놓고는 이렇게 뒷공론을 하면서도 섣불리 건드렸다가는 반드시 동티가 날 것이요, 또 하나는 워낙 구변도 좋지만 세상에 모르는 것이 없이 잘 재잘대는데다가 선무당은 되어 점도 치고 액막이도 곧잘 하는 터라 이불 안에서 활개만 쳤지 한번 맞서보지도 못한다.

인동 할멈이 아랫말로 돌아먹은 지 거의 보름이나 되어서다. 동네 사람들은 그 까닭을 알았었다. 장쇠의 처 금순이가 기어코 김 승지한테 걸려들었던 것이다.

나중에 알려진 이야기의 경로는 이러하다.

그날 밤—좀더 자세히 말하자면 동짓달 스무닷샛날 밤, 금순이는 씨아를 틀다 말고 난 지 넉 달밖에 안 되는 어린것한테 젖꼭지를 물리고 있었다. 장쇠 아버지 원치수는 저녁을 먹고 사돈집인 박 서방네 집으로 틀다 둔 맷방석을 마무르러 갔고 장쇠 동생 장길이는 산돼지 함정을 놓는다고 여럿이 몰려나간 채 아직 돌아오지 않았었다. 찬바람만 나면 버쩍 더한 해수 기침에 장쇠 어머니는 아랫방에서 봄에 치우기로 한 필년이를 데리고 헌 솜보따리를 펴놓고 반을 지우고 있었다.

인동 할멈이 헐레벌떡 장쇠네 집으로 뛰어든 것은 바로 그때다.

김 승지의 정부인 윤씨가 무슨 물어볼 말이 있으니 곧 좀 올라오라는 것이다.

"웬일일까요? 무슨 얘긴지 모르서유?"

"모르겠어, 난두. 뭐 자네가 말전줄 했다구 좀 물어본다는가 보데나. 자네야 울 밖에도 잘 나가지 않는 사람인데 뉘가 또 잘못 고자질을 한 게지 뭐."

"아이, 망칙들 해라. 내가 말전준 무슨 말전주람!"

"글쎄, 뉘가 아니라나. 그러니 신지무의할 게 아니라 가서 밝힐 건 밝히라구."

죄야 없지만—아니 죄가 없기 때문에 금순이는 시어머니한테 젖먹이를 맡기고 냉큼 일어섰던 것이다.

무섭게도 어두운 밤이었다. 그러나 다행히 눈발이 풀풀 날리는 덕분에 겨우 길만은 알아볼 수 있었다.

양반집에 불리운다는 것은 상사람들한테는 무엇 하나 좋은 일이 없다. 더욱이 말전주란 소리에 무슨 잘못이겠거니는 하면서도 금순이는 은근히 걱정이 되었다. 그래서 인동 할멈을 재촉해서 승지 집에를 올라갔더니 인동 할멈이 사랑으로 인도를 한다. 좀 의아한 생각도 없지는 않았지만 인동 할멈이 먼저 올라서면서,

"마님, 금순일 데리구 왔습니다."

하고 고하고서 금순이더러 올라오기를 재촉하고 보니 인동 할멈과 같이 들어가는 데야 수상해할 것도 없고 또 정부인과 소실 사이에 늘 티격태격이 있는 줄도 아는지라 인동 할멈을 따라 사랑으로 들어갔던 것이다.

금순이가 사랑방으로 들어간 지 얼마 안 되어 금순이의 반항하는 기색과 가끔 김 승지의 거만한 호령소리가 들리곤 했다. 이것을 들은 것도 돌이였다.

그러나 돌이는 그것이 금순이란 것은 몰랐다. 그래서 조심조심 가까이 가서 엿듣자니까,

"놔주세유, 영감마님!"

하고 앙탈하는 소리가 정녕코 금순이다.

'금순일?'

그것이 금순이란 것을 깨달은 순간 돌이의 눈은 옆으로 찍 찢어지며 자기도 모르게 주먹이 불끈 쥐어졌다.

그러나 그것도 극히 짧은 순간이었다. 금세 돌이의 눈은 제자리로 돌아오고 입언저리에는 쓰디쓴 웃음기가 돌고 있었던 것이다.

'장쇠눔! 이눔 인저두!'

방 안에서는 사뭇 드잡이를 놓는지 요란하다. 그 드잡이 속에서 금순이의 뭬라고인지 포악하는 소리가 들리더니 캑캑 소리만 나는 것이 아마 뭘로 입을 틀어막은 눈치다. 그러고는 한동안 쥐죽은 듯 소리가 없다.

'장쇠 이눔! 인저두!'

돌이가 고소하여서 이렇게 으쓱대는데 문 여는 소리가 나며 인동할멈이 살살 기어나온다.

돌이는 부리나케 몸을 피하여 버리었다.

그리고 얼마 후에 가까이 가본 때는 불도 꺼져 있고 죽은 듯이 고요하였다.

'흥, 계집년이란 별수가 없구나! 개 본 괭이처럼 그렇게 앙탈을 하더니만 아주 끽소리가 없구나… 더러운 년들!'

일찍이 잠을 못 자고 사모하던 금순이의 불행에 동정은커녕 돌이는 장쇠놈의 눈이 퀭해진 상판대기를 눈앞에 그리어보는 데서 흐뭇한 쾌감까지를 느끼고 있었다.

'네 이눔의 자식, 인저두! 이 소문을 내 안 퍼뜨릴 줄 알구!'

그러나 자기를 발때꼽만큼도 알아주지 않고 장쇠한테로 시집을 간 금순이요, 일생을 두고 자기를 깔아뭉갠 바로 그 장쇠 녀석의 여편네인 금순이지만 돌이는 아직도 자기가 마음속 깊이 금순이를 사랑하고 있다는 것을 깨달은 것은 이튿날 아침 잠이 깨어서였다.

'내가 죽일 놈이지?'

돌이는 가슴을 쥐어뜯었다.

'따진다면 금순이가 뉘 편이냐? 내가 양반이 아닌 바엔 언제나 상놈이요, 상놈이 틀림없다면 금순이도 내 편이 아니던가. 김 승지 놈의 하는 짓이니 나중에 내 여편넨들 남겨둘 리가 없지 않은가?'

돌이는 엉엉 울고 싶었다.

김 승지한테 몸을 더럽힌 금순이는 그날 밤으로 승지네 집 뒤 그네를 맸던 느티나무 가지에 목을 매어 죽고 말았던 것이다.

"고년의 늙은 불여우가 짖구 다니면 반드시 동티가 나고야 만다니까!"

금순이의 장사를 지내고 내려오면서 입 있는 사람들은 다 한마디씩 했다.

그러나 동티는 이에서만 그치지 않았다. 일이 토설나자 인동 할멈은 장쇠가 김 승지를 죽이려고 칼을 몸에 품고 다닌다고 꼬아박았던 것이다.

"장쇠놈을 당장 잡아들여라!"

김 승지의 추상같은 호령이 내려졌다. 앞잡이를 선 것은 물론 돌이였다.

이날의 형장은 실로 장관이었다.

김 승지는 자기 일대에만도 수십차 상놈을 잡아다가 문죄를 하고 태형을 내리고 했었지마는 오늘처럼 노염을 보인 적은 일찍이 없었다. 지금까지의 문죄란 거의 전부가 없는 죄를 짜는 것이었으니 문죄를 하는 사람이나 받는 사람이나 도무지 실감이 나지 않았던 것이다.

그러나 오늘의 죄인은 죄상이 역력할뿐더러 증거품으로서 길이 여섯 치나 되는 시퍼런 칼도 압수된 것이다.

"장쇠를 죽인다지?"

장쇠가 미처 김 승지네 사랑 대뜰 밑에 이르기도 전에 온 미륵동에 장쇠가 죽는다는 소문이 팽 돌았다. 승지의 하는 짓이다. 장쇠를 살려 두었다가는 무슨 일이 생길지 모르니 깨끗이 치워버리려 들 것이다.

"뭐, 장쇨 죽인다구?"

"그렇다네! 여편네 죽이구 자기두 죽구!"

"참 기막힌 일이로군! 그래, 세상에 이런 억울할 노릇두 있더란 말인가. 아무리 양반이기루 남의 계집 뺏아다 죽였으면 그만이지 장쇠게 무슨 죄가 있다구 또 잡아죽인다는고…."

"도시가 남의 일 같지 않구먼. 그래, 양반은 죄없는 백성을 이렇게 막 잡아죽여두 좋단 말인가? 나라에서는 이런 것두 모르구 계시겠지?"

혹은 동정하고 혹은 슬퍼하고 또 혹은 팔을 걷어붙이며 분개도 한다.

그러나 누구 하나 썩 나서서 잡혀가는 장쇠 앞을 막을 사람은 없다.

"어찌 되는가 좀 가보기들이나 하지…."

이것이 심지어 동네 사람들의 유일한 동정이었다.

형장은 전에 없이 번잡했다. 형장이라기보다도 무슨 잔칫집 같다.

전에는 되도록 남들이 알까 싶어 소문 없이 해치우더니만 원래 초사흘달이 넘어가기도 했지만 오늘은 일부러 초롱불까지 밝히었다.

"누구든지 다 와서 봐라. 양반이라고 공연히 죄없는 백성을 죽이지는 않는다!"

이렇게 가장하자는 눈치다.

전에는 구경꾼들이 모이면 물까지 끼얹고 붙잡히면 얻어치이기가 일쑤였다.

그러나 오늘은 일부러 구경꾼을 기다리는지 장쇠를 잡아다 꿇어앉혀 놓고도 한식경이나 김 승지는 보이지 않는다.

그러노라니 동네가 박작 들끓어 나왔고 샛말은 말할 것도 없지만 탑골에서까지도 초롱불을 들고 모여들었다.

"참말루 죽일려나?"

둘씩 셋씩 모여서는 공론이다.

"죽이면 죽였지 막아낼 장사 있다던가. 양반이 하는 일인데."

"원한테나 찔르지!"

"허, 이 사람. 원은 상사람 편인 줄 알던가? 원두 다 돈들여 한 것이라네. 그 밑천을 뽑자면 골 안의 양반들한테서 긁어모아야지, 그래노니 양반 괄시할 수 있다던가."

이런 말을 하고는 사방을 둘러본다.

이윽고 김 승지가 마루 끝에 나타났다.

관가에나 들듯 포의도 갖추었거니와 걸음새도 도저하다. 이렇게 마루까지 나오기도 아마 이번이 처음일 게다.

"너 이눔 장쇠야!"

전에 없이 말소리에 위엄이 있고 몸가짐도 늠름하다.

"이 발칙한 놈! 네가 날 해치겠다구? 이놈, 양반의 몸이 그렇게 무른 줄 알았더냐. 어리석은 놈! 상놈의 칼이 아무리 잘 들기로니 양반의 몸에두 그렇게 수월히 들어갈 상싶더냐! 응, 이 천하에 죽일 놈!"

장쇠는 말이 없다.

그 많은 사람 중에서도 기침 소리 한마디 나지 않는다.

"너 이놈, 어째 말이 없느냐?"

김 승지는 마룻장을 쾅 굴러대며 호령이 추상같다.

그래도 장쇠는 고개를 푹 떨어뜨린 채 한마디 대꾸가 없다.

"아, 저런 죽일 놈이 있단 말인가! 네 이놈, 말이 없는 건 죽여줍소산 뜻으루 들어도 좋단 말이겠지?"

장쇠는 역시 말이 없다.

대답할 사람은 자기가 아니고 따로이 있다는 듯싶은 태도다.

이 장쇠의 태도가 다시 김 승지의 부아를 부쩍 돋우었다.

"아, 저런 놈! 저놈이 양반 말씀에 대답도 없더람! 저런 죽일 놈!"

활이나 재이듯 상반신을 활짝 젖히고 한 걸음 썩 나선다. 살기가 등등하다.

"얘 이놈, 돌아!"

"예!"

"셋까지 불러서 대답이 없건 그놈 당장에 내어다 주릴 틀어라!"

딱!

돌이가 치는 방망이에서는 곧 쇳소리가 난다.

그러나 장쇠는 눈도 깜박 않고 있다.

딱!

두 번째다. 그래도 장쇠는 바위처럼 말이 없다.

"아, 저런 죽일 놈!"

김 승지는 위엄도 잃고 콩 튀듯 했고 군중 속에서는 여기저기서 은근히 장쇠를 불러댄다.

"장쇠!"

"뭐라구든지 말해라, 장쇠!"

"글쎄, 장쇠!"

이렇게 사방에서 몸이 달아할 때다. 어둠 속에서 한 사람이 썩 나서더니 군중을 향해서,

"내버려들 두우! 상놈이 양반 앞에 할 말이 뭐 있겠소!"

하더니만 이번에는 장쇠를 들여다보듯,

"장쇠야! 어차피 넌 죽은 몸이니 너 하구 싶은 대루나 해라!"

장쇠의 아버지 원치수였다.

"저놈을 마저 묶어라!"

김 승지의 호령을 기다리고 있었던 듯이 하인들이 와 몰려들었다.

그러나 치수는 떡 버티고 섰다가 하인들 앞에 두 팔을 썩 내어민다.

"옛다, 돌아. 허지만 나만 묶어서야 되겠느냐. 내 집에 가면 할멈하구 넉 달 된 손주놈두 있을 게니 그놈마저 가서 묶어 오너라!"

이쯤 되고 보니 김 승지의 노여움은 갈 데까지 가버리었다.

"저놈을! 저놈을!"

하고 승지는 팔팔 뛰기만 하더니 장지를 썩 열고 문턱에서 칼 한 자루를 들고 나와서 번득인다. 장쇠가 부엌 나뭇간에 감추었다가 들키었다는

길이 반 자가 넘는 칼이었다.

어둠 속에서 눈이 부시게 빛나는 비수에 군중 속에서는 비명소리가 터진다.

"돌아! 이것을 받아서 저 장쇠놈의 목을 뎅겅 잘라버려라! 네 칼에 죽으니 이눔, 너두 한은 없을 게다!"

군중 속은 갑자기 웅성거리기 시작했다. 입은 있으되 말을 못하는 상사람들의 불평이었다.

"돌아, 이눔, 뭘 꾸물적대구 있는 거냐! 냉큼 올라와 이 칼을 받아 가지 못하느냐!"

어디서인지 여인네의 울음소리가 나자 참았던 울음이 연달아 터진다.

"아, 저런 죽일 놈! 이눔, 네가 장쇠놈 대신 뒤어지고 싶으냐!"

두 번째 호령에 돌이가 엉금엉금 기어올라와서 김 승지의 손에서 칼을 받아들고서 장쇠 앞에 섰을 때다.

"돌아!"

하는 소리와 함께 사랑방에서 한 처녀가 구르듯 뛰어나왔던 것이다.

이 처녀가 김 승지의 딸이라는 것쯤은 거기 모인 사람들은 다 아는 터이다.

그러나 그냥 김 승지의 딸이라고만 해서는 어떻게 되는 딸인지 모를 사람이 태반일 것이, 김 승지네도 자식이라고 이제 겨우 열두 살 접어든 인수가 있을 뿐이고, 정부인 윤씨 몸에서 난 딸이 셋에 소실인 진주집 몸에서 난 딸이 둘이 있고, '읍내집 읍내집' 하던 소향이란 기생이 낳아주고 간 딸이 또 하나 있어, 승지 자신 딸들의 이름도 기억키 어려울 정도다.

그런데다가 양반댁 아가씨다. 나이 예닐곱만 되어도 담 밖에를 내어보내지 않는 터라 딸이 여럿 있거니만 했지 누구 몸에서 난 어떤 딸인지 분간키도 어려우니 황차 이름이고 나이를 알 턱이 없는 것이다.

"아, 저것 누구여. 응, 저게?"

"누군 누구여, 이 댁 작은아씨지."

"글쎄, 누구 딸이냐 말여? 어떤 몸에서 난?"

혹은 읍내집 딸이라는 사람도 있고 진주집 소생이란 사람도 있어 제마다 구구하다.

이렇게 말하는 사람들은 대부분이 박 의관네 동리에서 온 사람들이지만 미륵동 사람들이라고 미연이를 다 아는 것도 아니다. 호랑이보다도 더 무서운 김 승지를 꺾으러 나온 이 처녀가 정부인 윤씨 몸에서 난 끝엣딸 미연이란 것과 올해 나이 열넷에 접어들었다는 것을 아는 사람은 승지 집안에를 무시로 드나드는 여편네들뿐이다.

그 처녀가 마님 작은아씨라는 것이 판명되자 동리 사람들의 흥미는 더한층 고조되었다. 김 승지가 열두 살 난 아들보다도 이 미연이를 더 귀여워한다는 소문이 떠돌았기 때문이다. 사실 승지는 이 미연이를 하늘에서 내려온 공주처럼 귀여워했다.

김 승지가 돈에 이악스러운 사람이란 세상에 정평이 있는 일이지만 그는 돈에만 이악스러운 것이 아니라 자식들에 대한 애정에도 극히 타산적인 인물이어서 같은 자녀간에도 층이 많았다. 잘사는 집으로 간 딸에 대한 애정이 아주 눈에 보이게 판이해서 인물로나 인품으로나 그 많은 딸 중에서 세도 있고 돈 있는 집으로 출가한 맏딸이 오면 동네가 다 떠들썩하게 잔치를 차렸지만 윤씨 몸에서 난 둘째딸과 진주집 몸에서 난 큰딸은 빈집 다녀가듯 하는 것이 보통이다. 그래서 둘째딸은,

"인저 어머니 환갑 때나 오겠습니다."

이렇게 십 년 후 이야기를 하고 가서는 정말 오륙 년째 통 발그림자도 안했고 더욱이 사위가 다녀간 지는 십 년이 넘을지도 몰랐다.

세 사위 중에서 버젓이 행세도 하고 돈도 있는 사위란 서울 심씨 집으로 들어간 맏딸의 남편뿐이었다.

말한다면 김 승지가 미연이를 그렇게 귀여워하는 데도 그러한 타산이 또 있는 것이다.

첫째 미연이는 인물 가난이 든 김 승지 집에서는 출중나게 아름다웠고 다른 딸들이 아버지의 표독한 성질을 닮거나 어머니 윤씨의 변덕과 괴벽을 닮아서 볼때기에서 심술이 뚝뚝 듣지 않으면 집고양이처럼 가증했고 승지한테 가장 위함을 받는 맏딸은 아가씨 시절에도 사내 하인의 뺨을 후려치기가 일쑤일 정도의 왈패였었다.

그러나 미연이만은 마음씨가 비단결처럼 고왔다.

김 승지가 천 석을 채우기에 곱이 끼어서 상사람들을 트집을 잡아서 달구치는 날이면 미연이는 머리를 싸매고 누웠고 어려서부터도 어머니 윤씨가 지겟작대기로 하인들을 사그리 내려팰라치면,

"어머니, 날 때려주세요!"

하고 하인들을 싸고돈다 해서 '착한 아가씨'란 별명까지 들어오는 미연이다.

그러나 승지가 미연이를 귀여워하는 것은 이 착한 마음씨 때문이 아니다.

승지는 미연이의 이렇듯 고운 마음씨를 되레 싫어하고 미워하면 미워했지 좋게는 보고 있지 않는다.

승지가 미연이를 귀여워하는 데는 장차 미연이한테 큰 덕을 볼지도 모른다는 생각에서다.

기생어미가 예쁜 딸이 커가는 것을 바라보며 즐기는 그 심정과 별 다름이 없으리라.

아들이라고는 낳는 족족 키우지를 못하고 계집애만이 선머슴애처럼 쫄밋쫄밋 자라는 데 기가 막혀서 부인이 미연이를 가졌을 때는,

"이번에는 그저 아들을!"

하고 옆에서 보기에도 딱하리만큼 애를 태웠었다. 윤씨 부인도 남편한테 미안해서 이번에 또 딸을 낳으면 그 자리에서 목을 졸라버리고 자기도 죽겠노라 맹세도 했고 또 그렇게 할 작정이었다. 남의 집에 들어와서 절손을 시키다니 생각만 하여도 낯을 들고 다닐 수가 없었다. 그래서 산기가 보이자 온 동리에 방을 내어 일체의 살생을 금하고 계집 하인들을 오봉산 약물터로 내어몰아서 축원을 드리게 했었다. 축원도 축원이었지만 계집 중에는 혹 부정한 몸이 있을까봐서 그런 것이었다.

이렇게 낳고 보니 또 딸이었다.

계집애란 말에 김 승지는 그만 문을 첩첩이 닫아걸고 자리에 눕고 말았었다.

이불을 뒤집어쓰고는 아이들처럼 엉엉 울었다는 것이다.

그 김 승지가 이튿날은 희색이 만면해서 안으로 들어와 어린것을 들여다보며 돌아누워 울고만 있는 부인의 어깨를 슬슬 어루만지었다.

"아무 말 말구 이 아일 잘 길르오. 아들 열 곱 귀히 될 것이니 어서

일어나 눈물을 씻소."

일찍이 아들을 낳았을 때에도 없던 일이었다. 말은 안했지만 그날 밤 승지가 몹시 울고 있는데 천장에 오색구름이 떠돌면서 상감이 나타나시더니,

"이 아이는 귀히 될 아이니 잘 맡아 길르라!"

이렇게 분부를 내리시며 미연이의 손을 잡아주시고 이름까지 지어 주셨던 것이다.

"열아홉이면 궁에 들게 할 것이니 그전에는 달리 생각을 말 것이며 이름은 아름다울 미美자에 제비 연燕자로 짓게 하라!"

과연 미연이는 커갈수록에 갖은 재주를 발휘했고 인물도 뛰어나서 눈에 넣어도 아프지 않을 정도다. 특히 그림과 수예에 뛰어난 재주가 있는 것이 승지의 꿈과 들어맞는 것 같아서 미연이라면 얼고떤다.

승지는 혹여 마가 들까 겁이 나서 아직까지 부인한테도 그런 꿈 이야기를 않고 있는 터라 동네 사람들이야 그런 승지의 심중을 들여다볼 수도 없지마는 김 승지도 미연이의 말만은 들을지도 모른다는 것이 모인 사람들의 유일한 희망이었다.

김 승지는 뜻밖에 나타난 딸을 어처구니가 없어 바라만 보고 있었다. 다른 사람들한테야 알 턱도 없는 일이지만 김 승지의 눈에는 순간 미연이가 공주나 왕후처럼 착각이 되었던 것이다. 그래서 승지는 미연이가 돌이한테서 칼을 빼앗아 사랑방에 들여놓고 그의 발치에 와서 도포자락을 잡고 늘어질 때까지도 그저 얼빠진 사람처럼 보고만 있었던 것이다.

당장 벼락이 내릴 줄만 알았던 동네 사람들은 숨도 못 쉬고 이 광경

을 바라다보고만 있었다.

"아버지, 그만 진정하시고 들어가시지요!"

이것이 미연이 입에서 처음 흘러나온 말이었다. 애송이 꾀꼬리처럼 고운 음성에 군중은 또 한번 놀랐다. 말소리에 따라 춤이라도 추고 싶도록 곱고도 다정한 음성이다.

딸의 음성을 듣고서야 그것이 자기의 딸 미연인 것을 분간한 것처럼 승지는 가슴을 약간 젖히어 아버지의 위엄을 보이면서,

"들어가지 못하느냐?"

점잖이 꾸짖는다.

"아버지가 하시는 일에 어디라고 계집애가 당돌하니 나와서! 얘 이놈, 돌아, 냉큼 저놈의 목을 잘르지 못하느냐…."

다시 내리는 호령에 미연이는 놀란 듯이 몸을 일으키어 승지의 팔에 매어달리듯,

"아버지! 그만 들어가시지요. 노여우시지만 잠깐 진정하십시오. 기실 알고 보니 저 장쇠가 해칠려고 한 것은 아버지가 아니라 인동 할멈이었다 합니다. 제 처를 꾀어낸 것이 인동 할멈이니까 그대루 두어서는 안 된다고 그러더란 말을 노랑 할미한테 하더랍니다."

"양반댁에서 부리는 하인을 죽이자고 하는 것은 양반을 죽이잔 것과 다름이 없지. 양반한테는 감히 항거를 못하니까 양반 앞에서 하인을 죽여 허셀 보이잔 것이다. 썩 저리 들어가지 못하느냐!"

그러나 미연이는 물러날 기색을 안 보였다.

물러나기는커녕 승지의 팔에 찰거머리처럼 달라붙어서,

"아버지, 진정하십시오, 아버지."

하는데도 승지가 못 들은 체 돌이한테,

"너 이눔, 뭘 우물거리구 있는 게냐!"

호통을 치니까 미연이는 부끄러움도 무릅쓰고 울고 말았던 것이다.

"네, 아버지, 진정해주십시오. 아무리 죄가 있다 해도 사람을 죽이시면 말썽이 되지 않겠습니까?"

"살인자는 사死—랬다지만 양반을 해치려던 상놈 하나 죽였다구 말썽이 된다? 자, 나서라, 어떤 놈이냐! 시비할 놈이 어떤 놈야! 응!"

김 승지가 콩 튀듯 하는데 미연이가,

"아버지, 그럼 제가 대신 죽겠습니다. 저 칼루 절 죽여주십시오!"

그때였다. 미연의 울음에 호응이나 하듯이 군중 속에서도 떼울음이 탁 터졌고 이때에 군중들이 웅성대기 시작하였던 것이다.

"네, 아버지, 진정하시고 들어가시지요."

아버지가 한풀 꺾인 눈치를 챈 미연이는 다시 이렇게 승지의 팔을 잡아끌며 사랑방으로 인도를 한다. 승지도 흥분이 식었는지 딸에게 끌리어가며 다시 돌이를 불러세우고 사형만은 취소를 했던 것이다.

"그 대신 그놈들 부잴 내 분부가 있을 때까지 갖다 달구쳐라! 만약에 사를 두었다간 네놈이 대신 볼기 백 댈 맞을 줄 알아야 한다!"

이리하여 미연이 덕으로 장쇠는 매로 때우고 목숨만은 건지었으나 돌이란 위인이 원체 투미한데다가 지금까지의 그 꽁하던 생각이 있어서,

'이런 때 분풀일 못하구 언제 장쇠놈한테 큰소리 해보랴!'

싶어 본때있게 들고쳤던 것이다.

장쇠로 보면 다른 사람도 아닌 돌이놈한테 움쭉 못하고 맞는 것이

절통하게 분했다. 장쇠만 해도 돌이놈이 때리고 싶어 때리는 것이 아님을 모르지는 않는다. 정말 사를 두었다가는 제가 대신 볼기뿐이 아니라 초주검이 되게 맞을 것이기는 하지마는 그래도 사를 좀 둘 수도 있지 않을까 생각하니 이가 북북 갈리는 것이다. 그래서,

"오냐, 이놈 돌아! 네놈이 날 이렇게 패? 오냐, 네놈 직성이 풀릴 때까지 실컷 좀 때려봐라! 매가 아픈 게 아니라 종놈한테 맞는 것이 분하고 절통하다!"

이렇게 이를 갈고 포악을 한 것이 돌이의 비위를 활딱 뒤집어놓았던 것이다.

"뭐야, 이놈아! 종놈?"

"그럼 뭐냐, 이놈! 네놈이 김 승지네 종놈이 아니구 뭐냐, 이놈아!"

"오―냐, 그래, 난 종놈이다. 종놈의 맨 안 아픈가 어디 좀 맞아봐라!"

이렇게 소처럼 덤벼들던 돌이는 주춤했다. 귀밑까지 찍 찢어진 입새로 허연 이를 북 갈며 눈을 까뒤집어쓰고 덤비는 장쇠의 상판대기하며 귀가 다 멍멍하도록 고래고래 지르는 소리가 그대로 성난 호랑이였다. 그래서 돌이는 장쇠가 묶여 있다는 것도 깜박 잊고 서먹해서 한 걸음 뒤로 물러났던 것이다.

"자, 때려라! 돌이놈아! 네놈이 날 이렇게 패고 네 손목쟁이가 성할 줄 아느냐!"

장쇠는 이렇게 악을 쓰더니 와드득 어금니 가는 소리와 함께 돌이의 얼굴에다 피를 확 뿜어대었다.

"어서 때려라! 이눔아, 보갚음으루 언제든지 네 몸은 대가리부터

몽주리 내가 오독오독 깨물어 먹고야 말 테다! 이렇게! 이렇게!"

와드득대는 어금니 가는 소리에 그대로 소름이 쪽 끼친다. 눈에서는 그대로 시퍼런 불똥이 듣는다.

"돌이 이눔아! 네놈이 우리 부젤 때려, 이눔아!"

장쇠 아버지 치수도 이를 북북 갈아젖힌다. 이 앞뒤에서 날아드는 원한과 이 가는 소리는 투미한 돌이일망정 그를 하이얀 공포 속에 몰아넣기에 충분한 것이었다. 만일 그때 김 승지의,

"그눔들 주둥머릴 찢어놔라!"

하는 소리만 들리지 않았더라도 돌이는 장쇠네 부자 앞에 엎드리어 서열서얼 빌었을는지도 몰랐었다.

이것이 그해 섣달 초승께요 장쇠는 이듬해 정월 세배도 못하고 들엎드렸다가 간다 온다 말도 없이 집을 나간 지 삼 년째 접어들거니와 이날 밤 이야기가 근동에 퍼져서 김 승지의 속도 모르고 미연이한테는 청혼이 빗발치듯 하는 중이다. 만일 이 수많은 미연이의 구혼자 속에는 마음도 먹지 말아야 할 탑골 박 의관의 셋째아들 일양이가 끼여 있다는 것을 김 승지가 안다면 어떤 낯을 했을꼬.

일양이가 말만 들어오던 미연이를 처음 본 것도 장쇠를 잡도리하던 바로 그날 밤이었던 것이다.

아들의 소식

어려서부터 져온 지게에 날라리뼈가 굳었건만 한 오륙 년 벗었다

지니 인제는 지게가 배긴다.

장쇠가 집을 나간 후로 원치수는 장쇠가 장성한 이래 벗어던져 두었던 지게를 다시 챙기어 지고 나섰다. 치수는 그 일이 있은 후로 승지네 땅을 모두 내어놓고 말았다.

생각하면 그 땅 몇 뙈기 소작을 얻느라고 공도 많이 들였었다. 장쇠의 할아버지 원 첨지와 치수, 장쇠—이렇게 삼대가 사흘밤을 밝히어 토끼섬에서 잡은 잉어 두 마리에 척척 엉기는 약주술 한 단지를 메고 가서 얻은 논 서 마지기, 치수 자신이 씨암탉 한 쌍에 산삼 한 뿌리를 갖고 가서 얻은 갬뜰 구렛보의 너 마지기 그리고 장쇠가 열다섯 살 때 덫을 놓아서 잡은 꿩 한 마리를 코 아래 진상하고서 얻은 밭 한 뙈기, 남의 땅이건만 정도 들었었다.

그러나 차라리 앉아서 빳빳이 굶어죽는 한이 있다 하더라도 이제 그 일을 당하고서는 김가네 땅을 부칠 수가 없다. 그래서 치수는 땅을 내어던지고 작은아들 장길이와 아주 나무장수로 나섰던 것이다.

치수가 김 승지네 땅을 내어놓을 결심을 하는 것을 보고 동네 사람들은,

"거 쓸디없는 소리. 그댁에서 내어노란다면 몰라도 지레 겁을 먹구 그럴 거야 있는가. 내버려둬 보지?"

이렇게 참아보란 사람도 있었고,

"그걸 왜 내놔! 나 같으면 그놈의 논에다 재갈을 퍼붓더라도 안 내놓겠네나."

꽁무니를 버쩍 추켜주는 패도 있었다. 이런 말을 해주는 사람들도 자기가 그런 경우를 당했으면 그와같이 땅이고 뭐고 내어던질 사람들

이다. 그러면서도 그들이 그런 말을 해주는 것은 치수의 정상이 딱해서 하는 동정인 줄도 치수는 모르지 않는다.

"원, 쓸데없는 소리! 그래, 밥바가질 차구 나서면 나섰지 그깟놈의 논을 또 부쳐먹어? 거 쓸개빠진 소리 좀 작작해요!"

이런 말을 해준 것은 노랑이 아버지 편 서방이었다. 아들 이름을 따서 편노랑이라고 부를 만큼 인색하고 얌치없는 짓을 하기로 이름난 사람이다. 치수는 그가 무슨 의미로 그런 소리를 하는지 속을 빤히 들여다보고 있는 터라 주둥일 비벼주고 싶게 밉살스러웠지만,

"자네가 내 속을 알아주는군그랴."

해주니까 얄이 나서 조잘댄다.

"암, 입은 삐뚜루 박혔더라두 말은 바루 하랬다구 삼수갑산을 가서 산전을 일궈먹기로니 그깟놈의 땅을 또 꾸벅꾸벅 부쳐먹다니 글쎄 될 말인가? 그래두 치수 자네가 맘이 소처럼 요옹해빠져 그렇지 나 같았으면사 벌써 요정냈네, 요정냈지."

편노랑이는 자기딴에는 제 장단에 치수가 춤을 춘 줄 알고 있지만 치수 부자는 그전에 벌써 승지네 땅을 내어놓기로 작정했던 것이다.

식구는 치수 내외에 장쇠와 장길이 필년이와 또네 사 남매와 젖먹이뿐이라 하지마는 갑자기 땅을 송두리째 내놓고 보면 살아갈 길도 난처는 했다.

그러나 그 꼴을 당한 후로는 김가네 말만 들어도 이에서 신물이 날 지경이다. 그 얌전하고 솜씨 좋고 시부모를 친부모처럼 붙임성있게 따르던 며느리를 그놈이 잡아먹은 생각만 해도 치가 떨리는데 그 흔턴 젖을 떼이고 목이 가라앉게 자지러져 울어대는 젖먹이를 볼 때마다 하루

에도 몇 번이나 주먹을 쥐었다폈다 한다.

"장쇠야, 더 생각할 것 없다. 그까짓 땅뙈기 아니면 설마 산 입에 거미줄 치겠느냐. 늬 형제가 있겠다, 나두 안직 너희들한테 굽힐 생각은 없다. 삼부자가 짱짱 벌어먹지."

치수는 장쇠를 이렇게 달래었다. 장쇠만 해도 김 승지네 땅에 미련이 있는 것은 아니다. 금순이가 그 일을 당하던 날 벌써 그까짓 땅뙈기야 헌신짝처럼 버렸지만 이 김가의 원수를 어떻게 하면 갚느냐 하는 데 골몰해서 아버지의 말이 통 귀에도 들어오지 않는 것이다. 원수를 못 갚는다면 차라리 이곳을 뜨는 게 옳다고 장쇠는 생각하는 것이다.

그러나 거기에는 치수가 반대였다.

"왜 쫓겨가? 아무리 법이 없는 양반 세상이라군 하지만 그놈 무서워 대대 살던 고향을 떠나간다? 난 싫다."

치수는 이렇게 버티었다.

"때린 놈은 다릴 못 뻗구 자두 맞은 놈은 다릴 뻗구 잔다더라. 행길을 막구 물어본대두 입 있는 사람치구 우리네 부잴 그르다 할 사람은 없을 거다. 검은 머리가 파뿌리가 되도록 오래오래 살아서 저 김가놈 벼락 맞아 끄스러기가 되는 꼴을 내 눈으로 보고야 죽을란다. 그걸 안 보군 난 못 죽겠다, 못 죽어. 눈이 감겨야 죽지!"

치수는 순수리 담배를 대통에다 꽉꽉 눌러담아 물고는 연방 부시를 치나 불만 번쩍이었지 통 붙지를 않는다. 그럴밖에, 부시를 치는 것이 아니라 들고패는 형상이니 헛불만 날밖에 없다.

"이런 망할 눔의 부시가! 그래 넌두 생각해보아라. 그놈의 집 망하는 걸 보잖구 눈이 감기겠느냐. 첫째 죽고 싶어두 못 죽을 것이, 죽어 저승에 간대두 염라대왕이 발길루 찰 게다! 이 씰개 없는 녀석아… 그 꼴을 당허구 그냥 와? 너 안 그럴 상싶으냐?"

장쇠만 해도 아버지가 미륵동을 떠나고 싶어하지 않는 심정을 모르는 바는 아니다. 두더쥐처럼 땅이나 파고 어떤 때에는 산돼지처럼 산전을 일구어 지질구질하게 살아온 삶이기는 했으나마 벌써 오 대째나 살아온 고향이요 개천가와 밭머리에 흙무더기처럼 모여져 있는 산소일망정 오대를 두고 뼈를 묻은 미륵동이기도 하다.

"가난이란 인력으루 어쩌지 못하는 게니라. 다 하느님이 정해주신 복대루 사는 거야. 느 어머닌 걸핏하면 조상 탓을 하더라만서두 너의 오대조 할아버지께서 이 미륵동에 들어오셨을 때 열두 살이셨더란다. 삼대 독자루 계시다가 열 살에 아버지를 여의고 열한 살에 어머니마저 돌아가시니까 엿목판을 메구 다니시다가 이 미륵동에서 쇠꼴을 비어주구 남의 집에서 크셨거든! 그 아버지의 씨를 그래두 대대 이어왔으니 산소가 잘못 들었다구 할 수도 없지 않으냐."

치수는 장쇠가 철이 들기 시작할 때부터 이렇게 일러주었던 것이다.

"내가 죽은 담에라두 덜컥 부자가 되어 산지기를 두지 못할 마련이면 아예 이 고장을 뜰 생각은 말아라. 자손 된 도리로 조상 산소에 풀이 우거져서야 쓰겠느냐."

그의 아버지 치수가 미륵동을 뜨기 싫어하는 것은 순전히 이 조상 산소의 시제와 사초 때문인 것이다.

이 나라 사람들의 거의 전부가 그렇게 생각하듯이 장쇠 아버지 원치수도 조상을 위해야 복을 받는다고 생각하고 또 믿고 있는 것이다. 그리고 이 조상의 복은 산소를 명당자리에 써야만 한다고 생각하고 있다.

"할아버지 산술 옮겨얄 텐데…."

장쇠가 철이 들면서부터 이런 소리를 들은 것이 수백 번도 되었을 것이다.

"넌 철이 안 나서 몰랐겠지만 할아버지 산소 자리에 물이 비쳤었더니라. 그래두 자리가 좋다기에 그냥 지냈더니만 늘 할아버지가 꿈에 나타나서 척척해서 못 견디겠다구 그러신단 말이여. 그러니 기왕 이장을 할 마련이면 자리를 하나 골라야 하겠는데…."

치수의 자나 깨나 하는 걱정은 이것이었다.

원래 술은 입에도 대지 않거니와 장에 나가도 진종일 떡 한 개 안 사먹는 치수면서도 풍수장이나 지관한테는 머리가 땅에 닿게 굽실대고 어디서 만나든지 칙사처럼 술이고 밥이고를 대접하는 것을 장쇠는 여러 번 보았었다. 그래서 기어코 치수는 일을 저지르고야 말았던 것이다.

장쇠가 열일곱 살 되던 해 어떤 여름밤이었다.

장쇠는 토끼섬 가는 길에 있는 뙈기밭 원두막에서 깊이 잠이 들어 있었다. 마침 어떤 웅덩이를 푸고서 막 득시글거리는 먹미꾸리를 체로 그러담는 꿈을 꾸고 있는 판에 원두막이 흔뎅거리어 장쇠는 잠이 깨었었다.

"누구요!"

겁이 나서 묻는 말에,

"내다."

하고 아버지가 올라왔었다.

"떠들지 말아라!"

장쇠는 무슨 영문인지도 모르고 숨도 크게 쉬지 못했었다.

"너 괭이하구 가래 어따 두었지야?"

"저 밭머리 가시덤불 속에 감춰뒀어유."

"그래, 거 잘했다."

치수는 사방을 한번 휘 둘러보고서,

"달이 너무 밝은가?"

하더니 한참 생각을 한다. 그러더니 은근히,

"가 가져오너라."

치수는 장쇠한테서 가래와 괭이를 받아서 지게에 얹더니 아무 말도 없이 따라오라는 것이다. 저녁에 가래와 괭이를 주며 내다 두라기에 어디 물꼬를 치려나 했더니 동네를 옆에다 두고 서낭당 쪽으로 올라가는 것이다. 지게에는 거적 한 장만이 얹혀 있었다.

"어디 가유, 아버지."

"쉬—."

치수는 돌아다보고서,

"암말두 말구 따라만 오너라."

이윽고 간 데는 할아버지 산소였다.

치수는 지게를 내려놓더니 무덤을 파기 시작하는 것이었다. 장쇠도 묵묵히 아버지가 시키는 대로 했다. 파는 동안에 궂은비가 내리기 시작하였다.

"하느님이, 아니 할아버지가 우릴 도와주시는구나."

비가 온다고 하늘을 책할 줄만 알았던 아버지는 이렇게 되레 비를 반기었다. 이 무서운 작업은 세 시간이나 걸리었다. 그리고 다시 오봉산 태봉 속으로 들어가서 또 세 시간이나 걸려서 이장을 마치고 치수는 비로소 허리를 툭툭 쳤던 것이다.

아버지는 이렇게 말했었다.

"인전 됐다!"

몹시 흡족한 모양이었다.

"인전 너희들두 큰 고생은 않구 남부럽지 않게 살 게다. 자손두 번창할 게구!"

그러나 이 밤의 무서운 작업은 그것으로 끝난 것은 아니었다. 삼대까지는 영혼이 있다면서 치수는 위로 삼대를 차례차례 매년 한 무덤씩 이장을 했던 것이다.

작업은 언제나 한밤중에 시작해서 밝기 전에 끝났다.

"장쇠야, 담에 무슨 일이 있더라도 이 말을랑 아예 입 밖에 내어선 안 된다. 느 어머니한테두 그렇구. 담에 네가 장갈 가더라두 네 처한테두 이 말만은 해서는 안 돼. 알았느냐?"

"야!"

"그러구, 이 자릴 잘 봐두었다가 언제든지 네가 잘살게 되면 분을 모아야지. 태봉은 나라 땅이니까 들키는 날이면 우리 삼부잰 말할 나위도 없지만 조상까지 욕을 보이는 거야. 알아들었지야."

"야—."

맨 마지막으로 이장을 한 곳은 김 승지네 아버지가 묻힌 바로 머리맡이었다. 치수는 김 승지 아버지 김 참판 장사 때 풍수나 함직한 어떤 늙수그레한 조객 하나가 산소자리가 세 간통만 올라붙었더라면 좋았을 것이라고 수군대는 소리를 들은 일이 있었기 때문이었다.

치수는 그때부터 이 묘자리를 점찍어두었던 것이다.

치수의 남은 생이란 것이 두더쥐처럼 땅을 파는 일과 이 일대의 산소를 지키는 것임을 잘 알고 있는 장쇠로서는 이 이상 아버지의 뜻을 어길 수는 없었다.

그렇다고 이 김 승지놈이 사는 동네에 단 한시도 붙어 있을 수가 없었다. 장쇠는 결심을 하고 집을 떠났다.

울분을 헤치기 위해서라도 지금의 장쇠한테는 그것이 필요했었다. 장쇠가 집을 나가자 치수는 툭툭 털고 덕산으로 먼산나무를 다니기 시작했다. 덕산이란 오봉산을 둘러싼 겹산으로 미륵동에서는 한 행보에도 안팎 사십리 길이나 된다.

그는 삼 년 전 그 일이 있은 뒤로 김 승지네 땅만 내놓은 것이 아니라 그놈들이 말리는 오봉산에는 몰래 산소에를 갈 때 이외에는 발도 들여놓지 않았던 것이다.

치수는 그날은 서둘러서 좀 일찍이 산에서 내려왔다. 그가 장길이를 앞세우고 집에 돌아온 때는 한참 길어진 해도 한뼘 푼수밖에 남지 않았다. 장쇠 소문을 들은 것이 바로 이날이었다.

그는 나뭇짐을 부리고서 옷을 갈아입었다. 갈아입는대야 정강이에 차는 홑두루마기를 걸치고 머리의 수건을 바꾸어 매는 것이다.

"생원님네 갈라구 그래유?"

"응, 될지 안 될지 모르지만 한번 가뵙구 뗄 써볼라구. 접때 그것 잘 됬지."

"야—."

"인 주게. 달걀두 한 꾸레민 되던가?"

"돼유."

"그래, 그럼 달걀하구 다 인 줘."

"오실 제 병을랑 비워달래가지구 와유. 한내 아이가 저번에 잊어버리구 간 거니까 오거든 줘보내야 해유."

"뭐 그댁에서 병이야 어련히 내줄까봐서…."

치수는 아내한테서 흰 사기병에 든 술과 달걀 한 꾸러미를 싸들고 집을 나서더니 휑하니 샛말 감나뭇골로 달음질을 친다. 달이 있기는 하지만 늦으면 마실꾼들이 모여들까 일부러 저녁 전을 택하여 샛말 이 생원을 찾기로 한 것이다.

이 생원은 샛말 감나뭇골 글방 학장이다. 벼슬을 못했으니 양반값에도 가지 않고 돈이 없으니 세도도 없건만 원간 글이 놀랍고 인품이 도저해서 김 승지나 박 의관보다도 우러러보는 사람이다.

땅이랄 값에도 못 가는 전답이 두어 섬지기는 되어 이것을 내어주어 일년 계량을 하고 봄과 가을에 한 번씩 걷어주는 곡식으로는 즐기는 술을 담가 여생을 보내고 있는 신선 부럽지 않은 학자다.

토끼섬 구렛보 밑에 있는 이 이 생원의 논 열 마지기가 재작년 큰물에 쓸리어 아주 폐답이 된 채로 있는 것이 있어 치수는 작년부터 이 논에 눈독을 들여온 것이다. 김 승지네 논을 내어던질 때는 다시는 그놈의 농사는 짓지 않는다고 큰소리를 했지만 먹고살기도 어렵거니와 어려서부터 몸에 밴 농삿일보다 즐거운 것이 없다.

글방에 다다르니 아이들의 글 읽는 소리만 요란하고 아랫목이 텅 비었다. 장앳말 허선달 집에 환갑잔치를 먹으러 갔다는 것이다.

"오늘 모두 강을 받으신다고 하셨으니까 해전까진 오실 꺼여유."

하고 처녀처럼 치렁치렁하게 머리를 땋아내리고 새파란 바탕에 학과 솔을 수놓은 필낭을 찬 총각이 이렇게 일러주는 대로 젖은 담배 두어 대 내기나 기다리고 앉았으려니까 장에 갔던 임보성이가 거나하니 취해서 오다가 보고는,

"아, 여길 어째 다 오셨시유."

하고 인사를 하더니만 대뜸 하는 소리다.

"장쇠가 왔다면서유?"

"뭘! 장쇠가? 누가 그러던가."

"아이, 그럼 모르구 오셨구먼유. 아까 들어왔대유. 전두 지금 장에서 듣구 오는 길여유."

통 곧이들리는 소리는 아니나 그렇다고 들어오지 말란 법도 없지 않으냐? 치수는 반가운지 무서운지 분간도 못했다. 죽었거니 했던 장쇠 얼굴이 나타나기가 무섭게 김 승지놈의 눈깔이 불을 뿜고 덤비는 것이다.

그러나 그깟놈 뭬라면 대수냐! 치수는 술병이고 말고 다 내어던지듯 하고서 곤두박질을 해가며 살처럼 집으로 돌아왔던 것이다.

꼭 죽은 자식으로만 쳤던 장쇠가 돌아왔다는 말만 들어도 치수는 눈이 버언해졌다.

없던 기운이 버쩍 난다.

치수가 단숨에 동네로 들어오니까 보는 사람마다가,

"장쇠가 왔다지유?"

반가워 해주는 인사다.

"에, 그렇다나보오!"

붙들고 이야기나 하자 할까봐서 건성 대답을 해가며 삽짝문을 들어서니 마당 한가운데 나와서 오도카니 서 있던 아내가 솔개미처럼 내달으며,

"이거 큰일났수!"

하는 것이다.

치수는 또 가슴이 덜컥 내려앉았다.

"왜? 뭐가?"

"글쎄, 큰애가 들어왔다는군유!"

"허 참, 뭐가 큰일이야. 나갔던 사람이 제집 찾아오는데 큰일이 무슨 큰일. 대관절 그래 갠 어디 있소?"

"글쎄, 모르지유."

"뭐, 몰라? 그럼 집엔 안 들어왔단 말여?"

"집엘 어딜."

"그럼 어떻게 된 거여. 말을 똑똑히 하질 못하구 이건 떨긴 왜 이리 떨어. 아, 임자, 무슨 큰죄 졌어!"

"글쎄, 모두들 장쇠가 들어왔다구 인사들을 오는구먼서두!"

"무슨 소린지, 원!"

치수는 아내한테서 자세한 이야기를 듣더니,

"그럼 그렇지. 죽은 자식이 살아오다니!"

하고 봉당에 털썩 주저앉는다. 긴 한숨이 내어뿜어진다. 그러더니 벌떡 일어나서 삽짝 밖으로 뛰어나간다. 소문 출처를 좀 캐어보잔 것이리라.

그러나 만나는 사람마다 달라서 통 종잡을 수가 없다. 마치 구름을 잡는 이야기였다. 보았다는 사람을 좇아갈라치면 아직 장쇠가 들어왔

다는 소식조차도 모르고 있다. 마지막으로 응서도 만나보았다.

"뜬소문이로군! 허 참."

열사흘 달이 삽짝에 걸렸다. 달조차 밝으니 곧 미칠 것만 같다.

장길이가 수소문해본 결과도 치수가 알아본 것과 진배가 없다.

"어서 저녁이나 잡수시우. 참말루 들어왔다면 길 몰라서 집 못 찾아오겠수. 어서 들어가 한술 떠요."

아내도 권하고 장길이도,

"진지 잡수셔유. 지가 또 좀 나가볼께유."

하고 일어서 나간다.

"젠장, 술이라두 먹을 줄 알았으면 좋겠다. 이건 생때같은 자식을 죽이구서— 참 복통을 할 노릇이지. 그런데 만석이놈은 자는가?"

손자놈 말이다.

"자는 게 뭐유. 인저 네 살 먹은 게 뭘 안다구. 어서 들었는지 아버지 어디 있느냐구 졸라대서 또네가 업구 나갔시유. 것두 귓구멍이라구 뚫려서— 어서 저녁이나 한술 떠유."

치수는 그만 성을 벌컥 낸다.

"글쎄, 안 먹는대두 그래— 이건 누가 밥에 환장이 된 줄 아나. 밥 밥 하구 밥타령이게시리! 배가 고프면 오죽 챙겨먹을까봐서 야단여!"

"글쎄, 그러지 말구 한술 떠유. 이 진진 해에."

"후려갈긴다!"

치수가 그냥 잡아먹을 듯이 울부라려도,

"날 때리구라두 한술 떠유. 사람이 휘져서 견디어나우."

하더니 방의 밥상을 내어다 남편 앞에다 놓고 또 한번 권한다.

"김 승지네 하인들이 개 쏘다니듯 한다니 한술 떠둬유. 걜 봤단 사람은 모주리 불러들이는 모양이던데 우리집에 그 앙화가 안 미칠 리 있겠수. 와 몰켜와노면…."

"흥, 잡아다 또 달구치라지!"

아내 권에 못 이기어 치수는 술을 든다.

이쯤 되면 밥을 먹는다는 것도 커다란 고역이다.

모래를 씹는 것만 같다.

엔간히 씹어 넘기는데도 마른 톱밥처럼 목구멍을 콱콱 틀어막는다. 깡조밥인 때문만도 아닌 것이 혓바닥까지가 까슬까슬하다. 호된 몸살이나 앓고 난 아침 같은 입맛이다.

"치우게. 어디 넘어가야지 먹지."

두서너 술 뜨는 둥 마는 둥 하고 상을 물리고 나는데 또녜가 만석이 놈을 업고 들어온다.

"자니?"

"안유."

"만석아! 왜 안 자구 그래."

치수 아내가 또녜 등에서 만석이를 받아 내리면서 하는 소리다.

"일찌감치 자야지 낼 또 놀지."

"나 안 자. 아부지 오문 잘 테여."

뼈가 사뭇 저릴 소리다.

"만석아."

"응."

"어서 할머니하구 들어가 자거라. 만석이가 자야 애비가 오는 거야. 에— 우리 만석이 착하지. 어서 들어가 자. 네가 자야 할아버지가 가서 애비 데리구 오잖니."

치수는 이렇게 손자놈을 달래고서 아내를 보고 데리고 들어가라고 눈짓을 한다.

"즈 아버지두 들어와 허리나 좀 펴구 나가시우. 그놈의 먼산나무질을 언제나 면하누."

치수 아내는 한숨을 '후유' 쉬고 만석이를 안고 방으로 들어간다.

"넌 커다란 계집애년이 어딜 그리 까질러다니는 거야!"

치수는 모든 것이 못마땅하다. 그러면서도 금세 딴소리다.

"네 작은오래빈 어디 있던? 덕만네나 칠성이네나 가서 좀 불러오너라."

또녜는 조심조심 밖으로 나간다. 열네 살치고는 옹졸한 편이나 그래도 처녀티가 탁 박혔다.

'올엔 저것두 치워야지!'

치수가 달빛 내리는 소리가 곧 새액새액 들리는 듯싶은 밝은 하늘을 쳐다보며 이런 걱정을 하고 있노라니까 장길이가 껑충껑충 말망아지처럼 뛰어든다.

"아부지, 어디루 좀 피해유!"

"왜?"

"지금 막 야단여유. 김 승지네 하인들이 담뱃대장수하구 장복 아부질 끓어앉히구서 성 찾아내라구 막 야단이 났어유. 조금 있으면 아부질 또 데릴러 올지 알어유."

장복이란 응서의 딸 이름이었다. 또녜의 나이 또래로 벌써 칠성이

하고 눈이 맞았느니 어쩌니 해서 치수가 또네더러 통 가까이하지 말라고 주장질을 해오는 터다.

“응서가 그래 많이 맞았다던?”

“죽두록 맞구 앞잡일 서서 눈검정이네 집에서 자구 있는 담뱃대장수를 가서 끌구 왔대유. 아버지두 어디로 좀 피해봐유.”

“우리집엔 아무도 안 왔었지?”

“돌이가 한번 왔다 갔어유. 인동 할머니가 덕만네 집에 두 번이나 와서 묻더래유. 들어온 건 분명한데 어디다 숨겨뒀다구유.”

“고런 불여우 같은 년! 숨겨두긴! 뭐 와 찾아보라지! 반짇그릇 속에 숨겨뒀나! 내버려둬라. 잡아가겠으면 잡아가라지! 인전 난두 악밖엔 남은 게 없어!”

그날 밤, 치수는 뜬눈으로 밤을 밝히었다. 장쇠를 기다리는 마음도 간절했거니와 언제 잡으러 올지 모르는 김 승지 집 하인들 때문에 좀처럼 잠이 들어지지를 않는다.

쥐만 버썩 해도,

‘장쇤가?’

‘돌이놈인가?’

이렇게 두 가지 생각이 한데 덮친다.

그러나 장쇠도 돌이도 오지 않았다.

그래도 지금까지는 입으로는 ‘장쇠가 죽었느니라’ 하면서도 속으로는 은근히 혹 살아 있을지 모른다는 희망이 가져지더니만 뜬소문을 듣고 나니 인제는 정말 죽었는가도 싶다.

도시 그런 소문을 안 들었느니만도 못하다.

'살았을 리가 없지. 살았으면야 이렇게 삼 년토록이나 꿩 구워먹은 소식일까? 정녕코 죽은 거야.'

이렇게 생각하니 새삼스럽게 기운이 푹 꺾인다.

닭이 두 홰를 치자 치수는 일어나서 등잔에 불을 당기었다. 장길이가 광명두를 발길로 찼는지 기름이 다 엎질러지고 기름이라고는 접시 밑바닥에 겨우 자작자작한다. 치수는 심지를 올려놓아 불을 돋우고 천천히 담배를 담는다. 쌈지를 집어들고 한참 생각에 잠기고 쌈지 끈을 끌러가지고 또 깊은 생각에 잠긴다. 재떨이가 보이지 않아 문지방에다 대를 털어 순수리를 한 대 담아들고서는 또 멍하니 앉았다.

담뱃대장수가 장쇠를 잘못 보고 그런 소리를 했다는 것이 도시 믿어지지 않는 것이다.

'그 사람이 매에 못 이기어 그랬겠지. 장쇨 봤으면 한두 번만 봤을까. 이 근방에서 우리 장쇠 얼굴을 모를 사람도 있을 리 없겠구….'

더욱이 이 근처 장을 뺑뺑 돌면서 가는뼈가 굵은 그 장돌뱅이가 씨름꾼 원 장군의 얼굴을 잘못 보았다는 게 도시 안 될 말이다.

'그렇다면 어디를 갔을꼬? 모르지. 혹 집이 궁금해서 몰래 좀 다니어가려다가 그 장돌뱅이한테 들켜노니까 어디로 새어빠졌는지도 모를 일이 아닌가.'

그렇기나 했으면 오죽 좋으랴 싶다.

그러나 이튿날도 장쇠 소문은 통 없고 김 승지네 이야기만이 떠돌았다.

치수는 어찌됐든 김 승지가 한 번은 잡아다 족치리라 했던 것인데 이튿날이 다 가도록 역시 아무 소식이 없다.

또 하루가 아무 일 없이 지나자 치수는 김 승지한테서 아무 말도 없는 것이 되레 불안하기 시작했다.

필시 무슨 딴궁리를 차리는 것만 같다. 그렇지 않고서는 이렇게 고스란히 내어버려 둘 리가 없다 싶었다.

그러나 아무 일 없이 다시 닷새가 지났다. 그동안에도 김 승지가 박의관을 찾아갔느니, 음전이가 쫓겨났느니, 별소문이 다 들리면서도 치수네 식구한테는 단 한 마디 오라 가라 말도 없어 내일부터는 다시 나무를 가리라고 다 저녁때 낫을 갈고 있자니까,

"아버지!"

하고 한내로 출가한 필년이가 세 살배기를 들춰업고 들이닥친다.

"아, 네가 웬일이냐!"

치수도 벌써 가슴부터 뛴다. 지난 정월달에 다녀간 필년이가 달포만에 또 친정에를 올 리가 없었던 것이다.

저녁불을 때던 치수 아내도 불붙은 부지깽이를 횃불처럼 들고 뛰어나오면서 반기기보다 먼저 눈이 휘둥그렇다.

"아니, 네가 웬일이냐?"

"다니러 왔지요."

필년이는 할 말이 없을 때 사람들이 잘 웃는 딱한 웃음을 띠고,

"하두 꿈자리가 뒤숭숭하구 해서 잠깐 다니러 왔시유."

"그렇기나 하면— 난 또 무슨 괴변이나 생겼나 했구나. 시장하겠구나. 어서 들어가거라."

치수는 필년이가 가지고 온 보따리를 슬쩍 훔쳐보면서 다시 숫돌 앞에 가 쪼그리고 앉는다.

이렇게 일년에 두 번씩이나 친정에를 드나드는 것 자체가 찐덥지 않은 이야기다. 더욱이 정월 보름 지나서 왔다가 사흘이나 묵고 갔으니 다녀간 지 아직 한 달도 채 못 되었는데 이렇게 달려드는 꼴이 무슨 곡절이 있어도 이만저만한 곡절이 아닌 성싶다. 더구나 접때 다니러 왔을 때 시어머니 흑책질에 못 견디겠다고 눈물을 짤금대던 꼴을 본지라,

'이것이 또 시집을 쫓겨난 게나 아닌가!'

이런 걱정부터 앞을 서는 것이다. 딸자식이란 출가를 시켜도 상전이다.

첫째, 달포 만에 친정에 다니러 오는 보따리치고서는 엄청나게 크지 않은가. 정월에 떡에 엿에다 해 싸가지고 왔을 때의 보퉁이보다도 월등 덩치가 크지 않으냐.

"그 변덕쟁이 여편네가 돼질 통째루 먹어야 직성이 풀릴 걸 그랬나 보다!"

치수는 낯을 썩썩 문지르며 이렇게 구시렁댄다. 맏딸 필순이는 목계로 시집간 지 칠 년이나 되었건만 아직 아이를 설어도 못 보았으니 쫓는다거나 첩을 얻는다거나 무슨 소릴 다 한대도 이쪽에서야 대꾸할 말도 없다지만 이건 가던 길로 독같은 아들을 낳아 안기었겠다, 저희들 내외 금실도 나쁘지는 않은 모양인데 시어머니가 들고볶아댄다니 세상은 고르지도 못하다.

그래서 마침 시어머니가 돼지고기를 좋아한다기에 먹고살기에도 죽을 지경이지만 딸자식 둔 죄로 그 비싼 돼지다리를 하나 사서 들려 보냈던 것이다.

"집안이 잘되자면 딸자식이 잘돼야 헌다는데…."

도시가 모두 귀치않은 노릇뿐이다.

이런 생각 저런 생각에 짜증만 나서 구시렁대다 보니 낫날이 훌떡 넘었다. 치수가 장길이의 낫까지를 갈아들고 일어서려니까 삼거리로 나무를 팔러 나갔던 장길이가 지겟다리에다 고등어 한 손을 매어달고 들어오며,

"누이 왔지유?"

한다. 어디서 벌써 듣고 온 모양이다.

"왔나부다!"

평양감사도 다 귀치않다는 말씨다.

필년이가 저녁상을 들고 들어가는 것을 보고도 맥이 풀리어 봉당 끝에 멍청하니 섰으려니까 할멈이,

"즈 아버지, 이리 좀 들어와유."

하고 부엌으로 불러들이어 자꾸 나뭇간 구석으로 끌고 들어가더니,

"장쇠가 재네 집엘 갔더라는군요!"

하고 와들와들 떤다.

"그래, 개 말전갈두 있구 마침 즈 남편두 읍내까지 나오는 길이래서 따라나섰다는군그랴, 뭐 별 변고나 없을까?"

"옳지, 정말 살기는 살았구나!"

하고 무릎을 탁 쳤다. 장쇠만 살았다면 인제 호랑이도 무섭지 않았다. 김 승지 아니라 상감님이 뭐란대도 겁날 것 없다 싶었다.

장쇠가 정녕히 살았고 또 필년이가 시집에서 쫓겨난 것이 아니라는 이 두 가지 사실에 치수는 목이 다 컥 메이는 것 같았다.

"살았구나!"

한참 만에야 치수는 이렇게 토하듯 말했다. 말이라기보다 그것은 긴 한숨이었다.

"개두 즈 시집에서 쫓겨온 게 아니구?"

"쫓겨오긴 왜."

"난 꼭 그렇게 알았었소. 어떻게 됐다지? 이리 좀 앉아. 언제 개가 즈 집엘 갔더래여?"

"닷새 됐다니까 바루 그날이지 뭐유? 오늘이 닷새째 아니우?"

"그렇군. 바루 읍내 장날이었군. 그래, 어떻더래? 뭬라구?"

"객지루 고생하구 다닌 요량해선 신순 멀쩡하더래유. 집이 하두 궁금해서 몰래 좀 다녀갈려구 들어왔다가 그 녀석한테 들켰다지 뭐유. 그 대루 올려다가 아버지 옷감이나 한 가지 끊는다구 장에 들어서던 길루 그 작잘 만났대유."

"꼭 내 생각대루로군. 그래서?"

"그 녀석이 봤으니 단박 소문이 날 게구 며칠 잠잠해지건 하루 다녀간다구 그러더래유."

"그래, 어디루 간다구?"

"그런 얘긴 통 않구. 그래, 그동안에 어디서 뭘하구 지냈느냐구 재가 물으니까 픽픽 웃기만 하면서 그럼 사내자식이 어디 가 굴르기루니 제 몸 치다꺼리 하나야 못헐까, 그러더래유."

"어쨌든 살아 있기나 하니 다행한 일이다!"

치수는 또 한번 숨을 내두른다.

"살아 있기만 하면 나 죽기 전에 한번 만나보겠지— 그만 들어가 밥먹게 하지."

치수 아내는 남편을 따라 방으로 들어갔다.

"참, 걔두 그러더랍디다만 통 입 밖에 내지 말아요. 장길이한테두 말할 것 없지 뭐."

"아―무렴."

"그러구 걔가 온 집안 식구의 옷감을 한 벌씩 끊어 보내더래요. 객지에서 저 한몸 치다꺼리두 어려울 겐데!"

치수네는 오래간만에 지기를 펴고 저녁을 먹었다. 만석이는 고모가 사다준 엿을 먹느라고 입이 떡 벌어졌다.

낳은 지 반년도 못 된 것을 보고 나갔으니 아들이 들어와 보면 오죽 대견해하랴 생각하니 눈시울이 시큰해진다.

저녁을 먹고 나서 아이들은 잠이 들고 장길이도 마을을 나가자 필년이는 보퉁이를 끌렀다.

비단처럼 발이 고운 무명이 세 필에 명주가 한 필, 만석이를 생각하고 샀음직 싶은 비단 자투리가 너덧 오리 들어 있었다.

치수 댁은 옷감에서 아들의 냄새를 맡을 수 있었다.

"참, 명두 곱기두 하다. 이런 무명은 비단 내놓구 입겠네나."

이런 소리를 하고 있는데 필년이가 왔다는 말을 들었노라고 덕만 어머니와 칠성 어머니 한떼가 몰려든다.

치수 댁은 부산하게 보따리를 치우면서,

"글쎄, 이 철없는 것 좀 보래유. 즈 시어머니하구 싸우구선 가란다구 이렇게 싸들구 왔다는군유. 그래, 제 남편이 가란 말 없는데 어째자구 이러구 온대유. 내 참, 딸자식들까지 속을 이렇게 썩여준다니까유."

"딸자식은 저게 탈이라니까!"

멋도 모르고 덕만 어머니가 맞장구를 쳐준다.

한식寒食

절기에 가장 예민한 것이 농군이다. 풍증 있는 사람이 비오는 날을 미리 알듯이 그들은 일자 무식이라도 생리生理로 절기를 안다. 물소리만 듣고도 그것이 해빙머리의 물소리인지 여름철의 물소리인지를 용이하게 구별하고 풀 한 잎, 나무 한 가지를 만져만 보고도 청명절이니 곡우절을 알아맞힐 줄 안다. 갖은 짐승의 털만 보고도 못자리를 할 때인지 갈보리를 심을 때인지를 짐작하고 또 그것은 정확도 하다.

일년내 문밖에를 나가보지 못한 병자라도 뜸부기 소리만 듣고도 벼가 몇 치는 자랐느니 아시를 맬 땐지 이듬을 맬 때인지 세벌 훔치개를 할 때인지를 알아내고 가새목진 보리싹만 보고서도 입동인 줄을 아는 것이다.

그리고 이러한 그들의 징험은 마치 캄캄한 속에서도 손이 먹을 것을 귀나 코로 가지고 가지 않고 영락없이 입에다 넣듯 정확한 것이다.

"얘, 애 어마, 참새털 보니 오늘 밤은 호디게 춥겠다. 김치독 싸게 하렴."

그들은 이렇게 말한다.

"여보, 청개구리 우는 소리가 쏘낙비 오려나 보우, 장독들 단단히 덮지?"

그런 날이면 영락없이 비가 쏟아진다.

그들은 또 자연을 보고서 계절을 맞춘다. 달력이 없어도 달을 한번씩 치어다보기만 해도 몇월 며칠이라 하면 틀림이 없고 은하수와 북두칠성의 자리를 보고서도 철을 알아낸다.

그러나 절기에 가장 투미한 것도 또한 농군들이다.

농군들이 절기에 예민하다는 것도 한식절부터 입동절까지의 일이요 입동이 지나면 이듬해 한식날까지 해가 동에서 뜨는지 서에서 뜨는지도 모른다.

그들은 팥죽상을 받고서야,

"뭐? 벌써 이렇게 됐나, 그럼 또 한 살 먹었게시리. 허 참."

이렇게 깨닫고 놀라고 한다.

입동이 지나면 그들은 개구리와 함께 동면으로 들어가기 때문이다. 날이 푹하면 땔나무차로 산에 올랐다가도 곤두박질을 해서 안방이니 봉놋방에 처박히면 조금만 으르르해도 문밖에 나와 볼 염량도 않는다.

밤이면 모여 앉아 한쪽에선 신을 삼고 멍석을 트는가 하면 한구석에서는 이야기책도 보고 투전판도 벌인다. 눈을 뜨면 밥이고 죽이고 복에 닿는 대로 기다리고 있고 한술 뜨고 나면 또 쩔쩔 끓는 봉놋방이 기다리고 있다. 저녁에는 또 이야기 장단이다, 노름이다, 집일이다가 그들을 기다리고 있는 것이다.

그들의 삼동 동면은 정월 보름 망월의 쥐불놀이로 대개 끝을 막고 보리훙넌 떼어넘기기 윷을 놀면 그만이다.

그러나 삼동을 두고 절기와 아무 상관이 없이 살아온 농군들은 우수, 경칩, 춘분, 청명—이렇게 풀풀 날아들어도 봄보리 때가 어느 땐지도 모르고 엄벙뗑 보내다가 떡 한식이 닥쳐야만 비로소,

"어쿠!"
하는 것이 보통이다.

산소에 갈 제물을 차리어 이남박에 담고 자리를 꺼내어 지게에 지고서 동구를 빠져나가 보고서야 정말,

"아—니."
하고 눈이 휘둥그레지는 수가 많다.

"아—니, 그래, 벌써 이렇게 됐던가. 이 잔디 좀 봐. 저 버들가지 푸른 것하구."

"아—니, 참말! 입동이 어제 같은데 저 보리 좀 보지? 성미 급한 노고지린 새끼 치겠다구 덤비게 됐는데!"

"참 빠르군."

"참 빨라. 이거 난 봄보리 잡쳤네나. 인저 심어두 늦진 않을까, 원."

"아—니, 이 사람. 그래, 경칩이 지난 지가 언제라구 여태 뭘했나? 난 잿거름이 달려서 그러구 있지만!"

주고받느니 너나없이 절기를 놓친 이야기들뿐이다.

"젠장할. 거 김 승진지 날김생인지 때문에 그렇잖나베. 장쇠네가 농살 짓는다면 거 치수 등쌀에 절길 놓칠래두 힘들 겐데, 그 사람이 폐농을 한 뒤로는 망종에 가서 봄보리 골 켠다구 서둘잖겠나."

이렇듯 그들은 한식날에서야 겨우 동면에서 깨는 것이다.

—오늘이 바로 그 한식날이었다.

이날 치수도 삼색 실과와 북어포 한 접시에 제수를 갖추어 장길이에게 지워가지고 집을 나섰다.

치수 아버지의 산소가 있는 서낭당 근처에는 미륵동 장성업이 아

버지와 소장수 윤 서방 어머니의 산소가 있었다. 성업이는 치수와 어려서 같이 큰 사이다.

치수는 손자놈을 데리고 성묘를 하고 막 돌아오는 장성업이와 아버지 산소 앞에서 딱 마주쳤다.

"허, 기특하군. 우리 성님이 아들을 잘 두어 절기 찾아 차례를 잡숫는구나."

하고 치수가 농담을 하니까,

"웬, 저런 고얀놈. 저놈 볼길 맞어야겠군!"

하고 껄껄 웃고는,

"어서 두어 번 꾸뻑하구 오게. 내 여기서 기두름세."

"먼저 가지. 난 또 토끼섬으루 다녀가얄 게니."

"그러지 말구 어서 꾸뻑하구 오게나. 이 사람 녀석아."

하고 남의 속도 모르고 풀밭에 털썩 주저앉는다.

치수는 빈 무덤에 절을 하고 일어섰다. 남의 눈속임으로 매해 하는 노릇이지만 치수는 생각할수록에 싱거웠다.

진짜 성묘는 사람들 모르게 또다시 하러 가지 않으면 안 되었다.

치수가 제물을 걷어가지고 장성업이한테로 오니까 장 서방은,

"이리 내게. 우리 성님이 잡숫다 남긴 게니 동생이 좀 먹세. 장쇠두 없겠다. 술은 남겼다가 초 만들겠는가?"

하고 술병을 뺏아서 그득히 한잔 따라 마시고,

"거 토끼섬 구렛보 이 생원네 논 말일세. 자네 어떡허기루 허구 그거 얻었는가."

"첫핸 없구, 담해부터 이태는 반도지루 했네만 거 어디 구실할 것

같잖은걸."

"허, 이 사람, 무슨 소린가. 힘이 들어 그렇지 개답만 해노면 구렛보에선 노랑자윌세. 그 배미가 가알 받던지, 원?"

"구렁논이니까 가알 받을걸."

"허, 그러문야 양석 나구말구! 그래, 개답 부빈 어떡한다구?"

"작인이 내야지. 난 이백 명 품을 잡았지만 그것 가지구 어림없겠는데! 한 삼 년만 거저 해먹어두 좀 날 성싶더면서두 어디."

이런 이야기를 하면서도 치수는 성업이한테 술을 뺏긴 생각을 하니 슬며시 부아가 돋았다.

오늘 밤 정말 태봉 산소에 가자면 어디 가서 다시 술 마련을 해야 할 텐데 암만 궁리를 해도 만만한 자리가 없다.

치수는 삽짝 밖에서 성업이와 헤어졌다.

집에 들어오는 길로 할멈을 슬며시 불러서 어디서든지 약주를 좀 구하라 귀띔을 하고서 지게에다 괭이와 싸리 삼태를 얹어가지고 토끼섬으로 나갔다. 장길이도 물론 따라섰다.

벌써 열흘째나 해오는 구렛보의 방천을 하러 가는 것이다.

치수는 성업이한테는 이백 명 품으로는 어림이 없겠다고 했지만 어쩌면 그 안쪽에 들지도 모른다고 은근히 기뻐한다.

지난가을에 생각이 났을 때 바로 이 생원한테 좇아가서 졸라대었더라면 올 농사도 지었을 것을 하고 생각하니 분하기 짝이 없다.

"개 때문에 열흘 하나는 또 늦었지!"

하루가 새로운데 장쇠가 들어왔다는 소문 때문에 칠팔 일이나 건성 보냈던 것이다.

"애, 장길아, 너 내일을랑 아침 일찍이 장에 좀 나가봐라. 저 감나뭇골 이 생원께선 네발 가진 즘생의 고기를 자시면 두드러기가 돋으시니 닭이 났거들랑 한 마리 사 가지구 오게 해라."

"야."

"허구 넌두 그 양반의 은공을 잊지 말아야 한다. 사람이란 남의 공을 모르면 사람값에 못 가거든. 그 어른이 우리네 삼부자한테는 일생에 큰 은인이여!"

"야."

"혹시 너의들 좁은 생각에는 이쪽 부비 들여서 폐답된 땅 논 펴주는데 고맙긴커녕 이쪽이 치할 받아야 하잖나! 이렇게 생각할지두 모르지만, 아여 그런 게 아니니라."

사실 이 생원은 치수의 말을 듣더니만 첫마디에 승낙을 했던 것이다. 그래서 치수가 절을 몇 번이나 하며 치하를 했을 때도 이 생원은,

"허, 이 사람. 치하는 내가 해얄 겐데 자네가 되려 치할 해노면 난 어떡하는가?"

"원, 생원님두. 별말씀을 다…."

"아닐세, 그 논은 치수 같은 농군 손에 들어가야만 곡식 먹느니. 그렇잖아두 자네가 김 승지 댁에서 그 일을 당하구 대대 살던 고향을 뜨느니마느니 할 때 내 땅만 있었으면 썩 내서 주구 싶었지만 그뒨 남의 일이라 그만 잊어버렸었네!"

그는 또 이렇게도 말해주었었다.

"거 장쇠가 있었더라면 오죽 좋았겠는가. 김 승지가 자네겐 참 못할 일 하네나."

치수와 장길이는 논에 이르기가 무섭게 벗어부치고 돌을 져 날랐다. 논이 아니라 사뭇 돌자갈밭이다. 쓸어 엎었거니만 했던 것이 파고 보니 그대로 돌더미다.

한낮이 지나서 치수 아내도 점심을 싸들고 호미를 들고 나왔다. 날이 풀리면서 해수가 가라앉더니 얼굴의 부기도 가신 듯이 내렸다.

"아까 그것 마련했는가?"

제주 말이다.

"했시유. 노랑이네게 가서 나무 한 짐하구 바꾸기루 하구 가져왔시유."

"거 잘했네."

치수는 만족해했다.

"아니, 거 배라먹을 놈의 작자. 김 승지네게 가서 알랑알랑해서 남의 땅을 차구앉구선, '거 농군이 농살 지어야지 아주 나무장사루 굴러서야 쓰겠나—' 아, 요러는군요. 그냥 한마디 해줄려다가!"

"허, 또 턱없이. 거 왜, 그 사람이 뺏었나, 우리가 내놨지. 그런 소리 애들 듣는데 말래두 그러거든."

"숫제 잠자쿠나 있으면 그런 소리 저런 소리 않잖어유."

"글쎄, 그러는 게 아니래두, 남 원망을 왜 해, 괜시리!"

치수란 워낙 남의 말 하기를 싫어하는 사람이라 그렇지, 그가 편노랑이한테 잘못이 없어 그러는 것도 아니다. 무엇보다도 편노랑이는 치수 같은 사람한테는 생리生理부터 맞지 않는 사람이다.

편노랑이는 이름 그대로 자리꼽재기처럼 인색한 사람이다. 인색한 사람이 대개가 제 것을 남에게 안 주는 대신 남의 것도 바라지 않는 법인데 이 노랑이만은 그렇지가 않다.

아니, 남의 것을 바라는 정도라면야 그래도 좋겠는데, 이것은 사뭇 탐을 냈고 탐만 내는 것이 아니라 계제만 되면 또 살짝살짝 남의 물건을 제 소유로 만들어버리는 좋지 못한 버릇을 가진 위인이었다.

"허, 이거 또 간밤에 손을 탔구먼그랴! 아직 채 푸른 기두 안 가신 것을 이렇게 따가는 놈이 있단 말인가?"

미륵동에서는 들밭 고추가 붉기 시작하기가 무섭게 사람의 손을 탄다.

맛맛으로 몇 개 따가는 것이 아니라 이것은 숫제 훑어가 버리는 것이다.

"아, 요런 배라먹을 놈의 손목쟁이가 있단 말인가. 아, 이것 좀 봐! 이건 사뭇 밭을 매잖았나베? 요런 전 쥐새끼 같은 놈의 새끼!"

그런 일이 날 때마다 먼저 지목이 가는 것은 언제나 편노랑이다.

"이게 고놈의 짓이지 별수 있나. 제 손으루 농사를 지어본 사람치구서야 남이 일년내 피땀 흘려 진 농살 이렇게 살뜰히 걷어갈 사람이 없지! 더구나 채 붉지두 않은 고추를—이눔의 편노랑이 붙들리기만 해봐라. 이번엔 정말 고놈의 손목쟁일 분질러놓구야 말 게니!"

노랑이한테 지목이 가는 것은 편노랑이가 제 손으로 농사를 짓지 않기 때문이기도 하지마는 어려서부터 손버릇이 좋지 않았기 때문이기도 하다. 논 서 마지기에 밭 한 뙈기를 그나마도 남의 손을 빌려서 농사랍시고 짓고는 노름판을 붙여서 붙쪽을 떼는가 하면 며느리를 내어세워서 묵그릇을 해 팔게 하더니만 요새는 아주 술구기까지 잡히고 있다. 김 승지네 청지기 박 선달과 며느리의 사이가 심상치 않은 줄을 뻔히 알면서도 박 선달이 내려오면 슬며시 자리를 피해주고 겉으로 비실비실 돈다는 것이다.

"그런 배랑둥이 같은 놈. 그놈은 숫제 밥티루 샐 잡듯 세상을 살아가려고 든다니까."

이해 상관이 없는 사람들도 편노랑이 말만 나면 이렇게 욕질들이었다.

고추뿐이 아니다. 마늘이고 파고 동네에서 좀 한갓진 텃밭 곡식은 언제 손을 타는지 모른다.

그래도 이런 들밭 초식이란 지나다가 한줌씩 뜯는 수도 있었고 그것이 또 큰 허물이 되지 않는 경우도 있었지만 밤에 슬그머니 나가서 남의 집 볏단을 져 나르는 데는 이들을 북북 갈아부친다.

내 것이 아니면 남의 밭머리의 개똥도 줍지 않는 원치수가 이런 편노랑이를 좋아할 리가 만무다.

워낙 남의 말을 하기 싫어하는 사람인지라 밖에서나 집에서나 통 입에 담지도 않지만 노랑이를 속으로는 뱀처럼 싫어한다.

지금 편노랑이가 부치는 김 승지네 땅조간만 해도 그러했다.

며느리가 그 꼴이 되고 치수네 부자마저 붙들려가서 그 봉변을 당했고 승지네 청지기 박 선달은 노랑이 며느리한테 눈이 어두워 늙은이가 눈이 퀭하니 들어가는 것도 모르고 곱이 끼어 다니는 판이고 하니 가만히 있어도 치수가 내어놓기만 하면 그 땅은 달리 갈 데가 없을 터인데 하루돌이로 턱을 까불고 다니면서,

"아니 그래, 치수 자네 그 땅을 되부친다구? 원, 쓸개가 빠졌나, 이 사람아!"

하고 복장을 울리고 다니던 꼴이라니, 치수가 웬만한 사람만 같았어도 귀퉁배기를 몇 번 쥐어박았을 것이었다.

그리고 또 박 선달한테 며느리를 바친 덕택으로 땅마지기나 얻어 부치거든 그냥이나 있었으면 좋으련만 전에 없던 가증이 늘어서 말끝마다 김 승지와 박 선달을 내세우며 얄을 피우고 다니는 꼬락서니에 치수는 그만 욕지기가 날 지경이다.

그렇건만 이러한 편노랑이한테도 놈자 한번을 놓지 않고 살아오는 치수다. 아내가 뭐라고 해도,

"허ㅡ! 거 사람 같은 사람을 가지구 그르네 옳으네 해야지, 그 사람이 나인 먹었어두 헛나일 먹은 사람여. 한 귀루 듣구 한 귀루 흘려버리래두 그러네나그려!"

이렇게 입을 틀어막아 오는 치수다.

그러던 치수도 편노랑이가 그 아니꼽게 굴더라는 이야기에 슬며시 부아가 돋는다.

더욱이 장쇠가 들어오면 다리가 부러지느니 자칫하면 미륵동에서 치수까지 들어낼지도 모른다느니 하는 것까지도 참을 수 있었으나,

"제가 그렇게 생각했다면 큰 잘못이지! 그러구 나간 것이 어디라구 들어올 생각을 하다니!"

마치 장쇠가 큰 죄나 저지르고 나간 사람처럼 뇌까리더라는 말에는 그만 심정이 버쩍 상해오는 것이었다.

"그래, 노랑이가 그런 소릴 다 하던가?"

"그러구 개가 뭐 요새들 떠드는 그 동학인가 뭣의 동패가 돼가지구 다니니까 들어오기만 하면 김 승지네보다두 동네 사람들한테 맞아죽는

다구!"

"아니— 저런 죽일 놈이!"

갑자기 소리를 벅 지르며 이를 부드득 갈아부치는 남편에 질려서 할멈은 입을 딱 봉하고 만다. 사십 년을 같이 살아왔어도 자기 남편이 이렇게 험상궂은 상을 해본 적이 없었기 때문이었다.

"아 그래, 그놈이 그런 소릴 다 하더란 말이지? 그 편노랑이 놈이? 요런 전 구미호 같은 녀석. 어째서 우리 동네 사람들이 갤 때려죽여야 해, 응? 어째서!"

"그만두셔유, 아부지."

장길이도 겁이 나는 눈치다.

"그래, 참는 것두 분수가 있지. 그래, 고놈이 아무 죄도 없는 장쇨 그냥 거저 잡을려구 드는 거 아니어!"

"즈 아부지, 인저 그만둬유. 아무러면 우리 미륵동 사람들이 갤 잘 못했다구 그러겠수. 어서 시장할 텐데 한술 떠유."

평온한 남편의 마음을 휘저어놓은 것이 민망스러워 이렇게 치수 댁은 남편의 팔을 잡아끌어다 이남박 앞에다 앉힌다.

"어서 드십시다. 넌두 어서 달겨들구. 이렇게 해가지구 남들 꽂을 때 모폭 꽂아볼 것 같지 않구먼서두."

할멈의 권에 못 이기어 치밀어오르는 울분을 내려밀듯 찬밥덩이를 꿀꺽꿀꺽 삼키기는 하나 치수는 몇 번이나 술을 든 채 멍하니 마주 건너다보이는 편노랑이네 집을 노려보다가,

"그놈이 사람의 탈을 썼으니 사람이지—."

하고 우기우기 짠지쪽을 씹으면서 되뇌고 있다.

"설령 제놈 말따나 우리 걔가 큰 죌 짓구 나갔다손 치더라두 즈 하래비 때부터 그 양반놈들의 성화를 받아가며 살아온 우리네 정분두 있잖은가. 다같이 없구, 세도 없는 상사람으루 태어났으니 있는 흉두 덮어주어얄 긴데 터무니두 없는 말을 지어내서 동학군이니 뭐—니 한단 말인가? 고 밴댕이 같은 속알찌루선 양반집 청지기를 휘어잡는 게 큰 봉이나 문 것처럼 알진 모르지만 박 선달은 언제나 승지 집 청지기란 법은 어디 있으며 나이 칠십을 바라보는 박 선달이 살면 얼마나 살 줄 알구 그런 수작을 부린단 말여."

"아부지, 그만 참으셔유."

장길이는 쪽박에다 물을 따라 꿀꺽꿀꺽 들이켜고 일어난다.

물 먹는 품이 양이 안 차는 것 같아서 치수 아내는 한숨이 저절로 나온다.

그날 저녁이다.

치수는 느지막하게 저녁상을 물리고 집을 나섰다. 장쇠에 대한 공론이 어떻게 도는지가 알고 싶었던 것이다. 만일에 편노랑이가 말하더라는 것처럼 동네 사람들도 장쇠를 큰 죄인으로 취급을 하는가—그것이 알고 싶었던 것이다.

스무사흘 달은 아마 올라오지 않았다. 어려서부터 발에 익은 길이건만 유난히도 어둡다. 치수는 광대 줄이나 타듯 뒤뚱거리며 봇둑을 타고 한데 큰 우물 앞에서 봇도랑을 건넜다. 응서네 봉놋방에서는 벌써 이야기 장단이 벌어져 있었다.

"어서 들어오게."

치수가 헛기침을 하고 방문을 열자 박 곰보가 누웠다가 상반신을 일으킨다. 응서도 있었고 아침 전에 성묘를 갔다가 서낭당에서 만난 장성업이에 덕만이, 칠성이, 젊은 패들이 끼여 있다가,

"진지 잡셨시유."

하고 제각기 인사들을 한다.

"옛말 그른 데 없어. 호랑이두 제 말 하면 온다더니만 욕했더라면 큰일날 뻔하잖었나."

하는 놀음꾼 박 곰보의 말을 치수는,

"젊은 애들이 어른 안 계신 데서 무슨 말 칠렵이던구."

이렇게 농으로 받으면서도 가슴이 서먹해지는 것을 어찌할 수 없었다.

"조런, 고연 놈, 아무리 세상이 말세가 됐기루니 어디 어른 앞에서— 애들아, 저 장쇠 아범 원치수를 대추나무에다 거꾸루 달아매고 곤장 오십 대만 내려라!"

곰보 박태복의 호령 소리에 온 방안에 웃음이 터진다. 김 승지의 목소리와 아주 흡사했기 때문이었다.

웃음소리가 그치자 태복이는 치수한테 손바닥을 썩 내민다. 치수는 알아듣고 쌈지에서 담배를 꺼내어 들자 응서가 차마 치수한테는 달라지 못하고 태복이의 옆구리를 꾹 찌른다. 좀 얻어달라는 눈짓이다.

"아, 이 사람 보게나, 자네 나인 뭐 사둔집에서 꿔온 나인가. 치수, 여보게, 응서가 담배 한 대 달라네나."

"아이 참."

응서가 귀밑까지 붉어진다.

"엮네. 이 사람 인저 자네두 나이 사십이 지나서 사윌 보게 됐는데,

자, 받게."

하고 치수가 담배를 집어준다.

"그만두셔유. 괜히 저 사람이 그랬지유 뭐—."

응서는 어쩔 줄을 모르면서도,

"받으래두 그러네나그려."

하고 치수가 권하니까 담배를 받아들고 돌아앉는다.

한동안 치수네 개답하는 이야기가 벌어졌다.

"아저씨, 거 어디 올 안에 끝나겠시유? 자꾸 돌자갈만 나오던데유."

편노랑이의 사위인 임보성이 말에 칠성이도 옆에서,

"그런 일이란 천상 가랠 디려대야 하는데 맨 돌자갈밭이니 가랠 받아줘야지. 지금꺼정 몇 품이나 들어갔어유?"

"뭐 웬 품 살 쟁비 있던가. 우리 부자가 눈만 뜨면 달려붙고 있는데 거 아마 공연헌 애만 쓰는 것 같으이."

"그래두 자갈을 패내기만 하면 논은 노랑자위여유. 갬뜰에서두 그런 논은 몇 다랭이 안 될 거야유."

"암, 닦달만 잘 해노면 논이야 나무랄 데 없지. 물길 좋겠다. 그 논이 원래 수렁논이었느니. 가알이나 듬뿍 꺾어다 넣구 한 이태 푹 썩여놨으면사 쓰러지게 되지. 쓰러지게. 거기에다 오양 거름이나 훌훌 뿌려놨으면!"

"하질 않아 그렇지, 이면이야 멀쩡하지!"

하고 응서가 박태복이를 놀린다.

"그럼 벗어부치구 농살 짓자구만 들면 네 따위에다 댈까."

"그러면서 왜 빤빤히 놀아?"

"흥, 일년내 죽두룩 농사랍시구 지어서 양반집 노적가리에다 쌓아주게? 어떤 땐 다잡아서 농사나 질까 하다가두 자네네들 꼬락서니 보면 정나미가 떨어진다니까. 그렇게 악착같이 일을 하걸랑 좀 심평이 펴는 맛두 있어얄 거 아니여? 이건 손톱 발톱이 자랄 새가 없이 일을 해두 가을에 가선 빈손 툭툭 털구 일어나는 거? 농사 지었답시구 세전부터 장릿벼 얻으러 다니기에 곱이 낄 바에야 그까짓 농산 지어서 뭣한다우. 응서 자네네 벌써 몇 대를 두구 농사 짓지만 그래 농사 안 짓는 나보다 더 잘산 것이 뭐 있나?"

박 곰보 말에 아무도 대꾸하는 사람이 없다. 그들은 마치 아픈 데를 건드릴까 보아서 겁을 내는 사람들처럼 서로 맞쳐다보고만 있다.

제각기들 지금까지의 구질구질한 자기네 반생을 돌아다보며 허무한 생각에 사로잡힌 눈치들이다.

"허지만 그건 좀 다르니."

이윽고 입을 연 것이 치수다.

"자넨 이 세상에서 모르는 것이 없게 다 잘 알지만 우리 농사 이치만은 잘 모르구 하는 소리니. 우리네 농군들이 농살 짓는다는 건 이해 타산만 가지구는 못 짓거든. 그야 이해 타산이 없으면 곰처럼 발바닥만 핥구 살겠느냐 이렇게 말을 하겠지만서두 농사란 하느님이 시키는 노릇이란 말야. 하느님이 비를 주실 때 어떤 낭구만이 비를 먹구 자라라던가, 미륵동 아무개만이 비를 받아서 농살 잘 지으라던가 하는 것이 아닌 것처럼 우리네 농군이 농살 짓는 것두 이 농살 지어서 나만 잘 먹으리라 하는 건 아니거든. 내가 먹든 누가 먹든 농사가 잘돼야 우리네 인간들이 먹구살 수가 있다— 이런 생각에서 짓는 게지."

"그럼 자네 말따나 사람들이 다 고루고루 잘 먹구살아야 할 거 아닌가."

"허, 그건 또 다르지."

"다르긴 뭐가 그렇게 다르기만 한구."

"다른 것이, 우리 농군넨 그런 맘으로 농사 짓지만 세상 인심이 강박해지구 점점 나빠져서 어떤 사람은 저만 잘 먹구살려구 욕심을 부리어 그렇게 된 게지. 그렇다구 우리 농군네꺼정 그런 맘씨를 갖는다면 이 세상은 아주 망해버리구 말 걸세. 나중에야 누가 먹든간에 봄에 씰 뿌리구 여름에 길러서 갈에 걷어들이는 것이 하느님의 뜻을 받는 사람의 도리거든."

"그럼 농살 안 짓는 사람은 모두 사람 된 도리를 못하는 사람이란 말이지?"

"암, 그렇지. 그렇구말구."

"아—니, 그럼 장사하는 사람은 어떤구?"

"장사꾼? 장사란 하느님이 시키는 노릇은 아니지. 우리네 농군들은 그저 누가 먹든 심어서 가꾸어야 한다는 생각에서 농사 짓지만, 장사란 어떻게 하던지 남을 속여서라두 저 혼자만은 잘살아야 허겠다는 욕심에서 하는 노릇이니—그런 맘씨가 장사가 잘 안 되면 남을 속이게 되구 그런 맘이 더 자라면 남의 눈을 기우게 되구, 나중엔 사람을 죽이는 강도두 된단 말이거든!"

"그럼 난 뭐란 말인가?"

"자네? 자네 같은 노름꾼이야 사람의 값에나 간다던가? 새루 치면 참새구 짐승으루 치면 생쥐구."

"저런, 주릴 틀 놈 보게나. 그래, 물고기루 치면?"

"물고기값에나 가던가. 물무당이지!"

"사람으룬요?"

하고 칠성이가 배를 그러안고 뒹군다.

"아따, 그 녀석, 사람값엔 가지두 못헌다니까 그리여. 억지루 치자면 건달이지."

"하하하하."

곰보 박태복이가 웃어대니까 말다툼이 될까보아 눈치만 보던 방안이 그대로 웃음판이 되어버린다.

"하긴 그래. 두더쥐 같은 게 제법 그럴듯허게 끌어다 대거든. 뭐랬지? 새루 치면 참새라구? 그렇지, 남이 지어논 곡식 거저 먹으니 참새지. 또 뭐? 즘생으룬 쥐구? 됐어. 물무당? 것두 된 말여. 사람으룬 건달이랬겠다? 하하하하."

웃음판 끝에는 으레껏 허전한 순간이 오는 법이다. 더욱이 기쁨을 모르고 사는 사람들의 웃음 끝이란 가슴이 저리도록 쓸쓸해지는 것이 보통이다. 끝판에 가서는 또 김 승지 집 이야기가 된다. 김 승지가 요새로 바짝 겁이 나서 실한 장정만을 추리어 동구 밖에다 군데군데 망을 보이고 있다는 것이다.

치수는 가슴이 덜컥 내려앉는 것 같았다.

"그렇기에 사람은 죄 짓군 못사는 거여. 우리네처럼 진 죄가 없으면사 동학군 아니라 호랑이떼가 몰켜든대두 겁 반푼어치 날 거 없잖아? 그까짓 돈은 있어 뭣하구 세돈 있어 뭣하는 거여!"

응서가 이 앓는 소리로 혼자 웅얼대고 있다.

"젠장, 하늘이 두 쪽이 나는 한이 있더라두 한번 쳐들어와 보기나 했으면 좋겠다. 아무 죄없는 사람이 그저 상놈이란 죄만으로 하루돌이로 붙들려가서는 그 호된 맬 맞으니— 그놈의 양반이란 게 도대체 뭐란 말여!"

칠성이도 한몫 낀다.

"정말여, 어떻게 되든간에 한번 뒤집어엎기나 해봤으면 좋겠어. 어찌되든간에— 상놈 된 죄로 양처럼 고분고분히 농사지어 바치겠다, 질쌈 짜서 바치겠다, 술 담구어다 진상하겠다, 그뿐인가 계집까지 대령하겠다— 뭣이 부족해서 그 지랄야."

"저 자식이 생각이 달라서 저러겠다?"
하고 덕만이가 타낸다.

"그렇지야? 너 생각이 달라서 그러지?"

"생각은 뭔 생각. 이 자식아."

"뭘 아니어, 그렇지. 저 좀 보래유. 글쎄, 저 자식이 엉뚱하게두 김승지네 막내딸을 못 집어먹어서 그런대유? 뭐? 고것 고치장두 찍을 것 없이 그냥 통째루 홀딱 집어삼켰으면 좋겠다던가? 그랬쟈, 너?"

"자—식두."

"이놈아, 사내자식이 뭘 그런 탐 좀 내기두 예사지 뭘 아니라구 잡아떼어, 자식두."

"그런 줄 알면서 뭔 잔소리여, 이 자식아."

"글쎄, 네가 그랬지."

"그래, 그랬다! 어짤래. 그래, 넌 그날 그 미연일 보구 욕심이 안 났단 말여? 바른 대루 말해봐. 이 ×할 자식아."

"그래, 그 말엔 덕만이가 졌다. 사내자식치구 욕심이 안 났다면 천치지."

하고 칠성이 편역을 드는 것이 응서다.

"사실 말이지, 계제만 된다면 난두 그냥 안 두겠더라. 인물두 인물이지만서두 그 맘씨가 얼마나 고우냐 말여!"

"허, 이거 박 의관 집의 아들이 자칫하다간 오쟁이지지 않겠는가."

장성업이가 딱하다는 듯이 혀를 찬다.

박 의관 아들 일양이가 장쇠가 매를 맞던 날 밤 말만 들어오던 미연이를 본 뒤로는 은근히 속을 태우고 있다는 것은 당자인 두 집에서만 모르지 탑골과 미륵동 사람들은 모르는 사람이 없는 터다.

"참, 박 의관 집의 막내아들이 승지네 딸 때문에 상삿병이 날 지경이라면서?"

"그렇다데나."

"거 제 색신 어떻게 할려구 그런다누?"

"제 색신 거들떠보지두 않는 지가 벌써 자그만치 삼 년째라네. 원래부터 금실은 좋지 않았느니. 거 계집이라구 천상 말상을 해가지구 소박 안 맞으면 거짓말이지. 거기다가 일양이보다 나이 다섯 살이나 더 많잖던가베? 일양이는 열아홉, 미연이는 열일곱, 아주 안성맞춤 아니어!"

"그런데 참 김 승진 딸을 뒀다가 삶아먹을 작정인가. 나이 이 설 쇴으니 열일곱이 아닌가. 열셋만 돼두 몽달귀신 생긴다구 떠들어대는 양반집에서 어째서 여태껏 두는지 모르겠더라."

"참 거, 이상두 해!"

모두들 이상해할 뿐 까닭을 아는 사람은 하나도 없다.

"여보게, 박물군자 박 곰보. 자넨 세상 것 모르는 것이 없다던데 김 승지네가 딸을 왜 치울 염량도 안 먹는지 그건 모르지?"

"허, 이 사람, 이 세상에서 내가 모르는 것두 있다던가?"

박태복이가 천연덕스럽게 일어나 앉는다.

"그건 왜 그런고 하니 김 승지가 안 보낼래서 안 보내는 게 아니라 딸이 따로 생각하는 사람이 있어서 안 가는 게거든!"

"박 의관 아들 때문에?"

"천만에! 알구 보면 그 색시가 생각하는 사람은 따루 있느니. 그게 누군 줄 아는가? 장쇠야, 장쇠!"

"뭐, 장쇠!"

"암, 장쇠지!"

태복이는 아주 자신이 있게,

"어째서 장쇤가 하면 까닭을 내 얘기할 게니 들어들 볼려는가? 에헴, 거 어째서 그런고 할 지경이면 그 색시가 장쇠의 말을 들었거든! 원 장군이란 소리만 듣구 있는데 떡 그 일이 벌어지니까 인전 정말 은근히 그 장쇠란 사람이 어떻게 생겼는고 하구 꿈까지 꿨던 끝에 마침 그날 밤 일을 당했거든. 그래, 가만히 창구멍으로 내다보니까 참 장군 소릴 들을 만하거든. 참 잘두 생겼거든, 기골이 장대하고, 늡늡하구— 거기다가 하는 품이 여간—."

"이 사람, 돈대 밑에 엎드려 있는 장쇠가 방에서두 보인다던가."

하는 성업이의 핀잔을 태복이는 선뜻 받아서,

"허, 이래서 무식헌 인간하구는 얘기하기두 힘이 든다니까. 얼굴이 보였다는 게 아니라 지 하는 행동거지가 보였단 말이여. 뭣한 사람 같았으면 코가 땅에 닿게 절을 하면서 살려달라구 애걸복걸할 것인데 바위처럼 떡 버티구 앉아서 뉘가 감히 내 배 다칠까부냐 하는 늡늡한 위엄을 보였단 말여. 그 색시의 나이는 그때 열넷밖에 안 되었었지만 시전서전을 다 읽었겠다, 영웅 호걸이 어떤 인물인 것두 배웠겠다, 장쇠를 보아하니 비록 배우지는 못했을망정 과시 큰일을 할 사람이거든! 그래, 목숨을 내놓고서 쓰윽 호랑이보다도 무섭다는 김 승지 앞에 나섰더란 말이거든!"

곰보는 여기서 잠깐 쉬어 수염을 쓰윽 쓰다듬고서,

"각설하고— 그 일이 있은 뒤로 미연이는 밤낮 생각느니 원 장군이라, 그 의젓한 장군의 얼굴이 눈에 삼삼, 태봉이 다 흔들리는 듯싶던 장군의 음성은 귀에 쟁쟁, 날이 갈수록에 장군 그리운 생각만이 꿈결에만 오락가락하니 소저의 마음이…."

박태복이가 한창 신바람이 나서 춘향전 읽는 식을 하니 방 안이 그만 뒤집힌다. 젊은 패들은 배를 안고 뒹굴고 웃는데 성업이와 응서는 태복이를 쥐어지르고 법석이다.

오직 웃지도 않고 말도 없이 앉아 있는 것은 치수뿐이었다. 이런 허황된 웃음엣소리가 어쩌다가 김 승지 귀에 들어갔을 때에 당할 봉변에 그는 진저리를 치고 있었던 것이다.

그래서 태복이가,

"그런 어느 날 밤이었겠다—."

하고 또 시작하는 것을,

"이 사람, 농담두 이만저만 하게나. 자네가 또 누구 죽는 걸 볼려구 그러는가."

하고 입을 틀어막아놓고,

"자넨 웃음엣소리루 하는 소리지만 김 승지가 듣는 날이면 우리 부잰 또 죽는 날일세!"

"그두 그래. 그만두세나."

하고 임보성이도 가로막으니까,

"그럼세, 원치수의 정상이 그렇다니 나두 그만둘까."

하고 태복이도 입을 다물었다.

태복이의 수선은 가라앉았으나 이야기는 다시 장쇠에게로 옮아갔다. 치수도 은근히 기다리었었다. 모두들 장쇠를 어떻게 보고 있나가 궁금했던 차라 혼잣말처럼,

"그 자식은 인저 죽은 자식이지. 설사 살아 있다가 동네에 들어온다손 치더라두 이 동네 사람들이 그냥들 두겠는가."

하고 넌지시 떠보니까 온 방 안이 되레 울근불근한다.

"원, 저런 천치가 있어? 우리 미륵동 사람들이 장쇠하구 무슨 원수가 졌다는 거야?"

"그야 그 자식이 지은 죄는 없지만, 어디 세상 인심이 우리네 생각과 같은가. 땅 없고 세도가 없어노니 그 사람들이 원수를 삼으라면 삼았지 별수가 있나."

치수로서는 물론 안 그러기를 바라서 하는 말이다.

"거 쓸데없는 소리 작작 하우. 그런 놈이 있으면 모가질 잘라버리지!"

우선 그 말만을 들어도 마음은 놓이었다.

그러나 오늘이 한식날이니 산에는 가야 할 터인데 김 승지네 하인들 눈을 어떻게 빠져나가는가가 큰 문제였다.

치수는 풀이 죽어서 집으로 돌아왔다.

스무사흘 달이 벌써 한뼘은 올라오고 있다.

소리를 내지 않느라고 싸리 삽짝을 반짝 들어서 열었건만 어떻게 알아들었는지 또녜가,

"아부지유?"

하고 방문을 덜컥 열어젖힌다.

"내다, 왜 여태 안 자구들 그러냐. 기름두 댈 수 없는데!"

"만석이가 배가 아프다구 칭얼대서 그렇잖우."

하고 할멈이 일어서 나오니까 만석이가 떼를 써댄다.

"왜, 체했나? 소금을 좀 먹이지 그랬어."

"먹였지유. 그래두 통 안 내려가서 지금 좁쌀나림을 하는 중이래유."

방 안에서는 만석이가 괘를 내어놓는다.

"할머니가 응가 하구 올께, 아지미하구 있거라."

"싫여, 난 싫여— 할머니 가면 난 싫여—."

어미를 모르고 할머니 품에서 자란 만석이는 때굴때굴 굴러대며 앙탈이다.

"어서 들어가봐요. 뭣하러 나오느라구 아프단 앨 울려."

치수는 아내를 들여보내고 문간방으로 들어갔다. 장길이는 네 활개를 펼치고 잠이 들어 있었다. 치수는 얼마를 쭈그리고 앉아서 생각을

하다가,

"애, 장길아."

가만히 흔들어본다. 가다가 잡혀죽는 한이 있더라도 일년에 한 번 성묘를 궐할 수는 없다. 간다면 장길이도 인저 나이 열일곱이다. 그리 투미하지도 않은 성싶고 더욱이 세상이 하도 험하니 언제 무슨 변을 당할지도 모르는지라 장길이한테만은 산소 자리를 알려두는 것이 옳겠다는 생각이 든다.

그러나 치수는 역시 혼자 가기로 했다. 그 잔약한 몸에 온종일 호된 짐질을 하고 정신 못 차리는 것을 깨우기도 애석했지만 그보다도 지금까지는 혹시 장쇠가 죽었다면 장길이한테만은 일러두리라 했던 것인데 장쇠가 정녕 살아 있고 보니 미리 서두를 것도 없을 성싶었기 때문이다. 그리고 또 한 가지 마음을 놓은 것은 동네 사람들이 모두 장쇠를 딱하게는 여길지언정 죄인으로 돌리지 않는 것을 알았기 때문이기도 하다.

'그러면 그렇지! 눈코 있는 사람치구서 우리 부쟬 글르달 사람은 없겠지! 장쇠 그놈이 무슨 죄가 있다구!'

무엇보다도 동네 사람들이 편노랑이 같은 위인을 몇몇 빼어놓고는 자기 편임을 발견한 것이 기뻤다.

치수는 장길이의 목침을 바로 베어주고 시렁에서 버들상자를 내리어 보에 싸서 둘러메고 수건 쓴 위에다 그대로 갓을 썼다. 두루마기는 미리 채롱단지 속에다 개키어 넣었던 것이다.

"잊어버리는 게 없나?"

바짓가랑이를 나무 갈 때처럼 깡똥하니 동여매고 술병을 든 치수는 다시 한번 빠뜨린 것이 없나 챙기어본다. 자리를 한 닢 가지고 가고는 싶지만 거추장스러울 것 같아서 그대로 집을 나와 동구 밖을 빠져서는 되도록 한길을 피해서 산기슭으로만 끼고돈다. 치수한테는 자칫하다가는 저승길이 될지도 모르는 길이다. 그렇다고 가지 않고는 또 못 견디는 치수였다.

김 승지 집 뒤를 빠져나가면 태봉 밑까지 오 마장도 채 못 되는 길이었다. 그러나 동구 밖까지 망을 보이는 김 승지니 제집 변두리는 철옹성처럼 둘러쌌을 것이다. 그런 줄 알고서야 일부러 불을 쥐고 화약 속으로 뛰어들 까닭은 없다.

'젠장, 무슨 놈의 한식이 이렇게 달 밝은 날에 들더람….'

지금까지는 매해 칠칠 그믐밤이었었다. 그래서 어떤 때는 달이라도 좀 있었으면 했더니만 오늘은 달 밝은 것이 되레 한이 된다.

눈앞에 희끄무레한 것이 보이기만 해도 벌써 머리끝이 쭈뼛해진다.

'오늘은 궐을 할까?'

치수는 몇 번이나 발을 멈추었다. 이상하게 불안하기만 한 것이 꼭 무슨 일이 일어날 것만 같다. 그래서 두어 발 되돌아서 오려는데 문득 얼마 전에 꿈꾼 생각이 난다. 비가 주룩주룩 오는 날 성묘를 않고 잠을 자려니까 아버지가 와서 흔들어 깨우면서,

"난 일년에 한번 널 보는 것이 큰 낙인데 비 좀 온다구 이렇게 잠만 자느냐."

이렇게 꾸지람을 듣던 꿈이었다.

'아니다! 가야지. 설마 죽기밖에 더하랴. 어떤 놈이든지 닥들리기만 해봐라! 술병으루다 해골을 빼개놀 테니!'

치수는 다시 발을 돌이켰다.

그는 될 수 있는 대로 한길을 피했다. 보리밭도 피했다. 돌창이 있는 데서는 돌창으로 뛰어들어서 기어가다시피 했다. 서낭당 먼저 산소 자리가 저만큼 보였을 때였다. 치수는 희끗 움직이는 사람의 그림자를 보았다고 생각했다. 아니 생각이 아니다. 그것은 정녕코 사람이었다. 그 그림자는 치수를 보고서인지 못 보고서인지 서낭당을 끼고 돌아가 버린다.

서낭당은 샘골서 미륵동으로 들어오는 바로 길목에 있었다. 치수는 그 사람의 그림자를 본 순간부터 엎드려 기기 시작했다. 되도록 발목으로 기어서 산기슭을 타고 숲이 우거진 골짝까지 들어온 때는 등골에 땀이 다 흥건했었다. 인제는 되돌아갈 수도 없다. 골짝을 타고 올라가는 것밖에 방법은 없었다.

'사람이 죽으면 한 번 죽지 두 번 죽으랴! 어떤 놈이든지 닥들리기만 해봐라!'

치수가 수풀이 진 등성이를 넘어서 약물터 골짝으로 접어들었을 때다. 이번에는 사람은 보이지 않았으나 분명히 인기척이 난 것 같다.

나뭇가지를 휘어잡았다 놓는 소리가 저 뒤에서 들려온 것을 보면 정녕코 이놈이 뒤를 밟는 모양이다.

그러나 그때까지도 치수는 기연가미연가 해서 이를 악물고 큰 골짝 바위 밑에 가서 납작 엎드리어 동정을 살피고 있는데 더 의심할 여지도 없는 사람의 소리가 났던 것이다.

"컥!"

그것은 기침 소리였다. 참느라고 애를 쓰다가 불시에 튀어나온 기침 소리일시 분명하다.

'인전 죽었구나!'

이렇게 생각하니 더 징컨하니 엎드려 있을 수도 없다. 그래서 치수는 골짝을 끼고 태봉으로 들고 재치었다. 성묘도 제사도 벌써 그의 머릿속에는 없었다. 그의 손에는 술병도 없었다. 그 대신 돌이 한 개씩 쥐어져 있었다. 손아귀에 꼭 드는 돌들이었다. 닥치기만 하면 상판을 후려칠 작정이다.

'오냐! 이판사판 죽긴 마찬가지다. 어떤 놈이든지 닥들리기만 해봐라. 그냥 죽지는 않는다.'

치수는 손아귀에 힘을 부쩍 주었다. 그러고는 큰 바위를 등에 지고 대기의 태세를 갖추는 것이다. 퍼뜩하면 들고 칠 작정이었다.

먼데서 늑대 우는 소리가 난다. 젖을 못 먹어 재촉을 하는 갓난아이의 울음소리 같은 소리다.

'조런 배라먹을 놈의 늑대!'

늑대 소리에도 치수는 별로 무서운 줄은 몰랐다. 지금의 치수한테는 사람이―김 승지네 하인들이 늑대는커녕 호랑이보다도 더 무서운 존재였다.

'오냐, 뭐든지 닥들려라. 손독 잔뜩 들었겠다 한번 얻어걸려노면 된다!'

치수는 나타나기만 하면 영락없이 맞출 것처럼 서둘러댄다.

그러나 한참을 기다려도 사람도 늑대도 나타나지를 않는다. 이마에서는 진땀이 뚝뚝 떨어진다. 치수는 우선 땀을 씻고 숨을 돌리었다.

"깩 깨옥 깨옥!"

또 늑대가 운다. 이번에는 치수가 있는 데서 그렇게 멀지도 않은 곳에서다.

"깩 깨옥 깨옥!"

두 번째 늑대 소리가 나더니 이 골짝 저 골짝에서 아이 우는 소리를 내고 떼늑대가 울어대기 시작한다. 저희들끼리의 무슨 암호인지 숫놈이 암놈을 찾는 소리인지 '응애응애' 하는 갓난아이 우는 소리가 나는가 하면 '깨옥깨옥' 구역질하는 소리를 내고 울어대는 것이다.

'저 늑대 소리를 내가 사람의 기침 소리로 잘못 들었던 것이 아닌가…?'

치수는 이런 생각도 든다. 그렇게 생각하고 나니 그런 것도 같다.

'그러면… 아까 산등성이에서 희뜩 보이던 것은….'

어쩌면 겁에 들뜬 터라 눈에 헛것이 보이었던지도 모른다 싶다.

그러면 그렇지. 아무리 망을 본다기로니 이 밤중에 이런 깊은 산중까지 올라왔을 것 같지가 않다.

'아무래도 그런가보다. 내가 뭣에 홀린 게야….'

치수는 정신을 가다듬어본다. 다리를 꼬집어도 보았다. 역시 아프다. 정신을 잃지는 않은 모양이다.

돌을 쥔 채 주먹을 이마에 대어보니 머리가 불덩이 같다. 그래도 늑대는 울음을 그치지 않는다.

늑대도 늑대려니와 늑대 소리를 듣고 범이 나올까 그것이 걱정이다. 오봉산에서는 몇 해에 한 번씩은 범이 나와서 나무꾼들을 해치었던 것이다.

'여태 살다가 자식두 못 보구서 호랑이밥이 되어?'

생각만 해도 기가 콱 질린다.

얼마를 그 자리에 앉았으려니 늑대 소리도 그치고 깊은 산중은 바삭 소리도 없다. 치수는 가만히 몸을 일으키어 사방을 보살펴보니 아무데도 사람의 그림자는 보이지 않는다.

'아무래두 내가 지레 겁을 집어먹은 거여….'

치수는 골짝을 타고 되내려오기 시작했다. 손에는 여전히 돌이 쥐어져 있었다.

치수가 옴당우물 바로 위까지 내려왔을 때다. 이 우물에서 등성이를 하나 넘으면 치수 아버지 원 첨지의 밀레 자리인지라 그는 모들뜨기 숨을 쉬고서 큰 바위를 끼고 기고 있었다. 그때 '버석' 하는 소리가 또 분명히 났던 것이다.

치수는 또 가슴이 덜컥했다. 그는 자기도 모르게 또 바위 뒤에 짝 붙어서서 숨을 죽이고 있으려니까 도깨비 같은 녀석이 우물 쪽으로 비알을 타고 내려오고 있다. 인제는 더 의심할 여지도 없었다. 치수는 몸을 도사리었다. 그리고 바위 뒤로 살짝 피하고서 놈이 오기만 기다렸다. 자기 앞을 지나치기만 하면 뒤통수를 후려쳐서 우선 거꾸러뜨리고 볼 작정이었다. 발소리는 사뭇 가까워오고 있었다.

그러나 그것은 후려쳐서는 안 될 사람임을 치수는 모르고 있다. 그것은 장쇠이었기 때문이다.

그러나 치수가 그것이 장쇠인 줄을 모르듯이 장쇠도 치수인 것을 모르고 있다. 치수는 치수대로 손아귀에 쥔 돌에 힘을 부쩍부쩍 돋구고 있고 장쇠는 또 장쇠대로 김 승지네 하인인 줄만 알고 서로 벼르는 것이다.

그러면 장쇠가 이 깊은 밤중에 어떻게 오봉산 속에 나타났을까?

거기에는 또 그럴 내력이 있다.

•

장쇠

갑오년이라면 서력으로 일천팔백구십사 년, 즉 지금으로부터 오십오 년 전으로 우리나라가 동학난리로 발칵 뒤집히던 해다.

그러면 이 동학난리는 어떻게 일어난 난리인가?

시초는 전라도에서부터다.

전라도에 고부古阜란 고을이 있었다. 전라도 변경으로 정읍井邑과 부안扶安 사이에 있는 조그만 산읍이니 김제 들〔平野〕과 함께 전라도에서도 예로부터 일컫는 곡창이다.

때는 수백 년 내려온 당파싸움과 정권싸움으로 나라가 어지럽기 이를 데 없었던 이조 말엽이다. 나라가 그 꼴이 되는 것을 본 세력 있는 양반과 권세를 가진 관리들은 이조가 조만간에 거꾸러질 것을 눈치채었다.

임진왜란 이후로 우리나라를 먹으려고 호시탐탐하여 눈독을 들이고 있는 왜국한테 먹힐지, 수천 년을 두고 자기 속국처럼 다루어오던 중국이 먹을지, 또는 계룡산 정도령이 들고 일어날지 그것은 똑똑히 몰랐지만 멀지 않은 장래에 이씨의 조정이 뒤집히리라는 것만은 누구나 의심치 않고 있었다.

이렇듯 나라가 어지러울 때면 이 쓰러지는 국권을 바로잡아 보리라고 나서는 애국 지사도 있으련만 백성들은 이씨 조정에 대해서는 벌써 아무런 미련도 없었다. 날이 갈수록에 탐관오리만 늘어가고 권세싸움에만 눈이 팔리어 백성이야 죽든 말든 돌보는 사람도 없다.

그러니 뉘놈 판이 되든간에 양반놈 세도나 한번 뒤집히어보면 할 뿐이다.

"정도령이 나오든지 박도령이 나오든지 나오기나 했으면 좋겠다. 이 등쌀에야 사람이 배겨날 수가 있다던가… 우리네 백성들이야 정가면 어떻고 박가면 어떤가. 그저 들볶지나 말았으면 그만이지…."

누가 왕이 되든 누가 정권을 잡든 맘과 몸이나 좀 편했으면 하는 것이 백성들의 소원이었다.

"딴임금이 나오면 또 별수 있다던가? 또 정씨가 나와도 그렇고 박씨가 나와도 그렇지. 누가 나오든간에 양반 중에서 나오겠지. 우리네 상사람한테야 차지야 될 리두 없잖나베. 그럴 말이면사 둘러치나 메어치나 마찬가지지."

"그래두 임금이 바뀌면 좀 낫겠지."

"낫긴 뭘, 앓는 소리가 없으니까? 다 매일반이어. 세도가 이 양반에서 저 양반한테로 넘어갔다 뿐이지. 우리네 백성들 들볶이기야 마찬가지래두."

이렇게들 단념을 하면서도 백성들은 설령 지금보다도 더 큰 곤경을 겪는 한이 있다더라도 못된 양반놈들이 거꾸러지고 마음 착한 양반들이 세도를 한번 잡아보았으면 하고 은근히 바라도 보는 것이다.

그럴밖에, 나라가 어지러워지니까 이럴 때 못 먹으면 언제 먹어보겠느냐고 고관 대작들은 막 싸구려를 불러가며 벼슬을 팔아먹기 시작한 것이다. 윗물이 흐리니 아랫물도 자연 흐릴 수밖에 없다. 권세 좋은 양반은 더 말할 것 없지마는 토반들까지도 제각기 양반값을 해보겠노라고 죄없는 상사람들을 잡아다가 꿇리고 생트집을 잡기에 눈이 빨갛다. 그러니 죽어나느니 백성들이었다.

그뿐이 아니었다. 같은 양반들끼리도 동인이다 서인이다 갈려서는 대가리가 터지게 싸웠고, 동인이 다시 남·북南北, 북인이 다시 대북大北, 소북小北으로 갈리고 같은 서인끼리도 노론과 소론으로 갈리어 서로 혼인을 하지 않는 것은 말할 것도 없지마는 나라 일로 부득이 서로 만나지 않으면 안 될 경우면 병풍을 치고서 말만 교환을 하는 판이었다.

여기에다 여러 가지 학파學派까지 생기어 무오, 갑자, 기묘, 을사 등의 사화士禍를 겪은 선비들끼리의 싸움까지 덮치어놓으니 볶여대는 것은 애매한 백성들뿐이다.

말하자면 동학란이란 이 백성들의 원성이 터진 것이지만, 발단은 '만성보'라는 저수지 때문이었다.

만성보는 천연적으로 생긴 저수지다. 이 저수지는 김제 평야 일대의 만여 석지기 옥답에 물을 대어주는 늪이다. 이 보는 이 일대 농민들의 생명수와도 같은 보배였다.

그래서 매해 이 평야의 주민들은 부역을 내어 못을 수리하고 방축을 쌓고 도랑을 내어 그 유지에 갖은 노력을 하고 있다.

이때 새로이 원이 왔다. 조씨였다.

조 군수는 사람이 졸렬하나 욕심은 많은 사람이었다. 기실 이번 고을살이를 오게 된 것도 사람이 투철해서도 아니요 인덕이 있어서 나라의 명을 받아 부임한 것이 아니다. 한창 탐관오리들이 양반과 벼슬을 팔아먹던 시절이라 조 군수도 많은 뇌물을 주고 원을 사가지고 온 것이다. 관리가 아니라 한 장사꾼이었다. 원 자리 하나에 천 냥을 줄 제는 그 몇십 배 남길 자신이 있어서다.

새로 온 원님은 도임하는 길로 상사람과 중인들 중에서 돈이 있음직한 사람들을 하나씩 둘씩 잡아다가는 모든 관리와 양반들이 하듯이 혹은 상피를 붙었다 하고 혹은 관가를 비방했다는 구실을 붙이어 매도 치고 옥에도 넣고 하여 돈을 짜내기 시작했었다.

그러나 좁은 고을인데다가 모두가 소작인들인지라 몇 달 짜내고 보니 짜낼 대상이 없었다.

"허, 이거 오그랑장사를 했나보다!"

신관 사또는 한숨을 내쉬었다. 원 자리를 하나 얻느라고 정말 많은 공도 들였고 뇌물도 많이 바치었었다. 나라를 위해서도 아니요 백성을 생각하고서 한 벼슬이 아니다. 오직 천 냥 밑천으로 만 냥 장사를 하기 위해서 한 노릇이 밑천도 잘 빠지지 않을 것 같다.

원은 초조했다. 통 잠이 안 온다.

이렇게 비관한 신관 사또는 울적한 심회를 풀려고 뒤뜰로 산책을 나갔다. 그 길에 굉장히 큰 연못을 발견했던 것이다.

'됐다!' 하고 원님은 무릎을 쳤다. 한 마지기에 한 말씩만 물세를 받아먹어도 이 벌에서 몇천 석의 물값은 나오고 보니 이만한 재원으로 몇 해만 긁어들이면 사또의 밑천이 나오느니라 한 것이다.

신관 사또 조는 이튿날로 포고를 내리어 전 군민에게 만성보 수축을 위해서 부역을 나오도록 명령했다.

이 포고를 본 백성들은 만세를 부르고 좋아했다.

"과연 명사또님이시다. 백성들을 위해서 우리 만성보를 고쳐주신다."

모두 이렇게 기뻐하여 너도나도 부역을 나갔다.

그러나 사또는 백성들을 위해서는 아니었다. 수축이 끝나자 그해 가을에 매마지기에 적은 것이 한 말이요 많은 것은 네댓 말씩이나 물세를 내라는 것이다. 어처구니없는 소리였다.

"아니 그래, 그 보가 제집 보란 말인가. 우리의 보를 우리가 고치고 물세는 제가 받아먹고—."

그러나 이불 안의 활갯짓이다. 누구 하나 입 밖에 내어 조 군수를 비난하는 사람은 없었다. 우리가 피땀을 흘려서 수축한 만성보에 물세라니 어디 당한 소리냐고 느티골 어느 누가 비방을 했다는 소리를 들은 조 군수는 당장 느티골 이십 호의 남자들을 모조리 잡아다가 대동 볼기를 쳤기 때문이었다. 그런 소리를 한 것이 누군지 판명이 안 되니까 동네 전부가 죄를 받아야 한다는 것이다.

느티골 사건이 있은 뒤로는 말도 못 하고 벙어리 냉가슴 앓듯이 얼굴만 서로 맞쳐다보고 있을 때다. 양반의 토구질과 고관 대작들의 벼슬 팔기, 이렇다 할 죄도 없는 백성이 매를 맞고 신음하는 소리가 삼천리 방방곡곡에 날로 날로 높아감을 보고 이 어지러워진 국정을 바로잡아야 하느니라고 들고일어난 백성의 떼가 있었으니 그것이 곧 동학당이다.

동학당은 오래전부터 지하 공작을 해온 터라 세포 조직은 길처럼 삼천리에 뻗치어 있었다. 고부에도 부안에도 동학당의 세력은 날로 커갔고 무고한 백성들을 양반들의 무서운 학정에서 구해야 한다는 소리가 높아가던 터라 동학당에서는 이 고부 농민들의 억울한 심사를 이용

키로 하고 겨울 동안에 농민들의 집을 가가호호 방문을 해서 충동이를 시키었던 것이다.

"옳소! 옳은 말씀이오!"

동학당의 말은 어디 가서나 환영을 받았다. 동학당은 드디어 반란을 일으키기로 하고 격문을 뿌리었다. 격문의 글 뜻은 이런 것이었다.

"…오늘날 어지시고 인자하신 성상聖上을 어진 백성과 정직, 총명한 신하로서 모시어 요순지화堯舜之化에 문경文景의 정치로 국태민안을 꾀하여야 할 것임에도 불구하고 신하 된 자는 충성을 잃고 벼슬과 권세만 도적하여 충성 있는 사람의 말은 오언이라 돌리고 정직한 사람을 모함하여 안으로는 보국의 인재가 없고 밖으로는 학정하는 관리가 많다… 소위 공경公卿 이하 방백 수령들은 국가의 위태로움을 생각지 않고 자기만을 살찌우고 관직을 돈벌이로 볼 뿐이며 과거科擧는 벼슬을 파는 저자가 되어버리었다. 허다한 뇌물이 개인의 사복을 채우고 있어 국가의 재정은 말이 아니로되 교만하고 사치하고 음란하여 팔도가 어육이 되고 만민은 도탄에 빠졌다… 나라와 백성을 생각지 않고 국록을 없애는 것이 어찌 옳다 할까보냐. 우리는 비록 재야의 유민이나 어찌 차마 국가의 멸망을 보고만 있으랴!"

이것이 동학당의 수령인 전봉준, 손화중, 김개남 세 사람의 이름으로 발포된 격문이었다.

이 격문을 본 고부의 농민들은 벌떼처럼 들고일어났다. 물론 이렇다 할 무기가 있는 것도 아니었다. 몽둥이와 죽창, 낫, 괭이, 쇠스랑 등의 농구 같은 것이 그들의 유일한 무기였다. 대장은 전봉준이가 되고 손화중, 김개남을 홍관령, 김덕명을 총참모로 삼고서 다시 격문을 발포

하였다.

"우리가 의를 일으키어 이에 이르렀음은 그 본뜻이 다른 데 있지 않고 창생을 도탄에서 구해내고 나라를 반석 위에 두자 함이다. 안으로는 탐학한 관리를 내어쫓고 밖으로는 횡포한 왜적을 내어몰자 함이니 악독한 양반과 잔악한 무리 앞에 고통을 받는 민중이나, 방백方伯과 수령守令 밑에서 굴욕을 받고 있는 하급 관리도 우리와 함께 일어서라. 만일에 이 기회를 놓치면 후회하여도 미치지 못하리라!"

이 격문에서 동학당은 탐관오리를 숙청할 것과 호시탐탐 우리 국토를 노리고 있는 왜군을 물리칠 것을 강조했던 것이다.

이 격문에 공명한 농민들은 동학당과 함께 봉기하고 말았다.

그러나 결과는 정반대로 왜국으로 하여금 우리의 국토를 먹게 하는 구실과 계기를 만들어버리고 말았었다.

갑오년 정월, 고부에서 일어난 전봉준은 먼저 농민들과 함께 강제 물세를 받은 고부 군수 조병갑과 포악한 관리들을 잡아 가두고 고부를 점령하였다. 뇌물 창고를 열어 백성들에게 돌려주고 옥문을 열어서 토구질의 대상으로 갇히었던 무고한 백성들을 놓아주자, 전라도만 해도 정읍, 태인, 김제, 무안, 남원, 보성, 장성, 전주 등 이십여 고을이 이에 호응했다. 충청도에서도 청주, 충주, 공주, 서산, 덕산, 당진, 홍주, 안면도 등이 들고일어났으며 경기도와 강원도는 물론 황해도에서도 해주, 신천, 재령, 안악, 장연 등에서 양반들의 토구질에 견디다 못한 농민들이 그야말로 벌떼처럼 일어나고 있었다.

이제 동학 반란군의 진군 상태를 보면 공주 황토현黃土峴에서 제일차로 관군을 격파한 뒤 여세를 몰아서 사월 초열흘날에는 정읍, 함평을 휩쓸고 장성 고을까지 점령하고 말았다.

이렇듯 연전연패하는 관군의 패보가 나라에 이르자 조정에서는 청주 병사로 있던 홍계훈을 반란군 토벌 총사령으로 임명하고 관군 정예병 천 명을 거느리고 전주에 이르러 전봉준이 주둔하고 있는 장성을 향하여 남쪽으로 쳐내려왔으나 동학군은 접전을 피해서 홍덕, 무장, 무안, 영암, 강진 등 고을을 거치어 퇴각을 했었다.

이 동학군의 퇴각 전략에 속은 관군 사령 홍계훈은 이를 동학군의 패전으로 알고 장성으로 돌아가고 있었다. 이때는 관군도 몹시 피로했었고 군기도 어지러웠다. 이 틈을 타서 동학군은 대거 역습 작전으로 나아가 크게 패한 관군은 영광으로 패주하고 말았다.

그러나 동학군은 달아나는 관군을 영광으로 쫓지 않고 태인과 김제를 거쳐서 일로 전주성으로 쳐들어갔다. 동학 반란군은 벌써 몽둥이만 가진 군대가 아니었다. 장성에서의 관군과의 접전에서 얻은 무기로 전라도의 수부인 전주시에 파문을 열어 사월 이십팔일에는 벌써 전주를 점령하고 말았었다.

이 전주 패전의 보를 접한 조정에서는 싸우지도 않고 달아난 전라감사 김문현은 귀양을 보내고 고부 군수 조병갑을 처형하는 한편 김학진을 감사로 엄세영을 삼남 염찰사에 임명하여 홍계훈과 협조케 하였다. 염찰이란 일종의 회유이니 지금 말로 하면 선무 공작인 것이다. 조정에서는 이 선무사절 엄세영과 전라감사 김학진으로 하여금 화평 조건을 제출케 하였던 것이다. 그 조건이란 이러했다.

첫째—동학당을 비적으로 몰지 않고 상당한 대우를 할 것.

둘째—일체의 양반과 부자의 채권을 파기하고 전당 잡은 전답을 그대로 돌려주게 할 것.

셋째—탐관오리는 그 죄상을 조사하여 철저히 처벌할 것.

넷째—포악한 양반과 부자들을 응징할 것.

다섯째—상사람들의 대우를 개선할 것.

여섯째—백성의 머리에 쓰게 하였던 패랭이를 폐지시킬 것.

일곱째—토지를 골고루 나누어 부치도록 할 것.

여덟째—정부 기구를 개혁하여 민심을 수습할 것.

아홉째—외적을 물리칠 충분한 시책을 강구할 것.

이러한 화평 조건으로 동학군은 전주성을 내어주었으나 각 지방에서 들고일어나는 반란을 막을 길은 없었다.

정부는 드디어 청국에다 청병을 했다. 이것이 말썽이 된 것이다.

당시의 조정은 원체 다급하니까 화평 조약을 맺었으나 임금의 명령은 통하지가 않았다. 임금을 싸고도는 탐관오리와 탐관오리를 싸고도는 부자들은 이러한 조정의 정책에 반대를 하고 동학당을 아주 섬멸해버릴 것을 주장했던 것이다. 그래서 청국에다 군사 원조를 청했고 청국은 엽지초에게 일천오백 명을 주어 유월에 아산에 상륙했고 일본은 조선에 파병할 때는 두 나라가 협의하고 끝나면 곧 철병하기로 한 '천진조약'의 위반이라는 구실로 일본 공사 '대조규개'가 군함 일곱 척에다 역시 일천오백 명을 싣고서 인천에 와서 닿았다. 동학당 난리를 진압하러 온 청국과 일본의 두 군사는 소사와 성환成歡 사이에서 일대 격전을 했었고 결과는 일군의 승리로 되었다.

조정은 인제는 일군에게 동학군 진압을 의뢰하지 않으면 안 되었고 이때 우리 국토에 올라온 일군은 이 핑계 저 핑계로 사뭇 머물러 있게 되었고 그 최후 결과가 한일합방이란 국치를 가져오고 말았던 것이다.

이 동학당이 고부에서 막 오색 깃발을 날리기 시작했을 무렵인 갑오년 정월 그믐께, 때 아닌 진눈깨비가 부슬부슬 내리는 어느 날 저녁 새이때경 경상도에서 충청도로 접어드는 문경 새재〔鳥嶺〕를 넘어오는 세 사나이가 있었다.

이 새재는 높기도 하려니와 주위는 그대로 수백 년씩 묵은 울림이 들어서서 십여 명씩 작당을 하지 않고는 도적이 위험해서 못 넘는다고 예로부터 일러오는 후미진 고개다. 그래서 십여 명씩 작당을 짓고서도 아침결에나 넘는 것이 보통인데 또 셋이 더구나 저녁 새이때가 겨웠는데 별로 재우치는 기색도 없이 조령 관문 턱에 앉아서 담배를 피우고 앉았던 것이다.

행색을 보면 하나는 바지저고리에 수건을 동이고 짚으로 웃대님을 깡뚱하니 치고 옆에다 대통 지게를 버티어놓고 있는 품이 통 메는 장수인 듯 싶은 것이 나이는 사십은 되었겠고 바른편에 쪼그리고 앉은 사내 역시 부피도 적지 않은 봇짐을 놓고 있는 꼴이 필목장수인 듯싶다. 이 사람 나이는 스물서넛쯤 되어 보인다. 나머지 하나는 회초리만 하나 든 것이 어찌 보면 소장수 같기도 하다. 나이는 스물일고여덟 되었을까.

"지금쯤 우리 고장엔 쑥밭이 됐을 게다."

나이 사십쯤 된 통장수가 담뱃대를 신바닥에다 툭툭 털면서 하는 소리다.

"우리집은 우애 됐을꼬?"

시름이 없는 것이 걱정이 되는 눈치다.

"에라, 이 문둥아. 큰일 할락하는 사람이 우리집 우리집 해쌓는고.

그까짓 쓸데없는 말 말라 해두 그래싸잖는가. 내사 늙은 어매 혼자 두구 오잖았는교?"

나이 제일 어린 황아장수가 핀잔을 준다.

"허, 우리 김 동패가 또 구박을 맞잖어? 다신 그런 소리 않기루 하구서 왜 자꾸 그래유, 글쎄."

소장수의 말이다.

"지랄한다. 사람이 도척이 아닌 담에사 우애 집 걱정이 안 날 건고? 원 동팬 고향땅에 들어서니깐두루 맘이 턱 뇌는기지라?"

"흥, 모르는 소리지. 말이 고향이지 집에 들어가볼 계제나 됐으면 좋겠어유."

하고 젊은 사람이 한숨을 후유 쉬더니 부스스 일어난다.

"젠장, 그래 쌍놈 된 죄가 이렇게두 크더란 말인가. …허지만 어디 보자지… 이 승지란 놈 이번에두…."

장쇠일시 분명하다.

그렇다.

그것은 삼 년 전에 미륵동을 빠져나간 원 장군 장쇠였다. 집을 나간 뒤 장쇠는 단양으로 풍기로 엿목판도 지고 다녔고 산에서 대사를 만난 것이 인연이 되어 한 일년간은 머리를 깎고 중 노릇도 해보았었다. 그러나 배운 것도 없으려니와 중 생활은 그의 체질에도 맞지 않아서 불공을 드리러 온 노파를 따라서 다시 속세로 내려와서 남의집 머슴을 사는 동안에 자기도 모르게 동학당의 세포 조직체인 '포包'에 들게 되었다.

장쇠가 '포'에 든 동기란 아주 단순한 것이다. 동학당끼리는 양반도 없고 상놈도 없고 백정도 없었다. 모두가 서로 '네'니 '내'니 했고

'동패 동패' 한다는 것이다.

그러나 장쇠가 그 동학당 포에 들게 된 직접 동기는 장쇠를 '성님 성님' 하고 따르는 점득이 때문이었다.

점득이는 문경 근읍에서 판을 치는 씨름꾼이다.

가던 날이 장날이라고 장쇠가 또다시 엿목판을 걸머지고 이월달에 경상도 상주 땅에를 들어서니 상주읍에서는 마침 씨름판이 벌어져 있었다. '별신장'이라 광대가 다 들어오고 한쪽에서는 인형극人形劇인 '박첨지'를 놀리고 법석들이다. 투전판도 벌어졌고 여기저기서 돈도 치고 있었다.

낮에는 늙은 중의 염불소리와 밤에는 기가 나서 울부짖는 범, 개호주, 늑대, 여우 같은 산짐승들의 울음소리만 듣고 일년 넘게 살아오던 장쇠한테는 별유천지였다.

장쇠는 신명이 저절로 났다.

우선 객줏집에다 엿목판을 맡기고 씨름판으로 나가보았다. 마침 포씨름이 시작될 무렵이다. 난간 가로 들어가서 국밥에 막걸리 한사발을 들이켜고 있으려니까,

"올핸 암만해두 문경으루 가겄는디. 허우대도 크지만 놈의 몸이 제비처럼 날쌔게 상겼더라."

옆에서 술을 마시고 있던 사나이가 이런 소리를 한다. 그래 장쇠가 넌지시,

"문경서 씨름꾼이 예꺼정 왔나유."

하고 물으니까,

"그렇다우. 작년 백중엔 예천까지 가서 씨름을 앗아 왔답디다요."

밥을 먹고 갔을 때는 정말 황소 같은 장정들이 얼려 있었다. 포씨름의 마지막 판인 성싶다.

포씨름은 상주 사람이 앗아가고 잇대어 상씨름이 벌어졌다. 장쇠는 딴사람이 들어올 적마다 저 사람이 문경 씨름꾼이냐고 물어보았으나 모두가 아니라 한다. 저녁을 먹고서야 한 장정이 나타나니까 모두들 웅성댄다.

문경서 왔다는 씨름꾼인 성싶었다.

과연 기운도 세었지만 재치가 있다. 셋, 넷, 다섯 들어오는 대로 팽이처럼 돌리고 꼭뒤를 짚어 내동댕이도 치고, 배치기, 무릎치기, 복상거리 안 하는 장난이 없다.

씨름꾼이 뚝 그치었다.

“자, 씨름 나간다… 문경이 상씨름 앗아간다… 없느나, 없어?”

장쇠는 결심을 하고 썩 나섰다. 장쇠가 나가니까 주최측에서는 대환영이다. 상씨름까지 나가놓으면 별신장도 깨어지고 말기 때문이다. 관중도 아우성을 쳤다. 놀음판도 ‘박첨지놀음’ 도 다 깨어졌다. 군중이 몇 겹으로 둘러싼 가운데서 호랑이와 사자의 싸움 그대로의 씨름판이 벌어졌었다. 모두들 손에 땀을 쥐었다. 소리도 지른다. 밀고 밀리고 무릎 치는 소리가 흡사 볼기 치는 소리처럼 요란했다. 씨름에는 끝이 없다. 언제든지 승부가 나야 끝이 나는 것이다.

“와—.”

고함 소리가 났다. 그러나 승부가 난 것이 아니라 깔렸던 것이다. 다시 둘은 맞붙었다. 그래서 겨우 승부를 내고야 말았다.

장쇠가 이겼던 것이다.

문경에서 와서 진 사람이 점득이었다.

점득이라면 경상도뿐만 아니라 영남 일대에서도 씨름꾼으로 자타가 다 인정해주던 역사였다. 이 씨름꾼이 진 것이다.

비록 무식도 했고 씨름에는 졌지만 점득이도 보통사람은 아니었다. 이런 때 대개는,

"그깟놈! 내가 힘이 모자라서 졌나? 운수가 나빠서 졌지!"

이렇게 앙심을 먹는 것이 보통이다.

그러나 점득이는 안 그랬다.

장쇠는 그날 밤 점득이의 방문을 받았다. 돼지다리 두 짝과 술 한 단지를 들고 장쇠를 찾아와서,

"오늘부터 성님으로 모시겠소!"

하고 절을 넓죽 했던 것이다.

장쇠와 점득이는 그날 밤 술 한 단지를 다 기울이었다. 그리고 일평생 목숨을 같이하기로 맹세했던 것이다.

장쇠는 그날부터 점득이네 집으로 들어갔다. 점득이 또한 양반들한테 달달 볶이는 사람 중의 하나다. 그의 아버지는 양반이 지나가는데 절을 늦게 했다고 시비가 되어 하인들한테 몰매를 맞고서 시름시름 앓다가 그만 죽어버렸던 것이다.

이 점득이와 장쇠가 만났으니 양반 이야기가 아니 나올 수 없다.

"오냐, 두고 봐라. 설마 음지도 양지 될 때가 있겠지! 우리도 같은 사람으로 태어나서 대대손손 그놈들의 종 노릇만 하겠느냐!"

"암, 그렇구말구유, 성님!"

이렇게 가슴에 맺힌 원한을 풀 길이 없어 몸부림을 치는데 전라도

일대에 소위 동학당이라는 것이 들고일어났던 것이다.

"듣건대 동학당은 가난한 백성의 편이라더라. 어지러워진 정치를 바로잡고 없는 놈의 피를 빨아먹는 못된 양반과 관리놈들을 모조리 잡아죽이고 종문서와 빚문서를 불사르고 노적은 헤뜨리어 백성들을 먹인다니 이 얼마나 장한 노릇이냐. 물론 나라 일에 반기를 들고 일어나는 것이 역적임에는 틀림이 없다마는 상감께서야 이런 나쁜 놈들이 백성을 다스리는 줄 알지도 못할 것이다."

"모르시구말구요!"

이런 이야기를 주고받는 동안에 둘은 동학당에 가담하고야 말았던 것이다.

장쇠가 충주로 들어오는 것도 이 동학당과 연락을 하기 위해서였다. 지리를 잘 아는 까닭도 있었지만 어떻게든지 이 근방에만 오면 미륵동 소식도 좀 들을 수 있으리라 했던 것이 장에 들어서는 길로 대장수한테 들키었던 것이다.

절통하지만 길을 바꾸어 강원도로나 들어갈밖에 없다.

치수는 육십 평생 단 한 번도 사람을 해치겠다는 생각을 먹어본 적이 없는 사람이다.

그리고 또 사실 단 한 번도 남의 살에 손찌검을 한 일이 없이 깨끗하게 육십 년간을 살아온 사람이기도 하다.

그러나 이것도 치수가 그렇게 노력했다는 것은 아니다. 노력이라기보다도 그가 천성으로 타고난 심지가 그랬던 것이다.

"치수야, 아예 남을 해할 생각은 먹지 말아라. 절하구서 뺨 맞는 일은 없는 법이다. 네 보렴. 남을 때린 사람은 다리를 뻗고 잠을 못 자도 남한테 맞은 사람은 다리를 뻗고 잠을 자는 게니라."

이것은 치수가 어렸을 때부터 아버지 원 첨지한테서 들어온 가르침이었다. 그의 아버지는 치수처럼 무식은 했어도 마음이 착하기 이를 데 없었고 또 심지가 깊은 사람이었다. 이 아버지의 뜻을 받았다기보다는 얼굴 생김생김하며 말소리하며 심지어 걸음걸이까지도 아버지 원 첨지를 닮은 원치수였다.

"부자지간이니 닮지 않을 리두 없겠지만 내 저 사람네 부자처럼 닮아갈까. 꼭 빼다꽂았다니까!"

동네 노인들이 치수가 장성할 때부터 일러오는 소리였다. 사실 치수 자신 자기의 모든 버릇까지가 아버지를 닮았다고 생각하는 것이다. 더욱이 기침 소리와 재채기가 그랬다. 제가 한 재채기에 제가 스스로 놀랄 때가 있었다. 입은 제가 벌리고 재채기 소리는 아버지 목에서 터져나오는 것 같은 착각을 일으킨 적도 한두 번이 아니다.

그러니 남이 안 속을 리 없다.

"아이, 망할 것… 닮는다 닮는다 해두 너처럼 닮는 건 첨 봤다. 난 꼭 느 아버지인 줄 알았구나."

치수의 어머니까지가 늘 들으면서도 남편과 아들의 재채기 소리를 분간하지 못할 정도였으니 남이 속는 것은 지당한 일이다.

다만 치수가 그의 아버지 원 첨지를 안 닮은 점은 첨지는 절대로 소고기를 먹지 않았지만 치수는 먹는 것뿐이다.

그렇다고 원 첨지가 소고기를 먹으면 두드러기가 나는 체질은 아니었다. 네발 가진 다른 짐승의 고기도 다 먹었고 어려서는 소고기도 회를 치게 좋아했으나 철이 들면서부터 일체 입에다 대지 않아온 것이다.

"소고기만 보면 우리 복이 생각이 나서 원!"

입버릇처럼 이렇게 말하던 첨지였다.

첨지는 소만 사면 마치 자식처럼 '복'이니 '돌'이니 하는 이름을 붙이어 부르는 것이다.

"찰농사꾼이 어떻게 솔 먹는가."

이러한 아버지의 고운 마음씨를 받아 또 그대로 깨끗이 육십 평생을 살아온 치수가 지금 사람을 해치려는 것이었다. 물론 치수가 그런 행동을 한 순간에는 남을 해친다는 의식조차도 없었지만 그 결과는 사람을 죽이게 될지도 모르는 일이었다.

황차 그것은 자기의 사랑하는 아들 장쇠가 아니던가.

만일 치수가 집을 떠날 때부터 겁만 안 집어먹었다면 이 근방까지 장쇠가 온 것도 알고 한식날 밤이면 치수가 성묘를 오리라는 것을 장쇠도 알고 있는 터고 보니 혹 그것이 장쇠나 아닌가 하는 생각이 들었을는지도 몰랐을 것이다.

그러나 지금의 치수는 겁에 들떴었다. 번개처럼 해치울 생각밖에는 없는 사람이었다.

그러나 여기에 기적이 생기었다. 치수와 그 사나이와의 상거는 불과 한 간통 좀 남짓하게밖에 안 되었고 목숨을 걸어 잔뜩 겨눈 겨냥이었고 보니 응당 단판에 퍽 쓰러졌어야 할 사나이가 무슨 소리인지 알아듣지도 못할 외마디소리를 치더니만 홱 몸을 돌이키며 방위의 태세를 갖춘 것이다.

"누구냐?"

이 고함 소리는 찡 하고 치수의 귀를 울렸을 뿐이었다.

'인전 죽었다!'

그 소리를 들은 무서운 찰나에 치수가 깨달은 것은 이것뿐이었다. 머리가 쭈뼛해지며 뿌예진 눈에 그 사나이가 두 손으로 번쩍 든 몽둥이를 본 것도 그 같은 순간이었다. 아니, 이 무서운 적의 고함 소리를 듣고 몽둥이를 발견한 그 순간이 채 끝나기도 전에 재차 고함 소리가 휘몰아친다.

"손을 들어라! 안 들면 죽인다!"

그러나 여기에 또 한번 기적이 일어났다. 겁결에 손을 번쩍 든 치수 앞에 그 사나이는 고꾸라지듯 내달으며 소리를 지른 것이다.

"아버지! 아버지 아니셔유!"

치수는 너무도 뜻밖이어서 자기도 모르게 한 걸음 썩 물러섰다.

"아니, 네가 장쇠냐!"

"야, 장쇠여유, 아버지!"

아들은 절을 넓죽 한다.

"후유— 인전 살았나보구나!"

치수는 아들의 손을 붙들더니만 그대로 털썩 주저앉아버린다.

"오늘 여기만 오면 아버질 꼭 뵐 줄 알았시유. 그래, 어제부터 이 근방을 빙빙 돌았어유."

장쇠도 아버지 앞에 도사리고 앉는다.

"내가 천치다. 난 네 생각은 꿈에도 못하구서 꼭 김 승지네 하인놈들이 이 밤중에 서낭당에 숨었다간 날 보구서 뒤를 밟는 줄만 알았구나. 너 서낭당 고개 앞에 있잖았느냐?"

"야, 거기서 전두 막 산으로 들어오던 길이여유. 그래두 전 아버질 통 못 보구 소리가 나던 건 즘생 발소린 줄만 알았어유."

"그래, 너 기침 한 일 있었냐?"

"기침? 야, 한 번 했어유. 참느라고 참는데 그만 컥 하구 나와서!"

"그럼 됐다— 인전 이 산중엔 우리 부자밖에 없나보구나."

치수는 그제야 겨우 안심을 한 듯이,

"자, 여기 이러고 있을 게 아니라 얼른 가서 성묘하구 어디루 가든지 가보자."

하더니만 정신을 차리어 바위 뒤에 내던졌던 보따리를 들고 산소 쪽으로 간다. 산소라야 모르고 보아서는 산소인지 둔덕인지도 분간키 어려울 정도의 펑퍼짐한 흙더미다. 안표로 잔솔 몇 나무가 둘레로 섰고 널찍한 바위가 한 개 놓였을 뿐, 아무가 보아도 봉분 같지가 않다.

"겁결에 술병두 어디다 내버렸는지 모르겠구 제물두 이꼴이 됐으니… 허지만 자식 된 도리지 그러면 대수냐. 할아버지께서두 용서하시겠지!"

이렇게 부자는 나란히 서서 성묘를 하는 것이다.

냉수도 떠놓지 못한 북어포 한 가지만의 성묘를 마친 장쇠 부자는 골짝을 타고 약물터까지 아무 말 없이 내려왔다. 아무리 밤중의 산속이라고는 하지만 어디고 몸만은 감추지 않고는 마음이 놓이지 않았다.

그들이 찾아든 데는 범바위 밑이었다.

흡사 우렁잇속처럼 되어 안에 들어가면 도래방석 한 닢은 넉넉히 깔린다.

치수는 바위 밑으로 들어오더니 겨우 안심을 한 듯이 천천히 담배를 담으며,

"사람이 다급하면 다 그런가보구나. 아무리 뜻밖이라고는 하지만 부자가 서로 몰라보다니. 난 꼭 널 그놈들로만 알았구나. 그게 빗나가길 잘했지 정통으로 맞었더라면 어떡할 뻔했느냐. 진저리가 다 쳐지는구나."

하고 푸슬푸슬 이야기를 꺼낸다.

"전두 첨엔 아버진 줄 몰라봤었어유. 으레 오시려니 싶어서 퍽 유의해 보았는데 전 통 못 뵈었거든유. 아까두 돌이 귀빠우를 스치구 지나가서 홱 돌아설 때 그놈들 생각만 났지… 아버지 생각은 못했시유."

"그래, 건 그렇구 대관절 어떻게 이렇게 들어왔느냐. 꼭 죽었으려니만 했던 자식을 만나보니 좋기는 하다마는 장차 넌 어떻게 할 작정이냐."

"제 말을 했다구 승지놈이 대동 볼기를 쳤다면서유?"

"대동 볼기랄 것까진 없어두 며칠 박작 뒤집어엎었더니라. 거기다가 뭐 동학당이 어디서 어떻구 어떻구 했다는 소문이 들린 뒤론 요샌 날마다 집 근처를 밤을 새워 망을 보이는 모양이구…."

"지키겠으면 지키라지유 뭐. 거 모두 인동 할멈년하구 편노랑이 요사루 그렇게 된 거여유. 도적이 제 발이 저리다구 제 소문이 핑핑 떠도니까, 겁을 잔뜩 집어먹구 김 승지한테 가서 장쇠가 동학당이라구 쑤석거려 놨거든유. 허지만 겁날 것 있어유? 하인으루 울타릴 하라지유."

"거 너 어떻게 그렇게 잘 아냐? 나보다두 더 소상하구나."

치수는 깜짝 놀랐다. 동네 소식에 자기보다도 자세하지 않은가.

"사람을 놔서 다 탐문해보았어유."

"그래, 그런가보더라. 인동 할멈과 노랑이가 부동이 된 거야. 그렇잖아두 아까 느 어머니가 술을 받으러 갔더니만 그 불여우 같은 것이 네가 동학당이라구 그러더라는구나. 원, 그런 몹쓸 놈의 마음자리가 있단 말이냐?"

치수는 동학당이란 데다 힘을 주어 말을 한다. 이 동학당이란 말을 듣고 장쇠의 낯빛이 어떻게 변하는가를 보지 못하는 것이 안타까웠다.

치수 자신은 아직까지 말만 들어온 그 동학군이란 것이 좋은 것인지 나쁜 것인지를 모르고 있으나 원을 잡아다 가두고 부자를 잡아죽이고 한다는 이야기만 듣는다면 그것이 무서운 당패라고 믿고 있기 때문이었다.

그러나 장쇠는 그 말에는 아무런 대꾸도 없이 풀쑥 이런 소리를 하는 것이다.

"제가 아무리 세도가 좋다기로니 설마 음지가 양지 될 때가 있겠지유. 무고한 백성들을 공연히 대추나무에 매달구 쳤으니 저두 한번 매달려봐야 할 거 아니여유?"

"얘, 장쇠야, 너 거 무슨 소리라구 하지야?"

아들의 말에 치수는 그만 질겁을 한다.

"너 지금이 어떤 세상이라구 그렇게 말을 함부루 하는 게냐. 낮말은 새가 듣구 밤말은 쥐가 듣는단다. 말 한마디만 빗나가두 어느 귀신이 잡아가는지 모르게 덜미를 쳐가는 세상인데 부디 말조심해라, 얘—."

"예—."

장쇠는 뜻밖에 다소곳이 대답을 한다.

그것을 보면 장쇠가 동학당이 아닌 것 같기도 하나 그래도 마음이 놓이지 않아서,

"너두 인저 나이 삼십이 불원하겠다. 객지로 삼 년이나 돌아다니어 세상 물정두 보아 알었겠지만 태평시대와 달라서 인심이 여간 강박해지지 않았느니라. 이런 세상일수록에 말을 조심해야지. 말뿐인가? 세 가지 병신이 돼야 하느니라. 귀머거리가 되어 들어두 못 들은 체, 봐두 못 본 체, 벙어리처럼 입을 아주 봉하구서 살아야 해! 허구 천친 체해라. 천치 노릇이 젤야…."

이렇게 말을 하고 나도 그래도 미심쩍다.

"남이란 도시 믿을 게 못 돼. 사람이 사람을 서로 믿지 않는 것처럼 큰 죈 없다만서두 세상이 그렇게 된 거야 어쩌느냐. 양반의 칭찬 아닌 말은 모두들 죄로 돌리거든. 바른 소릴 한마디만 해두 그만 역적처럼 모는구나. 어찌 그리두 고자질쟁이가 많은지 이쪽에선 믿거라 한 소리가 금세 양반 귀에 들어가서 죽일 놈 살릴 놈 법석이 나거든! 그것두 말한 대루나 전해졌으면 좋으련만 어디 그렇더냐! 보태지—보태기만 하면 또 좋게! 이건 터무니없는 고자질을 해가지곤 생사람을 잡지 않느냐. 이런 게 지금 세상이야!"

무슨 말을 해도 잠자코 듣고만 앉아 있는 장쇠가 치수한테는 안타깝기까지 했다. 말거취가 정녕코 요새들 떠들어대는 동학당에 관련이 있는 성싶어서 그것을 캐어보잔 것이나 얼굴도 보이지 않는 이 굴속에서서는 눈치를 채어볼 재간도 없다. 그래서 치수는,

"그래, 그동안 넌 어디서 뭘하구 지냈느냐?"

이렇게 넌지시 물어보는 것이다.

"별짓 다 했어유. 집에서 나가던 길로는 중 노릇두 했구 엿목판을 메구두 다니다가 지금은 문경서 남의 집을 살구 있어유."

"문경이라면 경상도 땅이 아니냐."

"예—."

"그래, 거긴 어떻던? 소문 듣기엔 전라도와 경상도에선 지금 동학 난리가 나서 동학군들이 관가와 양반의 집을 바수구 죽이구 야단이라던데?"

"거 모두 뜬소문이어유, 아버지."

"그래?"

뜬소문이 그렇게 여기까지 퍼질 리가 없는데 아주 잡아떼는 것이 치수한테는 더욱 수상쩍었다.

"전라도에선 원을 모두 잡아죽이구 눈을 빼어내 꼬챙이에다 꼬여 가지구 다니구 법석이라면서? 여기서 듣기엔 괴산서두 양반들을 잡아 죽이구 야단이 났다구들 그러더라!"

이 말에 지금까지 잠자코만 있던 장쇠가 불쑥,

"죽일 놈은 죽여 없애야 백성이 살잖아유."

하는 것이다.

치수는 그 말에 그만 가슴이 서먹해졌다.

그래도 치수는 아무렇지도 않은 듯이 아들의 말을 받아서,

"그야 죽을죄를 진 사람두 많지. 허구많은 사람이 사람을 죽이기로 들면 끝이 있는 거냐."

"그야 양반이라구 다 죽이겠어유. 그중에서두 무고한 백성들을 너무 몹시 들볶은 양반들이 더러 동학군들한테 혼이 나는 모양이더군유. 그야 할 수 없지 않어유."

말투가 사뭇 저도 동학당이란 투다. 치수는 망치로 덜미를 얻어맞

은 것 같았다.

장쇠의 그 괄괄한 성미에 정말 무슨 일을 저지를지도 모르는 일이다. 만일 그렇게만 되는 날이면 집안이 뿌리가 빠지는 판이 아닌가.

"애, 장쇠야."

치수는 아들의 손을 잡듯,

"너 혹 그 동학당인지 뭔지에 가담하지 않았느냐?"

버쩍 다가앉는다.

"지—가유?"

장쇠는 이렇게 되묻고는 한참이나 잠잠하다. 생각할 시간을 갖기 위한 모양이었다.

"지가 뭣하러 그런 델 뛰어들어유. 그러구 거긴 들어가기두 퍽 어렵대유. 뭐 어떻게 보는 게 많은지 웬만한 사람은 금방 들여주지두 않구…."

이렇게 장쇠는 부인은 하나 그래도 치수의 귀에는 그것이 곧이들리지가 않는다. 암만해도 자기를 기이는 것만 같아서,

"아비 자식 새에야 뭐 못할 말이 있겠느냐. 듣기엔 거기 상관이 있는 것 같은데 정말…."

"없어유, 아부지. 이치를 따지구 보면 그렇다는 말이지유. 저의 동네만 해두 그렇지 않어유, 아부지. 저 김 승지 같은 놈을 그냥 두어서야 어디 우리네 백성들이 살 수가 있대유? 나라에선 그런 걸 몰르거든요. 우리 미륵동에서 김 승지 놈만 하나 쫓아낸다면 동네 사람들이 다 다리 뻗구 잘 것이 아녀유."

"허기야 그렇지, 미꾸리 한 마리가 온 웅덩이를 흐려놓지!"

"그러니까 그런 나쁜 놈을 처치하는 것은 나라에서두 여간 좋아하시는 게 아니래유. 그런 놈들이 양반 세력을 빌려서 백성들의 피를 빨아서는 저의 놈들 배만 불리지만 한푼 나라에다 바치질 않거든유. 그래노니 나라에서야 돈이 있어야 일을 하지 않겠어유?"

"말은 옳은 말이야."

치수는 이렇게 맞장구를 치다가 문득 자기도 모르는 사이에 장쇠 이야기에 끌려들어가고 있는 자신을 깨닫고 주춤했다. 그래서 쏟은 물을 긁어담듯 부산하니 한 말을 뒤엎고 있었다.

"말은 옳은 말이다. 허지만 세상 이치란 그렇게 경우대루만 되는 건 아니거든. 한두 사람이 세상을 뜯어고칠라구 되는 게 아니란 말이야. 옳은 말이지. 허지만 이것을 몇 사람이 억지루 바루잡을련다구 잡아지는 게 아니라, 세상 사람이 모두 다 그것이 잘못된 이치인 줄 알게만 되면 가만두어두 제절루 바로잡아지는 것이니라. 그러니 아예 남의 말만 듣구 그런 데 뛰어들지 말아라. 만석꾼이 부자하구 정승은 하늘이 내는 법이니라. 세상 일이란 순조루 해야지. 너 생나무 가지를 억지루 휘어잡아 보아라! 그것이 분질러지면 다행이지만 휘어잡았다 놓치는 날이면…."

하다가 문득 말을 그치고 아들을 살펴보는 것이다.

그러나 장쇠는 쓰다 달다 말 한마디도 없다.

•

이단자異端者

"글쎄, 무슨 궁린진 모르지만 얘길 해봐라. 벙어리 냉가슴 앓듯이 너 혼자만 속에 넣어두구서 끙끙대면 남이 알 수가 있냐. 너만 앵하지. 어서 툭 털어놓구 얘길 좀 해봐! 아버지한테야 어려워서 말을 못할지 모르지만 어미한테야 뭐 못할 소리가 있겠느냐?"

그래도 아들은 들은 체 만 체다.

"그러지 말구 일어나거라. 너 하나 때문에 온 집안이 쌈한 집 같구나. 네 아내 때문에 그런다면 그렇다구 시원스럽게 말을 해. 이 세상에 아내 싫은 사람이 어디 너 하나뿐이겠느냐. 네 댁이 싫어서 그러거든 싫어 그런다구…."

어머니의 이 되뇌고 되뇌고 하는 소리에 아들은 귀치않은 듯이 이불을 푹 뒤집어쓰고 만다.

어머니는 긴 한숨을 찬찬히 내어뱉으며 아들 머리맡에서 물러앉는 것이다.—탑골 박 의관 집은 셋째아들 일양이로 해서 깊은 수심에 잠겨 있었다.

박 의관의 부인 한씨만 하더라도 아들이 어째서 저렇게 싸매고 드러누웠는지를 전혀 모르지는 않는다. 제 아내 때문인 것이 분명하다.

생각하면 우스운 일이기도 했다. 나이 열세 살이면 어른들이 소금을 물로 끌래도 끌 때인데 장가말만 나면 죽어라고 싫다던 것이며 조숙한 아이이기는 하지만 싫고 좋고가 없을 나이에 초례청에서부터 제 댁을 송충이처럼 싫어하는 까닭을 알 수가 없다. 그야 신부 집 양반만 보고 한 혼인이니 선을 본 것도 아니어서 새며느리를 맞고 보니 인물은 없었다. 일양이가 걸핏하면 말이니 노새니 하듯 됫박 이마에 하관이 빠르고 긴 데다가 인중이 또 엄청나게 길어서 심사가 좀 좋지 않을 때 볼라치면 그야말로 먹을 것을 보고 주둥이를 내어미는 말상 그대로의 박색이기는 했다. 그러나 지금 나이 스물둘이니 한창 필 때다. 샛노랑 반호장 저고리에 남치마를 입고 나서면 키가 후리후리한 게 몸 태는 다른 두 며느리보다도 오히려 낫다. 거기에 또한 마음씨가 부드럽기 그지없어 초례청에서부터 남편 눈에 난 시집에서 그 무슨 즐거움이 있을까만 언제나 나글나글 웃는 낯이다.

일양이도 그때는 어린 때라 내외 정이 있을 리 없겠지만 인제 열아홉이니 아내를 모를 때도 아니겠는데 제 방에는 통 근접도 하지 않으려 든다.

"얘, 너 어쩔라구 그러는 게냐. 남에게 못할 일을 시켜두 분수가 있지. 그래, 남의 집 귀한 자식을 데려다놓구 그거 무슨 못할 노릇이냐?"

어머니 한씨가 하도 보기가 딱해서 이렇게 주장질을 할라치면 일양이는,

"제게만 못할 노릇인가. 내게도 못할 노릇이지— 남의 자식한테만 맘을 쓰시지 말구 당신 자식 불쌍히 생각해보셔요."

되레 오금을 박는다.

"버젓한 사람보구서 말새끼를 데리구 살라는 부모가 글러요, 싫다는 자식이 글르대요?"

"원, 저런 놈의 말버릇 좀 보아. 얘, 너 그것두 다 말이라구 하는 게냐. 양반의 집 며느리 인물이 그만하면 쓰지. 어디 가서 양귀빌 데려다 줘야만 직성이 풀릴 뻔했더냐?"

"글쎄, 다 듣기 싫대두 그래요!"

그래도 나이 차서 철이 들면 나아지려니 했었다.

그러나 나이 먹어 갈수록에 일양이는 점점 더 빗나가는 것이었다.

어려서는 거들떠보지 않는 정도더니 나이 들면서부터는 사뭇 미워하는 것이다.

"저것두 제딴엔 나두 사람이겠거니 하렷다? 계집이겠거니— 그러기에 치말 둘를 줄 알지?"

"원, 저런 망할 것이. 저걸 다 말이라고 하는 겐가."

어머니는 어처구니가 없어했다.

"너 그런 맘자릴 먹다간 죌 받느니라. 네 댁이 어디가 어때서 그러냐. 넌 걸핏하면 말상이라지만서두 사람이 인물만 고우면 뭣하냐. 심덕이 그만하구 대갓집 자식이라 범절이 본데 있겠다. 우으로 어른 공경할 줄 알구 아래로 하인들 거느릴 줄 알겠다… 너 만일 아버지가 그런 소릴 들으셨다간 당장 큰 벼락이 나린다."

"그래, 말두 못하구 내 속만 푹푹 썩이는 거 아니여요? …어머닌 걸핏하면 양반 양반 하시지만 양반의 집 자식 된 죄가 이렇게나 크다면 차라리 상놈의 천덕꾸리 자식으로 태어났더라면 오죽 좋았을까 싶어요—."

어머니는 저절로 한숨이 나왔다.

"양반의 자식이 열둘이면 호패를 찬다더구만서두 저건 언제나 철이 날려노. 양반 상놈을 못 가리니…."

"이목구비가 번듯하고서도 말을 데리구 살지 않으면 안 되는 양반보다 전 상놈이 얼마나 부러운지 몰라요. 평양감사도 저 싫으면 그만이라면서 보기 싫은 여편넬 일생 데리구 살아야 한다는 법은 누가 낸 법인구!"

모자가 이런 악다구니를 하는 동안에 일양이는 나이 열아홉을 접어들고 말았다. 아버지 박 의관을 닮아서 허우대도 말쑥하고 훤한 이마에 눈이 부리부리한 것이 스물이 훨씬 넘어 보인다. 코 밑으로 까무잡잡한 것은 분명히 노랑털이 아닌 수염터다.

인제는 나이 차기를 기다릴 수도 없는 노릇이었다.

아니, 지금까지는 입 밖에 내어 튀튀하기나 해서 그래도 좀 시원하더니만 근자에는 딱 입을 봉해버리고는 누가 뭐라고 해야 말대꾸도 않는 것이다.

며느리도 며느리려니와 자식의 장래가 근심이 되어 박 의관이 불러다 앉히고 타이를라치면 죄인처럼 다소곳이 꿇어앉아 듣기만 하였다. 듣고는 그대로 신지무의 일어서 나가고 만다.

아버지 박 의관 앞에서뿐만 아니다. 어머니 한씨와도 이전처럼 불평을 털어놓지도 않을뿐더러 금년 접어들면서부터는 공부를 한다고 통 작은사랑에서 나오지도 않고 맏형인 건양이와 둘째형인 준양이가 제 방에를 들어가도 본체만체고 툭하면 책을 끼고 동산으로 뿌르르 올라가기가 일쑤였다.

"아무래도 걔가 저러다간 사람을 버리겠어요. 제 댁을 얼마 동안 저의 집으로 보냈다가 데려오게 했으면 맘을 좀 잡을까 싶군요. 제 댁이 안에 있으면 통 마당에도 들어서지 않으려 드니 전들 제 맘을 제 맘대루 못하구 거 사람이 할 노릇이겠어요."

오늘 아침에도 한씨는 박 의관한테 며느리를 당분간 친정으로 보내보면 하는 눈치를 보였다가 호통만 맞고 들어왔던 것이다.

"그깟놈 그러다가 죽으면 그만이지! 아무 죄도 없는 남의 자식을 쫓아내?"

"아니, 누가 아주 쫓는다나요. 하두 사람 꼴이 못 되어가니 한 달포쯤 저의 집에라도 보내어 저도 좀 지길 펴구 있다가 오게 하잔 게지요. 눈여겨 안 보시니까 그렇지 요샌 바짝 야윈 것이 눈만 퀭해졌답니다. 잘잘못은 뉘게 있든간에 제 남편이 저렇게 머리를 싸매고 누워 음식을 전폐하고 있으니 전들 어째 걱정이 안 되겠어요. 둘이 다 서로 못할 일이죠…."

박 의관만 하더라도 입으로는 큰소리를 했지만 아닌 게 아니라 걱정이 되지 않는 것도 아니다. 다른 잘못이란다면 종아리로라도 고친다지만 인제 나이 이십이나 되어 수염자리까지 잡힌 자식한테 종아리를 때린달 수도 없고 또 종아리로 해결될 문제도 아니었다. 문제는 어째서 그토록이나 제 댁이 싫은지 그 까닭을 캐어보아야 하겠는데 저 자신도 어째서 그렇게 싫은지 모르는 모양이고 보니 매질 아니라 죽인대도 별 도리는 없을 것이었다.

'사람이 사람을 그렇게 싫어할 수도 있는 겐고? 더구나 명색이 제 아내를….'

박 의관으로서는 도저히 이해할 수 없는 일이었다. 그러나 그것은 역시 사실이다. 일양이는 어째서 그렇게 싫으냐고 달구치는 어머니 앞에서 저도 모르겠노라고 좍좍 울기만 하더라는 것이다.

그렇다고 아무 죄 없는 며느리를 아무런 명목도 없이 친정으로 쫓을 도리도 없지 않은가.

'그러다가 죽겠으면 죽으라지 — 죄 있는 내 자식 살리자고 죄 없는 남의 자식 죽일 수가 있던가?'

그럴 수는 없다고 박 의관은 생각하는 것이었다.

사실 박 의관은 또 그럴 사람이기도 했었다. 일양이를 죽이면 죽였지 아무 죄도 없는 남의 집 딸을 데려다가 되쫓을 수는 없다 했다. 양반의 집 가풍으로 그럴 도리는 없다는 것이었다.

'남들은 자식 없이두 사는데 장성한 자식이 형제나 있으면 그만이지—.'

박 의관은 이렇게 일양이는 아주 죽은 자식으로 여기고 일양이가 누워 있는 방에는 통 발걸음도 하지 않았다. 전전날부터 일양이가 약 먹듯 한 술씩 뜨던 밥도 통 전폐하고 미음만 마신다는 말을 아내한테 들었을 때도 칼로 치듯 아내의 말을 무질렀었다.

"제가 사서 생병 앓는 놈한테 미음이 어디 당한 게냐! 못생긴 놈의 자식! 미음은 무슨 염치에 얻어먹구 있다노? 제 아비 얼굴에 똥칠하는 자식은 내 자식이 아니니까 죽든 말든 내 귀에 들려주지 말래두! 그 자식이 그렇게 된 것두 모두 당신 때문이오. 어려서 홍홍 받아주어 놓으니까 그놈이 아주…."

남편한테는 더 물어볼 여지도 없었다. 한씨 부인은 이번에는 아들이 누워 있는 작은사랑으로 들어가 보았다. 어머니의 발소리를 들은 아들은 떴던 눈도 감고 불러도 대답조차 않으려 든다. 불빛에도 얼굴이 말이 아니다.

'이러다가 자식을 죽여?'

곰곰이 생각을 하다가 한씨는 며느리 방엘 들어갔다. 인정으로나 체면으로나 도리는 아니나 생사람을 말려죽일 수는 없다 싶었던 것이다. 그리고 또 아주 영영 쫓는 것도 아니지 않는가.

며느리는 바느질감을 벌여놓고 있었다. 얼핏만 보아도 남편 일양이의 여름살이다.

"어머니, 여지껏 안 주무셨습니까?"

며느리는 재빨리 일어나서 바느질거리를 한데로 밀어붙이고 시어머니의 앉을 자리를 마련해준다.

"일찌감치 잘 게지 뭘 이리 늦도록 하느냐."
하며, 시어머니의 눈은 바느질거리로 간다. 일양이의 여름살이 일습이었다. 모시 두루마기는 벌써 바늘을 빼어놓았고 적삼 깃을 다는 길이다. 버선까지 새로 뜨려는지 버선 본과 다듬어온 무명 끝까지 나와 있다.

그 옷감들을 보니 시어머니의 눈 속은 그만 뜨끈해온다. 자기는 남편이 벼슬을 좀 얻어 해볼까 하고 서울 가서 한 일년씩 있는 동안에도 혼자 바느질을 할 때는 쓸쓸한 생각이 들었는데 시집을 온 지 칠 년째나 접어들건만 눈도 거들떠보지 않는 남편의 옷을 짓고 있는 며느리가 새삼스러이 측은해지는 것이다. 미워해도 한이 풀리지 않을 남편의 옷을 밤잠을 못 자면서 꿰매고 앉은 며느리의 그 아름다운 덕, 비단결 같은 마음씨에 시어머니는 자기도 모르게 울어지는 것이다.

아무리 손이 들이곱는다 하지마는 며느리 자식은 자식이 아니냐. 이 착한 것한테 도적이 아닌 다음에야 어찌 그런 말을 할 수 있을까보냐!

"아가."

"네."

"뭐 마실 것 좀 없더냐?"

"식혜두 있구 수정과두 말국만은 남았습니다."

"그래? 그럼 가서 좀 가져온. 안방 다락에 있는 약식합하구…."

자기가 먹기 위해서가 아니다. 불쌍한 며느리를 먹이자 함이었다. 어린것이 시집이라고 오던 날부터 소박을 맞고 회초리 맞은 참새처럼 오들오들 떨기만 하는 며느리가 의관 부인의 눈에는 순간 괴산으로 출가한 둘째딸로 보였던 것이다. 둘째딸 경임이도 나이 스물여섯에 기생 시앗을 보고서는 걸핏하면 가라고 발길질이라는 것이다. 재작년 아버지 생신에 왔다가는 죽어도 다시 가지 않겠노라고 울고 짜고 하는 것을 억지로 몰아내다시피 해서 보낸 뒤로는 어미를 야속하게 생각하는지 문안 편지 한 장도 없이 지내는 터이었다.

'내가 잘못 생각이지. 저걸 쫓아보내다니… 저 불쌍한 것을….'

한씨는 소물소물 겉도는 눈물을 옷고름으로 찍어내고 있었다.

며느리가 쟁반에다 약식과 식혜에 나박김치를 얹어 가지고 들어오자 한씨는 경임이가 와서 있을 때 밤참을 먹이듯이,

"어서 좀 먹어라. 밤이 짧아졌다지만 저녁 먹은 지가 언제냐."

하고 내어밀어 주었다.

"어머님 잡수십시오. 전 시장한 줄 모르겠습니다."

"그러지 말구 어서 먹어. 너 먹는 것 보자구 가져오랬지. 어서 좀 마시어라. 나도 먹으마."

며느리도 시장했던지 꽤 많이 약식을 떼어다 먹고서 느닷없이,

"어머님, 죄송한 말씀입니다마는 얼마간만 저 친정에 좀 가 있다가 왔으면 싶습니다만…."

하고 실로 아무렇지도 않은 것처럼 말은 하나 말이 끝나기도 전에 눈 속에 흥건하게 눈물이 괸다.

"친정이라니?"

반가움과 놀람이 한데 엉킨다.

"친정엔 어째 갑자기?"

"어머님두 편치 않으신 모양이시구 저두 요새 좀 몸이 이상해서 그럽니다."

며느리의 심정을 모르는 시어머니도 아니었다. 그러니만큼 더욱 대답할 말이 선뜻 나오지를 않는다.

"글쎄… 다녀오고 싶건 잠깐 다녀오려무나만… 남편이 일어나거들랑 가게 하지 그러냐."

"아닙니다, 어머님. 그 양반 병환은 제가 가는 날이라야만 나을 것입니다."

"그게 다 무슨 소리냐. 당치도 않은…."

"아니올습니다. 어머님께는 말씀을 못 드리었습니다만 사람을 놓아서 무꾸리를 해보았더니 저 때문에 그렇다구 그러더랍니다. 천상 살풀이를 해야겠는데 살을 풀자면 얼마 동안 제가 대주 눈앞에 보이지 않아야 한다구 그러더라는군요. 그렇지 않으면 대주께 큰 앙화가 미칠지 모른다구요… 그러니 어머님 절 한 두어 달만 말미를 주셨으면 좋겠습니다."

며느리가 거짓으로 꾸며대고 있다는 것을 시어머니는 잘 알고 있었다. 그리고 며느리가 자기 자신의 점을 친 것이니 선무당보다야 어디로 보나 정확한 점이기도 했고 이 점을 통해서 시어머니는 또한 며느리의 아름다운 마음씨를 만져보고 있는 것이었다.

그러나 이 며느리의 마음씨가 아름답기 위해서는 간장을 도려내는 것과도 같은 슬픔이 강요되는 것이었다.

한씨는 이 며느리의 슬픔도 잘 알고 있었다.

"아가, 네 마음 어째 내가 모르겠느냐. 다 안다."

한씨는 며느리의 어깨에 손을 얹었다.

"그런 너의 마음을 못 알아주니 네 남편이 몹쓸 인간이다. 허지만 지성이면 감천이란다. 네 남편도 사람이겠고 보니 한번이야 깨우칠 때가 있잖겠느냐. 너무 슬퍼 말구 얼마간 가 있다가 오게 하여라."

며느리의 어깨가 달막인다. 그러더니 차차 진동이 커가면서 가느다란 울음소리가 스며나오고 있다. 역사처럼 긴 슬픔이 가야금 줄을 타고 먼데서 전해오는 그런 단장의 슬픔이었다.

일양의 아내가 탑골 시집을 떠나간 것은 일양이가 머리를 싸매고 누운 지 열흘째 되던 날 이튿날 아침이었다.

이튿날 저녁에서야 돌아온 교꾼들의 말을 들으면 일양의 아내는 점심도 안 먹고 친정집에 들어간 그 순간까지 울기만 했다는 것이다.

아내가 친정으로 떠나기만 하면 툭툭 털고 일어나리라고 생각했던 일양이는 이튿날도 이튿 이튿날도 자리에 누운 채였다. 어머니와 형들 성화에 못 이기어 억지로 밥을 몇 술 뜨더니만 그것이 꼭 걸려서 밤새도록 온 집안이 발칵 뒤집히었다. 사관을 튼다, 약을 달인다, 법석 끝에 겨우 관격만은 뚫렸으나 이튿날부터는 까닭 모를 오한이 덮치어 이불을 두 채씩 포개 덮어주어도 사시나무 떨듯 하는 것이다.

며느리를 친정으로 보내던 날부터 방문을 첩첩이 닫아걸고 문 바깥출입도 않던 박 의관도 그날 밤에는 아들 머리맡에까지 와서 밤을 새웠었다.

"양반이 다 뭐냐! 난 상놈이 좋다! 어머니, 난 상놈이 좋아!"

까닭 모를 말소리가 밤새도록 계속되었다. 그러나 일양이로 본다면 모두가 하고 싶은 말들이리라.

일양이가 자리를 걷고 일어난 것은 망종이 지나서 하지를 바라볼 무렵이었다. 된통으로 앓은 날짜는 며칠 되지 않았어도 시나브로 누워 뒹군 지는 그럭저럭 달포가 넘는 셈이었다.

그 한 달 동안에도 친정에 가서 있는 아내로부터는 두 번이나 전인해서 병문안이 왔었다. 그럴 때마다 박 의관은 사돈인 정 참판한테 사죄 복걸하는 편지를 썼고 시어머니는 또 며느리한테 위로 편지를 장황히 써보내었다.

하지를 앞두고 탑골과 미륵동에서는 모내기가 한창이었다. 전라도에서는 동학군이 전라도 수부인 전주를 함락시키고 나라에서는 청국에 구원을 청하고서 청병이 오기만 눈이 빠지게 기다릴 때였다.

동학군이 전주를 점령했다는 소문에 경상도 일대와 충청도 접경에서도 군데군데 동학이 일어나서 관가를 부수고 노략질한 양반들을 잡아다 잡도리를 한다는 소문이 핑핑 날아들 때에도 탑골과 미륵동에는 이렇다 할 사건도 없은 채 모내기가 거반 끝나가고 있었다.

그러나 불안한 공기는 날로 가까워오고 있다.

"괴산서 정말 동학군이 일어났대여. 저번엔 뜬소문이지만 이번엔 아마 참말인가봐. 괴산 장날 쇠장거리에서 동학군이 들고일어나자 장돌뱅인 줄 안 장꾼들은 벌떼처럼 일어나서 양반들을 잡아다 패구…."

"쉬—."

논머리에서 참을 들이는 농군들은 어디서나 동학당 이야기에 신바람들이 났었다. 읍내에서도 산속에 숨어 있던 동학군이 십여 명이나 잡혔다는 소문도 날아들었다.

"읍내에서?"

이 소식에 누구보다도 놀란 것은 물론 장쇠 아버지 치수다.

치수는 한식날 밤 장쇠와 헤어진 뒤로는 미륵동에서도 반드시 무슨 일이 한 번은 일어나고야 말 것 같은 불안에 어느 날 하루 마음놓고 잠이 든 일이 없었다. 장쇠는 끝까지 저는 그런 데 뛰어들지 않았노라 했지만 치수는 벌써 아들을 믿지 않고 있었다. 장쇠가 동학당에 뛰어든 것은 물론 그 속에서도 무슨 큰일을 맡고 있다는 것을 치수는 벌써 의심치 않고 있는 것이다.

일양이가 한 달도 넘는 병석에서 처음으로 나온 것은 바로 읍내에서 십여 명의 동학군이 잡혔다는 소문이 미륵동과 탑골에도 전해지던 날 저녁때였다.

일양이는 달포 만에 의관을 정제하고 뜰로 내려섰다.

아직 채 식지 않은 땅덩이에서는 더운 김이 훅훅 끼치나 멀리 내어다보이는 퍼언한 들판의 파란 풀빛이 생기를 돋우어준다. 벌써 논매기가 시작되었는지 동구 앞 들에는 농기農旗가 펄얼펄얼 날리고 있다. 농부들의 농악 소리도 한창 흥겨웁다. 보령산 갈미봉 위로 저녁놀이 사뭇 시뻘겋다.

'나는 어째서 저 사람들과 같이 인생을 즐길 수가 없단 말인가? 이 거추장스러운 옷이며 의관을 벗어던지고 행전 대신에 정강이까지 깡똥하니 걷어올리고 철벅철벅 논바닥을 걸어볼 수는 없을까?'

한 달 동안 누워 있으면서 생각한 일양이의 결론은 이런 것이었던가보다.

사실 지금의 일양에게는 양반이란 커다란 짐 이외에 아무것도 아니었다. 오직 거추장스러운 옷과 나오지 않는 거드름과 온갖 거짓 꾸밈과 양반이라는 예의를 지키기 위해서 인간이 타고난 모든 본능을 죽이고 살아야만 하는 게 이 양반이라 했다. 아무리 급해도 뛰지도 말아야 하는 것이 양반이며, 아무리 더워도 위통은커녕 솜버선까지도 벗어서는 안 되는 것이 양반이었으며, 이 세상의 모든 사람들과 마주 서서 이야기를 해도 안 되는 것이 양반이었다.

'양반은 그런 사람들을 상놈이라고 부른다. 상사람—상사람이란 얼마나 부러운 사람들이냐? 지글지글 끓는 폭양에 속옷이다 고의적삼이다, 두루마기다 도포다, 머리에는 망건을 써야 했고, 갓을 써야 했고, 발에는 솜버선에 그 무거운 신을 신어야 했고, 행전까지도 벗어서는 안 된다. 이런 구속이 없이 더우면 훌훌 벗어부치고서 물속으로도 뛰어들 수 있고 개울에서는 천렵을, 산에서는 토끼 사냥으로, 여름은 여름대로 겨울은 겨울대로 즐길 수 있는 끝없는 자유—이런 자유를 마음껏 누려서는 안 되는 것이 양반이라는 것이다…….'

그런 양반한테 저주가 있으라 했다!

'양반은 제 아내를 선택할 권리도 없는 것이다. 말처럼 생겼거나 코가 하나 없거나 양반은 버려서도 안 되고 다시 장가를 들어도 안 된다. 그러나 상사람은 얼마든지 제 아내를 고를 수도 있고 골라 살다가도 마음이 맞지 않으면 얼마든지 헤어질 권리가 있는 것이다. 이것이 양반이요 이것이 상사람이다!'

일양이는 쇠봉이 아들 딱쇠를 생각하는 것이었다. 딱쇠는 민며느리로 데려다가 기른 아내가 싫어서 날마다 퉁퉁증을 놓는다더니만 일양이가 누워 있는 동안에 제 아내를 내어보내고 미륵동 김 승지네 집에서 몸종 노릇을 하다가 쫓겨난 음전이에게 다시 장가를 들었다는 것이다.

"세상에 못할 일 못할 일 해도 사람 싫은 것처럼 못할 일은 없는 법이니. 암만 남의 눈에 얌전해 뵈면 뭣하나. 제 눈에 안경이지, 아무리 양귀비라두 제가 싫으면 싫은 게야—."

딱쇠 아버지 쇠봉이는 이렇게 아들의 뜻을 받아 며느리를 제 친가로 보냈다는 것이다.

"서루 좋아두 백년해로가 어렵다는데 싫다는 사람을 억지로 데리고 살랄 맥이야 없잖은가베. 우리가 뭐 양반인가?"

지금의 일양이한테는 듣기만 해도 부러운 이야기였다. 세모꼴에다 네모난 물건을 억지로 꾸기어 박으려는 자기 아버지와, 아들의 뜻을 받아 다시 장가를 들여주는 상사람과 비교할 때, 그것은 무서운 애정의 차이였다. 자기에게 대한 박 의관의 애정을 포도청 파수꾼의 애정이란다면 쇠봉이의 아들에 대한 애정이란 끝없는 하늘과 같은 애정이었다.

'이것이 양반이요 이것이 상사람이다!'

일양이는 흥겨웁게 들려오는 농군들의 농악 소리를 들으며 어둡는 줄도 모르고 들판으로 들판으로 지향없이 걸어가고 있는 것이었다.

근읍에서도 양반으로 떨치는 박 의관의 아들인 일양이가 빗나가기 시작한 것은 병석을 털고 일어난 뒤부터다. 그는 달포 만에 몸의 병을 뗀 대신 마음의 병을 얻었던 것이다.

그것은 양반집 자식으로서는 도저히 용납할 수 없는 탈선이었다.

첫째 그의 행색부터가 양반의 풍습으로서는 용서할 수 없는 일인 것이, 이튿날부터인지 일양이는 두루마기도 벗어부치고 갓 대신 커다란 농군들의 삿갓을 뒤집어쓰고는 산으로 들로 마음대로 쏘다니는 것이다. 언제나 겨드랑이에는 책을 한 권 끼고 나오기는 하나 그것은 아버지 박 의관 앞에 방패막이인 것만 같았다. 그는 하루의 대부분을 산에 올라 새소리를 즐기기와 밤엔 번듯이 누워서 여름 구름을 쳐다보면서 보내었다. 어떤 때는 토끼섬 수양버들 밑에서 물소리를 들어가며 해가 기울도록 낮잠을 자는가 하면 어떤 날은 농부들의 논매는 둑 기슭에 앉았거나 눕거나 하고서 농부들과 세상 이야기로 날을 보내려 드는 것이다.

"그럴 도리만 있다면 죽었다가 다시 한번 이 세상에 태어나와 봤으면—."

"아니 그래, 서방님 같으신 어른이 뭣이 부족해서 그런 말씀을 하십니까?"

농부들이 이렇게 말을 할라치면 일양이는 농군들처럼 여름에는 위통도 벗어부치고 무릎에 차는 잠방이만 하나 입고 논 속에 들어가서 철벅거려 보았으면 좋겠다는 것이었다.

"그게 뭐 그리 어려우십니까. 한번 장난삼아 해보시지유."

"그까짓 남의 눈 속여가지구 한번 해본다면 뭣하누. 그런 사람으로 태어나야 말이지—."

"당치않으신—."

농부들로 본다면 당치않은 소리요 어처구니없는 소리다. 배 두들겨가며 먹고 비단으로 몸을 감고 있으니까 할 일이 없어서 그런 부질없는 생각도 나느니라 했다.

"다 모르셔서 그러십니다유. 이 땡볕에 한참만 김을 매보시면 그런 팔자 도루 물러달라구 당장에 그러실 걸 가지구 공연히 그러시지."

"그래두 오뉴월에 대님 꼭꼭 묶어서 행전 치구 두루마기에 도포에 갓, 망건을 미륵처럼 쓴 채로 문 바깥에도 못 나오구 갇혀 사는 신세보다야 낫겠지 뭘. 남의 것은 다 좋아 보이는 법이야. 양반이 좋다 좋다 하지만 하루만 와서 내 대신 갇혀 있어 보지?"

"허긴 그두 못할 일은 못할 일일 꺼라…."

하지와 대서 사이는 농군들이 조석 끼니때만 제하고는 온종일 들판에서 사는 동안이다. 낮에는 아시다, 이듬이다, 거기에 보리 벤 밭에는 그루도 갈아야 했고 목화니 콩이니의 골고지도 해주어야 했고, 깨순도 쳐주고 나서는 고추의 북도 돋우어주어야 했다. 늦보리는 지금이 한창 벨 때니 한편으로 떨어야 했고 떨기가 무섭게 찧어야 일밥도 해낼 수 있다. 밤이면 또 모기와 싸우면서 논두렁에 앉아 새워야만 했다. 안에서는 절구질로 밤을 새우고, 밖에서는 물꼬 보기에 쥐꼬리만하다는 여름밤에도 서너 번씩 깨어야만 하는 것이었다.

들에는 언제 나가보나 농군들이 있었다. 일양이는 새장에서 풀려나온 새처럼 인생이 즐거웠다. 아무나 붙들고 이야기할 수 있고 때로는 그들과 같이 막걸리에 밥을 먹는 재미란 상다리가 휘는 진수성찬에 비할 바가 아니었다.

그러나 일양이의 탈선 행위는 여기에 그치는 것이 아니었다. 일양이의 삿갓 쓴 자태는 타동인 미륵동에까지 나타났던 것이다.

"아—니, 탑골 박 의관 댁 작은아들이 뭐 미쳤다구?"

"미치긴 왜 미쳐. 웬 삿갓을 쓰구 다닌다는구먼그랴."

"그게 미친 짓 아니구 뭔가? 아 그래, 양반집 자제가 갓 망건에 도포에 행전에 갓신을 신고 부채나 들고 다닐 게지 삿갓이 어디 당한 겐가. 그 사람 온전치 않은가베. 원 참, 오래 살려니까 별의별 꼴을 다 보겠군그랴. 어쨌든 사람은 오래 살구야 볼 일야."

"허, 그댁 큰일났군. 아들은 저 꼴이 되구 며느리는 봇짐을 싸가지구 일어서구…."

"며느리가 짐을 싼 게 아니라 일양이가 하두 싫다니까 봇짐을 싸서 가마에 실려 보냈다나 보더군…."

"어이구, 그럼 그거 더 야단이게시리?"

말만 듣구 이렇게 숙덕대는 미륵동에 정말 삿갓을 쓴 일양이가 나타나서 동네는 발칵 뒤집어진 형상이었다.

"아—니, 저 양반이? 헛소문인 줄 알았더니 참말이군그랴?"

듣던 말처럼 동저고릿바람에 풀대님은 아니나 후줄근한 모시 두루마기에 커다란 삿갓을 쓰고 웬 커다란 책을 옆에 끼고 있었다. 평시에는 한동네 이웃집에 살면서도 좀처럼 얼굴을 볼 수 없는 양반댁 서방님이 이런 행색으로 타동에까지 나타났으니 이야깃거리가 아니 될 수 없다.

어른들은 어른들대로 무슨 큰 변이나 난 것처럼 일양이를 보고는 숙덕거리었고 아이들은 또 아이들대로 이것은 마치 무슨 큰 구경거리나 되는 듯이 일양이의 뒤를 졸졸 따라다니며 희한해하는 것이다.

"얘, 저이가 탑골 박 의관 댁 작은서방님이래여. 참 우습지야?"

"어른들이 그러는데 미쳤나 보대—."

이렇게 속살거리는 소리를 귓결에 들으면서도 일양이는 못 들은 체할 수밖에 없었다.

'나를 미쳤다?'

그는 곰곰이 생각을 하면서 걷고 있었다.

'미쳤다면 대순가. 아니, 나는 정말 이 울적한 심사가 미쳐가는 징조인지 모르지.'

일양이는 어쩐지 미쳤다는 소리를 큰소리로 한번 웃어보고 싶은 심정이었다. 아니 정말 한번 미쳐보고도 싶은 심정이었다. 미쳐서 두루마기도 삿갓도 고의 적삼도 다 벗어 동댕이치고서 등걸 잠방이 바람으로 괭이나 하나 둘러메고 푸른 들판을 길길이 뛰어도 보고 상사람들이 김을 매는 무논에도 뛰어들어 세로 가로 뛰면서 철벅거려 보고도 싶다. 꽹과리고 소고를 뚜들기며 '저 건너 갈미봉에…'를 산이 찌렁찌렁하게 부르며 춤을 한번 덩실덩실 추고도 싶었다.

'그런다면 아버지는 자결을 하실지 모르지. 아니, 아버지뿐이 아닐 게라. 김 승지까지도 양반의 체면을 깎이게 했다고 노발대발할 게라?'

이런 생각을 하다 말고 일양이는 픽 실소를 하는 것이다.

그러나 이 사건에 가장 호기심을 가진 것은 이 동네 젊은 새댁들과 한창 피어나고 있는 색시들이었다. 그중에서도 김 승지의 딸 미연이는 이 소문에 느닷없이 얼굴이 확 달아오는 것을 깨닫는 것이었다.

그렇다고 미연이가 일양이의 심정을 아는 것도 아니요 동네 사람들의 소문을 들은 것도 아니다. 일양이가 미연이를 생각하고 있다는 소문이 돈 지는 벌써 오래전부터다. 물론 이 소문이 난 출처는 일찍이 삼년 전 장쇠가 아내를 묻고 와서 김 승지한테 닦달질을 받던 날 밤 동네 사람들 틈에 끼여서 말만 들어오던 미연이를 먼빛으로 보고 와서는 청지기한테 미연이 칭찬을 한 데서부터다. 이 말이 또 같은 청지기끼리인 김 승지네 청지기 박 선달의 귀에 들어갔고 박 선달과는 단짝인 인동 할멈의 귀에 들어가자 한 입 건너 두 입 건너 땅속의 물이 돌 틈새를 흐르듯 양반만 피해서 동네 사람들 틈에만 살짝이 전해져 내려오고 있는 터다. 남의 말이란 마치 눈 뭉치는 것과도 같은 것이다. 굴리면 굴릴수록 덩이가 커지듯이 말이란 더욱이 남의 말이란 입을 거칠 때마다 부풀어 가고 풍이 생기고 허망되어간다. 그래서 어떤 사람은 일양이가 미연이를 못 잊어 상사병이 났다는 축도 있었고 일양이가 제 아내를 소박하는 것도 미연이 때문이니라 믿는 사람도 있다. 그러나 여기까지는 그래도 오히려 나은 셈이다. 일양이가 미연이를 보려고 야밤에 승지네 집 담을 뛰어넘었다느니 편지를 했느니 하는 소리를 주책없이 퍼뜨리는 사람도 있는 터였고, 그런가 하면 일양이가 미연이한테 혹한 것이 아니라 미연이가 일양이를 은근히 흠모하고 있느니라고 가장 저 혼자만 잘난 체 뻐기는 패도 없지 않았다.

그러나 이런 것은 물론 모두가 뜬소문이다.

일양이로 본다면 편지도 하고 싶었을 것이요 야밤에 담을 넘어 들어가서 미연이한테 이 애틋한 마음을 하소연하고 싶기도 했을 것이다. 그러나 일양이는 지난 삼 년간 단 한 마디도 이 쓰라린 심정을 아무한테도 하소연한 일조차 없이 가슴속 깊이 간직한 채 홀로 괴로워해온 것이다.

더욱이 미연이가 일양이한테 어쩌고저쩌고 했다는 소리는 미연이 자신은 알지도 못하는 이야기다.

이런 소문은 당사자인 두 양반집만 쏙 빼어놓고 뱅뱅 맴돌아왔던 것이다. 그것은 상사람과 중인들만 사는 이 두 동네에 양반이란 박 의관과 김 승지 단 두 집뿐이어서 개밥에 도토리처럼 매사에 톡톡 삐지기 때문이다. 말을 냈다가는 대동 볼기가 무섭기도 했고 남의 말도 석 달이라고 삼 년이나 되었고 보니 자연 흥미가 없어져서 이즈음에는 별로 입에 오르내리지도 않고 있었던 것이다.

그렇던 일양이와 미연이의 이름이 동네 사람들 입에 오르내리게 된 것은 일양이가 몹시 앓아누우면서 상사병이 아닌가 하던 끝에 며느리가 친정으로 쫓기어 가고 뒤이어 일양이의 탈선 행위가 전해지자 일시 꺼졌던 동네 사람들의 호기심이 다시 불붙기 시작한 것이다.

요새는 둘만 모여 앉아도 하느니 그 이야기다.

이런 일양이 이야기는 물론 김 승지 집에도 전해졌다. 아니, 실상 따지고 보면 내막도 모를 미륵동에서 제일 일양이 흉을 많이 보는 것은 김 승지다.

"그런 미친 자식…."
하고 김 승지는 일양이를 으레껏 이렇게 불렀다.

"그게 사람의 자식이야. 더욱이 행세한다는 양반집 자식이 조강지처를 버리다니— 인물이 못났다고는 하더구만서도 양반의 집 며느리에 인물은 취택해서 무엇하는 겐고? 술구기를 잽히자고 인물을 택하나, 춤을 추일 테니 몸맵시를 골르나?"

그가 이렇게 일양이 욕을 시작하는 것도 박 의관을 내리깎기 위해서다.

"그래, 자식은 못돼먹어서 그렇다 하거니와 명색이 양반으로서 박 의관은 뭘하고 있다는 겐고? 아무리 보고 들은 것이 없다기로니 명색이 양반이 아닌가. 양반댁 사랑방에서 귀동냥은 했을 텐데 어디 그럴 법이 있단 말인가. 에이, 창피해서 원. 내가 얼른 이 동넬 뜨든지 해야지. 그래서 동인놈들이란 더불어 사귈 수가 없다니까―."

입으로는 이렇게 말을 하나 그의 내심은 여간 기쁜 것이 아니다. 박 의관의 집안 망해가는 것이 그의 맘에는 깨소금맛이다. 그것은 반드시 박 의관에 국한한 것은 아니었다. 자기 이외의 그 어떤 사람이라도 이 미륵동과 탑골에서는 세도 있는 양반이나 돈 있는 사람이 없기를 바라는 것이다. 자기 이외에도 이 골짝 안에 양반이 있다는 사실부터가 김 승지한테는 불유쾌한 사실이었다. 황차 세도도 있고 단 오십 마지기나마 자기보다도 땅이 많을뿐더러 자식으로도 자기가 애이는 그런 존재가 이 고장에 산다는 것도 그에게는 견딜 수 없는 노릇이다.

'에라, 그놈들 잘 망해간다― 생피라도 붙잖나!'

이렇게 바라는 김 승지다.

그러나 미연이만은 그렇지 않다. 그렇다고 미연이가 따로이 박 의관 집에 대해서 호감을 갖고 있는 것은 아니다. 떠돌아다니는 소문을 듣고 있는 것도 아니다. 다만 그것이 그의 천성일 뿐이다. 내가 잘되고 내 집안이 융성하기를 바라는 마음은 사람이 다 마찬가지겠지만 미연이는 나도 잘되고 내 집안이 융성하게 되듯이 남도 잘되고 남의 집도 융성해가기를 바란다는 것뿐이다. 내가 잘되자면 남이 잘되어야 하고 내 집이 잘살자면 온 동네가 다 잘살아야 한다는 것을 미연이가 언제보다도 절실히 깨달은 것은 그가 열두 살 나던 해 심한 흉년을 겪던 해였다. 온 동네가 굶어죽는다고 아우성이었다.

또 사실 굶었었다. 그것이 삼 년이나 거듭되던 흉년이어서 동네에는 쌀 한 톨 없었다. 불만 때는 줄 알았던 나무와 뿌리를 사람도 먹는다는 것을 안 것도 그것이 처음이었다. 사람들은 모두 부황이 나고 개밥 그릇의 밥알을 건져다 먹는 아이들을 본 것도 그해가 처음이었다. 물론 미연네 광에는 쌀이 들이쌓여 있었다. 그러나 어린 소견에도 그것이 되레 미안했고 불안했고 어떤 때는 공포까지 가져다주었던 것이다.

"어떡하나?"

미연이는 혼자서 발발 떨었었다. 그는 굶어서 픽픽 쓰러지는 사람들을 볼 때마다 그것이 자기의 죄이기나 한 것처럼 미안했고 죄스러웠다. 겁도 났다.

미연이가 같은 양반인 박 의관 집에 불상사가 날 때마다 불안한—아니 걷잡을 수 없는 동정을 느끼는 것도 실은 그가 타고난 이 천성 때문인 것이다. 더욱이 그것이 일양이에 관한 일일 때 가슴이 뛰고 얼굴이 홧홧해지는 것은 어쩐 일일까.

박 의관이라면 큰 원수나 되는 것처럼 이를 북북 갈아대는 김 승지의 딸답지 않게 미연이가 박 의관 집에 대해서 일종의 호감을 갖는 데는 그의 아름다운 천성 때문이라 하겠지만 박 의관 집에는 딸이 하나도 없다는 사실이 그런 동기를 만들어주기도 했을 것이다.

매양 사람과 사람이 다툰다는 것은 서로 지기가 싫기 때문이다. 김 승지만 해도 그렇다.

박 의관이 돈으로나 양반으로나 세도로나 또 자식으로나 김 승지보다 월등 떨어진다면 승지는 미워하기는커녕 되레 일종의 동정을 느끼었을지도 모른다. 물론 이런 논법으로 하면 모든 동네 사람들에게 대한 김 승지의 태도도 이랬어야 할 것이겠지만 김 승지는 동네 사람들이나 중인들은 사람의 값으로도 치지 않는 것이 사실이다. 상놈들은 양반을 위해서 태어난 일종의 종이요, 집을 지켜주는 개나, 쥐를 없애주는 고양이로밖에 생각지 않는 터다. 중인이란 상놈들처럼 마구 다룰 수 없는 어쭙잖은 존재다. 그렇다고 이 중인들은 김 승지에게 있어서 그의 양반과 권세에 불안을 주는 존재는 아니다.

그의 눈에 아니꼽게 보이는 것은 오직 탑골 박 의관이 있을 뿐이다. 김 승지로 본다면 상사람들은 토끼요, 중인이 개호주라면 자기는 호랑이로 이 산중에서 응당 호랑이 노릇을 해야겠는데 호랑이가 또 하나 있어 자기 혼자만이 두고두고 잡아먹을 토끼와 개호주를 또 한 다른 호랑이와 나누어 먹지 않으면 안 되는 것이 분했다. 더욱이 그 호랑이는 자기보다도 센—어떻게 보면 사자인지도 모르는 것이다.

'그놈의 집만 없다면—.'

김 승지의 기원은 이것이었다.

'그 집의 천 석이 되는 추수도 내 몫으로 돌아왔을 것인데—.'

거기다가 가만히 상놈들의 민심 동향을 볼라치면 자기한테보다도 박 의관 집으로 더 쏠려가고 있으니 승지가 의관을 미워할밖에는 없다.

그러나 미연이한테는 박 의관네와 맞겨루어 싸울 상대자가 없는 것이다. 박 의관 집에는 끌밋끌밋한 아들들뿐이다. 아들이라야 끝의 아들이 일양이고 보니 겨룰 상대도 아니거니와 인물로나 재주로나 시새움을 하기 쉬운 미연이 나이 또래의 처녀가 아니라는 사실만으로도 미연이의 적은 아니다. 여자—더욱이 처녀에게 있어서는 남성이란 그것이 결혼의 대상이건 아니건간에 일종의 동경과 선망을 빚어주는 존재다. 처녀 총각은 결혼을 할 가능성은 있어도 원수가 될 가능성은 없기 때문일지도 모른다.

이러한 중에도 끝의 아들 일양이는 미연이와는 두 살 틀리는 열아홉이요 결혼에 실패한 청년이었다. 그러나 그렇다고 미연이가 이 일양이를 결혼이나 사랑의 대상으로 삼고 있다는 말은 물론 아니다. 그것은 일양이가 설사 미혼의 청년이라도 두 집 사이의 오래전부터의 적대시가 그것을 용납하지 못할 것을 모르는 미연이도 아니다.

지금 미연이가 일양이 이야기에 얼굴이 확확해지는 것은 언젠가 인동 할멈이 웃음엣소리처럼 미연이를 보고서,

"그댁 서방님이 아마 작은아씰 보구서 그러나봐?"

이런 소리를 한 적이 있은 후로부터다. 아버지가 장쇠를 잡아다가 닦달을 하던 날 밤 박 의관의 끝의 아들 일양이가 마침 군중 속에 끼였다가 미연이를 보았다는 이야기는 미연이도 이미 듣고 있는 터이었다.

'그이 이야기만 나면 어째 이렇게 가슴이 두근거릴까?'

미연이가 이런 생각을 한 것도 한두 번이 아니지만 그날은 마침 단오 전전날이라서 미연이가 막냇동생 인수를 데리고 행랑것 아이들을 시켜 뒷동산 밤나무에다 그네를 매고 있을 때였다. 나무에 올라섰던 창길이 녀석이 갑자기 소리를 지른 것이다.

"저 탑골 댁 작은서방님이 오셔유."

"뭐?"

미연이는 자기도 모르게 이렇게 소리를 쳤었다. 그러고는 발돋움을 하고서,

"탑골 댁 작은서방님이라께?"

"아, 왜 있잖어유. 탑골 박 의관 댁 작은서방님이 미쳤다구 그러잖

어유? 저 봐유. 커다란 삿갓을 쓰구 두루마길 입구 회초릴 하나 들구 동네 앞을 지나가유."

"어디?"

미연이는 마음은 옴츠러들면서도 고개를 갸우뚱해보았었다.

"어디 어디!"

하더니 조무래기 아이놈들이 다람쥐들처럼 나무로 기어올라간다.

"얘들아, 내려와, 내려오지 못하니!"

미연이는 어쩐지 안된 짓 같아서 쏘아붙였다. 그이를 아이들의 구경감을 삼는 것이 까닭도 없이 안된 짓같이 생각이 든 것이다.

"아, 냉큼들 못 내려오느냐!"

이렇게 아이들을 꾸짖으면서도 미연이는 자기도 올라가서 보지 못하는 것이 안타까웠다. 그러나 그런 내색도 할 수가 없고 가슴에 지그시 손을 대어 뛰는 가슴을 진정시키고 있으려니까, 창길이란 놈이 그네를 다 매고 뛰어내린다.

"한번 뛰어볼까?"

미연이는 망설이었다. 그네에 오르면 일양이가 보일 것도 같았다.

"단단히 맺지야?"

"야! 작은아씨 같은 어른은 열 매달려두 상관 없어유. 한번 뛰어보셔유."

"그럴까?"

미연이는 그넷줄을 잡았다. 어쩐지 양심에 거리낀다.

'그러나 대수랴. 모두 철없는 아이들인걸… 머.'

미연이는 그넷줄을 당기어 안장에 발을 올려놓으며 버쩍 내어밀었다. 는실 하고 몸이 허공에 뜬다.

미연이가 네댓 번 놀렸을 때다. 하마터면 미연이는 소리를 지를 뻔했다. 나뭇가지 사이로 내어다보이는 동리 앞 저만큼에서 이쪽을 꾹하니 바라다보고 있는 일양이와 눈이 딱 마주쳤다. 그는 언제 보았는지 삿갓을 한 손으로 젖히고서 그네 뛰는 자기를 쳐다보고 있는 것이었다. 얼굴은커녕 먼빛으로나마 한번 본 적도 없는 일양이기는 했지마는 듣던 말처럼 삿갓에 두루마기를 입은 품이 일양일시 분명했다.

"붙들어라! 붙들어!"

하고 미연이는 소리를 치면서 그네 위에서 발버둥을 쳤다.

"창길아! 복수야! 붙들어라. 그네 좀 붙잡아!"

세 번째서야 창길이가 한쪽 그넷줄을 잡고 끌려왔다. 그네는 왼새끼를 꼬면서 미연이를 잔디밭에다 내어다 동댕이를 치고 말았다. 땅바닥에 주저앉은 채로 미연이는 맥도 못 쓰고 있었다. 아무 데도 다친 곳은 없었으나 가슴이 울렁거리고 눈앞이 다 뿌옇다. 땀이 쪽 흐른다.

"누나, 다쳤어?"

열 살 난 동생 인수는 영문도 모르고 눈물이 글썽하다.

"아냐, 괜찮다. 어머니한테 누나가 그네서 떨어졌다구 그럼 안 돼?"

"응."

그러나 그런 다짐을 받을 필요는 없었다. 미연이가 소리 지르는 소리를 듣고 행랑 여편네들과 정부인 윤씨가 헐레벌떡 몰려나오고 있었던 것이다.

이 일이 있은 뒤로의 미연이는 자신도 모르게 일양이한테 관심이 가져지는 자신을 발견하는 것이었다. 정부인 윤씨도 미연이처럼 마음씨가 착한 부인인지라 남의 말 하기를 그리 좋아하지는 않았지만 김 승지의 소실인 진주집은 자기 전신이 기생이었던 것을 잊은 듯이 되양스러워서 어떤 때는 정부인 윤씨보다도 지체있는 양반인 체한다.

이것은 아랫것들 앞에서 위신을 지키기 위한 꾸밈이 그대로 몸에 배인 것이지만 윤씨 부인이 평생 낳지 못한(낳기는 했으나 기르지 못한) 아들을 낳은 뒤로 김 승지가 길러준 기승이다.

"아이, 그래두 그 사람들이 양반댁입네 하겠지? 남사스러워라!" 하고 진주집이 박 의관네 흉을 볼라치면 마치 자기 시집이나 친정집 흉이나 되는 것처럼 듣기가 싫다.

진주집이 박 의관 집 흉을 보면 옆에 있던 하인들은 진주집 비위를 맞추느라고 덩달아서 맞장구도 치고 부채질도 한다.

"아이, 그럼유, 아씨! 그댁 인심이 원체 그리 박하대유. 뭐 며느리 자식두 자식인데 며느리한테 그렇게 박절히 할 제야 남한테야 오죽하겠시유. 남의 말 할 건 아니지만."

상전 비위를 맞추자면 이렇게 능갈쳐가는 모양이다.

"남의 말 할 것 아니지만서두 아랫것들한테두 여간 강박하게 하시지 않나봐유. 뭐 밥쌀두 꼭꼭 끼니마다 되다 주시구 아침저녁으루 그댁 마님이 아니면 나리마님이 부엌에까지 들어가 아랫것들 밥그릇을 일일이 들여다본다는군유—밥그릇이 곯지 않았으면 그냥 벼락을 내리신대유."

하인들은 신이 나서 이야기한다기보다 자기들도 모르게 마음속에 뭉쳤던 불평이 되고 마는 것이다.

그럴라치면 엎지른 물이나 긁어담듯이 또 발뺌을 한다.

"어디 댁에서야 저희가 하두 흔전만전 아낄 줄을 모르니까 가끔 걱정을 하시지, 그댁 같아서야 굶어죽으면 죽었지 저흰 못 붙어 있겠더군유."

한번 미연이는 창길 어멈과 분이 할멈, 거기에 진주집 이렇게들 모여 앉아서 박 의관댁 흉보는 소리를 듣다 듣다 못해서,

"창길 어멈은 아마 남의 흉을 안 보면 먹은 게 안 내리는 모양이지?"

하고 핀잔을 준 일이 있었다.

"남의 눈의 티끌만 봤지 내 눈의 들뽄 못 본대! 털어서 몬지 안 나는 사람이 있어?"

"어이구, 작은아씨두 참, 여북하면 그댁 같을라구유!"

"글쎄, 그만 입닥쳐둬요!"

성을 발끈 내고 나서야 '내가 왜 그댁 말이라면 이렇게 쌍지팡이를 짚고 나서는 겐가' 하는 생각이 들어 얼굴이 확 달아오르던 것이다.

"애긴 맘이 착하니까 남의 허물두 눈에 안 보이지."

진주집이 한마디 긁어 잡아당긴다.

"나쁜 거야 나쁘다지, 억지루 좋다구야 어떻게 하누."

"그래, 실컷 남 흉이나들 보우!"

참자면서도 그만 성을 발칵 내어버렸다. 그러고 나니 자기 자신이

정말 어처구니가 없어진다.

그날 밤에도 단오 차례를 장만하느라고 뒷마루에 한 패 뒤뜰 장독대 앞에 또 한 패 이렇게 벌여놓고 온 집안이 법석이다.

이름이 붙은 이런 명절날이면 으레껏 집안사람보다도 하인들이 더 서두른다. 섭섭하니 수리취떡이나 자그마치 하라고 윤씨 부인이 눌러 놓으려니까,

"원 마냄두, 벌써부터 망령이 나시나비여. 이런 때 댁에서 안해 잡수면 하느님이 욕하셔유."

하고 뭣이고간에 덜퍽 일을 저질러버렸다.

"원님 덕에 나팔 분다구 이런 날이라야 저희두 좀 배를 뚜들기잖십니까유."

이렇게 넉살을 부리기도 한다.

"아따, 모르겠다. 먹긴 느들이 먹구 걱정을랑 자네가 듣게. 난 구경만 하겠네."

하고 정부인은 진주집을 보고 웃는다.

이래서 오늘도 떡 벌어지고 말았다.

한쪽에서는 지짐질에, 한 패는 맷돌질, 또 한 패는 부엌에서 떡을 찌느라고 법석이다. 미연이는 뒷마루 끝에 앉아서 분이를 데리고 창포를 다듬고 있었다. 남동생 인수도 동곳을 만든다고 칼장난을 하고 있다.

"작은아씨, 전두 낼 창포에 머리 감겨주세유."

하고 분이가 말을 하니까 인수도 덩달아서,

"나두, 누나, 응, 나두 어머니!"

하고 버썩 덤벼든다.

"사내두 머릴 감나?"

하고 미연이가 윤씨 부인을 쳐다보니까,

"그럼 사낸 안 감니. 창포물에 미역두 감구. 허지만 우리 인순 머리가 더 좋을까봐 걱정이다. 어찌두 숱이 많은지 머리 딸 때마두 저 분이년 머리하구 바꿨으면 싶다니까. 분이년은 노랑머리에다 왜 그리 바스러지는지—."

이런 이야기를 하고 있는데 또 창길 어머니 입이 간지러운 듯이,

"노랑머리 노랑머리 하니 참 탑골 의관 댁 셋째며느리 머리야말루 천상 옥시끼 수염이더라."

하고 또 박 의관 집을 끌어낸다.

'또 시작이군.'

싶어 미연이는 저절로 상이 찡그려졌다.

"어멈이 언제 그댁을 봤어?"

진주집이 널름 받아서 말을 시킨다. 이런 이야기 싫어할 사람은 미연이 모녀만인 줄을 아는지라 일부러 부채질을 하는 것이다.

"아이 참, 아씨두. 지가 왜 그댁을 못 봐유. 봐두 이만저만 봤다구유. 시집 올 때두 봤구 어느 핸가 물탕골에서두 보구, 아니 또 한번 글쎄 어서 봤었더라?"

"그댁이 인물은 빠져두 머리꼴은 여간 이쁘지 않다던데."

빤히 들어 알면서도 진주집이 가증을 부리느라고 하는 소리다.

"아이구 참, 선머슴 녀석이 맹근 메주덩이두 그댁 머리통보담은 이쁠 거여유. 뇌—란 머리가 거기다가 또 고수머리지유, 아마."

이렇게 시작이 되더니만 있는 흉 없는 흉 할 것 없이 여기저기서 터

져나온다.

어째 인동 할멈이 입이 간지러워도 말이 없나 했더니 툭 튀어나오면서 한다는 소리가 끔찍하다.

"소문 안 날 자리니까 말이지만 이번 그댁이 쫓겨간 덴 그럴 까닭이 있대나봐. 그래 모두 쉬쉬한대."

마치 무슨 죄나 짓고 쫓겨갔다는 듯싶은 말투다. 여자의 죄라면 듣지 않아도 빠안한 소리다.

"그만둬, 글쎄, 인동 할멈은 남의 흉을 봐두— 그런 끔찍한 소릴 한다니까—."

하고 미연이는 가만히 두면 무슨 소리를 할지도 몰라서 입을 틀어막았다.

"아이구, 작은아씬 알지두 못하구."

"하긴 난두 그것 비슷한 얘기를 듣긴 들었어."

하고 진주집이 재미있다는 듯이 윤씨 모녀를 잽싸게 훑어본다.

"그래잖아두 할멈은 자세히 알 것 같아서 만나면 좀 물어보자면서."

"쓸데없는— 그까짓 건 알아 무엇하누."

하고 정부인은 일어서 들어가버린다.

"해봐. 무슨 얘기래?"

진주집이 재우친다. 그 진주집은 한 다리를 세우면서 인동 할멈한테로 찰싹 다가앉는다. 신바람이 나는 모양이다.

"누구하군진 몰라두 그댁이 잘못을 저즐렀는가봐유."

"저—런, 그렇다면 그댁에서 뭐— 딴사람이야 있나. 아랫것들이겠지—."

이쯤 되면 더 앉아 들을 수가 없었다. 그래서 미연이는 애를 삭이지 못해서 사뭇 발발 떨었다.

원래 진주집과 인동 할멈과는 좋은 사이가 아니었다. 좋기는커녕 서로 잡아먹지 못해한다. 이유는 김 승지한테 계집 추렴을 해주는 것이 인동 할멈이기 때문이다. 그래서 눈엣가시처럼 알면서도 이런 이야기라면 눈을 까뒤집고 덤벼드는 진주집이 쥐어박고 싶도록 밉살맞다.

뒤뜰에서 앞마당으로 가자면 널따란 터가 있고 거기에 큰 감나무가 서너 개 배나무가 두 개, 앵두가 여남은 폭, 미연이가 손수 심은 것으로 작년까지는 헛꽃만 핀 오얏나무가 한 주—이렇게 조그만 과목밭이 되어 있다. 밖으로는 기와를 덮은 높다란 토담이 둘러 있고 담 밖은 바로 밤나무밭이 되어 있다. 탄탄한 평지나 이 밤나무갓을 승지네 집에서는 '뒷동산 뒷동산' 하고 부른다.

이 담 안의 조그만 과목밭이 담 밖에 나가지 못하는 승지 집 여인네들의 유일한 놀이터다. 대개는 미연이가 독차지를 하고 있다시피 하지만 진주집이 속이 상하면 가끔 이 자리를 점령하는 일이 있다. 진주집이 여기를 혼자 찾아올 때란 반드시 인동 할멈의 욕을 하고 싶을 때다.

미연이는 여기에다 조그만 꽃밭도 만들었고 큰사랑 앞 연못가에 돌로 쌓은 오봉산을 본떠서 조그만 산도 모았다. 꽃밭에는 봉선화와 분꽃, 백일홍, 백합, 난초, 국화 등의 풀꽃과 모란, 작약을 심어서 봄부터 늦은 가을까지 꽃이 끊이지 않는다.

산에는 바위옷이 덮인 돌틈에 자주와 흰 도라지며 철쭉, 다복솔 같은 것을 심었다. 모두 미연이 자신이 심은 것이었다.

미연이는 기분이 좋지 않을 때는 밤이고 낮이고 눈이 펑펑 쏟아지는 밤이라도 참다못해 나오면 여기를 찾았고 또 여기를 찾아오면 모든 불쾌한 근심과 번민이 씻은듯이 가시는 것이었다.

미연이는 잠이 오지 않는다. 또 감나무 밑 꽃밭을 찾았다.

백합 향기에 콧속이 다 아리다. 그렇건만 미연이는 일부러 꽃밭 앞에 쪼그리고 앉으며 백합송이를 코끝에 대고 마음껏 들이마시어 본다.

"아이 어지러!"

톡 쏘듯 이렇게 입 밖에 내어 말을 하며 허리를 편다.

눈썹 그대로의 초승달도 숨고 별들이 초롱초롱하다.

담 밖에서는 어제 맨 그네를 뛰느라고 야단들이다. 그 소리를 들으니 또한 어제 일이 퍼뜩 머리에 떠오르며 얼굴이 확 단다.

'그이 생각만 하면 이렇게 가슴이 두근거리는 게 무슨 까닭일까?'

미연이는 누가 보지나 않나 싶어 앞뒤를 둘러보기까지 했다. 미연이는 손을 가슴에다 대어본다. 사뭇 젖가슴이 들먹인다. 이번에는 볼에다 대어보았다.

'그 양반이 어째서 그 꼴을 하구 다니실까?'

미연이는 이런 생각을 해본다. 그리고 그 행색을 하고 어째서 남의 동네에까지 들어왔을까? 아니 그보다도 어째서 가다 말고 돌아서서 그러고 섰었을까?

얼굴은 보이지 않아 모르겠어도 삿갓을 젖힌 품이라든가 고개를 번쩍 들었던 것이라든지 자기를 쳐다보고 섰던 것만은 의심할 여지가 없다 싶었다. 그네 뛰는 것이 자기인 줄 알고 쳐다본 것일까? 자기인 줄 알았다면 어떻게 알았으며 또 어째서 쳐다보았을까?

'우연히 뒤를 돌아다보다가 웬 처녀가 그네를 뛰니까 쳐다보았겠지. 그것이 난 줄 알 택도 없지 않은가?'

이렇게 생각하니 얼마큼 마음이 놓이는 것 같으면서도 또 한편 서운한 것 같기도 하다.

'쓸데없는 생각이지. 난 줄 알았으면 어떻고 몰랐으면 어떻담—.' 이렇게 자기를 한번 비웃어보다가,

'그보다 내가 뭣 때문에 기승을 부리며 그 양반을 보려고 했담?'

생각이 여기까지 이르자 또 한번 얼굴이 확 달아옴을 깨달았다.

'내가 그 양반과 무슨 상관이 있나? 내가 그 양반을 생각하나…?'

'매친 것—.'

미연이는 꼬집듯 자기를 나무랐다. 공상이라도 그럴 도리는 없는 노릇이다. 첫째 개와 고양이 사이와 같은 아버지와 박 의관이다. 박 의관은 그렇지도 않지만 김 승지는 언제든지 박 의관 집이 망하기를 빌고 있고 박 의관 집을 망하게 하기 위해서라면 남이 알게는 못할망정 뒤에서 얼마든지 조력을 할 수 있는 김 승지였다. 아니, 만일 그런 사이만 아니었더라면 미연이가 나이는 두 살이 아래였다 하지만 응당 벌써 설왕설래가 있었을 사이였다. 사돈된 정 참판이 그렇게 몸이 달아 서둘지만 않았다면 두 아들 몸에서 손자들이 수두룩했던 터라 일양이만은 천천히 성례를 시켜도 좋다고 생각하는 박 의관이기도 했고 보니 일양이와 미연이는 부부가 되었을지도 모를 일이기도 했던 것이다.

이튿날도 미연이는 그네를 매어놓고 통 울 밖에는 나가지도 않았다.

"애기, 그네 뛰러 가요! 그넨 매어놓구 왜 남 존 일만 시켜. 상것들

이 밤이 늦도록 법석이더니 오늘은 아침부터 야단들이군."

하고 진주집이 팔을 잡아끌었건만 미연이는 머리가 아프다고 뺑소니를 치고 말았다.

단오날도 미연이는 온종일, 그리고 밤까지 화초밭 앞에 앉아서 지냈다.

어쩐지 어디서고 일양이가 자기가 나올 때를 기다리고 있기나 하는 것처럼 담 밖에 나가는 것이 무서웠다.

그런 지 한 열흘이나 지난 어느 날 달이 낮처럼 밝은 밤이었다.

그날 미연이는 아침부터 마음자리가 좋지 않았다. 한동안 좀 뜨음하던 동학란 난리 소문이 요 며칠 내로 갑자기 다시 소란해지고 있었다. 태인泰人이니 김제金堤, 담양潭陽, 무안務安 등 전라도 일대를 휩쓸은 동학당의 불똥은 경상도로 툭 튀어 안동安東, 예천醴泉, 문경聞慶 등지에 불을 지르고는 밀물처럼 충청도로 밀려드는 모양이다. 동학당의 수령 전봉준의 군사가 청주에까지 쳐들어왔다는가 하면 청주가 아니라 공주 일대를 쑥밭을 만들고 경상도와 충청도의 접경인 문경을 지나서 새재〔鳥嶺〕에다 진을 쳤다고도 한다. 새재 고개 밑이 바로 충주 읍내니 언제 이 미륵동에도 동학당이 들이밀지 모른다.—이런 소문이었다.

그런가 하면 그런 것이 아니라 전봉준이가 이끈 반란군은 청주에서 공주로 들어갔다기도 하고 공주에서 괴산으로 쳐들어 충주로 오는 중이라는 둥, 통 종잡을 수 없는 소문이 또 핑핑 날아든다. 그것은 지리에 밝지 못한 미연이로서도 믿지 못할 이야기인 것이, 청주에서 괴산 사이는 엎드러지면 코가 닿을 상거밖에 되지 않는 줄 아는데 청주까지 왔다가 다시 공주로 들어갔다는 말도 우습고 공주로 들어갔다면 바로 문경 새재를 넘어서 충주로 들이밀 것이지 괴산으로 되나갔다는 말도 믿기 어려운 이야기다.

그러나 첫째 미연이 자신 지리에 밝지도 못했고 또 미연이한테 그런 소문을 전해주는 위인들이란 것도 청주가 어디로 붙었는지 말만 들었지 문경 새재가 경상도에 있는지 전라도 땅인지도 모르는 아랫것들이라 제딴에는 세상에 모를 것이 없노라고 희짜를 놓고 또 사실 선무당 푼수는 되게 잘 떠들고 아는 것이 많기도 한 인동 할멈도 이 지리에만은 문경이 충청도도 되었다 경상도가 되었다 콩팔칠팔이었다.

"조선 팔도가 그놈들의 천지가 된대유. 작은아씨— 논산 갱경江景이 벌에서부터 공주까지 그대루 군사루 만리장성을 쌓구서 쥐새끼 한 마리 못 빠져나가게 하군 못된 놈들을 이 잡듯 한다는군 그래유."

이런 소리를 하는가 하면 이번에는 문경에 진을 친 동학당 군사가 공주로 해서 서울로 쳐들어가고 있다고도 한다. 서울로 가는데 공주를 치다니 당치도 않은 소리였다.

그러나 이 종잡을 수 없는 소문도 다음 몇 가지에서는 모두가 합치되는 것이었다. 그것은 동학군은 읍에만 들어가면 먼저 무기를 빼앗고 원과 양반들을 잡아다가 꿇어엎드려 놓고는 백성들의 소원대로 죽일 놈은 죽이고 재물을 압수하고 집에 불을 지르기도 하며 옥문을 열어서 죄인들을 풀어놓고 종문서와 빚문서는 모두 불을 살라버리고 젊은 여자와 나이 찬 처녀들은 혹은 욕을 보이고 또 혹은 얼굴에다 검정 자루를 뒤집어씌워서 어디로인지 채어가고 만다는 것이다.

"그래, 젊은것들은 모두 얼굴에다 검정칠을 하구 선머슴녀석처럼 등걸잠뱅이에다 머리를 틀어얹고 상투두 틀구 법석이라잖어유? 임진

왜란 때 왜놈들 때문에두 그랬다더니만 인전 조선 백성한테 봉욕을 당하잖나베."

듣기만 해도 끔찍스런 소리다.

이런 이야기를 듣다 말고 미연이는 이상한 생각 하나가 들었다. 그것은 이 끔찍스러운 사실 앞에서 아랫것들은 겁을 집어먹기는커녕, '박첨지' 놀리는 구경을 하고 온 아이들처럼 신바람까지 나 보이는 것이다. 입으로는 아씨, 마님의 걱정을 해주는 듯싶게 번지르르하나 눈만은 깨소금맛이라고 얄을 피우는 것 같다. 아니 아랫것들뿐 아니다. 자기 집 식구만 빼어놓고는 동네 사람들 전부가 겁은커녕 되려 어서 동학군이 밀려들어왔으면 하는 눈치 같기도 한 것이다.

"빌어먹을 놈들! 그 녀석들 그렇게 모두 불질러버리는 비단이구 곡식이구 우리 같은 놈들이나 좀 나눠줄 게지. 없는 백성들은 하루 조당죽 한 끼두 차지가 못 가서 눈이 퀭한데 미쳤다구 백옥 같은 쌀을 재강을 만든담…."

하고 하나가 입을 열라치면 기다렸다는 듯이 옆에서 맞장구를 친다.

"글쎄, 누가 아니래여. 이 보릿고개에 노적가리에 쌀을 산더미처럼 쌓아놓구서 앞뒷집에서는 굶어죽는 소리가 나두 시침을 떼구 어디 까마귀가 짖느냐 하는 놈들의 쌀을 빼앗거든 굶은 사람들 밥이나 한번 실컷 해먹게시리 하잖구서 태워버리긴 왜 태워버린담!"

"그러니까 해보자는 게지! 없는 놈이야 앉아서 굶어죽으나 나가 싸우다가 죽으나 마찬가지니까 모두 들구일어나지!"

속이 빠안히 들여다보이는 말들이라 아랫것들이 이런 말을 할 때면 으레 힐끗 진주집이나 마님 눈치를 보는 것만으로도 양반들한테 들어보란 수작인 것이 분명하다.

"창만 어멈! 그럴 것 있나. 남들이 들고일어날 때를 징커니 앉아 기두를 것 없이 아범은 도낄 들구 어멈은 괭일 메구 창만이란 놈한테 돌이나 들리어 한바탕 해보지 그래? 오죽 존가!"

진주집이 듣다못하여 이렇게 윽박으니까 창반 어멈은 길길이 뛴다.

"아—니, 원 아씨두, 일테면 그렇단 말이지유! 누가 그런다는 게예유 뭐…."

"글쎄, 일테면 그렇게 해보란 말 아냐? 동네 사람들은 춘궁으루 해서 모두들 굶어 자빠졌는데 댁 광에는 볏섬이 가득하게 쌓여 있으니 광문을 열어젖히구서 없는 사람들한테 쌀 좀 나눠주란 말야!"

"아이 참, 아씨두… 글쎄, 누가…."

인동 할멈도 몸이 달았다.

"글쎄구 공량세구 그렇게들 해봐! 당장. 네 이것들 못 그랬다간 너희들 다리 뼉다귀가 성치 못할 줄 알아라!"

진주집은 바싹 독이 올라서 색색대었다.

"인저 그만들 둬라. 말이면 다 말이 아니야. 그런 주둥일 함부루 놀렸다간 네 이년들 한번 큰코다칠 줄 알아라."

하고 윤씨 부인도 아랫것들을 꾸지람하고서 이번에는 어서 그렇게 못 해보느냐고 주장질을 하는 진주집을 또 나무란다.

"진주집 너두 그만둬라. 거 아무것두 모르는 것들이 한 소릴 타내면 뭣하나. 그만 입들 닫아두구 어서 할일들이나 해!"

미연이는 어머니의 말이 끝나기도 전에 뒤꼍으로 휑하니 와버렸다. 돌아와서는 화단 옆 감나무에 이마를 대고 자기로서도 까닭을 모르는 슬픔에 휘갑이 되어 한참을 울고 말았었다.

그러나 미연이는 그 슬픔이 억울한 데서 온 것만이 아닌 것을 깨닫기 시작했다.

처음에는 미연이도 아랫것들의 한 말이 분해서만 울어졌거니 했었다.

사실 아랫것들의 한 말은 주둥이를 으깨놓고 싶도록 분했다. 집안에다 호랑이를 기르고 있기나 한 것 같은 끔찍스러운 생각도 든다. 그러나 한편 생각할 때 아랫것들의 하는 말에도 일리가 없지가 않다. 미연이만 해도 상것들이 굶는다고 노적광 문을 열어젖히어 쌀을 퍼주는 것이 옳다고는 생각되지 않았고 또 그 많은 사람들을 퍼주자면 노적광의 쌀이 몇 곱절은 있어야 하기도 했지만 봄에 한 말 갖다 먹으면 이 가을에 가서 말가웃을 가져오는 장리쌀 한 말 얻자고 애걸하다가도 호령만 만나면 쓸쓸히 돌아가는 꼴을 하루에도 몇 번씩 보고 있는 미연이로서는 아랫것들이 그런 말을 했다고 해서 그들만을 괘씸하게 생각할 수도 없느니라 싶었던 것이다.

다 같은 사람으로 태어나서 어떤 사람은 가만히 앉아서 손의 물만 튀기고 장죽만 뚜드리고 있어도 먹을 것 입을 것이 흔전만전한 까닭을 몰라서 어렸을 적—열두 살 되던 해부터 조그만 가슴을 졸여온 미연이었지만 그래서 얻은 결론이, 하나는 양반으로 하나는 상것으로 태어나서 그렇게 된 것이요 타고난 팔자가 그러니라 하는 것이었다.

그래서 미연이는 그 이상 이 어려운 문제를 생각해보지 않은 채 자기네는 양반이니까 잘먹고 잘입고 동네 사람들은 상것이니까 헐벗고 굶주리는 것이니라, 그것은 조금도 이상한 일도 우스운 일도 아니다,

오히려 당연한 일이거니 이렇게만 생각해왔던 것이다.

그러나 지금 미연이는 이 어려운 문제를 또 한번 풀지 않으면 안 될 처지에 놓여져 있는 자신을 발견하는 것이었다.

'…그러면 어째서 난 양반이고 분이는 상것일까?'

이 의문에 잇대어 또 한 가지 의문이 머리를 들고 일어선다.

'…그래, 양반으로 태어났으면 태어났겠지 멀쩡한 사람들을 잡아다 때리고 패고 주리를 틀고 곤장을 치고 해서 돈이다 땅이다를 뺏을 수 있는 세도란 어디서 생긴 것일까?'

이런 의문과 함께 미연이는 어려서부터 보고 들어온 양반인 아버지의 가지가지의 노략질을 회상해보는 것이었다. 해마다 몇씩은 잡아다가 주리를 틀었고 그럴 때마다 돈바리와 쌀짐이 들어왔었다. 박가, 김가, 정가, 성가, 유가—미연이가 기억하고 있는 사실만 해도 그 수효를 이루 헤아릴 수가 없다.

그중에서도 가장 뚜렷이 미연이의 기억 속에 남아 있는 것이 장쇠에 관한 일이었다.

어디로 보나 장쇠한테는 아무런 죄도 없었다. 장쇠 처 이쁜이는 아버지한테 욕을 당하고 그것이 분해서 목을 매어 죽었고 보니 장쇠가 원한을 품는 것은 오히려 당연한 노릇이 아니냐?

그러나 아버지 말대로 정말 장쇠가 원수를 갚으려고 칼을 품고 다닌 것도 아닌 성싶다.

후환을 두려워한 돌이와 인동 할멈이 꾸며댄 것을 그대로 믿는 것만 같다.

이 장쇠 일 한 가지만 놓고 보더라도 잘못은 양반인 자기네 집에 있었던 것이다.

이러고 본다면 동학군은 반드시 나쁜 사람들만도 아닌 것 같고 이 동학군을 싸고도는 아랫것들을 나무랄 수만도 없다 싶었다. 더욱이 종문서와 빚문서를 불살라버린다는 데 싫다 할 종도 없을 것이요 빚진 사람치고서 좋다 하지 않을 사람도 없을 것이다.

보름날 밤, 화초밭 앞에 분이를 데리고 앉아서 미연이는 이런 생각에 잠기고 있었다.

"분아."

"야?"

"너 동학군이 들어오면 어떡할 테냐?"

"얼굴에 검정칠을 하구 산으로 달아나지유."

"동학군이 들어와서는 종문서나 빚문서는 불살러버리구, 종이나 없는 사람들한테는 쌀하구 비단옷에 돈까지 막 짐으루 나눠준다는데 도망을 해?"

"거짓말— 안 그렇대유, 작은아씨!"

"안 그렇긴 왜 안 그래. 청주서두 그랬구 괴산서두 그랬다는데 안 그래?"

"그 사람넨 어디 돈이 그렇게 많대유?"

"부잣집하구 양반의 집에서 털어오잖아?"

"아이, 무셔라, 난 싫어유."

"종문설 불사르면 종 노릇을 않어두 존데 그래두 싫여?"

"그럼 어떻게 먹구살게유. 양반댁에선 그래두 밴 안 곯지만 나가기만 하면 뭘 먹구 살어유. 생전 먹구살게 된다면 몰라두 뭐 그까짓 문서 때문에 누가 종 노릇 하나유."

그도 그럴 법한 소리다. 나이 아직 열셋밖에 안 된 분이의 말이지만 옳은 말이라 했다. 종문서를 불사르는 것이 장한 게 아니라 먹고살도록 되어야 한다. 돈푼 모아놓으면 또 아버지처럼 양반들이 뺏어가면 그 식이 장식이 될 것이다.

밤이 늦도록 미연이는 분이를 데리고 이런 이야기를 하고 있었다. 초저녁에는 한줄기 할 것처럼 무덥더니만 산들바람이 불면서 모기까지 쫓아주고 구름장도 말끔히 벗기고는 은실을 늘인 듯싶은 달빛이 감나무 잎 사이로 조옥조옥 지새고 있다. 여름 달밤에는 격에 맞지 않는 산비둘기 소리가 궁상맞게도 바로 담 너머 밤나무숲에서 들려온다.

'어디로 뜯어보나 똑같은 사람인데!'

미연이는 달빛에 비친 분이의 얼굴을 눈썹부터 코, 입, 귀, 제법 방싯해진 젖가슴, 손이며 발 심지어 말소리까지 한 가지 한 가지 양반인 자기와 비교해보는 것이다. 상것인 분이도 꼬집으면 아프다 하고, 꽃을 보고는 곱다 하고 달만 보고도 보름께인 줄 알지 않는가? 그래도 미심쩍어서 미연이는 분이의 겨드랑이 밑에다 손을 넣어보는 것이다.

"아이, 간지러워라! 왜 그래유, 작은아씨?"

상것이요 종인 분이도 분명히 간지럽다고 하지 않았는가?

미연이가 이런 생각을 하고 있을 때였다. 마침 진주집이 부르는 소리가 나서 분이가 안으로 들어가자마자 담 너머에서 이상한 소리가 나는 듯싶더니만 하이얀 새 같은 것이 달빛에 날개를 번득이고 화초밭으로 내려와 앉는 것이다.

"아이, 새가!"

그것을 본 순간 미연이는 이렇게 거의 입 밖에 내어 부르짖었다. 그러나 그다음 순간 미연이는 그것이 새가 아니라는 것만을 깨달았다. 새 앉는 소리치고는 너무 컸던 것이다.

'저게 뭘까?'

무서움과 호기심을 동시에 느끼면서 사방을 둘러보나 사람도 없고 아무 소리도 들리지 않는다. 그래서 무심코 집어보니 그것은 돌에다 맨 한 장의 편지다.

그것이 편지인 것을 깨달은 순간 미연이는 모르고 불덩이를 쥐었던 사람처럼 질겁을 해서 편지를 떨어뜨리었다. 그러고는 편지가 날아 넘어온 담 쪽을 눈여겨보나 나무에 가리어 아무것도 보이지가 않는다. 벌써 호기심은 자취를 감추고 겁만이 버쩍 나서 가슴이 들고뛴다.

'동학군이 벌써 들어왔구나!'

그것이 편지라는 것을 깨달은 순간 미연이의 머리에 번개같이 떠오른 생각은 이것이었다. 동학군이 들어와서 우리집을 둘러싸고 이리 이리 하라는 지시를 내린 명령서임에 틀림이 없을 것이었다. 올 때가 온 것이었다.

그것을 깨닫자 아까까지의 동학당에 대한 깊은 이해와 동정도 꼬리를 감추고 그 대신 적의만이 그를 지배하는 것이었다.

'저 편지를 어떻게 해야 옳으냐? 보느냐, 안 집어 보느냐? 보아도 죽고, 안 보아도 죽을 바엔 보기라도 하고 죽는 게 옳지 않나!'

그러나 미연이는 이런 것을 오래 생각할 마음의 여유조차 갖지 못했었다.

분이의 짚신짝 끄는 소리가 안마당에서부터 가까이 왔기 때문이다.

미연이는 어떤 일이 있더라도 이 편지를 분이한테 보여서는 안 된다는 생각만에 지배되어 잽싸게 편지를 집어 허리 괴춤에다 끼웠다. 가슴 뛰는 소리가 그것이라고 들리는 것 같았다. 아니 정녕코 들리고 있었다.

"작은아씨, 그만 들어가 주무시래유."

분이가 어머니의 명령을 전달하기가 무섭게 미연이는 대답도 않고 벌써 자기 방 쪽으로 발을 옮겨놓고 있었다. 분이는 의외인 듯이 작은아씨를 말끔히 쳐다보고 섰더니만 짤래짤래 따라나선다.

미연이는 어머니 방에 들러서 인사를 하고 어머니가 이야기를 꺼내기 전에 자기 방으로 되어 있는 뒤채 건넌방으로 들어왔다.

어머니 윤씨 부인이 새댁 시절에 쓰던 방이다. 아랫목머리 동쪽 창 밑으로 할아버지가 쓰시던 문갑이 놓이고 윗목 쪽으로는 의걸이를 겸한 반닫이가 놓여 있고 다락까지 있어서 열두어 살 때부터 어머니를 안방으로 쫓고서 미연이가 독차지해온 방이다. 어머니가 거처하는 안방마루로 통한 미닫이에는 희囍자 대발이 늘이어져 있었으나 미연이는 장지를 닫고 그래서 뒷문에다 발을 갖다 쳤다.

달빛이 방 안으로 밀려드느라고 대발이 얄랑얄랑 잔물결을 일으킨다.

미연이는 사방에 귀를 기울여보고 그래도 미심다워서 문을 닫고는 광명두의 등잔 대신 밀초에 불을 댕기었다. 그러고는 조심조심 괴춤에 감추었던 편지를 꺼내어 몇 번이나 앞뒤로 되작인다. 앞에도 글씨 한 자 안 쓰인 빈 봉투다.

그러나 그 봉투를 본 순간 미연이는 이것이 동학당에서 온 것이 아닌 것만은 확실히 알 수 있었다. 동학당에서 보낸 편지치고는 너무도 단정했고 흙은 묻었을망정 봉투도 풀이 빳빳한 간지로 만든 것이다.

'이게 뉘가 뉘게다 하는 편질까?'

미연이는 편지 부피를 만져본다. 제법 두껍다. 이번에는 또 손가락 끝에다 놓고 무게를 달아본다. 무슨 사연이 그리도 긴지 사뭇 무게가 나간다. 돌을 달아 맨 노끈이 쌍겹 청올치 노끈인 것과 돌도 어디서 묘하게 구멍이 뚫린 돌인 것으로 보아 미리 마련했던 것이 분명하다.

'누굴까?'

편지를 앞에다 놓고 이렇게 생각하는 미연이 귀에다 속삭이는 소리가 들린다.

'그걸 몰라? 장쇠야 장쇠!'

'장쇠?'

'그렇다. 장쇠다. 장쇠에 틀림이 없다.'

미연이가 그 편지를 장쇠의 것이라고 단정한 데는 다음과 같은 이유에서다. 그 한 가지는 미연이가 김 승지한테서 장쇠를 구해주어 동리를 빠져나갈 적에 같은 남자끼리라면 한번 만나서 치하라도 하고 싶다고 했다는 말이 구르고 굴러서 미연이 귀에도 들어왔던 터이요, 또 미연이만 해도 만일 장쇠가 같은 여자였다면 아무리 상사람이라 할지라도 자기가 자진해서 한번 만나서 아버지에 대한 원한도 풀어주고 싶었고 그의 마음을 진정시키기 위해서는 마땅한 아내를 얻어주기라도 하고 싶은 심정이었다.

터무니없는 공상이기는 했지마는 만일 그것이 허락만 된다면 자기가 죽은 이쁜이 대신 장쇠의 처가 되어도 좋다고까지 순간 생각한 일이 있었던 미연이었다. 사실 미연이는 장쇠가 비록 상사람이라 하지만 그 태도에는 실로 장부다운 데가 있었고 그 호된 매질에도 아프다는 소리 단 한 마디 없이 꾹 참고 견디는 데는 무엇이라 말할 수 없는 깊은 감격을 받았던 것이다.

'장쇠와 혼인을 해?'

미연이 머리에 이런 생각이 피뜩 떠오른 것은 기실 장쇠의 사람됨을 우러러보았다든가 그렇게 함이 옳다든가 하는 깊은 생각에서도 아니고 그 무슨 근거가 있어서도 물론 아니었다.

아이들이 '별을 따볼까?' 이런 생각을 하는 때와 똑같은 미연이 자신 아무런 책임도 지지 않을 성질의, 지극히 돌발적인 감정의 장난이었음에 지나지 않는다. 그래서 그런 생각을 했던 자기 자신에 어처구니가 없어한 미연이기도 했다.

그렇다고 장쇠에 대한 이러한 호의(?)가 지금껏 계속된 데서 미연이가 이 편지를 장쇠와 연결지은 것도 물론 아니다. 미연이는 순간 장쇠와의 혼인을 생각해본 후로는 장쇠를 깨끗이 잊고 살아왔었고 장쇠에 대해서 순간이나마 그런 생각을 했더니라는 그 기억까지도 완전히 잊은 채 살아왔던 것이다.

지금 미연이가 장쇠와 편지를 연결시키는 데는 오직 장쇠가 동학당에 휩쓸려들어 갔다는 소문과 장쇠가 이 근방에 와서 있다는 두 가지 소문에 근거한 것이었다. 아무리 장쇠가 동학당이 되었기로서니, 그리고 아무리 아버지 김 승지가 많은 죄를 지었다기로서니, 목숨의 은인인 자기의 낯을 보더라도 다른 양반이나 부자놈들을 다루듯 하지는 않으리라 하는 생각은 동학란 소문을 들을 때마다 피뜩피뜩 생각한 일이 있었던지라 장쇠가 자기에게 은혜를 갚기 위해서 미리 무슨 조치를 한 것이라 생각되었던 것이다.

또 미연이는 만일에 동학당이 쳐들어오게만 된다면 장쇠한테서만은 미리 무슨 기별이 있을 것 같은 기대를 갖고 있었던 것도 사실이었다.

—그러나 이 미연이의 상상은 완전히 빗나간 것이었다. 그것은 꿈에도 생각지 못했던 사랑의 편지였었다.

정말 상상조차도 하지 못했던 사실이었다. 있을 수도 없고 또 있어서도 안 되는 일이었다. 미연이는 "미연 소저께 올림"이라는 첫 대문을 읽었을 때까지도 정녕 장쇠의 편지거니 했었다. 그러나 이 한 대목만을 읽고 난 미연이는 편지를 덮고 눈을 감았다. 첫째 글씨가 장쇠의 글씨가 아니다. 그렇다. 미연이가 장쇠의 글씨를 안다는 것은 아니다. "미연 소저"란 네 글자는 한문자일뿐더러 때가 벗고 자리가 잡힌 반초다.

'아니다!' 하고 미연이는 우선 단정을 내리었다.

'장쇠의 편지는 단연코 아니다. 그러면…?'

장쇠의 편지가 아니면 미연이는 응당 일양이를 이 편지와 연결시키어 생각하는 것이 옳았을지 모른다. 그러나 미연이로 하여금 이 편지와 일양이를 연결시키게 할 아무런—실로 아무런 연결성도 미연이는 갖고 있지 못했던 것이다. 같은 양반으로는 오직 둘밖에 없는 박 의관과 김 승지이고 보니 장난으로라도 그럴 가능성이 없지도 않았지만 하나는 남인이요, 하나는 동인이었고, 하나가 개면 하나는 고양이였고, 하나가 물이라면 하나는 기름이었다. 이러한 김 승지의 딸이 이 편지와 박 의관의 아들과를 연결시키지 않으면 안 될—아니 그럴 가능성의 만분의 일이라도 되어줄 건덕지조차 미연이는 갖고 있지 않았던 것이다.

그래서 미연이는 외나무다리를 건너는 사람이 밑을 안 내려다보려고 애쓰듯이 되도록 중간 글자를 보지 않으려고 애를 쓰면서 당唐 간지를 두르르 펴자니까 뜻하지도 않은 글자가 눈 속으로 툭 튀어들어온다.

"박일양!"

이 이름을 본 순간 미연이는 바늘에나 찔린 사람처럼 자기도 모르게 외마디소리를 질렀다.

너무도 창졸간에 격동을 받은 때문인지 눈이 뿌예지면서 종이 위에서 글자가 콩 튀듯 한다.

'내가 미쳤나?'

미연이는 이렇게 자신을 나무람해 본다. 평시에 일양이를 생각했기 때문에 딴글자가 일양이로 잘못 보였으려니 한 것이다. 그는 코에서 단내가 나도록 얼굴이 달아옴을 깨닫고 있었다. 그러나 이러한 미연이를 비웃기나 하듯 가슴이 들고뛴다. 부끄러운지 무서운지 기쁜지도 분간할 수 없는 감정이 일시에 엄습하고 보니 갈피를 차릴 도리가 없다.

'이 양반이 미쳤나?'

미연이가 이만한 생각만이라도 하게 된 것도 실로 한참 후다.

'아—니 이 양반이 어쩌자구 남의 집 규중 처녀한테다 이런 편지를 보낸다는 겔까….'

정녕코 미친 게 틀림이 없다. 미치지 않고서야 그럴 리가 없지 않은가. 미쳤어도 이만저만 미친 이가 아니다. 그렇지 않고서야 한번 보지도 못한 남의 집—그것도 양반의 집 출가 전인 처녀한테다 편지질을 할 리가 만무다. 더욱이 그이는 박 의관의 아들이 아닌가? 다른 사람도 아닌 김 승지 딸인 자기한테다 편지가 다 무슨 놈의 편지란 말인가.

'황차 그이는 아내까지 있는 사람이 아닌가?'

생각할수록 그것은 어처구니없는 이야기였다. 아니 불쾌하기까지 했다. 불쾌를 지나서 그것은 참을 수 없는 모욕이었다.

'이 양반이 날 어떻게 보구서 하는 수작일까.

미연이는 이렇게 성을 막 내어본다.

미연이는 편지를 돌돌 말았다. 아무리 생각해보아도 이 편지를 보아서는 안 된다 했다.

'이 편지를 보아서는 안 된다….'

미연이는 이렇게 부르짖었다. 그리고 떨리는 손으로 편지 끝을 막 촛불에 댕기려 할 때였다. 어머니가,

'얘 아가, 남은 일끈 공을 들여서 쓴 편지를 보지도 않고서 불을 살라버리느냐, 보는 거야 대수냐. 어서 보구서 불을 사르든지 어떡하든지 하려무나.'

이렇게 타이르기나 하듯 안방에서 인기척을 내어주고 있다. 미연이는 어머니의 인기척에 질겁을 해서 편지를 무릎 밑에다 떨어뜨리고 닥치는 대로 책상 위의 책을 집어든다. 어머니가 시집올 때 함 속에 넣어가지고 왔다는 「효부 열녀전」이다.

책은 펴 들었으나 마음과 귀는 안방으로 가 있다. 그동안에도 가슴은 철딱서니 없이도 뛰기만 한다.

잠꼬대였던지 이윽고 또 잠잠해진다. 그래도 마음이 안 놓이어 갸웃이 안방 쪽에 귀를 기울여보더니만 지금까지 그렇게나 싸운 미연이 답지도 않게 흐지부지 편지를 꺼내어 펴 드는 것이다. 그것은 마치 먹

다 둔 밥을 계속하는 것과도 같았다.

오직 가슴만이 여전히—아니 한층 더 호들갑을 떨고 뛰고 있었으나 벌써 미연이는 이 가슴의 고동까지도 생리적인 한 현상으로밖에 인식하지 않게 되어 있었다.

"귀하신 규중 소저의 이름을 부름도 외람되겠거든 황차 이런 글월을 올리는 무례함을 깊이 용서하시기 바랍니다. 미연 소저께서는 실로 의외이실지 모르오나 생은 탑동 박 의관 집 아들 일양이옵니다…."

미연이는 자기도 모르게 단숨에 여기까지 내리 읽고야 말았다. 벌써 그의 귀에는 아무런 꾸지람도 들리지 않았다. 오직 물속에서 들려오는 북소리 같은 가슴의 고동만이 그 무슨 절대의 행복인 양 들려오고 있을 뿐이었다. 꽃수레에 삼현 육각을 잡히고 일산을 높이 받은 어여쁜 귀공자가 멀리서 자기를 반기며 차츰차츰 가까이 오고 있는 아름다운 정경을 바라보는 것과도 같은 그런 행복을 깨달으면서도 벌써 얼굴도 붉힐 줄 모르는 지금의 미연이다.

"…생은 일찍이 미연 소저의 재질의 뛰어남도 들었삽고 덕의 아름다움도 익히 들었습니다. 문필에 능하심도 들은 바 있습니다. 소저의 말씀을 듣는 것은 생에게는 그지없는 행복이었습니다.

…언제부터인지 생 자신도 모릅니다. 모르는 동안에 소저가 사시는 미륵동은 생에게 있어서는 낙원이었고 소저는 이 낙원에 하강한 선녀로 생각키어졌습니다. 어느 때부터인지 생도 모릅니다. 생은 소저에게 관한 이야기를 듣는 것만으로도 절대한 행복을 깨달아왔습니다. 아니, 소저의 그 놀라운 재원과 미덕을 칭찬하는 소문을 듣기 위해서만이 세상에 살아 있는 사람이 되고 말았습니다.

소저도 내가 얼마나 불행한 인간이란 것을 들어서 아시리라 믿습니다. 어둠과 고뇌와 하염없는 슬픔, 권태—이런 속에서 허우적대다가 '미연'이란 소저의 이름만 듣고도 그 순간의 어둠은 빛으로, 우울은 행복으로, 슬픔 대신 기쁨이 전신에 용솟음치는 것이었습니다.

이 행복이란 너무도 구하기가 힘들었습니다. 그래서 생은 미연 소저가 계시는 미륵동을 건너다볼 수 있는 행복으로서만 만족하도록 생 자신을 단념시켜왔습니다. 같은 하늘 밑에서 소저와 같이 살고 있다는 행복, 소저가 마시고 사는 공기를 같이 마시고 있다는 이 행복에…."

미연이는 여기서 뚝 끊었다. 숨이 막히는 것 같았기 때문이다.

몇 번이나 질식 상태를 경험해가면서 미연이는 겨우 일양이의 긴 편지를 다 읽었다. 한 사나이가 마음에 없는 결혼으로 해서 고민하는 것이 눈앞에 보이는 듯싶은—아니 미연이 자신 같은 여성이면서도 이렇게까지나 한 남성을 괴롭히는 일양이의 아내한테 일종 반감을 느끼게 하는 그런 실감을 그의 편지는 주고 있었다. 남편한테서 버림을 받고 쓸쓸히 친가에 돌아간 일양이의 아내한테 끝없는 동정을 가져야만 할 미연이었건만 마음에 없는 결혼으로 해서 고민하는 일양이가 자기의 친오라버니요 또 모든 잘못이 오라범댁한테만 있기나 한 것처럼 미연이는 이상한 여성에게 대해서 동정은커녕 안차고 다부진 독한 올케에게 대할 때와 비슷한 증오까지를 느끼게 하는 그런 편지였다.

만일 일양이의 아내 되는 여인이 자기 손이 닿는 데 있기만 하다면,

'사내 대장부를 이렇게까지 괴롭게 하면서도 뭣하러 징커니 앉았는 게요?'

하고 한번 모질게 쥐어박고도 싶은 그런 심정을 미연이는 경험하고 있

는 것이었다. 이 불행한 여인을 마음으로 울어주지 못하는 자신을 발견했을 때 미연이는 아무도 없는 방 안에서도 눈둘 곳을 몰라하면서,

'내가 미쳤다니까! 미쳤어.'

이렇게 설설 쓸어 넘기었다. 그는 그런 자기를 숨기는 방법이기나 한 것처럼 편지를 도르르 말아서는 미처 생각할 여유도 주지 않고 촛불 끝에다 버쩍 들이대었다. 편지는 불이 붙기가 무섭게 춤을 추며 활활 탄다. 편지가 타는 동안도 미연이한테는 몹시 지루했다. 불이 손끝까지 타내려오자 미연이는 한 손으로 공기를 치듯 추슬러서 손바닥에서 다 태웠다. 귀한 어른의 편지이고 보니 자기 손에서 타게 하고 싶다는 것 같이도 보이었다.

"아이 무셔!"

재를 처치하고 난 미연이가 처음 입 밖에 낸 말이었다. 사실 지금의 미연이한테 남아 있는 것은 오직 이 무섭다는 생각뿐이었다. 원수처럼 대대로 내려오는 박 의관의 아들이 원수지간인 김 승지의 딸인 자기한테 마음을 두고 있다는 사실부터가 무섭기만 한 일이었다. 그리고 이 사나이는 죽는 그 순간까지 자기만을 위해서 살겠다는 것이 아니던가. 그의 말대로 미연이는 그날 밤을 저주해보는 것이었다. 만일 그날 밤 장쇠의 그런 일만 없었더라도 일양이가 타동인 미륵동에 나타났을 리도 없었을 것이요, 자기 아버지가 장쇠를 죽인다고 서둘지만 않았더라도 규중 처녀인 자기가 그 만인 총중에 그 꼴을 하고 뛰어나가지도 않았을 것이었다.

"생각하면 다 쓸데없는 반목입니다. 이유 없는 알력이지요. 이 두 집이 이처럼 척을 짓게 한 책임의 대부분은 우리 박씨 문중이 져야 할

것은 생도 잘 압니다. 박씨 문중을 대표해서 일양은 미연 소저한테 깊이 깊이 사죄하는 바입니다. 동시에 이 이유도, 보람도 없는 두 집안의 반목은 생과 소저가 손을 잡고 마음을 합치는 데서만 깨어질 수 있다고 생각합니다."

일양이의 편지의 이런 구절을 한번 되외어보자, 자기가 무섭다고만 생각하는 것이 어쩐지 미안스러웠다. 이 무서운 두 집의 적의를 없애기 위해서라도 뭐라고든지 답장을 해야만 하느니라고 생각하는 동안에 닷새가 지났다.

일양이가 회답을 받으러 오겠다는 날이다.

이날 일양이는 스무날 달이 뜰 무렵을 기해서 미연이가 늘 나와 지내는 화단 뒷담 너머서 미연이의 편지를 기다리게 되어 있다. 물론 일양이가 임의로 정한 방법이었다.

미연이는 그날도 아침 늦게서야 일어났다.

먼동이 틀 무렵이면 벌써 자리를 털고 일어나야 할 미연이가 늑장을 피우는 지가 벌써 닷새째다. 그럴밖에, 요 닷새 동안의 미연이는 거의 잠을 못 이루고 새녘에서야 겨우 깜박하는 것이 한 습관처럼 되어 있었던 것이다.

밤뿐이 아니다 낮에도 문득 편지 생각만 나면 속이 울렁거리고 얼굴이 달아온다. 귀를 기울이면 가슴 뛰는 소리가 곧 뚝딱 들려오고 있다. 그럴 때면 옆사람들 귀에도 가슴 뛰는 소리가 들릴 것만 같아서 마음을 진정할 수가 없다.

"애기두 맘을 단단히 먹어요. 그날 옆에서도 안타까워서 못 보겠던걸."

실상 진주집이 이런 말을 한 뜻은 바람이 자는 듯싶던 동학군 소문이 어제 오늘 내로 또다시 핑핑 떠돌기 시작한 데서다. 그러나 미연이한테는 진주집이 일양이 편지 쪼간을 알고 이를 악물고서 앙탈을 하면서도 자칫하면 일양이한테로 기울어져가는 그의 마음자리를 빠안히 들여다보면서 하는 소리만 같아서 진주집과 마주치기만 하면 눈둘 곳을 몰라하는 미연이기도 했다.

사실 혼자만 살려는 것처럼 아랫것들의 누더기를 뺏어다 둔다—숯검정이다, 먹이다, 얼굴에 환을 칠 연모며, 다급하면 산으로 들고뛴다고 감발감까지를 장만하고 있는 진주집은 요새의 안절부절못해하는 미연이의 태도도 동학군 때문으로만 알고 있는 것이다. 그리고 사실 또 미연이만 해도 동학당 난리 소문에 떨리지 않는 바는 아니다. 그러나 동학난리는 아직 닥쳐오지 않은 난리였지만 마음속의 난리는 벌써 일어난 지가 닷새가 되었다. 이 마음속의 난리를 겪느라고 미연이는 아직 눈에도 보이지 않는 동학난리를 걱정할 마음의 여유가 없었던 것이다.

'어떡하나!'

서나 앉으나 잘 때나 깨어서나 걱정이 이것이었다. 한번은 어머니와 진주집, 분이와 분이 어멈 이렇게들 앉았다가 무심코 이런 소리를 하고야 말았다. 남의 이야기를 들으면서도 생각만은 이 걱정이었던지라 자기도 모르게 한숨에 섞이어서 풀쑥 나오고 만 것이다.

"어떡하긴 뭘 어떡하우. 당하면 당했지, 걱정한다구 올 난리가 안 오겠수. 맘이나 다잡아먹고서 기다려보는 게지…."

'정말 난리가 쳐들어와서 양반이고 내외범절이고 다 한번 뒤집어 봤으면….'

미연이는 진주집 말은 건성 들으면서 이런 엉뚱한 생각을 해보는 것이다.

그러고는 또 일양이의 말을 빌리고 있거니 싶어서 얼굴이 확 달아온다. 사실 요새의 미연이는 어린아이들이 걸핏하면 '울 어머니 울 아버지' 하고 자기 주위의 사람 말을 내세우듯이 자기도 모르게 일양이의 편지 속에 씌었던 문구에 완전히 사로잡혀 있는 것이었다. 지금의 이 생각만 해도 일양이가 미연네 집에서 쫓겨난 음전이년과 쇠봉이의 아들 딱쇠와의 재혼을 예로 끌어서 양반 사회의 고리탑작지근한 도덕을 저주한 문구에서 빚어진 것이었다.

미연이가 지금 얼굴을 붉힌 것도 그것을 깨달았기 때문이다.

•

그림자

섰던 자리와 방향을 혼란시켜놓기만 하면 동서남북은커녕 땅과 하늘도 분간할 수 없으리만큼 캄캄한 밤이다. 달은 물론 빛을 발하는 일체의 물체가 완전한 어둠 속에 싸여버리어 검은빛 이외에는 그 어떤 빛깔도 이 우주에 존재하지 않는 것만 같았다.

아니, 빛뿐이 아니다.

이 우주에서 생명을 보전하고 있던 모든 생물도 이 검은빛이 다 집어삼키고 말기나 한 듯이 생을 상징해주는 단 한 가닥의 음향도, 그리고 단 한 오라기의 움직임도 오늘 밤에는 찾아볼 수가 없었다. 그 무슨 위대한—아니 무서운 횡포 앞에서 그 잔학무도한 처벌을 기다리는 듯이 만물은 숨을 죽이고 있다.

더욱이 여기는 깊은 산중, 산중에서도 사람이고 가축의 소리조차 들을 수 없는 석굴속—그러나 일체의 생물의 생이 정지된 것은 아니다. 다만 일시 정지하고 있을 뿐이다. 그 증거로 석굴 문에 친 거적을 젖히자 그 속에서는 희미하나마 불빛이 새어나왔고 굴 안 그 불빛 속에서는 분명히 살아 있는 인간의 떼가 혹은 움직이고 있고, 혹은 말도 하며 또 혹은 비스듬히 석벽에 기대어 담배도 피우고 있다. 또 몇은 머리를 맞대듯이 둘러앉았기도 하다. 노름꾼들인가? 그럴지도 모른다.

그러나 노름꾼들이 아닌 것만은 확실한 것이 짚신 감발에 윗대님을 깡똥히 쳤고 머리에는 검고 노랗고 어떤 사람은 붉은 수건을 질끈질끈 동였다. 벽에 기대어 세운 것은 끝이 칼날 같은 죽창일시 분명하다. 허리에는 개개 몽탕한 방망이를 찼다.

굴 안쪽이 상좌인 듯 싶어 거기에는 허우대가 크고 백발이 성성한 이가 구레나룻을 쓰다듬고 앉아서 눈을 감고 있다. 풍채가 늠름한 것이 좌상인 듯싶은 그는 책상다리를 하고 깊은 생각에 잠겨 있다.

흰 수건으로 망건 대신 머리를 싸고 갓을 썼다. 두루마기를 입기는 했으나 겨드랑이 밑으로 도포 끈처럼 잘룩하니 동여맨 품이라든가 떡 벌어진 어깨가 상체를 네모가 나게 보여주어 백발이 나부끼기는 하나 혈기 왕성한 장정을 연상시킨다.

어디로 뜯어보나 역시 대장감이다.

이윽고 좌상이 감았던 눈을 떠서 좌중을 한번 휘둘러보고,

"정탐 간 자들은 아직 돌아오지 않았는가?"

하자 누웠던 사람은 일어나고 돌아앉았던 패는 좌상 쪽으로 몸을 돌이

킨다.

“아직 소식이 없쇠다.”

“좀 늦군. 장정으로 셋만 뽑아서 다시 한번 보내보면?”

“보내리까?”

“너무 늦는 품이 수상하군. 빨리 뒤를 쫓게 하라구.”

“네.”

하고 그중에서는 책임자인 듯싶은 옆으로 딱 벌어진 것이 쇠몽치처럼 다부지게 생긴 삼십세 가량의 친구가 허리에 찼던 방망이를 빼어들고 일어서서 나간다.

그러나 굴 밖에도 채 나가지 못하고 되들어오면서,

“선발대가 돌아오오.”

보고를 한다. 뒤미처 같은 행색의 세 젊은패가 앞뒤로 꽁꽁 결박을 한 웬 이십 가량의 젊은 사나이를 앞세우고 들어선다.

“그게 누구냐?”

늙은 두목이 자리를 고쳐 앉는다.

“김 승지 집 근방을 파수보던 놈이올씨다.”

“김 승지 집 파수를 보던 놈이라? 거 잘 잡아왔다. 거기 꿇어앉히어라.”

두목은 이렇게 젊은 사람을 한복판에 꿇어앉히고서,

“그래, 이놈 하나뿐이던가?”

“아니올씨다. 이놈은 저희를 보았기 때문에 잡아왔지만 집 둘레로 네댓 놈이 번갈아 빙빙 돌며 파수를 보고 있습디다. 이놈은 손에 든 것도 없고 행색도 초라했지만 말이 새일까봐 할 수 없이 끌고 왔습니다.”

"그래, 동리에선 아무런 다른 눈치도 보이지 않던가?"

"별로 그런 기색은 못 봤습니다. 어느 놈의 집인지 문 위에 가서 가만히 듣자 하니까 동학군들은 눈이 멀었느냐 하면서 이곳 양반놈들도 좀 잡아다 주리를 틀어놓지 않고 괴산서 바루 서울로 간다더라고 그런 이야길 하고 있습디다요."

"그럼 박 의관 동리에 간 사람들은 어찌 되었는고?"

"아직 안 왔습니다."

다부지게 생긴 친구가 대답을 한다.

"그럼 아무런 변괴도 없단 말이지?"

"미륵동엔 없었습니다."

두목은 잡아다 쪼그려앉힌 사나이를 눈여겨보더니만,

"넌 어디 사는 누구지?"

하고 묻는다.

"탑골 사는 박차돌이올습니다."

"탑골 산다? 그럼 어째서 미륵동 김 승지네 집을 지키어주고 있었던가?"

"김 승지 집을 지키러 간 것이 아니오라 미륵동 동무를 찾아갔다가 집으로 돌아가던 길에 마침 승지 댁 뒤 밤나무갓을 지나다가 저 사람들한테 붙들린 것입니다."

"그럼 미륵동 뉘 집에 놀러갔었던가?"

사나이는 한참 생각을 하는 눈치더니 그저 친구를 찾아갔다가 놀러가고 없어서 그대로 돌아가던 길이라고만 한다. 두목도 그까짓것은 알면 무엇하랴 싶었는지 더 묻지도 않는다. 그러고는 탑골 동리의 공기

를 차근차근 캐어묻고는,

"박 의관은 지금 집에 있는가?"

"있을 것 같습니다."

"박 의관 집에 대한 동리 사람들의 평판은 어떤가? 박 의관이 상사람들을 몹시도 괴롭게 군다는 소문이 있던데?"

하고 묻자 사나이는 또 잠시 생각하는 눈치다.

"돈 있고 세도 있는 사람을 좋게 말할 사람도 없겠지요. 하지만 또 몹시 나쁘게 말하는 것도 듣지는 못했습니다."

"그래? 그럼 너의 집은 박 의관네와 어떤 관계가 있지? 작인이냐? 하인이냐?"

"그댁 작인이올씨다."

이렇게 문답을 하고 있는데 탑골에 갔다던 사람들이 와 몰려들어왔다. 동리는 평온하고 박 의관 집에서는 별로 파수를 세운 것 같지도 않다. 다만 설렁대는 것 같아서 수소문을 해보았으나 알 길이 없었고 여남은 살 먹은 아이의 말을 들으면 박 의관 집 끝의 아들이 실성을 해서 저녁에 나간 채 돌아오지 않아서 하인들이 찾아나갔다고 하는데 사실 그런가보더라는 것이다.

"자, 그러면 모두들 채비를 차리게 하여라. 미륵동에 이십 명, 탑골에 이십 명, 이렇게 두 패로 짜서 굴 앞으로 모이게 하여라."

두목은 이렇게 지시를 하고 자기도 일어선다.

굴 천장도 꽤 높건만 허리를 굽히지 않으면 안 되는 큰 키다.

두목은 대원 사십 명을 굴 밖에 모아놓고서 일장 훈시를 한다. 굴 밖은 그대로 아름드리 잡목이 우거졌다.

"일대는 미륵동, 이대는 탑골로 직행하되 미륵동에서는 김 승지 집의 사내란 사내는 다 잡아올 것, 하인놈들 중에는 돌이란 녀석이 있다는데 그놈은 더욱이 놓치지 말아야 한다. 탑골에선 박 의관 집인데 여기서도 박 의관과 아들 청지기 하인들 할 것 없이 사내란 사내는 다 잡아들여라."

이렇게 지시를 하고는 다시 대원의 개인 행동은 절대로 엄금할 것과 옷 한 가지에라도 손을 댄 것이 탄로나는 때에는 태형 오십 대, 유부녀에 손을 대면 사형, 미수일지라도 태형 백 대씩에 처한다는 것이다.

"너희들 중 한 사람의 잘못이 우리들 전체에 누를 끼친다는 것을 명심하여야 한다. 우리는 이 어지러운 정치를 바로잡고 백성들을 못살게 구는 악한 양반과 관리들로부터 우리 동포를 구원하자는 것이니 만일에 백성들 재물에 손을 댄다든가, 사람을 해친다면 그 죄는 양반들과 조금도 다를 것이 없다는 것을 알아야 한다. 그리고 동리 사람들을 모아놓고 이 뜻을 잘 전달하되 만일에 방해를 한다든가 관가에 밀고를 한다든가 하면 그 액을 면치 못하리라는 것도 알아듣게 이야기해주어라. 그리고 열다섯 명은 남아서 동리 사람을 감시하고 다섯 명은 놈들을 이리로 호송해 오도록 하라. 다 알아들었느냐? 자, 그럼…."

출발 명령이 내리자 사십 명의 대원은 쫙 두 갈래로 나뉘어 산을 타고 내려간다.

대원을 풀어 보낸 두목은 혼자만이 굴속으로 들어오더니 천천히 담배에 불을 붙이어 물고 단정하게 쭈그리고 앉아 있는 젊은이를 찬찬하게 눈여겨보고 있다.

"몇 살이냐."

"열아홉입니다."

"생업은 농산가?"

"…아닙니다."

"농사가 아니라면 이 촌구석에서 뭘루 생화를 삼고 있나?"

그래도 사나이는 말이 없다.

두목은 대답을 더 재촉하는 법도 없이 펄럭거리는 촛불을 물끄러미 바라다보고만 있다. 그러더니 다시 혼잣말처럼 중얼거린다.

"탑골 아무개의 아들이라고 하면 나도 혹 짐작이 갈지도 모르겠는데 부모 성명도 안 대고… 부모가 안 계신가?"

'이 늙은이가 내가 누구인 줄을 알고서 하는 수작이 아닌가?'
하고 사나이는 의심이 벌컥 든다. 사실 농군처럼 차리기는 했다지만 수건을 벗으면 망건에다 은동곳을 꽂은 맵시있는 상투로도 농군이 아님을 알 것이요 일부러 풀대님에다 고의적삼바람이나 등걸잠방이가 아니니 조금만 눈여겨본다면 눈치를 못 챌 리가 만무다.

더욱이 이 산골 농군치고서는 안동포를 입을 사람은 없겠고 보니 아무리 흙투성이가 되었다기로니 소경이 아닌 바에야 짐작을 못할 리도 없다 싶어 솔직하게 자백을 하기로 결심을 했다.

"두목님, 기실 지금까지 말씀한 건 모두가 거짓말입니다. 저는 탑골 사는 박 의관 집 셋째아들입니다."

"박 의관이란 사람이 아들이 그렇게 여럿이던가?"

두목은 속인 것을 꾸짖는 법도 없다. 박 의관의 아들이라는 새로운 사실에도 별로 놀라는 기색도 보이지 않는다. 그저 혼자 중얼거린다.

"거참, 복 많은 사람이군그랴."

일양이는 대답을 해야 옳을지, 안 해야 할지를 몰라 어리둥절하다가 그대로 입을 봉하고 있었다.

"박 의관댁 셋째아들이고 보면 무엇하러 밤중에 김 승지 집 담 밖을 감돌고 있었는가. 여기 와서 들어보면 박 의관과 김 승지는 대대로 척을 지고 살아오는 사이라나 보던데… 거 모두 뜬소문인가?"

"남들이 다 그럽니다만 저희 집안 사람들은 반드시 그렇지도 않습니다."

"그래? 거 좋은 생각들이군. 웃고 지내도 주름이 잡힌다는데 이 짧은 세상에 서로 척지고 살 것은 없지."

두목은 이렇게 말하고서 김 승지 집 근처에까지 갔던 이유를 또 캐어묻는 것이다.

그러나 아무리 정직하고자 해도 미연이 말만은 차마 할 수가 없었다.

"아까 두목님도 들어서 아셨겠지만 전 정신에 좀 이상이 있습니다. 어떤 때는— 지금 같은 때는 제정신입니다만 어쩌다가 휙 검은 것이 뒤집어씌이면 그대로 딴사람이 되어 밤이고 낮이고 아무 데나 헤매입니다. 오늘도 낮부터 마음이 이상해서 저 들로 산으로 쏘다니다가 저녁을 먹고서 나갔다는 것이 아마 거기를 갔던 모양입니다. 제가 남의 동리에 갔다는 것을 안 것도 아까 여기 잡혀오면서 비로소 깨달았습니다."

"허, 그거 젊은 사람이 그래서 쓰나. 빨리 서둘러서 병을 고쳐야지."

두목은 이렇게 말을 하고서,

"어쨌든 잘 왔군그랴. 어차피 사람들이 몰켜갔으니까 게에 있었더라도 무사치는 않았을 겐데—."

이렇게 말을 하고 다시 담배를 담는데 대원 하나가 두목을 불러낸다. 두목은 일양이를 어떻게 할까 망설이는 듯싶더니만,

"불편하지만 그대로 좀 앉았게."

하고 나가버린다.

두목이 나가자마자 촛불이 두어 번 펄럭대더니 마지막 불빛을 내고 툭 꺼져버린다. 굴속은 암흑으로 돌아갔다.

일양이는 되레 불이 꺼진 것을 다행으로 생각했다. 아무도 없는 굴속에서 방망이니 죽창이니 필시 칼이거나 무슨 연장인 듯싶은 금속성 빛이 번득이어 하이얀 공포를 자아내는 물건들을 바라보고 앉았기보다는 차라리 아무것도 보지 않는 것이 좋을 것 같았기 때문이었다.

'대관절 어떻게 될 것인고?'

혼자가 되자 일양이는 이것이 또 궁금해진다.

서두르는 품이 꼭 무슨 요정을 내고야 말 것 같다. 그만하면 이 패가 동학당 패인 것이 분명한데 들리는 말이 그렇고 보니 이 사람들이라고 양반들을 그대로 둘 리가 만무다.

'두 집 남자란 남자는 모두가 오늘 마지막이 되는 건가?'

생각을 하니 기가 탁 막힌다. 그러나 아무리 생각해보았자 빠져나갈 도리는 없었다.

생각하면 비록 짧기는 했으나마 괴로운 일생이었다. 기왕 죽는다면 사내답게 죽으리라 했다. 언젠가 미연이를 보던 날 밤의 저 장쇠처럼 늠름하리라.

죽음을 각오하고 나니 되레 마음이 가라앉는다.

다만 미연이를 한 번 더 보지 못하고 죽는 것만이 지금의 그에게는 한이었고 소원이라면 '미연이의 신상에 화가 미치지 말아지이다' 하는 것뿐이었다. 아니 그가 좀더 욕심을 낼 수 있다면 미연으로부터 기쁜 회답이나 받고 그 편지를 품에 지닌 채 죽고 싶었을 것이다. 아니 어쩌면 지금쯤 미연이의 편지가 담 너머에 떨어져 있는지도 모른다고 생각하자 살기 위해서보다도 몸의 자유가 없는 것이 더한층 안타깝다.

'두목한테다 이야기를 하고 사정을 해볼까?'

만일 두목도 사람이라면 사람이 죽는 마당에서 그만한 청도 안 들어주지는 않을 것 같았다. 목숨을 살려달라고 애걸할 생각은 털끝만큼도 없었다. 삼 년 전 김 승지네 마당에서 보던 장쇠 그대로의 그 늠름한 태도로서 자기의 이 짧은 최후를 장식하리라. 그래서 살아남은 미연이로 하여금 자기가 얼마나 장부다웠던가를 즐겁게 회상할 수 있게 하리라….

'장쇠는 사내다웠기 때문에 산 사람이다. 만일 그때—.'
하고 일양이는 그날 밤의 정경을 어둠 속에다 그려보고 있다. 지금의 그를 죽음의 공포로부터 잊게 해주는 것은 오직 이 미연이와 관련이 있는 지난 일을 회상하는 것뿐이었다.

'만일 장쇠가 비굴했다면 미연이도 그런 의협심을 내지 않았을 것이다. 그리고 만일 내가 장쇠처럼 초연하지 못하면 미연이의 기억에는 나의 추악한 인상만이 영원히 남을 것이다.'

그렇듯 비굴하고 추잡스러운 자기의 인상을 미연이한테다 남기고 죽는다는 것은 죽음 그 자체보다도 일양이에게는 더 무서운 일이었다.

두목을 위시한 대원들은 어디서 무엇을 하고 있는지 통 소식도 없고 보이지도 않는다. 가끔 굴 밖에서 서성거리는 인기척이 나는 것도 같고 한번은 굴 앞 숲에서 나무를 자르는 톱소리 같은 것이 나기도 했으나 그후는 통 소식이 없다. 어둠 속에서 굴욕의 역사보다도 긴 몇 시간이 지나서야 굴 밖에서 사람들의 뭇 발소리가 나고 떠들썩하는 말소리도 들려온다. 일양이는 무릎을 갈아 세우고 그쪽으로 귀를 기울였다. 분명히 두 집 사내들이 잡혀온 모양이다.

"이리들 들어가거라!"

하는 소리가 나며 담뱃불이 굴 밖에서 번쩍인다. 굴을 알려주기 위해서리라. 담배를 빽빽 빠는 소리가 들린다.

"이놈들아, 썩 못 들어가느냐!"

두 번째 재촉과 함께 난 '퍽' 하는 소리는 분명히 방망이로 볼기짝 같은 데를 후려치는 소리인 성싶다.

한 번을 얻어맞더니만 누구인지가 빠르르 기어들어온다. 그러더니 또 하나 또 하나 발로 앞을 더듬어가며 굴속으로 들어온다. 서로 비비대는 품이 아마 여남은 명이나 되는 성도 싶다. 일양이는 이 속에는 아버지와 형들과 청지기, 하인 등의 자기 집안 식구가 들어 있거니 했지만 숨소리를 죽이고 가만히 있었다. 두 번이나 발에 채였을 때도 그는 바위인 양 움직이지 않았다.

"자, 다들 들어갔느냐. 아무 데고 쪼그리고들 앉어— 만일 서로 말을 한다든가 하면 한꺼번에 몰아내다가 떼볼길 맞을 줄들 알아라. 너희 놈들은 남의 볼기만 때려봤겠지?"

말을 하라고 터주어도 입이 안 떨어질 터인데 이런 함구령까지 내리고 보니 군입 한번 떼는 사람이 없다. 거기다가 먹장처럼 깜깜하고 보니 누가 누군지 알아볼 재간도 없다. 굴속이 괴괴한 대신 밖에서는 사람의 발소리와 수군대는 소리가 오다가다 들려온다 "매다느니" "모말굻림"이니 "주리"니 하는 소리가 들려오는 것으로 보아 형태에 대한 공론인 모양이다.

"아니, 그럴 것이 있나. 이깐놈들 살려둔댔자 백성들 등골만 빼어 먹을 것을. 장작불을 질러버리지!"

굴속에다 가두고 장작불을 질러 산화장을 지내자는 모양이다.

지금까지 죽은 듯하던 굴속에서도 이 장작불 소리에는 진저리가 치어지는지 일양이한테까지 전해진다. 누구의 입에서인지 '끙' 하는 신음 소리가 흘러나온다.

희미한 초롱불을 앞세우고 두목 영감이 나타난 것은 그런 지도 한참이나 있어서다. 두목은 발도 들여놓을 수 없이 된 굴 안으로 엉거주춤 들어서더니 잡아온 사람들을 굴 구석으로 들이몰고 어귀에 자리를 잡으며 거적문을 내린다. 불빛을 가리기 위해서인 모양이다.

희미한 초롱불이기는 하나, 서로 얼굴을 알아볼 만은 했으나 아무도 고개를 드는 사람이 없다.

죽은 듯이 고개를 숙이고 하회만 기다리는 모양이다.

그러나 일양이만은 눈치채지 않을 정도에서 옆사람들을 훔쳐보았다.

왼쪽 앞으로 앉은 것은 김 승지네 하인인 성실다. 오른쪽이 김 승지요, 바로 앞이 그의 큰형 건양이요, 아버지는 뒤에 있는지 보이지 않는다. 모두가 자다가 그대로 끌려온지라 자리옷인 고의적삼만 입고 있었고 머리도 모두가 푸상투다.

"오늘은 하느님께서 너희들에게 천벌을 내리시는 날이다. 너희가 이 생에서 지은 죄를 씻어주기 위해서 나는 하느님의 명령을 받아 온 사람이다."

두목은 점잖이 이렇게 타이른다. 굴속에서는 숨소리 한 가닥 들리지 않는다.

그는 다시 말을 이어,

"너희가 그동안 지은 죄상은 낱낱이 다 조사가 되어 있다. 언제 어느 때 누구를 잡아다 누명을 씌웠고, 누구를 모말끓림을 시켰으며, 돈을 얼마를 빼앗었고 하는 것이 하나도 빠짐없이 조사되어 있으니까 너희는 오늘 이 자리에서 그것을 받은 사람한테 깨끗이 돌려보내야 할 줄 알아라. 그것을 돌려보내지 않는다면 저생에 가서도 염라대왕이 받지를 않을 것이요, 지옥으로 통한 길목에서 다시 불세례를 받을 것이니 깊이 생각들 하여라. 다 알아들었느냐?"

대답이 있을 리 없다.

"아무 말이 없다는 것은 달리 할 말이 없다는 표시겠다?"

하고 두목은 비웃듯 하고서,

"죄를 짓는 놈도 나쁜 놈이지만 죄를 숨기는 놈은 더 나쁜 놈이다. 할 말이 없다면 한 놈 한 놈 처치를 할 테니 그리 알라."

두목은 이렇게 말하고서 초롱불을 들고 있는 사나이한테다 눈짓을 한다. 몽치처럼 다구지게 생긴 아까의 그 사나이가 종이쪽을 펴더니만 이름을 부른다.

"탑골 김 승지야. 너는 너의 죄상을 알겠구나? 네 나이 스물다섯 살부터 지금까지의 삼십 년간에 갖은 구실로 무고한 백성을 잡아다 치고 돈을 뺏은 횟수가 전후 삼십오 건, 남의 유부녀를 욕보인 것이 이십 건, 처녀를 버려준 것이 이십이 건, 삼 년 전에는 장쇠의 처를 욕보이고 장쇠와 그 아버지를 또 모함해서 태형을 내리었고 그후에도 음전이란 어린것을 욕보이려다가 발각이 되자 이를 또 무수히 구타해서 내어쫓았고…."

귀신이 아닌 다음에야 이럴 수 없으리만큼 피해자의 이름까지도 자세하다. 김 승지네 청지기 박 선달의 이름도 나왔고 노랑 할멈이며 채봉이, 눈검정이, 십 년 전에 며느리를 상관했다는 누명을 씌워서 재산을 송두리째 빼앗기고 동리를 떠난 심구영의 이름까지도 끌려나오고 보니 김 승지야 더 말할 것도 없었지만 김 승지만은 못하다 해도 상사람들의 등을 쳐먹고 살아온 양반인 박 의관도 몸서리가 끼친다.

그러나 누구보다도 겁을 집어먹은 것은 박 선달과 돌이다. 돌이는 제 이름이 나오자 이 마주치는 소리가 또닥닥 났다.

노랑 할멈한테서는 흡사 비둘기 우는 소리처럼 처량한 신음 소리가 흘러나오고 있었다. 그대로 불탄 강아지 앓는 소리다.

"김 승지놈, 나오지 못하느냐!"

다시 호령이 추상같다.

김 승지는 기어코 끌리어나갔다. 승지가 나가자 두목과 초롱을 들었던 사나이도 굴 밖으로 나가고 굴속은 다시 캄캄절벽으로 변한다. 누구의 입에서인지 절망의 한숨이 가느다라니 흘러나온다.

"다 죽었구나."

김 승지네 청지기 박 선달이 이렇게 한숨과 함께 속삭이자 바로 굴 밖에서 고함을 친다.

"어떤 놈이냐!"

다시 굴속은 잠잠해졌다.

굴 문에서 열대여섯 칸 떨어진 아름드리 소나무 숲속은 대낮에도 하늘이 보이지 않게 가지가 덮고 있다. 이 숲 한복판에는 나무 사이에 가름대를 질러놓고 그 밑에는 김 승지 자신이 모말꿇림을 시키던 네모진 말이며 볼기를 치던 널판, 멍석말림에 쓰기 위한 멍석 등 가지가지의 형구가 차곡차곡 쌓여 있다. 그 옆에는 김 승지가 만일을 염려해서 노적가리 속에다 깊이깊이 감추어두었던 궤짝이 하나 놓여 있다. 이 궤 속에는 대대로 내려오는 종문서와 빚문서 같은 것이 들어 있는 것이다.

"김 승지 이놈, 너 잘 들어라."

승지를 초롱불 앞에다 꿇어앉힌 두목은 순순히 타이른다.

"네가 일찍이 삼십 년 동안 쓰던 연모 일습이 여기에 있다. 너의 집 문전에 선 대추나무가 아니라서 섭섭은 하겠다만 하필 대추나무라야 맛이겠느냐. 너는 무고한 백성들을 모함해서 말꿇림에 볼기에 멍석말림에 가지가지 악형을 시켜왔지만 그것이 얼마나 괴로웠다는 것은 당해본 적이 없으니 알 길이 없으렷다. 이제 특히 그 갖은 맛을 네게 보이겠지만 그보다도 먼저 네 손을 빌리지 않으면 안 될 일이 있다. 자, 저놈을 끌러놓아라."

말이 떨어지자 둘러섰던 대원 중에서 두 사람이 덤비어 결박을 끌러놓는다.

"보아라, 이 궤짝은 네가 노적가리 속에다 감추어두었던 네놈의 집 보물궤다. 이 속에는 빚문서와 종문서가 들어 있을 것이니 이것을 꺼내어 네 손으로 불을 질러 우선 죄를 씻어라. 한 가지 말해둘 것은 무엇이거나 나의 말이 떨어지기가 무섭게 숨을 세 번 쉬기 전에 시행을 해야 망정이지 그렇지 못하면 매가 돌아갈 줄 알아라! 자, 종문서 보퉁이를 꺼내어 불을 살라라."

말이 떨어져도 멈칫멈칫하는데 '퍽' 하고 난데없는 방망이가 엉덩판을 후려친다. 그러자 놀랄 만큼 잽싸게 벌떡 일어나더니 궤 속에서 문서 뭉치를 꺼내어 그중 한 장을 돌돌 말더니 초롱 껍질을 걷고서 불을 사른다. 불꽃이 펄펄 뛰도록 팔이 떨린다. 백여 장이나 되는 성싶은 문서 뭉치가 삽시간에 재로 변하자 김 승지는 밑 친 나무처럼 퍽 쓰러지더니만,

"두목님, 죽을 죄를 졌습니다. 무슨 분부나 듣겠으니 목숨만은 살려주십시오."

하고 설설히 빌어댄다.

"이놈! 겪어보지도 않고서 죄를 알았노라? 몸이 근지로울 게니 이 놈을 끌어다 한바탕 쳐라!"

명령이 떨어지기가 무섭게 네 사람이 덤비어 널판에 엎어놓고 양쪽에서는 묶어대고 하나가 옷을 벗긴다. 벗기기가 무섭게 벌써 철썩 소리가 난다. 때리는 사람들이란 모두가 다 몇 번씩은 맞아본 솜씨들이요, 평생을 두고 가슴에 사무쳤던 원한들이었다.

"삼십 대만 쳐라!"

두목도 흥분이 되어 발을 퍽 굴러댄다.

"아이쿠! 아이쿠! 사람 주 주—죽소!"

김 승지의 신음 소리가 굴속에까지 들려오자 굴 안에서도 신음 소리가 여기저기서 일어난다.

"너 이놈들, 걱정 마라. 너희놈들도 골고루 맛을 보여줄 것이니 샘을 낼 것은 없어."

문을 지키고 섰던 사람이 굴속의 신음 소리를 듣고서 하는 소리다.

"너희놈들은 볼기맛이 어떤지를 모르고 백성들을 때렸을 게라. 허지만 오늘은 다 맛을 볼 거다. 우리 두목님께 치하를 해. 세상 사람들이 이 세상에 태어났다가 다 한 번씩 맞아보는 볼기를 못 맞아보고 죽다니 어디 말이 됐느냐. 맞아만 보면 맛이야 훌륭허지. 동지 선달에두 몇 대만 맞아노면 궁둥이에선 불이 나구 코에선 단내가 물씬물씬 나는 게 흡사 한잔 한 맛이지!"

"음지두 양지 될 때 있단다. 이 죽일 놈들아!"
하고 또 한 친구가 나선다. 분이 북받치어 참다못해서 탁 뱉는 것 같은 말투다.

숲에서는 김 승지의 사뭇 죽는다는 고함 소리가 아직도 나는데 너덧이 내닫더니만 승지네 청지기 박 선달이며 하인 셋을 또 잡아간다.

"인저 나는 죽는가보다!"
하고 돌이도 끌려나가면서 땅이 꺼지게 한숨을 내쉬더니 그만 흑흑 느껴버리고 만다.

뒤미처 외마디소리가 나면서 '딱' 하는 소리가 들린다.

볶아대는 맷소리 사이 사이로 신음 소리가 들린다. 돌이가 한 대 얻어치이는 모양이다.

탑골 박 의관네 청지기가 형장에 끌려간 때는 돌이가 한창 보리를 타는 판이었다.

김 승지는 또다시 결박이 지어진 채 모말 속에 꿇림을 당하고 있었다. 몸을 옴짝만 해도 방망이가 번득인다. 돌이의 닦달이 채 끝나기도 전에 박 의관과 박 의관의 아들 형제가 한꺼번에 끌려나가서 한바탕을 치렀다. 일양이도 어려서부터 보아온지라 양반들도 응당 한번은 받아야 하느니라 했지만 눈앞에서 자기 아버지와 형들이 매를 맞는 것은 차마 볼 수가 없어서 나를 대신 때려달라고 몸부림을 쳤으나 결박을 당한 몸으로서는 어쩔 도리가 없었다.

"박 의관과 아들놈들은 이십 대에 그쳐라!"

명령이 내리자 매가 딱 그치었다.

바로 그 순간이다. 난데없는 군중의 아우성 소리가 산이 흔들리게 몰려들었다.

"관군이다!"

누구 입에선지 이런 소리가 나자 대원들은 한쪽으로 와 몰려버리고 두목도 한걸음 뒤로 썩 물러서더니 어둠을 뚫고 내닫는 군중을 응시하고 있다.

"관군이다!"

누군지가 또 한마디 이렇게 외치면서 산 위로 들고뛰자 김 승지는 자기도 모르게,

"관군이다! 관군이다."

하고 고함을 지르고 말았다.

그러나 이 김 승지의 간절한 기원을 비웃듯이 몰려든 것은 동리에 내려갔던 동학당원과 곡창을 풀어헤치고 필목을 풀어 동리 사람들께 나누어주고 하는 바람에 합세가 된 동리 상놈들이었다.

"그놈들을 우리 손으로 죽이게 해라!"

"우리의 원수는 우리가 갚는다!"

"승지놈을 내다오!"

"돌이놈은 내가 죽인다!"

화살처럼 내닫는 군중의 고함 소리다.

군중은 내닫기가 무섭게 김 승지를 발견하고는 그 앞으로 와 몰려든다.

그러나 두목은 두 팔을 쩍 벌리어 김 승지를 싸고돌면서 고함을 쳤다.

"물러들 서시오— 가까이 와선 안 되오!"

군중은 의외인 모양이었다. 그러나 누구보다도 더 의외로 생각하고 있는 사람이 있다.

그것은 남복을 하고 군중 틈에 낀 미연이다.

"여러분, 모두들 진정해주시오. 그리고 한걸음 더 물러나주시오… 한 걸음만 더! 네, 고맙습니다."

두목은 이렇게 군중을 물리쳐놓고서,

"여러분의 뜻도 잘 압니다. 그리구 여러분이 분해하는 까닭도 우리는 잘 알고 있습니다. 알기 때문에 여러분을 위해서 우리는 목숨을 내걸고 나선 것입니다. 그렇지만 우리는 사리를 분간해야 합니다. 욱하는 마음만 앞을 선다면 무슨 잘못을 저지를지도 모릅니다. 진정하고서 물러나주시오. 그리구 우리 차근차근히 사리를 따져서 처리를 해야 하겠습니다!"

"좋은 말씀이오!"

군중 속에서 누가 외친다.

군중이 진정되자 대원 하나가 꽁꽁 결박을 지은 노파 하나를 썩 두목 앞으로 내어다 꿇린다.

"이 늙은 년이 김 승지놈이 부리고 있는 늙은 불여우랍니다."

인동 할멈이었다.

"아니올십니다, 두목님! 저분들이 노랑 할멈을 찾다가 절 잘못 알구서 잡아온 게올십니다. 이 늙은 년은 털끝만한 죄도 없습니다요!"

"네가 인동 할멈이란 늙은 것이냐?"

두목이 묻는 소리에 군중은 다 놀랐다.

"네, 저는 인동 할멈이올십니다. 노랑 할멈은 아니올십니다."

"네이끼년! 거 주둥일 다물지 못하겠느냐! 내가 와서 들건댄 네가 김 승지의 매파라고 하더라. 장쇠란 농군의 처 금순이를 죽인 것도 네년 짓이요, 음전이란 처녀를 꼬여낸 것도 네년이란 소문을 들었는데 이것도 거짓말인고?"

"……."

그 말에는 불여우라는 인동 할멈도 대꾸할 야마리가 없는 모양이었다.

"자, 여러분!"
하고 두목은 백발이 휘날리는 나이로서는 생각할 수 없으리만큼 우렁찬 목청으로 손을 번쩍 든다.

"여기에 잡아온 인종들을 우리는 어떻게 처벌해야 하겠습니까? 이 자들의 죄상은 여러분이 잘 알 것이니까 우리도 여러분 생각이―."

"죽여야 하오―."

깨진 쉿소리가 고함을 친다.

"그냥 죽여선 안 되오— 때려죽여야지요."

또 누가 호응을 한다.

"괭이가 쥐잡듯 하되 말려 죽입시다요."

나오는 의견마다가 죽이자는 것이다.

"죽이지 않고서는 안 되겠습니까?"

"죽여얍니다! 그런 놈은 대매에 때려죽여야 하죠!"

"물론 죽여야 할 놈이면 죽여야 합니다. 그러나 우리는 죽이는 것만이 반드시 잘하는 일은 아닙니다. 우리가 사람을 죽이는 것은…."

그러나 두목의 말도 벌써 서지를 않았다. 군중 속에서 "죽여라" 소리가 나기가 무섭게 '와—' 함성이 터지며 들이민다. 두목으로서도 인제는 막을 길이 없어서 참으란 소리만 외치나 벌써 아무런 효과도 없었다.

그때였다. 등걸잠방이에다 수건으로 머리를 동인 총각 하나가 팽그라미처럼 두목 앞으로 내달으며 두목의 옷자락에 매달리는 것이었다.

"두목님! 사람을 죽이게 해선 안 됩니다! 두목님의 목적을 위해서는 사람을 죽여서는 안 됩니다."

그러고는 군중을 가로막고서 소리를 친다.

"여러분, 잠깐만 참아주십시오… 제 말씀 한마디만 듣고 죽여주십시오."

어둡기도 했지만 생전 보지 못하던 총각이었다.

이 뜻하지 않은 총각의 출현에 군중의 흥분도 멍청해진 기세다. 그들은 몰려온 목적도 잊은 듯이 이 낯선 총각의 정체를 캐기에 정신을 빼앗긴 눈치였다. 아직 먼동이 트지도 않았고 거기에다가 별빛조차 없는 캄캄한 밤이라서 껌벅이는 초롱불 한 개로는 얼굴은 그만두고 윤곽조차도 알아보기가 어려웠다. 탑골 사람들은 미륵동 사는 뉘 집 총각이거니 했고 미륵동 사람들은 또 탑골 총각이거니 했다.

그의 목소리를 좀더 유의해 들었다면 혹 그것이 여성女聲인 것을 알았을지도 몰랐을 것이다. 그러나 아무도 그런 생각을 한 사람도 없었거니와 설사 그런 유의를 했다 한대도 익지 않은 음성이란 남녀를 구별하기도 어려운 법이다.

"저게 누구여?"

"글쎄, 미륵동 아이겠지 뭐."

"승지네 아들인가봐."

"승지네 웬 아들이 있던가."

이런 소리가 여기저기서 들린다.

"너는 누구냐?"

군중이 좀 주춤하니 물러선 틈을 타서 두목도 이렇게 물었다.

"누군 알아 뭣하오. 그놈을 이리 내주시오— 승지놈을 내주시오."

어둠 속에서 누가 또 외친다.

두목은 군중 쪽을 보고 진정하라는 표시로 팔을 내저었다. 그러고는 다시 소년을 향하여,

"넌 대관절 누군데 김 승지와 무슨 관계가 있느냐?"

"김 승지의 자식이옵니다!"

승지까지도 그제서야 미연인 것을 깨달았다.

"김 승지의 자식? 승지한테 이렇게 큰 아들이 있었던가?"

두목도 승지의 집안 내용을 아는 모양이었다.

"아들은 아닙니다."

하고—소년 아니—미연이는 야무지게 대답했다.

"승지의 딸입니다. 딸자식도 자식이 아니옵니까."

"딸…?"

"그렇습니다. 승지의 막내딸 미연입니다. 계집아이가 당돌한 줄 아옵니다마는 자식 된 도리로서 부모가 죽는데 와보지 않을 수 없어서 쫓아온 것입니다. 장성한 아들이 있었다면 제가 오지 않았겠습니다만 저의 아버지껜 여남은 살 된 아들 하나밖에 없습니다."

꼭 무슨 글귀나 조올조올 내리 읽는 듯싶은 말소리다.

"저의 아버지가 지으신 죄는 벌을 받아서 마땅하다고 저도 생각합니다. 그러나 아버지가 돌아가시는 것을 보고서 살려주십사고 애원하는 것도 자식 된 도리로서 마땅한 줄로 생각하옵니다. 전 조금도 아버지의 죄를 싸고돌 생각은 없습니다. 그리고 또 꼭 두목님의 용서를 받으리라고 믿지도 않습니다. 동리 사람들까지가 아버지를 죽이겠다고 몰켜오는 것을 보고서 죄를 짓고 안 짓고 그런 생각을 할 여유도 없었고 제가 쫓아와서 아버지를 살리리라는 생각도 해보지 않았습니다. 전 오직 자식도 없으신 아버지를 혼자 돌아가시게 하고 싶지 않았습니다. 딸자식일망정 모시고 저도 같이 죽으러 온 것입니다. 네, 두목님, 기어코 아버지가 죽어야 한다면 저도 함께 죽여주십시오. 아버지의 죄는 저의 자식들도 함께 져야 할 죄입니다."

'미연이는 과연 사내자식보다도 낫구나!'

하고 두목—아니 왕년의 원 장군 장쇠는 깊은 숨을 들이키었다. 장쇠는 사랑스러운 이 여자한테서 생명의 구원을 받은 사람이었다.

"계집애한테 속지 말고 그놈을 내놔라!"

"계집애도 내놔라!"

피에 굶주린 군중은 외치고 있다.

장쇠는 비로소 턱에 수염을 잡아떼고 군중 앞으로 썩 나섰다.

"여러분! 나를 보아주십시오. 나는 장쇠올씨다!"

두목이 장쇠였다는 것을 발견한 그 순간 군중 속에서는 무슨 뜻인지 '와' 함성이 터졌다.

"어디 보자, 정말 장쇤가!"

누가 소리를 친다.

"불 좀 밝혀라."

"장쇠 좀 보자!"

"장쇠야!"

장쇠는 초롱불을 번쩍 들어 휘저으면서,

"자, 봐라! 틀림없는 장쇠다!"

'와—' 함성이 밤의 산중에 우렁차게 울린다.

"우리 장쇠 장하다!"

그때였다. 장쇠가 든 초롱의 초가 툭 쓰러지면서 마치 자세히 보라는 듯이 종이에 확 불이 붙었다. 군중은 그제야 그것이 분명한 장쇠인 것을 알았다. 그리고 그 앞에 선 총각이 김 승지의 딸 미연이란 것도—.

"장쇠다! 장쇠!"

누가 또 한번 소리를 외친다.

"장쇠야!"

"미연이다! 틀림없는 미연이다!"

군중의 아우성 소리에 섞이어 이렇게 부르짖은 사람은 아까부터 미연이를 뚫어져라 보고 있던 박의관의 셋째아들 박일양이다. 일양이는 초롱이 타는 불빛에서야 비로소 그것이 미연인 것을 확인했던 것이다.

군중이 장쇠를 에워싸고 고함을 치는 동안에도 일양이의 시선은 어둠 속에서 미연이를 찾고 있었다. 아니 그는 그 무서운 어둠 속에서도 미연이의 아리따운 자태를 볼 수 있었고 그의 숨소리를 들을 수 있었다.

"미연 소저!"

일양이는 가만히 입 밖에 내어본다. 그러고는 대답이나 기다리듯 귀를 기울여본다. 수십 명의 군중이 법석을 대건만 일양의 귀에는 미연이의 쌔근대는 숨소리까지가 역력히 들리는 것만 같다.

이윽고 또 등불이 하나 키어지자 장쇠는 군중으로부터 몇 걸음 빠져나오더니 군중한테 김 승지 일파를 어떻게 처치할 것인가를 묻고 있다.

"여러분!"

하고 그는 소리를 높이어,

"김 승지를 죽이자는 여러분의 뜻은 잘 압니다. 그리고 승지는 죽어야 마땅한 인간입니다. 그러나 우리의 목적은 원수를 갚는 데 있지 않습니다. 사람을 죽이는 것만이 우리의 목적이 아닙니다. 우리는 어지러운 세상을 바로잡아 모든 사람이—."

"그러니까 그놈은 죽여야 한다!"

하고 어둠 속에서 또 외치고 있다.

"여러분, 진정하시오!"

"아니다! 죽여라."

"그놈을 이리 내놔라!"

"우리는 그놈의 피를 봐야 한다!"

"내놔라!"

"그렇다! 죽여라!"

"여러분! 진정을 하시오. 우리는!"

그러나 장쇠의 이런 소리는 군중들의,

"죽여라!"

소리가 또 집어삼키고 만다.

이쯤 되면 장쇠로서도 어찌할 도리가 없었다.

미연이가 자기의 목숨의 은인이라는 것은 어디까지나 일개인의 문제였다. 흥분된 군중의 눈에는 이러한 일개인의 사사로운 일쯤은 보이지도 않는 모양이었다.

"여러분, 그러면 기어이 김 승지는 죽여야 하겠습니까?"

이렇게 장쇠가 다시 묻자 군중은 일제히 대답을 한다.

"그렇다. 죽여야 한다!"

"우리 장쇠하구 미연이를 혼인만 시키면 살려둬도 좋다."

하는 소리가 군중 한복판에서 나자, 때아닌 웃음이 탁 터졌다.

"그래라! 그래!"

누구인지가 이렇게 응하자 군중은 선선히 이에 합세를 하는 것이었다.

"그래라, 그래."

"안 된다!"

하고 이 미연이와 장쇠와의 결혼에 유독 반대를 하는 사람이 있다. 박 일양이었다.

장쇠와 미연이와의 혼인 이야기는 물론 농담으로 한 말이었다. 그러나 이 생각없이 한 한마디의 농담은 흥분된 군중의 심리를 전환시키는 데 커다란 작용을 한 것도 사실이었다. 오직 피를 보고야 말겠다던 군중의 격한 감정은 자기들 자신도 뜻하지 못했던 이 실소失笑로 해서 얼마큼 부드러워졌었고 피와는 인연이 먼 감정이 모르는 사이에 군중을 지배하고 말았던 것이다.

"그렇게 해라!"

군중의 심리는 터질 구멍을 발견한 물결처럼 걷잡을 새 없이 그쪽으로 흐르고 있다.

"미연이는 장쇠를 줘라!"

"싫거든 싫다구 그래라!"

"승지야, 말을 해라!"

"여러분!"

장쇠가 또 나섰으나 군중은 벌써 그를 상대하려고도 않는다.

"장쇠, 가만 있거라!"

"승지야, 말을 해라!"

"장쇠 색신 네가 잡아먹지 않았느냐? 그 대신 네 딸을 내놔라!"

"그래두 장쇠가 밑진다!"

군중의 심리란 파도와 같은 것이다. 미연이는 이쯤 되고 보면 벌써 장쇠 한 사람만으로는 어찌 할 도리도 없다 싶었다. 이 격한 군중을 진정시키는 것은 오직 아버지의 입 하나에 달렸다 싶었다. 만일 여기에서 거절을 한다면 그것은 타는 불에다 기름을 끼얹는 것이나 진배없는 어리석은 짓이었다. 한마디만 거절을 한다면 군중은 그대로 아버지를 대매에 때려죽일지도 모른다.

미연이는 아버지를 힐끗 훔쳐보았다. 김 승지는 죽은 듯이 고개를 떨어뜨리고 아직도 모말 속에 말꿇림을 하고 있는 채로다.

"승지, 말을 해라!"

독촉이 성화같다.

미연이는 아슬아슬했다. 여기에서 만약 누구든지 하나가 또 '죽여라' 소리만 낸다면 군중은 또 맹목적으로 그리로 쏠릴 것이 분명하다.

아니나다를까 군중 맨 뒤에서 "그놈 죽이라"는 소리가 나자 군중은 그대로 벌떼처럼 와— 일어나면서 제가끔 고함을 치는 것이다.

"죽여라! 죽여라!"

"와!"

무섭게 짧은 순간에 또 무서운 심리의 전환이었다. 군중은 함성과 함께 성난 파도처럼 내리밀기 시작했다. 장쇠도 미연이도 그 앞에서는 벌써 아무런 가치도 없는 존재였다. 군중은 막을 새도 없이 김 승지와 청지기 하인들 할 것 없이 짓밟기 시작한다.

'죽일 놈' 소리가 여기저기서 들린다. 이 흥분 속에서도 군중은 따로이 자기들의 원수를 찾고 있는 모양이다. 돌이를 찾는 소리, 청지기 놈을 고래고래 부르는 소리, 사람 살리라는 비명 소리, 치고 때리는 소리에 맞는 사람들의 비명 소리—무서운 혼란이었다.

이 무서운 혼란을 진정시킬 수 있는 가장 효과적인 음향이 군중을 헤치고 든다. 둥둥둥 볶아치는 난데없는 북소리였다.

"관군이다."

누구 입에서인지 이런 소리가 나자 군중은 좍 흩어졌다.

북소리가 딱 그치었다.

"여러분!"

그것은 북을 멘 장쇠였다. 장쇠는 북을 멘 채로 군중이 비켜준 복판으로 썩 나서면서 북을 또 한바탕 두드려댄다. 군중은 물 친 듯 고요해졌다.

'이때다—' 하고 미연은 생각했다. 그리고 군중 앞으로 썩 나서면서 선언을 했던 것이다.

"여러분! 진정하십시오. 저는 장쇠 두목과 혼인을 하겠습니다!"

미연이가 장쇠와 결혼을 하겠다고 선언을 한 순간 군중은 물 친 듯 고요해졌다. 일종의 희영수 기분으로 한 요구에 미연이가 딱 잘라서 응하고 나니 순간 어이가 없는 모양이다.

그러나 그 순간이 끝나자 또다시 군중은 소란해졌다.

"거짓말이다!"

맨 앞에서 이런 소리가 한마디 나자 군중은 또다시 제가끔 한마디씩 고함을 친다. 떼까마귀의 소리 같아서 어느 것 한마디 알아들을 수는 없었으나 그것이 미연이의 이 선언을 무시하는 말인 것만은 그들의 목소리로서도 짐작할 수 있었다.

"속지 말아라, 장쇠야!"

한마디는 분명히 이런 소리였다.

"종애에 떨어지지 말아라!"

"승지놈을 내놔라!"

"박 의관놈을 죽여라!"

"우리 원수는 우리가 갚어야 한다!"

돌팔매처럼 핑핑 내닫는 이런 고함 소리에 섞이어,

"돌이놈을 죽여라!"

소리가 한마디 나기가 무섭게 군중은 기다렸다는 듯이 이에 호응을 한다.

지금까지 까마득히 잊고 있던 원수를 일깨워주었다는 듯이 '돌이놈' 소리가 여기저기서 빗발치듯 한다.

"돌이놈을 내놔라!"

"그놈을 죽여라!"

"여러분!"

하고 장쇠가 북을 또 한번 치자 군중은 그 북소리가 돌이를 죽이라는 신호이기나 한 것처럼 와 몰리어들고 만다. 걷잡을 수 없는 파도 그대로의 형세였다.

장쇠는 뭐라고인지 고함을 치면서 북을 울려댔다. 그러나 이 북소리도 군중을 격려하는 이외의 아무런 효과를 내지 못했다. 밀리고 밀치고, 쓰러지고, 밟히고, 여기에 고함 소리 비명소리가 한데 어우러져서 군중은 일대 혼란을 이룬 끝에 돌이가 끌리어 나오고야 말았다.

그러나 그들은 돌이 하나로써 만족하지 않았다.

"청지기놈은 어디 갔느냐?"

"여기 있다!"

"의관놈도 잡아내라!"

청지기와 박 의관이 끌려나오기도 전에 군중은 벌써 돌이를 잡기 시작했는지 '딱' '퍽' 소리가 날 때마다 돌이의 비명 소리가 들려오고 있었다. 아직도 먼동이 트려면 상당한 시간이 있던 터라 누구 하나 얼굴을 알아볼 수는 없었다. 거기에다 이 분란한 통에 등불도 꺼진 채였다.

"아버지! 아버지!"

미연이가 승지를 찾아서 갈팡질팡하다가 누가 자기 이름을 부른 듯하여 발을 뚝 멈추고 얼굴을 들여다보려니까,

"미연 소저, 일양입니다!"

하고 벌떡 일어난다.

"이것을 좀 끌러주시오!"

그러나 미연이가 손을 댄 순간 군중이 와 밀리어 미연이를 저만큼 갖다놓고야 말았다.

"돌이놈이 꿨다!"

"와—."

"승지놈은 어디냐!"

이런 고함 소리는 거의 한시각에 군중한테서 터지고 있었다. 미연이가 겨우 아버지를 찾아서 결박 끈을 더듬는 것과 똑같은 순간이었을 것이다. 군중의 덜미에서 외마디소리가 내달았다.

"관군이다! 두목님! 관군이 쳐들어온다!"

"속지 말아라!"

하는 소리가 군중 틈에서 났으나 그 말을 삼키듯,

"관군이다! 관군이다!"

하는 소리가 숨이 차게 내달아온다. 이 비상 신호와 함께 북소리가—십여 개의 북소리가 한데 볶아치면서 멍청하니 서 있는 장쇠 앞으로 한 사나이가 살같이 내달았다.

"두목님, 관군이오!"

"관군이다! 싸워라!"

장쇠의 호령 소리에 산이 쩌르렁 울어댄다. 그때까지도 아직 먼동은 틀 염도 하지 않고 있었다.

——— 〈한성일보, 1950년 1월 1일~5월 21일〉

만보萬甫 노인

•

•

•

1

'아무래도 할멈 말이 옳을까부다….'

만보 영감은 간신히 몸을 모로 세우며 한숨을 내쉬었다.

살았을 때는 꼬리를 밟힌 독사처럼 악만 바락바락 쓰던 할멈이었지마는 그래도 할멈밖에 자기를 생각해주는 사람은 없는가 했다. 저승에 가서까지 영감 걱정을 했으니까 그 혼백이 자기를 찾아온 게거니 했다.

먹고살기에 쪼들려서 화풀이할 곳이 없으니까 자기에게 그렇게 억척으로 군 것을 모르는 영감은 아니면서도 아침 저녁으로 갖은 포악을 다 듣고 어떤 때는 대추씨만큼밖에 안 남은 꼭뒤상투까지 꺼들리는데 진저리가 나서 시원스레 잘 죽었다고 진정으로 생각한 일까지 있던 자기 자신이 새삼스레 돌아다보이었다. 홧김에 한 말이지만서도 거꾸러지지도 않는다고 갖은 악담을 한 것이 새삼스레 후회가 났다.

할멈이 죽은 지는 보름도 채 나지 않았는데 영감은 오늘까지 할멈의 꿈을 세 번이나 꾸었다. 여덟 달 동안이나 바깥출입을 못하고 골골

하던 할멈이니만큼 두 번은 다 몽달귀신 같은 화상을 하고 영감한테로 나타났다. 눈은 퐁 들어가고 광대뼈가 톡 튕겨진 것이 물귀신처럼 머리를 풀어 헤뜨린 그 화상은 죽기 전 석 달 동안 보아온 병석의 할멈 바로 그대로였다. 그것은 사람이라기보다는 앙상한 해골에다 벽지를 발라놓은 것 같았다.

그대로 처음 두 번은 할멈은 살아서 보였다. 한번은 진옆구리가 쑤신다고 영감더러 주물러달라고 아우성을 치던 꿈이었고, 또 한번은 숨도 제풀로 쉬지 못하는 반송장이 누워서 다홍저고리와 남치마를 해달라고 조르던 꿈이었다. 전에 또 한번 그런 꿈을 꾸고 나서 '인젠 가려나 보다!' 했더니 과연 그런 지 사흘 만에 할멈은 숨을 거두었다—그 꿈을 영감은 또 한번 되풀이했던 것이다.

그러나 그날은 할멈이 죽어서 보였다. 꼭두서니 저고리에 남치마를 입은 열일곱 살 때 첫날밤에 들어왔던 각시 그대로의 할멈이었다.

그래도 각시는 그를 영감이라고 불렀다. 사는 형편을 이것저것 묻더니만 암만 살려고 해도 없는 놈은 못살게 된 세상이니 저승으로 가자고 끄는 것이었다. 자기는 좀더 일찍 오지 않은 것이 한이 된다고도 하였다. 하루 더 살면 하루 더 굶는 게다, 하루 더 살라면 하루 더 욕을 본다—할멈은 눈물을 좌좌 쏟아가며 그를 저승으로 잡아끈다. 저승에서도 굶는 사람이 많다. 우리가 살았을 때보다도 더 처참한 사람도 있다. 하지만 그네들은 모두 세상에서 못된 짓을 하고 온 부자나 양반이다. 영감은 가난해 굶었을지언정 맘만은 착하고 곧았으니까 오기만 하면 염라대왕이 보살펴준다—이런 이야기도 하였다.

그러나 영감은 할멈의 손을 뿌리쳤다. 이제 겨우 아장거리는 손자

녀석이 여남은 살 되기까지만 더 살리라 했던 것이다.

“영감, 그러지 말구 날 따라갑시다!”

이렇게 말하던 할멈의 말소리가 곧 귓전에 울리는 것 같았다. 영감은 갑자기 어둠이 무서워졌다. 먹같이 새까만 어둠 속에서 곧 할멈의 대추나무 가지 같은 손이 자기의 손목을 잡아 끌 것 같았다. 뒤통수에서 내다보는 것 같은 눈이 자기를 노리고 보는 것만 같았다.

늙으면 어둠을 사랑하는 법이다. 만보 영감도 평상시에는 그랬다. 방 안이 밝으면 이런 것 저런 것이 눈에 희뜩희뜩해서 기를 쓰고 불을 끄던 영감이었지만 그날만은 그 어둠이 무서웠다. 영감은 덧없이 헛기침을 ‘칵’ 하고 자리에서 일어나는 길로 머리맡을 더듬었다. 달그락 소리가 나며 몇 개비 안 든 성냥갑이 손에 집힌다. 영감은 질겁을 하고 나서 성냥을 드윽 그어 광명두에 걸린 등잔에다 불을 당겼다. 죽은 사람의 입김 돋아나듯 등잔 꼬투리에서 파란 불꽃이 차츰차츰 방 안을 밝힌다. 영감은 겨우 안심을 하고 성냥갑을 놓았다.

가을이라고는 하면서도 가난한 노인에게는 찼다. 등받이에서 찬바람이 휘도는 것이 어깻죽지가 시원하다. 이불이라기보다는 솜자루처럼 된 처네를 당기어 어깨를 꾸리고 곰방대에다 담배를 한 대 붙이었다. 담배라야 이 동리 농군들이 다 그렇지만 된내기 맞은 호박잎을 말려 비빈 것이다. 그래도 만보 영감의 담배 속에는 담배 대궁을 빻은 가루가 섞여서 으수이 구수한 맛이 나는 것이다. 그것도 영감이 지난달부터 김참봉네 건조실에서 일을 하는 덕분이었다.

‘암만해두 할멈 말이 옳을까부다….’

영감은 오직 이 생각뿐이었다. 육십 년 동안을 낮에는 호미 아니면 낫, 밤이면 논두렁이나 짚단을 베고 새우잠을 잤건만 입에 밥이 안 들어간다! 그것이야말로 영감에게는 알고도 모를 일이었다. 그렇건마는 가만히 앉아서 장죽만 딱딱 뚜드려도 쌀과 돈이 푹푹 쏟아지는 사람들이 있다. 옛날에 어떤 사람이 "밥 나오너라 뚝딱! 쌀 나오너라 뚝딱…." 하고 방망이만 뚜드리면 소원대로 나오는 보물을 도깨비한테서 얻었다는 이야기를 듣고 그 방망이가 신기하다고 생각한 일이 있었지마는 오늘날 만보 영감의 심경이 그 도깨비 이야기를 듣던 때와 똑같았다. 세상 사람들은 그것을 부자니까 그렇다고 하고 영감 자신도 그렇게 생각하고 있지마는 '그러면 부자면 어째 그런가? 도대체 부자란 어떻게 된 것인가?' 하는 생각을 할 때면 역시 그 도깨비 이야기처럼 신기하였다. 부자란 돈을 모아야 된다는 것은 그도 잘 안다. 그리고 돈을 모으자면 부지런히 해야 한다는 것도 잘 알고 부지런히 일을 하고도 굳어야 한다는 것도 만보 영감은 알고 있다. 그리고 여남은 살 때부터 이 거룩한 진리를 믿어올 뿐만 아니라 영감은 그것을 실행해온 것이다.

'밤잠을 못 자고 일을 하고 술 한 잔을 안 먹고 굳게 굴어도 나는 부자가 못 되는 까닭이 무엇일까? 다른 사람은 가만히 앉아서 담뱃대만 뚜드려도 부자는 부자란 말이다….'

그것은 아무리 생각해보아도 모를 일이었다.

옛날에는 적어도 이십 년 전까지는 양반이 못 되어서 그렇다고 생각해왔었다. 개불상놈이니까 부자가 못 된다고 해왔었다. 그리고 양반 아닌 상놈이 부자 되는 것을 본 적이 없었다. 땅 한 마지기, 밭 한 뙈기 없던 양반들도 걸핏하면 몇 천석꾼이가 되는 것을 그는 보았다. 그렇던 그 진리도 근자에 와서는 깨지고 말았던 것이다. 그 시절에는 끼니가 간데없던 양반도 금시 발복을 하더니만 근자에 와서는 그 양반들도 옴치고 뛰지도 못한다. 아무개 자손이요 아무개 집안이라고 그것만 팔아도 돈이 푹푹 쏟아지던 그 거룩한 '양반'도 요새 와서는 단 일전 한푼의 값어치도 못 되는 것을 만보 영감도 발견한 것이었다. 그 양반도 지금 와서는 면 사환만한 값도 없는 것을 보고 있다.

그러나 그뿐만 아니라 또 한 가지 이상한 것은 옛날의 '상놈'도 지금은 의젓한 부자 노릇을 하고 있는 것이다.

'그럴진대 옛날의 상놈과 지금의 양반이 서로 맞바꾸인 것인가?'

이렇게도 생각해보는 것이었으나 그렇다면 자기도 지금까지 몇 대를 두고 상놈 노릇을 해왔고 보니 자기에게도 양반 차례가 응당 찾아와야 할 일이었다. 그렇건마는 지금의 자기는 양반도 아니요 또 부자도 아니다!

그것은 생각할수록에 까닭을 모를 일이었다. 결국 그가 얻은 대답은 '팔자'였다. 팔자를 그렇게 타고난 것이라고도 했다. 그리고 '그 팔자는 삼십 년에 한 번씩 변하는 건가?'도 했다. 자기가 삼십 시절에 양반과 상놈이 팔자를 바꾸었으니까 이번에도 한 삼십 년만 되면 또 변할지도 모른다고 생각하였다. 이번에 또 변한다면 그때는 자기 차례가 올 것 같았다. 그리고 그 삼십 년은 삼사 년만 지나면 될 것 같았다.

그러나 그다음 순간 만보는, '다 부질없는 생각이지!' 하고 모든 것을 단념한 듯이 자리에 쓰러졌다. 어둠 속이 싫기는 했지마는 삼전은 주어야 석유 한 등잔 살 생각을 하니 필시 늦지도 않았을 겐데 장등을 할 수는 없었다. 손으로 부치어 불을 끄고는 어둠이 보기 싫다는 듯이 눈을 딱 감는다.

어느 때인지 떠들썩하는 바람에 만보 영감은 다시 잠이 깨었다. 처음에는 술꾼이거니 하고 누웠으려니까 바로 벽 한 겹 격한 윗방에서 뭐라구 외마디소리가 들린다. 그러더니 뭣이라고인지 며느리의 쫑알거리는 소리가 뒤미처 나고 또 한번 창복의 외마디소리가 꽥 난다.

'허, 이것들이 또 트적어리는구나!' 하고 영감은 다시 일어나 불을 켜고 가만히 귀를 기울였다. 새녘이나 되었는가 했더니 아직도 "패 주우" 하는 순경꾼의 소리가 들리는 것을 보아 닭도 안 운 성싶다.

영감이 일어난 줄을 알았는지 윗방에서는 잠잠하다. 그래서 다시 누우려고 하니까,

"그래, 당신은 뭘 잘했다구 큰소리여!"

하고 팩 달려드는 듯싶은 며느리의 소리에 또다시 영감은 상체를 벌떡 일으키고 내가 깨었다는 듯이 헛 담뱃대를 문지방에 대고 딱딱 턴다.

그러나 흥분한 젊은 애들은 아버지의 담뱃대 소리쯤에 질리지는 않았다.

"내가 잘못한 건 또 뭐야?"

창복이도 지지 않고 소리를 높인다.

영감은 가만히 일어나서 문을 열고 밖으로 나가서 윗방 문틈으로 방 안을 들여다보았다. 어린것은 아랫목에 철없이 잠이 들었고 아들과 며느리는 쌈하던 닭처럼 서로 노리고 앉았다.

"그야말로 내가 술을 먹고 다닌단 말이냐, 노름을 했단 말이냐? 아닌 말로 계집질을 해서 돈을 썼단 말이냐?"

"술 안 먹고 계집질만 안하면 제일인 상싶군! 피둥피둥 젊은 년을 거지처럼 해 내세워도!"

그 말에는 창복이도 할 말이 없는지 잠잠하다. 그러더니 땅이 꺼지게 한숨을 쉰다.

"여보. 그래, 내가 일부러 당신을 그렇게 해 내돌린단 말이우? 그래, 당신은 그렇게 생각하오?"

"뭐요, 그럼! 아무리 가난하다기로서니 사죽이 멀쩡한 사내가 계집 하나를 벗겨서 내돌려! 뭘 잘했다구 큰소리여!"

"아아."

하고 영감은 한숨을 쉬며 기운없이 문께를 물러나서 하늘을 쳐다보았다. 능히 셀 수 있을 만한 별이 군데군데 떴을 뿐이다.

만보 영감은 기둥에 기대어 섰다가 기둥에다 등을 비비고 그대로 봉당에 내려앉았다. 그는 안 볼 것을 본 것처럼 머리가 아찔했다. 시꺼먼 어둠 속에 앉아서 아무도 잘못한 것이 없건마는 잘했느니 잘못했느니 하고 싸우는 자식 며느리의 악다구니를 듣고 있으려니까, 벌써 사십여 년 전에 아랫말 기름집 건넌방에서 신접살림을 시작하던 때 자기 내외가 회상되는 것이었다. 그때의 그들도 지금 창복 내외의 나이 또래였다.

몇 달 동안 군소리 없이 살아갔지만 그때의 그들도 창복 내외처럼 어느 날 안 싸운 날이 없었다. 악만 바락바락 쓰는 아내를 달래기도 하고 꼬이기도 하다가 듣지 않으면 주먹질이 나갔다. 그러다가 한바탕 드잡이를 놓고서 기진하면 쓰러져 자고 했던 것이다. 그래도 정 안 들으면 너 죽고 나 죽자고 부엌에서 식칼을 들고 나대기까지 한 자기였다. 그래도 그때는 '설마 나으려니' 하고 하늘에서 별 떨어지기를 기다리듯 살림이 늘 때를 바랐다.

그렇게 사십 년을 속아온 그가 다시금 사십 년 후 자기의 자식이 또 한 자기와 똑같은 드잡이를 자기 눈앞에서 되풀이하게 되리라고는 차마 생각지 못했던 것이었다.

"그러지 말고 좀더 참아봅시다그려! 설마 우리가 한평생 이 꼴이겠소?"

사십 년 전 자기의 아내를 달래던 그 말 그대로를 가지고 자기의 자식이 또 아내를 달래고 있으리라고야 꿈엔들 생각했을까? 창복도 내가 속아오듯이 일평생을 속아가리라… 한 해 두 해 속아 살다가 나처럼 꼬부라지고 말 것이다! 그리고 지금 내가 자식의 방문 앞에서 자식 내외의 싸움을 엿듣듯이 그때는 창복이가 지금 저 어린것 내외의 싸움을 말릴 것이다—.

이렇게 생각하니 몇 개 안 되는 별조차 보이지 않는 것 같았다.

'저 인돌이란 놈도 내가 자라듯이 그리고 저놈 아범이 자라듯이 어미 치마폭에 싸여 부잣집 부엌으로 따라다니다가 내가 밟아온 그 길을 그대로 밟을 것이다. 예닐곱 살만 되면 벌써 망태기를 짊어지고 가엽산으로 올라갈 것이요, 여남은 살만 되면 남의 집 부엌데기로, 철나면 머슴살이로… 그러다가 운수가 트면 계집이라고 하나 얻어가지고 삼십 년 전의 나처럼 그리고 지금 제 아비처럼 아내에게 들볶이다가 자식새끼라도 낳으면 또 그 자식이!'

그것은 생각만 하여도 치가 떨리는 일이었다. 인생이라고 태어나서 마음 놓고 밥 한 번 배불리 먹어보지 못하고 호미와 낫을 든 채 논두렁을 베고 죽는 자기네 일생… 자기의 아버지가 그랬고 자기가 그랬고 또 자기의 자식이 같은 일생을 마치고 있다.

윗방의 싸움은 좀처럼 그칠 줄을 모른다. 주거니 받거니 악다구니를 하더니 어린것이 깨어서 '빼애' 하고 며느리의 울음소리가 훌쩍훌쩍 난다. 그러더니, "엑!" 하는 소리가 나며 창복이가 뛰어나오고 뒤미처 며느리의 울음소리가 탁 터지고 만다.

어디를 가려는지 부리나케 신발을 찾아 꿴 창복이는,

"창복아."

하는 영감의 부르는 소리에 주춤하고 그 자리에 선다.

영감은 아무 말도 없이 아들의 소매를 잡아끌고 아랫방 문 쪽 부엌 앞으로 끌고 갔다.

"너희들 왜 그러느냐?"

영감은 죄나 진 듯이 가만히 이렇게 묻는다. 없는 아비일수록에 업신여김만 받는 것이 보통이지만 창복이만은 더없이 영감을 어려워한다. 그는 아무 말이 없이 우두커니 아버지 앞에 섰더니,

"아닙니다. 개 애미가 하두 살기가 어려우니까 짜증을 내는군유."

하고 머뭇머뭇하더니,

"저두 잘 테니 아버지 들어가 주무시지요."

영감은 더 할 말이 없었다. 묻지 않아도 뻔한 일이다.

"오냐, 들어갈 테니 너두 가 자거라."

영감은 이렇게만 말하고 방으로 들어왔다. 들어오자 눈물이 좌르르 쏟아진다.

영감을 들여보낸 창복이는 그대로 나가는 모양이었다. 그러나 다시 불러들일 용기도 영감에게는 없었다.

영감은 또 담배를 담았다. 가끔 모드거리로 한숨을 쉬기도 하다가

누웠으려니까 며느리의 울음소리가 그쳤다. 할멈의 일생을 보아온 영감에게는 이 며느리가 더없이 불쌍하였다. 그래서 다시 불을 켜놓고 윗방을 향하여 불렀다.

"인돌이 어마!"

대답이 없다.

"얘, 애 어마아."

"네에."

"좀 나려온!"

가을도 다 갔건만 초가을에 입은 당목 적삼을 그대로 입은 며느리를 보자 영감은 공연히 불렀구나 했다. 그러나 무엇이라고든지 위로해주지 않으면 안 될 것 같았다.

"없는 걸 인력으로 어쩌니. 아예들 그리 말아라…."

하고 간신히 말을 꺼내어 여러 가지로 타일렀다. 남편한테는 되양되양하면서도 원체 인자하게 구는 시아버지인지라 다소곳이 앉아 듣더니 며느리는 갑자기 흑흑 흐느낀다. 영감은 자기가 살아오던 이야기를 해가며 그저 참으라고 하였다.

"그런 걸 모르는 건 아니지마는 그것도 한이 있어야지유. 조끔이라두 호강을 하구 싶어 그러는 건 아녜유. 남들처럼 잘 먹고 잘 입기를 바라지 않지만 하루 밥 세낀 먹어야 하잖어유?"

"글쎄, 그것이 안 되니 딱하단 말이다. 하지만 그렇다구 하루 이틀 살 것도 아닌데 그래서야 쓰느냐. 그러구 인저 가을철도 되었고 하니 방아도 찧고 하면 좀 낫잖으랴."

방아란 몇 해 전에 이십팔원을 주고 산 물방아였다. 살 때는 드센

일은 할 수도 없고 해서 빚을 내어 산 것이나 기계 방아가 생긴 후로는 통 방아가 놀았다. 그러한 방아인지라 며느리의 상이 펴질 것은 못 되었다.

영감은 다시 여러 가지로 타일렀으나 끝끝내 며느리는 다시 안 그러겠다는 말은 하지 않았다. 영감은 오늘에 한하여 며느리가 자기 말에도 인제는 거스르는구나 하고 생각은 했지만 굳이 그런 맹세를 듣고 싶지도 않았다.

그러나 '아뿔싸!' 하는 생각도 없지는 않았다. 자기의 추측한 대로 며느리도 차차 자기한테 거스르는 눈치 같았기 때문이었다.

그렇게 생각하면 이렇게 밤늦도록 내외 싸움을 하는 일조차 없던 것이었다. 올봄 이래로 남편한테 들이대는 버릇이 생기고 가끔 싸움질도 하기는 했지마는 대개 초저녁에 티적이다가도 이불 속에 들어가서는 구수하니 잔다. 그러하던 그들이 밤이 깊도록 티적이는 것을 볼 제 어쩐지 무서운 예감 같아서 영감은 몸서리를 쳤다.

첫닭이 운 뒤에야 창복이는 돌아왔다. 영감은 혹시 또 싸움이나 않을까 하고 은근히 근심을 했으나 한참 있더니 소곤소곤하는 소리가 들리어 겨우 마음을 놓았다.

윗방에서는 잠이 든 모양이나 영감은 한번 잠을 덧들려서 좀처럼 잠이 들지 못했다. 그렇다고 징건히 누워 있을 수도 없었다.

'팔자'와는 터무니가 뜨게 몸만은 귀골이었다. 울멍줄멍한 방바닥에나 조그만 자리 마디에도 살 한 점 없는 뼈가 닿으면 진저리가 치어지게 배긴다. 오십 년간이나 지게 등태와 세장에 덴 날라리뼈는 콩조각만 한 것이 배기기만 해도 등겁을 해서 튄다. 그런데다가 반백 년이나 되는 무서운 짐질에 관절조차 말라붙어버린 듯이 뼈와 뼈가 맞닿을 때마다 마디마디가 천참을 하게 쑤신다.

만보 영감은 목침으로 잔허리를 괴기도 하고 다리를 벽에다 거꾸로 세우기도 하여 가며 겨우 날을 밝히었다.

자리에서 일어날 때는 아찔하고 현기가 났다.

2

점상占床처럼 쓸쓸한 아침상을 내물린 만보 영감은 밥도 내릴 사이 없이 곰방대를 물고 지게에다 짚 여남은 단을 얹고 일어났다. 그는 물방아가 제철을 만난 생각을 하니 그지없이 기뻤다.

"애, 애 어마, 너 오늘두 조리갈련?"

"가야지 집에서 놀면 뭐해유."

"뭘 고단하건 집에 있으려무나. 난 오늘 못 가겠다."

"왜 어디 일 가셔유?"

"웬걸! 인전 방아꾼도 차차 올 때가 아니냐?"

영감은 큰 수나 나는 것처럼 호기있게 이렇게 대답하고는 밖으로 나갔다.

담배가 전매로 되자 C주에서는 웬만한 집이면 담배 건조실 한 칸쯤은 갖고 있었다. 김 참봉은 이 동리에서도 뽐내는 부자인지라 건조실도 제일 많았다. C주는 조선에서 황색연초 경작으로 으뜸이었다. 김 참봉은 C주에서도 네짼가 된다. 여섯 평짜리가 일곱 채, 네 평짜리가 다섯 채나 있다.

일년에 두 번씩 오는 담배철이 되면 백여 호나 되는 동리가 건조실에 모인다. 여남은 살부터 칠십 노인까지 머리를 싸매고 덤비어서 그것도 차츰차츰 품값이 떨어졌다. 아이들은 대개 겹새끼 눈을 벌리고 담배 생엽生葉을 꿰어 열 줄에 삼전 오리씩 받는다. 재치있게 꿰는 아이라야 한 오십 줄 꿰고 대개는 삼십 줄 내외였다.

그런 다음에는 건조간에 달고서 화력으로 건조를 시킨다. 건조가 끝나면 상초上草, 중엽中葉, 말엽末葉, 막초 이렇게 네 가지로 추려서 구김살을 펴서 차곡차곡 매를 진다—이것을 '조리'라고 하여 부인네들이 맡아 한다—만보 영감의 며느리도 이 담배를 해서 하루에 십팔전씩 버는 것이었다.

만보 영감은 젊은 것이 그 독한 담배 속에서 온종일 먼지를 마셔가며 일을 하는 며느리가 그지없이 가엾었다. 그 노릇을 그만두라는 데도 억척으로 달려가는 며느리를 볼 때 만보 영감은, '내 자식 내 며느리도 양반의 집 자식들만 못지않다'고 생각하였다.

영감은 내일쯤 방앗삯 뜨는 것으로는 쌀밥에 청어마리나 사고 해서 며느리를 먹게 하리라 하였다. 그런 것을 생각하니 마음까지 가뜬해진 것 같았다.

여름내 내버려두었던 방앗간은 볼 나위 없었다. 초가을에 지붕에는 군새도 질러두고 바람 가림만은 해두었지만 요전날 비에 언덕이 또 무너지고 날씨가 선선해지니까 거지들이 울타리를 뜯어다 깔고도 자고 불을 피우기도 해서 도깨비 쳐 간 집 같았다. 영감은 삽을 얻어다 흙도 쳐내고 방아확도 말끔히 닦아냈다.

봇도랑도 여러 군데 무너져서 떼를 떠다 그것도 막고 구례 쪽으로 새어빠진 물줄기도 모두 봇도랑으로 몰아넣었다.

물레 쐐기가 모두 뒤틀렸다. 암쐐기는 그나마도 못쓰게 되어서 자귀를 얻어다 그것을 깎으려니까,

"방아 고치십니다그려."

하고 등뒤에서 소리가 난다.

"자넨가? 제철이 돌아왔으니 좀 손질을 해두어야지."

홍수는 볏단을 지고 섰었다.

"그게 뉘 겐가?"

"참봉 댁 겝니다."

"인저 타작을 볼려나, 온. 좀 나려놓구 다 가게나그려."

홍수는 볏짐을 버티어놓고 적삼을 벗어서 제 지게 뿔에다 걸더니,

"댁에서도 그댁 것이 있던가유?"

"있지. 아늑골 서 마지기가 그게 아닌가. 하지만 서 마지기에도 도지가 두 섬 일곱 말이나 되니 모르지. 도지나 될는지, 온…."

실상 이렇게 말은 하면서도 영감은 속으론 '양석은 났을 거니까 한 서너 섬 떨어지거니' 하고 마음속으로는 흡족해했다.

"저두 그런걸요, 뭘. 신단이 두 마지기는 도지하고 나니까 베 네 말 떨어지던데요. 올핸 더군다나 마당쓰레까지 박박 긁어가니!"

"거 젊은 사람이 너무두 야박하데나그려."

젊은 사람이란 김 참봉의 둘째아들 상순이었다. 전문학교에 두어 달 다니다가 학비 들여서 전문학교를 다니는 것보다 그동안에 단 몇 푼이라도 돈 버는 것이 장사라고 면서기를 육 년째 다니어서 지금은 회계원으로 있는 터였다.

"사람 빡빡하지유. 그런데다가 글줄이나 배웠다고 어찌나 심수가 빠른지!"

"사람이야 똑똑하지만 너무 되양되양하니. 배 속에 양반만 잔뜩 들어서 반지빠르기란!"

이런 이야기를 하다가 홍수는 지겟다리에 팔을 넣으며,

"노인네가 애는 쓰시지만 그놈에 발동기 때문에 어디 셈이 돼야지유?"

"누가 아니라나."

"부용네는 벌써 쌀루만 일곱 섬을 떴다던데요."

"일곱 섬!"

하고 영감은 핏대까지 올렸다. 부용이란 이 동리 구장이다.

"저런 죽일 놈에! 그래 거미 궁둥이처럼 생긴 그놈에 연모가 우리 방아가 삼 년 번 돈을 한 파수에 벌었네그려!"

홍수가 보이지 않도록 영감은 버언히 앉아서 발동기와 물방아를 대조해보았다. 전에는 가을철만 찧어도 네댓 섬 얻어먹었다. 그러던 것이 발동기가 생긴 후로는 차차 물방아를 찾아오는 사람이 줄어가서 지금은 단 한 섬도 마음 놓고 삯을 찧어보지 못했다. 발동기라는 소리를 듣기만 해도 영감의 주먹은 부르르 떨렸다. '칙칙칙' 하고 세차게 돌아가는 피대를 볼 때마다 달려들어서 잘 드는 낫으로 섬벅 끊어버리고 싶은 충동을 여러 번 억제했던 것이다.

그러나 그 다음 순간 영감은 말을 돌렸다.

'뭘 그까짓것 있으면 대수냐! 그래두 물방아 찾아올 사람은 찾아오지! 호되게 빠르기만 했다뿐이지 싸래기가 야싱 나야지!'

그러나 사실은 만보 영감의 기대와는 아주 어그러졌다. 이튿날 점심때가 훨씬 기울 때까지 목수 윤 서방을 술 받아주고도 오십전이나 주어가며 공이 쐐기를 해맞춘다 확돌을 바로앉힌다 했건만 아무도 그에게 벼를 지고 오는 이가 없었다.

그날 밤 만보 영감은 며느리를 보고,

"애 어마, 너 돈 있니?"

하고 가만히 물었다.

"돈은 뭐하서유?"

"아 글쎄, 돈 한 열 냥(일원) 있었으문 좋겠구나."

"없지만 일한 걸 찾으면 한 열 냥 될까 모르지유."

"옳지, 그럼 됐구나!"

하고 영감은 더없이 만족해하는 눈치다.

만보 영감은 며느리가 찾아온 팔십전을 들고 부리나케 나가더니 쌀 닷 되와 북어 두 마리, 백지 한 장, 막걸리 한 잔, 초 한 가락—이렇게 사들고 들어와서 밤으로 떡쌀을 담그게 하고 그 이튿날 밤 이슥해서 떡시루를 창복이한테 시켜 가지고 물방앗간으로 갔다.

손을 말끔히 씻고 방앗간 대들보에다 백지와 북어를 매어달아놓고 방아확 앞에 떡시루를 앉혀놓은 다음 무엇이라고 중얼중얼하며 빈다. 얼마를 빌고 나더니 절을 넓죽 세 번이나 하고 일어서며,

"너 어머니는 참 잘 빌더라만!"

하며 호인의 웃음을 넌지시 웃고 아들 내외를 쳐다보는 것이었다.

"인돌 어미 생일엔 우리 한번 잘해 먹자."

만보 영감은 이런 소리까지 하며 더없이 기쁜 모양이었다. 그날 밤에도 손자놈을 무릎에 앉히고 며느리한테 이야기를 하고 있었다.

"아늑골 것에서 석 섬은 날 게구, 봉화둑 게 섬 반은 될 게구 방아삯이 두 섬 쌀은 될 게라… 그런다면 두 섬만 팔아서 조합돈 갚을 요량하고… 장려 벼 먹은 게 열닷 말… 그러구 방아삯 뜨는 건 삼동 양식하구— 그러면 또 그양저양 살아가는 게지! 그렇잖으냐, 애?"

며느리는 '어머님 상포喪布한 건? 세금은? 구장센? 농회빈? 진흥회빈?' 하고 주워섬기면 끝이 없을 것이로되 꿀꺽 참았다.

물론 만보 영감만 한대도 그만 것을 모를 리는 만무하였다. 지난 삼십 년간 그는 누구보다도 충실한 납세자였다. 그는 일찍이 호세 대신에 단거리 한 개뿐인 가마솥까지 떼어다 바친 일까지 있는 가장 선량한 사람이었다.

부자들의 몇 천원 몇 만원 하는 '고사'를 받아먹기에 길든 말하는 바 '신'은 만보 영감의 가족에게는 대금일지 모르나 끽해야 팔십전인 고사에 신의 마음이 돌아앉을 리는 만무하였다. 이른바 신은 배부른 사람에게 밥을 주는 신이기 때문이다.

그 갸륵한 정성으로 드린 백설기 고사를 지낸 지도 사흘이나 지났지만 만보 영감네 방앗공이는 의연히 고개를 번쩍 들고 폭포처럼 떨어지는 물확만 들여다보고 있었다.

나흘째 되던 날 방앗공이는 비록 떨어지기는 했으나 한 시간 동안 코가 땅에 닿게 절을 한 절값은 쌀 되가웃이었다. 그러고는 다시 또 방아꾼의 발이 뚝 그치고 말았다.

그새에도 아랫말 부용네 발동기는 밤이 이슥토록 쿵쾅거렸다. 육

마력짜리로도 오히려 당하지를 못해서 새로이 삼 마력 반짜리 한 대를 사들였다. 그랬건만 두 대가 한시 쉴 틈이 없었다.

부용이는 동리 사람들을 볼 때마다 발동기를 자랑했다.

"이런 발동기에는 피대를 걸게 된 것이 없다우. 이건 대판으로 특별히 주문한 게 돼서 기계도 실합넨다. 아마 C주 안에선 이런 발동길 가진 사람이 없을 게요."

"참 신기한 노릇이야."

하고 누가 하나 말불을 질러줄라치면,

"암, 신기하구 여부가 있수. 보우, 우리나라에서 옛날에 물방아나 드딜방아로야 밤을 새서 찧는대야 한 섬 밖에 더 찧었나요. 하지만 그까짓 한 섬쯤은 그저 두 시간이면 후딱 치워버리지! 하여튼 조선 사람도 내지 사람 본을 봐야 해."

방아꾼을 기다리다 못한 만보 영감은 저녁도 뜨는 둥 마는 둥하고 김 참봉네 사랑으로 갔다. 자기를 보면 혹 생각이 나서 방앗거리를 내맡길 사람이 있음직도 하게 생각했기 때문이었다.

단간방이건만 한 십여 명이 모여 앉아서 새로 실시된다는 농지령 이야기로 떠들썩하다.

덕대라는 별명이 있는 황 서방은,

"오냐, 인저 두고 봐라! 이 사음놈들이구 지주놈들이구 모두 경치는 판이다!"

하고 지주의 땅문서를 봉놋방에 흩뜨리는 법률이나 발표된 것처럼 의기가 등등하다.

"이런 떡대 꼬락서니하구, 아주 그렇게 잘두 경치겠다. 지주나 사음이 땅을 떼면 뗐지 어디 장비가 생겼다더냐?"

"저런 자식두 귀까리가 없나봐! 아아, 이놈아. 알지두 못하건 국으루 있어! 인저부터는 암만 지주구 사음이래두 맘대루 땅을 못 뗀대여!"

"떼면 누가 뱃쨴대여!"

"고오소하지야! 고오소!"

"고오소? 고오소? 얘! 깨소금맛이 어떻더라! 야."

"깨소금맛은 고오소가 아니라 고소오지!"

옆구리서 돌쇠가 한마디 하자 일시에 웃음이 '펑' 하고 터졌다.

"글쎄 이 사람아, 생각을 해봐!"

하고 수봉이도 지지 않았다.

"가령 내가 사음이라고 하자꾸나. 내가 네가 부치는 땅을 뗐다면 네가 날 어쩔 테냐?"

"고오소한단밖에 어쩌라구그래!"

"아냐!"

하고 돌쇠가 또 가로채서,

"그럴 땐 주재소에다 고소장을 내지 말고 사음소에다 씨암탉 장을 내는 법이야, 멍텅굴아!"

또 한번 방 안은 웃음판이 되었다.

만보 영감도 하는 수 없이 따라 웃고 말았다.

웃음기가 걷히자 만보 영감은 또다시 이 사람 저 사람의 얼굴을 보살폈다. 방아를 찧음직한 사람도 서넛 있기는 했으나 그들은 만보 영감한테는 조금도 관심을 하지 않았다.

영감은 담배만 한구석에서 빽빽 빨고 앉았었다. 누구든지 방아 이야기 좀 꺼냈으면 하고 은근히 바라건만 난데없는 '밀적'이 더 맛나니 '녹두적'이 더 맛나니 하고 토론이 일더니 한동안 그것으로 용택이와 순칠이 사이에 악다구니가 시작되었다.

"그래, 녹두적보다 밀적이 더 맛있다는 게 저게 입이야, 똥구멍이지!"

"그래, 신작로를 막고 물어봐라. 타박타박한 그까짓 녹두적이 맛이 있다나, 쫀득쫀득한 밀적이 맛있다나? 응! 가 물어봐!"

멀거니 앉아서 이 꼴을 보고 있던 돌쇠는 싱끗 혼자 웃더니,

"얘, 이 시러베 아들 놈들아! 그러지 말구 지금덜 가서 용택인 녹두적을 사오구 순칠인 밀적을 사오너라! 내 둘 다 먹어보구서 말해줄 게니!"

"저 녀석은 풀숙풀숙 우는 소리만 해여!"

덕만이가 말했다.

녹두적 싸움은 좀처럼 끝이 나지 않았다. 실없이 시작된 이야기가 나중에는 말다툼이 되고 말다툼이 다시 욕지거리로 변하더니 빈정빈정하는 순칠이가,

"이 자식아! 그래 밀적이 맛있지 녹두적이 맛있다는 자식이 어딨어! 네 입은 우리집 개 입만두 못하다."

하고 삿대질을 한 것이 시초가 되어 성미 팔팔한 용택이는 보기 좋게 순칠의 뺨을 붙였다.

"이 망할 자식아! 사람의 입을 갖다 개 입에다 대? 요런 놈은 단단히 버릇을 알으켜놔야 해!"

"얘, 이 자식 봐라! 사람 친다!"

이리하여 용택이와 순칠이는 드잡이를 놨다. 웃고 구경하던 사람들도 일어나서 뜯어말렸다.

싸움이 끝나자 달순이라는 처녀가 김 선달 집 머슴과 울타리 밑에서 속삭이다가 들켰다는 둥 아무개 아내는 노름꾼 김 선달과 눈이 맞았다는 둥 계집 이야기가 나더니 우연히 누구의 입에선지 부용네 기계방아 이야기가 튀어나왔다.

기계방아 소리에 영감은 그것이 자기 것이기나 되는 듯이 가슴이 뛰었다. 방아 이야기를 끄집어낸 것이 수봉이라는 것을 알게 되자 영감은 막걸리라도 한 잔 사주고 싶을 만큼 고마운 생각이 들었다.

만보 영감은 가슴을 두근거리며 다음 이야기를 기다렸다. 그러나 그렇게나 기다린 보람도 없이 나오는 말마다 만보 영감에게는 불리한 말뿐이었다.

"그것 참 조화더라!"

하고 최민호네 일꾼이 입을 떼자 장 도령이,

"참 조화더라! 석유 한 초롱만 부면 그저 덜그럭덜그럭 금시에 벼 한 섬을 뿌옇게 찧어 내던구나!"

하고 받는다.

"아마 물방아가 한 섬 찔 동안에 열 섬을 찔걸?"

"찧고말구! 능중하지!"

그들은 아무 생각 없이 하는 말이라도 만보 영감의 귀에는 바늘로 찌르는 듯이 야속스럽게 들리는 것이었다. 자기가 와 있으니까 일부러들 그런 소리를 하는 것만 같았다. 그 발동기가 지금 눈앞에만 있다면 도끼로 퍽퍽 찍어내고도 싶었다. 아니! 그 얄미운 발동기를 하늘 꼭대기까지 치켜세우는 놈들까지 대가리부터 내려바수어도 속이 시원치 않을 것 같았다!

그럴 때에 그중에서는 가장 나이가 많은 정 생원이,

"발동기가 쉽기는 하지마는 밥맛이 없어지느니. 밥을 해놔도 구수한 맛이 적어서 낼 쌀이나 찧 게지 양식쌀은 아예 찧 것이 아니니!"
하는 바람에 만보 영감은 입이 딱 벌어졌다.

"그게 옳은 말이지. 기계서 빠져나온 쌀이 밥을 해노면 모양모양한 게 겉물이 지르르 흐르느니"

그 말소리가 하도 흥분된 것이어서 방 안 사람은 모두 영감을 치어다보았다.

"한목에 몇 십 석씩 찧는 게 아니면 물방아가 낫지!"
하고 정 생원이 다시 한마디 보태자 만보 영감은 신이 나서,

"암 그렇지! 옳은 말이고말구!"
하고 맞장구를 치는 것이었다.

3

용안 장터의 타작 소리도 끝난 지 오래지만 만보 영감네 물방아는 여전히 공이가 들보에 매달려 있었다. 이따금 '퉁치르르!' 하는 소리가 나기도 했지만 세 시간도 계속되는 적이 없었다.

두 말 서 말! 끽해야 닷 말—그런 것뿐이었다.

그렇건만 부용네 발동기 소리는 닭이 울도록 찧을 때가 편했다.

만보 영감은 봇둑에 나와 서서 멍하니 발동기 쪽을 바라보고 섰다.

네 식구의 목숨을 메고 있는 물방아는 빈물만 철철 흐르건만 부잣집 발동기는 콩콩 찧고 있다! 하루 밥 세끼는 고사하고 한 끼씩이라도 밥맛을 보겠다고 애를 쓰는 사람들의 창자에는 멀건 조당수나 시래기죽도 변변히 안 떠넣어주고 몇 백 석씩 추수를 하고도 해마다 땅을 사들이는 부잣집 창고에만 쌀짝을 갖다 백여주는 이 세상에 대한 울분과 다 쓰러져가는 물방아를 버언히 지키고 섰는 자기를 조소하는 듯이 콩닥콩닥 재미나게 찧는 기계방아에 대한 원한이 만보 영감의 가슴속에 불을 부어주는 것이었다.

'그래도 참아야 한다!'

이렇게 생각하고 입술을 깨물자 눈물이 좌르르 쏟아졌다.

인생의 일생이란 마치 단추구멍 끼우는 것과 같은 것이지마는 이 진리는 불행히도 만보 영감의 경우에까지 들어맞고 말았다. 만보 영감은 물방아에만 단념해야만 되지 않고 아늑골 서 마지기서 들어오리라고 믿었던 석 섬까지 단념하지 않으면 안 되었다.

창복이 부자의 억척, 닷 섬말이나 서 마지기서 떨었으나 거기에, 또 한 억척이 남아 있었다.

받으려는 김 참봉의 억척은 타작 마당에서 도지 두 섬 일곱 말에 장릿벼 열 말 먹은 것이 열닷 말 김 참봉이 용안 장터 금융조합원 감사인 관계로 조합돈으로 나머지를 제하고도 오히려 이십칠원이 부족이 되었던 것이다.

이리하여 만보 영감이 벼르고 벼른 며느리의 생일날 청어 꽁댕이 하나 구워보지 못하고 그나마도 저녁에는 멀건 죽국물을 마시지 않으면 안 되었던 것이었다.

죽으로 배를 못 채운 그네들의 봉당에도 달빛만은 명랑하였다. 창복이와 며느리는 그날도 죽 상을 놓고 티적거리다가 제각기 어디론지 나가버리고 울다 지친 인돌이란 놈만이 영감의 무릎에서 색색 잠이 들었다.

밤도 으수이 깊은 모양이다. 멀리서 순경꾼의 "패 주우" 소리가 서릿바람을 타고 들려올 뿐이다. 세상은 점점 야위어가는 것 같았다. 농사를 지을 줄 모를 때는 그래도 쌀밥이 입에 들어갔더니 줄모를 심고 암모니아도 주어 몇 곱절 농사를 지어도 일년을 쌀밥 한 그릇 차지되지 않는다. 그전에는 세목에나 돌던 순경도 초가을부터 "패 주우" 소리가 들리고… 영감의 가슴속에는 갑자기 회오리바람이 불기 시작했다.

그러나 영감은 참을 줄을 알았다. 인돌이를 아랫목에 눕히고 우두커니 앉았으려니까 더없이 눈물겨웠다. 반 백 년을 하루 한시 쉬지 못하고 일을 했건만 쌀 한 됫박이 항아리에 없단 말이냐? 영감은 기진하여 찬 줄도 모르고 벽에 기대어 눈을 딱 감았다.

"영감! 고생 좀 작작하구 날 따러오시우!"
하던 할멈의 말소리가 금시에 귀에 쟁쟁하다.

바로 귓바퀴에서 귀뚜라미가 '째르르' 한다.

지금의 만보 영감은 완전히 어둠한테 정복을 당하고 말았다. 모든 것이 어둠이었다. 눈에 보이는 것도 어둠! 가슴속에 느끼어지는 것도 어둠—눈앞에 박두한 죽음이 자아주는 싸늘한 감촉을 주는 어둠! 가슴을 내려덮는 것도 어둠! 그는 완전히 어둠 속에 사로잡히고 말았다.

만보 영감은 바짝바짝 다가오는 어둠을 그것이라고 느끼었다. 야금야금 가까워오는 어둠, 차츰차츰 진해가는 어둠—그 어둠 속에서 할멈의 목소리가 들려온다.

"영감! 내 말이 뭬랍디까? 어서 날 따라오슈…."

할멈의 말이 옳은가보다!

영감은 가만히 생각해본다.

이 세상에 인생이라고 다 태어난 그날부터 인간의 일생의 전부인 반백년을 나는 일을 했다. 그리고 일해준 값으로 나는 굶어왔다. 헐벗어왔다. 이만하면 나의 일생도 끝날 때가 온 것이다. 더 살아야 일년 아니면 이태! 철난 때부터 오십 년이나 굶어온 내가 인제 남은 일년 동안도 또 굶어야 하느냐?

'아니다' 하고 만보 영감은 어둠을 헤치고 살며시 일어났다. 일어났다가 다시 굽히어 정신 모르고 자는 인돌의 얼굴에 눈물을 두어 방울 떨어뜨리고 고사리처럼 야무지게 쥐어진 손을 어루만지다가, '할멈 말이 맞고나!' 하고 일어났다.

'인돌아! 널랑은 부디 할아비나 아비 같은 평생을 보내지 말아라.'

왕골자리에 눈물 떨어지는 소리가 뚝뚝 날 뿐 그 순간 벌레소리조차 그친 어둠—그대로의 순간이었다.

만보 영감은 문밖으로 나가다 말고 두 번 세 번 돌아다보았다. 마당까지 내려섰다가 다시 들어와 인돌의 뺨을 어루만지다가 다시 나왔다. 그는 마치 뛰어나오듯 했던 것이나 동작은 그의 마음과는 정반대의 작용을 했다.

싸리삽짝에 와서 또 한동안 서서 눈물을 씻다가 싸리삽짝을 번쩍 들어 지그시 지치고 물방앗간으로 올라갔다. 그 사이에도 눈물이 가리어 영감은 두어 번이나 길가 논바닥으로 기어들어가지 않으면 안 되었다.

눈이 부실 만큼 쨍쨍한 달밤이건마는 만보 영감의 가는 길은 어둠의 길—그것이었다.

방앗간에도 달빛은 있었다. 영감이 공이를 매어달았던 줄을 잡아 나꾸자 '쾅!' 하고 멋모르는 공이는 확을 내려찧고 펄쩍뛴다. 영감은 공이 맸던 동앗줄을 당기어 자기의 목을 걸고 지그시 당기어본다.

'이것만 잡아다닌다면 모든 것은 끝나는 것이다!'

어둠! 어둠은 점점 진해 간다.

그러나 순간순간이, 생에 대한 애착이, 어둠을 헤치고 내닫는다. 너무나 희미한 빛을 띤 생의 애착이!

그런 찰나마다 세상놈들에게 포악이나 실컷 하고 싶다는 격정이 부그르 가슴속에서 끓어오른다. '치르르 치르르' 봇도랑물은 설사나 하듯 께름칙하다.

그러나 어둠은 가까워온다.

만보 영감은 눈을 감고 자식과 며느리한테나 복이 있으라 빌었다. 빌다 울다 울다 빌다 하였다. 그러고는 동앗줄에 다시 목을 걸고 움찍 한번 당기었다. 아니 당기려는 그 순간이었다. 만보 영감의 귀는 갑자기 쫑긋해졌다.

그 귀는 확실히 무슨 소리를 들었던 것이다. 무슨 소리를….

그것은 듣기만 하여도 이가 갈리는 발동기의 '쿵덕쿵덕' 하는 소리였다. 그는 줄을 잡은 채 귀를 기울였다. 그렇다! 그것은 틀림없는 발동기 소리다. 그것이 발동기라는 것을 인식한 그 순간 그의 머리에는 번개 같은 생각이 떠올랐다. 그러자 그의 손은 주머니로 달린다. 네모진 갑을 꽉 움켜쥔 만보 영감은 전신에 격렬한 전율을 느끼었다. 그 전

율—그것은 기쁨과 공포가 뒤범벅이 된 복잡한 격동에서 오는 전류이었다.

그 전율과 함께 만보 영감의 얼굴에는 인간이 상상할 수 있는 한도의 가장 짧은 순간의 쾌감에서 오는 미소와 공포에서 오는 격동이 나타났다 사라졌다 하였다.

이 두 가지의 감정은 얼마 후 두 대의 발동기가 놓여진 기계방앗간이 바다의 혓바닥 같은 불길을 하늘 높이 치켜들었을 때도 의연히 만보 영감의 얼굴에 나타났다 사라졌다 하건마는 누구 하나 그것을 발견한 사람은 없다.

이 때 아닌 불길에 놀라 허리 골춤을 치켜쥐고 모여든 군중 속에서 갑자기 깨어진 징소리 같은 웃음소리가 와르르 터져나왔던 것이다. 군중의 눈은 그쪽으로 사태처럼 몰리었다. 그것은 말할 것도 없이 만보 영감이었다.

그러나 그 웃음이 만보 영감의 입에서 터져나왔다는 것을 깨달은 사람은 만보 영감이 선 그 언저리 사람 몇밖에 없었다. 그만큼 이 기상천외의 웃음을 터뜨린 영감의 입은 그 다음 순간 딱 봉해졌던 것이었다.

포플러처럼 쭉쭉 뻗은 불길에 비친 영감의 얼굴은 비장—그것이었다. 펄펄 날리는 불길을 자기의 눈꺼풀 속에 들이삼키기나 한 듯이 영감의 눈은 그 불길을 응시하고 있는 것이었다.

그 표정이 약 일 분 동안을 지속되다가 무슨 말이 나올 듯 나올 듯 영감의 입언저리는 옴직 옴직하기를 다시 한 삼십초 아니 그것은 더 긴 시간이었을지도 모르는 것이었지마는—그런 다음에,

"헛헛헛!"

하는 후렴 없는 웃음소리가 다시금 그의 입에서 터져나왔다.

그러나 그 다음 순간 그의 얼굴은 다시 전으로 돌아갔다.

"영감!"

하고 누구인지 관중 속에서 그의 팔을 붙들려고 할 그 순간 영감은 번개같이 몸을 솟구어,

"헛헛헛헛!"

하고 또 한번 웃고,

"날 잡아가거라! 날 잡아가거라."

부르짖으며 불맞은 노루처럼 날뛰는 것이었다.

이 만보 영감의 얼굴을 살피려는 듯이 불길은 한층 더 높이높이 기어오르고 있었다!

———〈「신동아」 41호, 1935년 3월〉

모우지도慕牛之圖

농촌 제 12 야화夜話

•

•

•

1

“아 그래, 저눔에 여편네가 언제까지나 계집애만 끌어안구 앉었을 텐가! 그깐 눔에 계집애 하나 뒈지믄 대수여!”

“아따, 계집앤 자식이 아닌가베.”

“아, 썩 못 나와! 그놈에 계집앨 갖다가….”

첨지는 고래고래 소리를 친다. 그래도 안차기로 유명한 첨지 처는,

“홍, 왜 자식새끼가 깨벌렌 줄 아나. 입때껏 잘 길러가지구 왜 그런 말을 하누.”

첨지 처는 바로 작년 가을 깨밭을 매다가,

“이 육시처참을 할 눔!”

하고 남편이 소리를 치는 바람에 이쪽 머리에서 마주 밭을 매며 들어가던 첨지의 처는 기함을 하고 벌떡 일어났다.

“아, 왜 그래유, 응!”

하고 그의 아내는 가슴이 방망이질을 한다. 아마 독사한테 물렸나 싶어

허둥지둥 달려가보니,

"이눔 좀 봐라. 이 육시처참을 할 눔!"

집게뼘으로 한 뼘이나 되는 시퍼런 깨벌레다.

첨지는 뭐라곤지 외마디소리를 치면서 깨벌레를 집더니 번쩍 들어서 밭머리에다 패대기를 쳤다. "퍽!" 하고 깨벌레는 창자가 터져서 그 자리에서 즉사를 했다. 첨지는 그래도 직성이 다 못 풀렸다는 듯이,

"이눔! 깨 한 포기에 내 피땀이 얼마나 든지 아냐!"

하고는 맨발 뒤꿈치로 언저리도 없이 응껴버린다.

첨지 처는 순간 그 깨벌레를 잡아죽이던 때의 자기 남편의 그 끔찍한 얼굴을 상상해보자, 아무리 계집애라고는 하지마는 자기 피를 받은 자식한테 입에 못 담을 말을 쓰는 것이 끔찍스러웠다.

"넌두 어미 아빌 잘못 태나서 갖은 천대 다 받는구나. 너두 부잣집에나 태어났던들 금이야 옥이야 길리워서 갖은 호강을 다 누릴걸…."

첨지 처는 동리 큰 마름집 이 주사의 딸 금년이를 상상해보았다. 어디로 뜯어보나 인물이야 우리 복순이가 금년이한테 대랴 싶었다. 하지만 목숨이 깔딱깔딱하는데도 약 한 첩 먹이지 못하는 것은 고사하고 잠시 머리맡에 앉았지도 못하게 하는구나. 금년이는 기침 한 번만 해도 의원이다 읍내 병원엘 갑네 동리가 떠들썩했다.

"복순아, 진작 죽어서 있는 집 강아지로래도 다시 태나렴!"

가난한 어미는 불덩이처럼 달은 딸의 손을 만져준다.

그러나 어린것은 통 인사불성이다. 불러도 대답도 없고 흔들어야 반응이 없다. 오직 숨소리만 가쁘다. 벌써 맑은 물도 입에 안 대는 지 사흘이 지났다. 입술은 까칠하니 타고 어쩌다 정신이 좀 돌아서 어미를

쳐다보는 눈은 하릴없이 죽은 생선 눈깔이다.

"아, 이눔에 여편네가 누구 부아통이 터져 죽는 걸 봐야만 할 작정인가."

하더니 참다못한 첨지가 우르르 들이닥치면서 문을 잡아제킨다.

"아, 썩 못 나와!"

"복순아, 내 얼른 댕겨오마."

첨지 처는 이불자락을 매만져주면서,

"암만해두 죽을려나부."

하고 일어서는 꼴을 못마땅해서 노리고 보더니만,

"글쎄, 이 철딱서니 없는 여편네야! 대들보가 부러질려는 판인데 그깐 계집애가 다 뭣에 말라비틀어진 거여! 응! 사람이 한평생 살자면 앓기두 허구 죽기두 허구 그런 게지, 병이 앓을 만큼 앓어야지 붙어앉었다구 낫는 겐가!"

"누가 붙어앉었어야 낫는답디까. 약을 써야 낫는단 말이지…."

하고 첨지 처도 부아가 터지는지 한번 보기좋게 메어친다.

"약은 무슨 눔에 약, 난 내 평생에 약 한 첩 안 먹어두 이만큼 늙었단다! 병이란 앓을 만큼 앓어야 낫지, 그깐 눔에 약 쓴다구 낫는 게 아니래두 약 약 한단 말야! 빌어먹을 눔에 여편네가…."

"흥, 사람한텐 약을 쓰문 안 되구 소는 약을 먹어야 낫나부다!"

봉당 앞에서 삼태기를 집어들고 휭하니 나가면서 입을 삐쭉 한다.

"온 저런 눔에 여편네. 저눔에 주둥아리 때문에 될 것두 안 된다니까."

바깥마당 구석 홰나무 밑에, 소가 모들뜨기 숨을 쉬고 번듯이 드러누웠다. 눈이 퀭해져서 한결 더 커보인다.

첨지 처는 본실이 시앗이나 흘겨보듯 질펀하니 자빠진 암소를 곁눈질해 보며 뽕나무가 듬성듬성 선 밭두둑을 타고 동구 밖으로 빠진 등성이를 넘어간다.

첨지가 신주보다도 더 위하는 소가 며칠 전부터 죽을 안 먹더니 간밤부터는 거품만 부걱부걱 뱉고 사뭇 누워서만 배긴다.

복순이가 시름시름 초학처럼 이른봄부터 앓기 시작해서 달장간이나 잔병을 치른 끝에 다시 열이 나기 시작하더니 열병처럼 열이 내리지를 않는다. 그 어린것이 하도 못 견디어해서 약첩이나 지어오라고 그렇게 성화처럼 졸라도 되레 울부라리기만 하던 첨지가 소가 병이 드니까 눈이 뒤집혀서 나댄다. 새벽부터 온 동리로 쫓아다니더니, 새이때나 돼서 웬 빈대 쭉정이 같은 영감쟁이를 데리고 와서 막걸리를 사오너라 장아찌를 꺼내라 법석을 하더니만, 어디 가서 삼 년 묵은 쑥대를 얻어오라는 것이다.

"소란 새김질을 잘해야 허는데 통 새김질을 못하는군. 새김질을 못해노면 그놈이 고여서 썩은 물이 창자로 들어가면 삽시간에 거꾸러지지. 큰일났소, 첨지!"

그 영감쟁이는 호들갑을 떨며 침 두 대를 놓고 막걸리 두 사발을 들이켰다.

"아주 하나 옆에 붙어 서서 배를 자꾸 추켜주소. 그러구 쑥을 갖다 푹 과서 퍼먹이면 새김질을 차차 하지."

이렇게 분부를 하고 돌아간 것이다.

첨지는 여편네가 동구 밖으로 나가는 것을 보고 상앗골까지 갔다

올 동안에 소가 다른 증세만 일으키지 말기를 빌면서, 백정이던 영감쟁이가 시키던 대로 소의 배를 추켜주고 있다. 소는 파리처럼 귀찮은지 가끔 머리를 내두른다. 입으로 숨을 쉬는 것이 아니라 엉덩이로 숨을 쉬는 것 같다.

첨지는 퀭하니 움직이지도 않는 두 눈을 들여다보다가,

"네가 죽으면 우린 어쩌란 말이냐. 어떻게든지 좀 돌리려무나! 빌어먹을 자식들은 소가 그 꼴인 걸 보구 나가서 궁금치도 않단 말인가, 한눔에 새끼 들여다도 안 보구."

큰놈이 민적민적하고 집에 있으려는 것을 울부라리며 갯벌로 내쫓은 생각은 염두에도 없이 공연히 자식들만 나무라고 있다.

첨지는 측은한 생각이 들어서 소 얼굴을 바로 쳐다보기가 싫었다. 더욱이 요새 엿새를 두고 그 폭양에 짐질을 세워서 소를 잡친 것같이 생각이 들기 때문이다.

"그악스런 것두 탈이야. 저 사람이 저러다가 소, 사람 다 잡지!"

첨지가 갯밭에 보 막는 것을 보고 지나가는 사람들이 다 한마디씩 했다. 삼 년 가물에 비 안 오는 날 없다고 가무는 핼수록에 여우볕도 곧잘 나고 땅도 못 축이는 비나마 소나기는 한 줄기씩 하는 법인데 금년에는 해동을 한 후부터 초복이 지나도록 소나기 한 줄기 안 온다. 너 나 할 것 없이 천수답만 쳐다보고 사는 그들은 하루에도 몇 번씩 하늘을 쳐다보고 원망을 퍼부었다.

입 험하기로는 치는 첨지다. 입이 걸 뿐만 아니라 표독스럽다. 어쩌다가 생입이 한번 터지면 그야말로 걸디건 퇴비를 퍼붓듯 해서 모두 질색을 한다.

그런 첨지건만 신기하게도 하늘을 욕하는 법이 없다. 꼭 하늘님이오, 비가 오시고, 날이 드신다. 웬만하면 입에 젖은 욕이니 실수도 하련만,

"중생이 하늘님께 뭘 잘못한 게야."

할 뿐 원망 비슷한 말도 한마디 없다.

초복이 중복이 가깝도록 비는 올 성도 싶지 않다. 농군들은 벌써 비를 단념하고 메밀씨를 준비하기에 바빴다.

그러나 첨지는 하루아침 식전에 갯밭 여덟 마지기 논머리에 뜸부기처럼 웅크리고 앉아서 담배를 뻑뻑 빨고 앉아서 무슨 생각엔지 골몰하더니,

"그렇지! 농사꾼이 하누님만 쳐다봐서야 쓴다던가. 두 손 잡아매고 앉아서 욕만 퍼부면 소용이 있나!"

이렇게 짚신 바닥에다 담배 꽁다리를 뚜드리고는 갯바닥을 손으로 우비우비 파본다. 개라고는 하지마는 물이 흐르는 개도 아니다. 장마나 져야 사태물이 모여서 흘러갈 뿐 금년에는 모래 한 번 축여보지 못한 개다. 거기다가 산골 물이라 흐르는 것이 아니라 내려쏜다. 그는 개 너비를 발로 재보고 다시 여덟 마지기 윗머리를 와서 개구리가 다리를 쭉 뻗고 자빠진 채 물 한 방울 없는 웅덩이를 들여다보더니, 불 때다 말고 나왔던 사람처럼 허리 골춤을 움켜잡고 집으로 뛰어들었다. 삽짝 안에 들어서면서,

"애들아, 냉큼 상을 물리고, 괭이, 삽, 다 챙겨 지구, 손 길말 지워라."

고함을 친다. 집안 식구들은 막 밥상을 받은 때였지만 벼락불 같은

첨지의 성질을 알기 때문에 씹을 새도 없이 밥을 먹고 일어났다.

“점쇠야! 헌 삼태미에다 동앗바를 매라. 그러구 점쉰 먼저 휭하니 나가구.”

“어디루유.”

“갯밭으로 얼른 나가. 아, 이 자식아, 뭘 그렇게 닭 쫓던 개 울 쳐다보듯 하구 섰는 게야!”

이렇게 서둘러서 갯밭을 질러막기 시작했다. 먼저 산에서 큰 돌을 져 날라다 세 켜를 쌓고 청솔을 쪄다 덮은 후에 흙과 자갈을 다지었다. 너비가 두 간통에 높이가 으수이 한 길이나 된다. 소에, 첨지 삼부자가 새벽부터 만 엿새 동안을 몰아쳐서 겨우 끝을 막았다.

“저 사람이 미쳤나, 이 가물에 저건 뭣하러 막구 있어. 언제 산 물이 흘러 여기 고여보게?”
하고 보는 사람마다 한마디씩 한다.

“뭐 올에 쓰잔 건 아니라우. 작년에 미리 이래 뒀더라면 이른 봄에 온 빗물이라도 잡어뒀을 껀데. 땅은 천수답을 가지구 하누님만 믿구 앉았자니 사람이 애가 타서.”

보를 끝낸 그날 점심때부터 다시 웅덩이를 파기 시작했다. 삽날이 묻히게 균열이 된 논바닥에 아무리 판들 물이 있을 리 없다. 그렇건마는 그는 파고 또 팠다.

마침 달이 밝았던지라, 첨지는 큰아들인 점쇠만을 데리고 나와서 늦도록 파고 팠다. 둘레가 댓 발이나 되는 샘을 길 반이나 팠다. 그래도 물기도 없다. 점쇠는 속으로는 벌써 단념한 지 오래다. 그렇건마는 아버지의 성미를 잘 아는 터라 묵묵히 퍽 땅을 내려찍고 있을 때 첨지가 괭이를 내던지고 소리를 질렀다.

"얘, 이것 봐라!"

과연 지적지적하다. 둘은 신이 나서 팠다. 정말 물이 난다. 삼 년 가물에 쏟아지는 비가 이처럼 반가웁고 신기할 수가 있느냐! 그러는 동안에 한 뼘밖에 안 되는 여름밤은 훤히 동이 트기 시작했다.

이튿날 새벽 삼부자가 달려왔을 때는 한 길이나 되게 물이 고였었다. 첨지는 요 십 일간 처음으로 흐뭇한 웃음을 입언저리에 띠었다.

—그러나 그 물만으로 모를 낸다는 것은 접시물에 배를 띄우는 것과 같은 일이었다.

이 무서운 폭양에 첨지네 소는 주인과 같이 일을 했던 것이다.

"내가 죽일 눔이지! 그 벌루 얻어먹지두 못하는 것을…."

첨지는 소와 같이 숨이 가빠하며 몇 번째나 이렇게 탄식을 한다.

2

"농군은 소를 자식같이 사랑한다"는 말이 있거니와, 첨지에게 있어서는 이 말도 오히려 부족한 감이 없지 않다.

복순이란 년이 몸지어 드러눈 지 달포건만 의붓자식처럼 한번 빼끔 들여다보면 그만이다. 그것도 어떤 때는 거르는 날이 있다.

—하기는 하루에 두세 번 들여다볼 겨를도 없는 첨지다. 올해 같은 혹독한 가물에 다른 농군들은 팔자에 없는 농한기를 만나서 뒷짐을 지고 어슬렁대며 하늘만 쳐다보는 게 일이다. 그렇건마는 첨지는 보를 막아놨으니 이십 간통이나 되는 도랑을 쳐야 하고 봇구멍도 뚫어야 한다.

새들새들 메말라가는 밭곡에 우물물을 길어야 하고 밤에는 또 짚신 켤레라도 삼아야 한다.

말하자면 첨지에게 있어서는 그의 소는 소가 아니라 은덩이다. 아니 금덩이다. 지금부터 십 년 전 겨우 논 열 마지기와 담판 씨름을 하던 첨지가 덤벅 여덟 마지기를 불구어 광작을 차린 후부터는 첨지의 염두에는 소에 대한 욕망이 불 일듯 했던 것이다.

첨지는 소에 미친 사람이었다. 길을 가다 말고도 실한 황소를 보거나 엉덩판이 광파짐하게 살이 찐 암소를 보거나 하면 넋 잃은 사람처럼 언제까지나 바라다보고 있는 것이었다.

"그 소 참 좋다."

하고 볼기짝을 탐스러운 듯이 두드려본다.

어떤 때는 심술궂은 사람처럼 쇠뿔을 잡고 한번 뒤흔들어본다.

그러나 이것까지는 오히려 농군으로서의 보통 심리다. 첨지는 밭 가운데서 일을 하다가도 쇠방울 소리가 나면 소도적이나 맞은 사람처럼 내달아서 소를 이모저모 뜯어본다. 그러고는 반드시 한마디 하는 것이다.

"그 소 참 좋다. 자, 보시오."

첨지에게 있어서는 좋은 소 그른 소가 없다. 명색이 소기만 하면 황소도 좋고 암소도 좋고 송아지도 좋다. 칡소는 칡소래서 좋고 누렁이는 누렁소라 좋다.

"젠장, 내 평생에 저런 놈 한 마리 삽짝 안에 못 매보나."

소를 보고 이런 탄식을 안한 적이 별로 없을 게다.

그 첨지에게 어느 해 가을 이른 새벽에 소 한 마리가 기어들어왔다.

이태 전부터 몸종처럼 이 주사 집에 드나들면서 당부당부 해두었던 배냇소가 차지된 것이었다.

그때 여남은 살 됐던 점쇠가 타작 채비를 차리느라고 새벽부터 마당을 쓴다 절구통을 내놓는다 멍석을 깐다 법석인데 늦는 일꾼을 부르러 갔던 점쇠가 어린 깐에도 첨지의 소타령 하는 심리를 이해했던지,

"아버지, 이 주사 댁 소가 암송아질 났대여!"

하고 내닫자,

"어! 거참 신기한 일이다!"

하고 강아지가 송아지를 낳기나 한 것처럼 신기해했다.

그는 아무리 바쁜 중이라도 제 눈으로 그것을 가보지 않고는 견딜 수 없었다.

그날부터 첨지는 완전히 이 주사 집 하인이 되고 말았다. 아니 이 주사 집 누렁소의 몸종이 되고 말았다. 쇠죽이며 고삐며 길마까지 참견을 했고 파리가 한 마리만 앉아도,

"이 목을 쳐 죽일 눔 파리, 산모한테는 종자베도 아깝지 않다는데 이 목을 쳐 죽일 눔, 산모한테 뭐 빨아먹을 게 있다고, 이 목을 쳐 죽일 눔."

집안이 떠나가게 허들겁을 떤다.

"첨지, 첨지가 자네 어미한테 소한테 하는 정성의 반만 했대도 효자문이 섰겠네."

하고 이 주사 집에서는 놀려댔다. 그러면 첨지는,

"그렇다뿐이겠습니까."

하고 소처럼 히죽이 웃는다.

이 송아지가 젖을 떼우고 집으로 끌고 오던 날은 첨지는 개선장군이 성안에 들어올 때와 같이 의기가 충천했었다. 그는,

"얘들아, 소 들어간다. 소 들어간다."

어깨춤을 추면서 고함을 질렀다.

그 언동이 「춘향전」에 나오는 방자 같다고 옆에서 보던 사람들이 허리를 잡았다. 그는 손독이 들도록 송아지를 매만졌다. 송아지란 놈이 어미 생각이 나서 목이 메게 찾을라치면 그는 똥싼 사람처럼 어쩔 줄을 몰랐다. 송아지가 죽을 한 끼 덜 먹어도 첨지는 온 동리로 돌아다니며,

"아아, 그눔이 글쎄 통 죽을 안 먹는구려."

하고 수선을 핀다.

"허어, 거 큰일이군. 그러다가 자네 참척 보잖겠나."

이렇게들 놀려댔다.

—그 애지중지하던 송아지가 그예 소 구실을 못하고 죽어버렸다.

이듬해 여름, 막 새로 대껴놓은 보리쌀을 반 말푼수나 먹고 위 확장이 돼서 건잡을 새도 없이 삽시간에 죽어버리고 말았던 것이다.

"그래두 굶겨죽인 것보담 나예. 저두 이 세상에 태났다 배부른 양 한 번 보고 죽었으니 한이야 없겠지."

송아지를 묻고 와서 첨지는 이렇게 말했다.

이듬해 봄에 첨지는 두 번째 배냇 송아지를 얻어들였다. 그 송아지가 착실히 커서 삼 년 후에 호랑이 새끼처럼 어여쁜 송아지와 바꾸어졌다.

그것이 정말 첨지의 소였다.

—말하자면 이 소 한 마리에 첨지의 십 년 공덕이 든 셈이었다. 아

니 첨지가 오십 평생 꿈에나마 "내 소 한 마리 가져지이다" 하고 빌던 그 소원이 머리가 희끗희끗해진 오늘날에서야 이루어진 셈이었다.

"이눔아, 왜 정신을 못 차리고 이러느냐? 제발 제발 좀 돌려다오."

첨지는 눈 속이 뜨끈해오는 것을 그것이라고 깨달았다. 소에게도 주인의 마음이 통해지기나 한 것처럼 눈을 껌벅껌벅 구슬픈 표정을 지어보이는 것이었다.

첨지의 처가 삼 년 묵은 쑥대를 얻어가지고 온 것은 점심때가 훨씬 겨워서였다. 초조한 나머지 바늘방석에 앉은 사람처럼 안절부절을 못하던 때라 물에 빠진 사람처럼 함치르르 땀에 젖은 처를 보기가 무섭게 욕부터 퍼부었다.

"저런 여펜네한테 불수산 지러 보냈으면 꼭 알맞겠다. 금강산은 길을 몰라 못 갈 테니 저 마산에라도 올라갔다 오렴."

"아따, 누군 늦을래 늦은 줄 아우. 난두 다리에 자개품이 나게 갔다 온 게여."

"그놈에 다리는 자개품을 할 줄 모르고 하품을 했던 게다."

"공 없는 말만 하는 혀끝은 저승에 가면 짤러낸대여!"

하고 첨지의 처는 큰소리를 했지마는 기실 쑥대를 얻어가지고 장터로 돌아왔던 것이다. 혹여 남편 눈에 뜨일까봐 허리 골춤에다 웅크렸지만 박 주부네 약국에서 복순이란 년의 약 두 첩을 지어왔다. 쑥을 삶는 불에 장작을 지피어 한편으로는 약도 달이었다. 약을 달이면서도 첨지의 처는,

'아무리 소도 중하지만 사람이 살고 봐야지. 기왕 둘 중에 꼭 하나가 갈 마련이라면 복순아 네가 살아라.'

이렇게 속으로 빌고 빌었다.

그러나 지금의 첨지의 머리에는 복순이가 앓는다는 인식조차도 희미했다. 첨지는 아궁이 앞에 붙어앉았다. 쑥물을 퍼다가는,

"자아, 이것 먹고 일나라. 십 년 들인 공을 네가 저바려서야 되겠느냐? 자, 먹어라."

자식한테 타이르듯 준준히 말해 들리는 것이었다.

그러나 무슨 결심이나 한 듯이 이를 꽉 악물고 소는 먹지를 않았다. 첨지로 보면 한 번 데인 가슴이라 이렇게 실랑이를 하는 동안에 차츰차츰 소의 기력이 약해가고 드디어 죽는 것이 아닌가 이렇게 생각할 때 말귀를 알아듣는 것 같았으면 대가리부터 사뭇 내려조기고 싶었다.

그때 점쇠 형제가 어디서 들었는지 숨이 턱에 닿게 뛰어들었다. 첨지는 반색을 하며,

"참 잘 왔다! 자, 너들은 이리 와 솔 붙들어라. 입을 벌려."

형제가 덤비어 입을 벌리나 그렇게 녹녹하지가 않다. 하는 수 없이 그들은 소를 아카시아 나무 가지에다 코를 치켜달고 벌린 입에다 지겟작대기를 가로질렀다. 그러고는 첨지가 헐떡거리며 쑥물을 퍼부었다.

마침 안방에서도 첨지의 처가 딸년의 입을 벌리고 약을 퍼넣고 있었다.

이렇게 한참 드잡이를 놓을 판에 마침 장터 고기관지기가 지나다 보고는 배를 몇 번 뻥뻥 두드려보고 잇몸을 들춰 이를 검사하더니 다시 눈 속을 들여다본다.

"허! 틀렸쉬다. 거참 좋은 손데 그랬다. 이거 파쇼."

"팔어? 팔다께?"

첨지는 멱살이나 들듯이 눈을 딱 부릅떴다.

"아따, 팔기 싫건 그만두구려. 내가 이 솔 사고 싶어 그러는 게 아니라 우물쭈물하다가 시각만 넘기면 개값 받기도 어려우니까 하는 소리요. 내야 뭐 아오만 몇십 년 해먹었으니깐 짐작이 돼서 하는 소리요. 이게 소위 위폐牛肺라는 겐데 이놈이 대장으로만 들어가면 뭐 별수 있소. 세 시간 넘기기가 어렵지. 아직까지는 숨이 붙었으니까 단 한푼이라도 손핼 덜 보란 소리지."

하고 휘적휘적 가버린다.

첨지는 눈이 홱 돌아갔다. 점쇠도 옆에서 듣고서,

"아버지, 기왕 죽는다면 그렇게라도 해서 반값이나마 건지는 게 득책이 아니겠어요?"

하고 말을 하기가 무섭게,

"뭐야, 이놈에 자식아, 이 소가 죽어? 죽긴 왜 죽어. 하누님이 소를 아끼는 농사꾼의 마음을 그렇게 안 돌보실 수가 있다더냐."

하고 대들었다. 그러나 소는 차도는커녕 점점 까부러질 뿐이다.

첨지는 드디어 결심을 했다. 그는 죽일 바에는 관지기 말따라 반값이라도 건지는 것이 득책일 것 같았다. 첨지는 점쇠를 뒤미처 좇아보냈다.

"그래, 대관절 얼말 줄 테요?"

"일백이십원 드리리다."

"일백이십원? 좀더 내오. 내 너무 억울해 그러오."

"오원 한 장 더 내지."

한참이나 실랑이 끝에 일백사십오원에 낙찰이 되었다.

"자! 백원이오. 나머진 나중에 와 찾게 하오."

관지기는 지갑에서 십원짜리 열 장을 내놓고 바로 쇠고삐를 잡았다.

"아 그래, 바로 끌어가시료?"

기가 막혀 하는 소리에 관지기는,

"십분 늦으면 십분만큼 내 손핸데."

하면서 고삐를 바짝 추켜들고 나선다.

소는 작별이나 하는 듯이 멀끄러미 첨지를 쳐다본다. 그러고는 안 떨어지는 발을 처적처적 옮겨놓으며 관지기를 따라 동구 밖으로 나가는 것이었다.

소가 저만큼 갔다. 첨지는 말뚝처럼 서서 눈에 익은 소 방둥이가 저쪽 밭머리를 돌아갈 때까지 바라다보고 섰더니, 갑자기 두 주먹을 움켜쥐고 살처럼 내달았다. 첨지는 관지기의 앞을 탁 가로막으며 한 손으로는 쇠고삐를 잡고 한 손으로는 쥐었던 지전 뭉치를 관지기에게 되쥐어주었다.

"왜 이라쇼?"

"나 안 팔겠소!"

"안 팔다께! 그래 눈 번히 뜨고 일백오십원 돈을 공뗄 작정이오."

"그까짓 일백오십원 있으나 없으나… 떨어진 때부터 내 손으로 키운 게니 죽여두 내 손에서 죽게 하겠소!"

그러고는 소를 쳐다보고,

"너두 그게 소원이지? 그렇지!"

소가 덤덤하니 눈만 껌벅껌벅하니까,

"아! 이 자식아, 왜 그렇단 말을 못해!"
하면서 뺨을 철썩 후려갈긴다.

순간 첨지의 눈에서는 눈물이 빗어 떨어졌다.

첨지는 소를 몰고 오면서도 눈물이 나게 좋았다.

'내가 너를 어려서부터 길러가지고 돈 일백오십원에 네 면중에다 도끼질을 시키랴. 가죽을 벳기고 갈비를 짜르고 살을 첨첨이 도리게 하랴. 인젠 네 쥔 손에 돌아왔으니 마음 놓고 조금이라도 더 살다 죽어라.'

그는 이렇게 마음속으로 빌고 빌었다.

첨지는 끽 오래 살아야 해전일 게라고 죽은 후 처치를 자식들을 데리고 이것저것 공론을 했다.

"나는 저 죽는 거 내 눈으로는 안 보겠다. 너들이나 지켜라."

첨지는 휘적휘적 갯밭 논으로 나갔다. 형제가 얼마나 그악스럽게 했는지 봇도랑도 물꼬도 시원스럽게 터놨다. 여기에 한 줄기만 퍼부었으면 웅덩이 물하고 그럭저럭 꽂아는 보겠다만—이런 생각을 해가며 첨지는 오늘 죽을지도 모르고 어제까지 그 큰 돌이며 흙짐질을 한 소의 일생이 너무나 하염없다 싶었다.

첨지는 그놈이 실어다 쌓은 방천의 그 수많은 돌을 일일이 챙겨보는 것이었다.

그때 저기서 점돌이란 놈이 헐레벌떡 뛰어온다.

'갔구나!'

첨지가 맥이 탁 풀려서 바라다만 보고 있으려니까 점돌이가 뭐라곤지 소리를 자꾸 친다.

첨지는 그 무서운 소리를 안 들으리라고 두 손으로 귀를 탁 틀어막고 그 자리에 주저앉아버렸다.

이윽고 내달은 점돌이는,

"아버지!"

하고 소리를 쳤다.

"왜 이 망할 자식이 신이 나서 지랄이야."

하고 첨지도 벌떡 일어나면서 마구 고함을 쳤다.

"살았어요! 아버지!"

하며 입이 쩍 벌어진다.

"뭣이야? 살았어!"

"살구말구요. 지금 죽을 줬더니 그냥 쭉쭉 들이마셔요."

―그러나 점돌이가 이렇게 말을 한 때는 첨지는 벌써 그 자리에 있지 않았다. 그는 허둥지둥 논둑을 달리고 있었다. 그는 지금까지 자기가 이렇게 빠른 줄을 몰랐다. 아니 이렇게 느린 줄을 몰랐었다. 그는 소 앞에 내달으며 그대로 목을 얼싸안듯이 하고 그대로 울어버렸다.

그것은 첨지에게 있어서 지극히 다행한 일이었다.

그러나 첨지에게 또 한 가지 다행한 일이 있다. 그것은 지금까지 복순이에게 등한했던 것을 뉘우친 것이요 그 뉘우침이 또 한 가지 불행을 정복했으니 중태에 빠졌던 복순이도 차차 열이 내리고 생기가 돌기 시작했던 것이다.

그러나 여기에 첨지를 위해서 또 한 가지 다행한 일이 생겼다. 그런지 사흘째 가던 날 밤부터 봄 이래로 벼르고 벼르던 비가 퍼붓기 시작했던 것이었다. 그냥 하늘만 쳐다보고 있는 천수답에게는 겨우 균열을 면해준 정도였으나 첨지네 여덟 마지기에는 흡족은 못하나마 그렇게 부족되는 물도 아니었다.

―――― 〈「춘추」 26호, 1942년 9월〉

기우제祈雨祭

•

•

•

너무도 가뭄이 심해서 기우제를 올리기로 했는데 마침 일요일이고 하니 놀러오라는 박 면장의 초청을 받은 배 해군 장교 부처가, 농민 작가니 당신도 같이 가지 않겠느냐고 권해 왔다.

나도 내 아내를 동반하고 박면 기우제 장소에 이르니 뜻밖에도 논 가운데 있는 우물가이었다. 내가 지금까지 보아온 기우제는 대개 산 아니면 천변이었던지라 까닭을 물었더니 박 면장이 다음과 같은 이야기를 들려준다.

이 안에 나오는 사람의 이름은 박 면장과의 약속을 지키기 위해서 위에서와 아래에서 한 자씩 따서 지은 가명이다.

•

1

칠보 영감은 그러지 않아도 쥐꼬리만한 여름밤을 길에서 갈팡대다가 새우고 말았다. 먹지도 못한 늙은 몸으로 밤낮 열흘을 두고 판 우물 바닥에 물이 비치기 시작도 했지만, 깊은 산골 여기저기서 물방울을 주워다가 실에 꿰다시피 해서 모아진 댓줄기만한 물꼬나마 밤 사이에 도적을 맞는 것만 같다. 돌 사이를 흘러내릴 때도 물소리조차 낼 줄 모르는 신신치 않은 물줄기요, 온종일 괸댔자 쩍쩍 갈라진 논 균열 틈으로 스미어들어가고 말 그런 신푸녕스러운 돌창물이었지만, 칠보 영감한테는 칠순에 얻은 막내자식만큼이나 귀여웠던 것이다.

거기다가 열흘 동안이나 밤을 낮 삼아 파도 뽀얀 먼지만 폴싹폴싹 나던 논꼬 우물바닥에 바위가 하나 툭 튀어나오더니만 실낱만큼 벌어진 틈새에서 물기가 비치기 시작한 것이다.

"물이다! 물! 물꼬가 터졌다!"

영감은 그리 넓지도 못한 우물 속에서 활개를 치며 좋아했었다. 물줄기라야 돌 틈새에서 빚어나온 소위 돌오줌이었건만 물에 주린 영감의 눈에는 그것이 용솟음을 치면서 흐르는 물처럼만 느끼어지는 것이었다.

"야! 물이 난다! 물이 났다!"

돌에 촉촉하니 묻은 물기를 손가락에다 찍어다 보고는 미칠듯이 좋아한다. 그는 자기도 모르게 길길이 뛰다가 또 만져보고는 뛰었었다.

그때 마침 덕만이는 저 아래 서 마지기 다랑이 논둑에 앉아 있었다. 논바닥은 흡사 거북의 등 같았다. 환갑 노인들도 이렇듯 지독한 가뭄은 난생처음이라고들 했다. 그러고 보면 육십년래의 지독한 한발인 셈이었다.

"이런 젠장할 눔의 하늘이 있단 말인가. 고양이처럼 먹구서 소처럼 일평생 일만 하는 우리 농군네가 뭘 잘못했다구 이런 죌 준단 말인고… 그래, 하느님인지 뭔지는 오줌두 안 누구 산다던가!"

본시 우락부락한 덕만이기는 했다. 거기다가 심술궂기도 했고, 낯짝도 거무튀튀한 것이 천생 소도적놈 같은 상판이다. 악인이랄 것까지는 없다 해도 심보가 곧고 바른 편은 못 된다. 말끝마다 생입을 잘 놀리기로 이 근동에서는 이름이 난 덕만이다. 기운 꼴도 쓴다. 구변이랄 것은 못 되지만,

"글쎄 이 사람아, 원형이정으로 논지할 것 같으면."

하고 따지려 들기 시작하면 근동에서는 꺾을 사람도 없다. 언변이 아니라 주먹이 든든한만큼 그대로 사뭇 우격다짐이다.

그러나 덕만이가 이렇듯 하느님께 못된 욕을 한다고 해서 덕만이만을 나무랄 사람은 없다. 입이 험해서 말끝마다 하느님한테다 입에 못 담을 생입도 벌리고 욕지거리도 하기는 하지만 쩍쩍 벌어진 논바닥과 새들새들 마르다 못하여 인제는 돌돌 말리기 시작하는 벼 잎새를 보는 농군치고서 하느님을 원망하지 않을 사람은 없다.

"이 빌어 처먹을 하느님인지 뭔지가 우리네 농군들하구 무슨 대천지원수가 졌다는 겐고? 그래, 다섯 달 동안에 물 한 방울 떨어뜨리지 않으니 곡식은커녕 사람이 시들어 배겨날 수가 있나베!"

성냥을 그어대면 불이 확 붙을 듯싶은 벼폭을 만적일라치면 아무리 점잖은 사람의 입에서라도 막소리가 나갈 지경이다. 늙은 부모에 졸망졸망 신골방망이처럼 널린 어린것과 추운 삼동을 날 생각에 기가 막혀 논두렁을 끌어안고서 통곡을 하는 여인들도 있었다. 먹지를 못해서 댓가지처럼 빼빼 말라가는 병든 손자놈을 부둥켜안고 울듯이 노랗게

탄 벼폭을 쥐어뜯으며 뒹구는 늙은 농부도 있었다.

"이눔에 세상이 어찌 될려고 이러는고? 관리란 놈들은 노략질만 해대고 하느님은 비 한 방울 안 주시고…."

안 되면 조상의 탓이라고 막다른 골목에 가서는 누구나 한 번씩은 관리를 욕해보는 것이다. 난시인지라 그 많은 관리 중에 더러는 나쁜 짓을 하는 축이 있기도 하겠지만, 악에 받친 백성들의 눈에는 착한 관리보다도 나쁜 관리만이 눈에 뜨인다.

"아아니 그래, 미국서 몇 천원에 들여왔다는 거름을 육만원씩이나 받아먹어? 쥑일 놈은 모두가 장사치들 농간이지 뭔가?"

이런 비난을 듣게도 된 것이 거름값은 정말 예상했더니보다 무척 호되었다.

"아아니, 비싸건 싸건간에 줄 때 주기나 해야 한단 말이지. 우수 경칩 때부터 말만 준다준다 하고는, 초라니 대상 물리듯 밀어만 내더니만 지금 와선 뭬라구? 없는 보리를 내야 한다구? 시러베 잡놈들! 그래 면소 서기 녀석들은 보리를 땅에서 파내는 줄 안다던가?"

농사가 안 되었다고 나랏일을 중단할 수는 없는 노릇이어서 갖은 세금이 나가고 청년단이다 무슨 회비요 무슨 추렴이다 눈코 뜰 사이 없이 받으러 다니니까 또 욕질이 나오고 하늘을 원망케 된다. 농군들의 하느님이란 곧 나랏님이란 뜻이 많으니 얼핏 들으면 사상이나 나쁜 것 같지만, 사상이 나빠서라기보다도 한 입버릇이다.

이렇듯 입 가진 사람이면 다 한마디씩 원망하는 하느님한테 생입 한번 벌리지 않고 그저 묵묵히 일만 하는 늙은 농부가 있으니 그가 바로 상앗골 칠보 영감이다.

아무리 윤달이 들었다고는 하지마는 단오가 지나고 유두가 지나고 칠월달이 내일모레이고 보니 인제는 비 아니라 황금이 쏟아진대도 반가울 리 없건만, 오직 칠보 영감만은 그래도 하늘을 믿고서 잠시도 쉴 줄을 모른다.

"하느님이 백성을 굶겨죽이는 법은 없느니! 비가 안 오시는 것두 사람들의 인심이 악해져서 그게 미워 그러시는 게지. 어느 손가락 깨물어서 안 아픈 손가락 있다던가."

칠보 영감은 사람들의 생입과 욕설에는 귀도 기울이지 않고 새벽이면, 벌써 빈 지게에 닳아빠진 호미와 괭이를 얹어가지고 토산兎山 기슭으로 올라가는 것이다.

해방 후 전국의 산이 배코 친 중의 머리가 되었지만, 이 토산에만은 아직도 나무가 남은 골짝이 있었다. 이 골짝 밑이 바로 세모꼴이 진 들이 되었고 이 세모꼴 난 맨 꼭대기에 칠보 영감이 벌써 삼십여 년째나 부치는 닷 마지기 천수답이 있었던 것이다.

오월달까지는 칠보 영감은 맏아들인 장복이와 함께 퇴비 마련에만 곱이 끼어서 하늘을 원망할 겨를도 없었다. 지금 세상에 개똥을 줍는다고 비웃는 사람들도 많았지만 칠보는,

"아아니 그래, 옛날 개똥은 거름이 되었어도 시체 개똥은 거름이 안 된단 말인가? 거 무슨 생각없는 소리들여?"

이렇게 거들떠보지도 않고 망태기를 메고는 새벽부터 소똥 개똥을 주우러 다닌다. 소똥뿐만 아니라 길바닥에 떨어진 지푸라기 하나라도 그대로 지나치지 않는다.

"흙두 썩이면 거름이 되는데 짚이 거름 안 된다는 건 무슨 소리람."

사실 영감은 봄내, 여름내, 소똥을 모아서 삼백 관짜리 퇴비더미를 세 개나 만들었던 것이다.

그래도 비는 올 염량도 안 먹는다.

"에에라, 내가 언제부터 하느님만 믿구 살았던가!"

칠보는 아침부터 내리쪼이는 마당 한복판에 서서 비구름을 찾아보다가 이렇게 한탄을 하고는 토산 부리로 올라갔었다. 그는 온 산을 더텨보았다. 골짝골짝에 있던 옹달샘도 거의 말라붙다시피 하였고 어떤 샘은 자취도 없다. 칠보는 그중에서도 아직 물기 있는 샘을 모조리 파기 시작했다. '옷우물'이라는 옹달샘은 팔수록에 물 양이 느는 재미에 반길이나 되게 파헤치었었다. 그러고 나니 제법 물이 흘러내린다.

이 '옷우물'에 재미를 들이어 칠보는 십여 개를 파헤치었다. 십여 개의 샘물을 한데 모을 생각이었지만, 모이는 동안에 마른땅이 다 집어먹고 만다. 중창을 한다고 이태째나 모아두었던 서까래와 중방으로 홈을 파기 시작한 것도 칠보의 의견이었다.

"빗방울이 모여서 바다도 된다더니 이를 두구 한 말이로구나!"

칠보는 제법 쫄쫄 소리를 내어가며 흘러내리는 홈통을 들여다보며 이렇게 만족해했다.

그리고 착수한 것이 논머리의 우물이었다.

물론 건수가 모이어 이루어진 샘이었지만, 금년처럼 말라붙어보기는 처음이었다. 땅속치고서 물 없는 땅이 어디 있으랴 싶어 맏아들 장복이가 툴툴대는 것을 윽박아가며 우물을 파기 시작했었다.

그러나 며칠 동안은 아버지의 영에 못 이기어 따라다니던 아들은 허리가 결린다고 나자빠지고 말았다.

장복이가 허리가 아프다는 데만은 칠보 영감도 질리지 않을 수 없다. 저 6·25 때 빨갱이 놈들한테 끌리어가서 갈빗대까지 분질려가지고 돌아왔던 것이다.

"그럼 가 쉬어라. 아비가 혼자 팔 때까지 파볼 테니…."

칠보는 슬프게 대답하였다. 칠보는 장복이가 허리도 아프기는 하지만 그보다도 영동 읍내로 나가서 빈대떡 장사를 해보고 싶어서 그러는 줄은 짐작하고 있는 것이다.

"애 장복아, 너 괜히 그러는 것은 아니냐?"

"괜히는 왜 괜히 그래유."

"그렇기나 한다면… 너 상옥인가 그놈 말 아예 믿지 마라. 약은 푼수루 해두 읍내 사람들이 더 약겠지. 그렇게 돈이 잘 벌리는 빈대떡 장사라면 읍내 사람들이 왜 앓구서 너 같은 농군더러 하라고 가게 자리를 비워놓고 기다리겠느냐. 거 상옥이란 녀석 대처로 굴러먹더니만 아주 새알걸빵 해 젊어지게 되었더구나. 고놈이 널 살게 해줄려는 게 아니라…."

하다가 영감은 버언히 아들을 쳐다보고 입을 다문다. 상옥이란 놈이 아무래도 장복이 처 분옥이를 꾀어내려고 하는 수작 같았다. 상옥이란 어려서부터 대전으로 천안으로 대처로만 굴러먹어서 깨일 대로 깨인 녀석이다. 입에다 침도 안 바르고 거짓말만 잴잴 하고 다닌다고 저의 아범도 지청구를 대는 터다. 분옥이가 예쁘장하니 생긴지라 고 녀석이 눈독을 들이는 게 분명했다.

그러나 아비로서 이런 말이야 어찌 자식한테다 할 수 있으랴. 영감은 그런 눈치도 못 채고서 빈대떡 장사를 하겠노라고 추썩대는 자식한테 분한 생각보다도 밉살스러운 생각이 앞을 서는 것이었다.

'에이, 지지리 못난 놈의 새끼. 마음만 부처님 가운데 토막이지 무슨 염량이 있어야 한단 말이지. 네가 암만 흰소릴 쳐도 고놈 종애에 떨어지고 마느니라….'

칠보 영감은 아들을 보내고서 이런 생각에 잠기어 우물 팔 생각도 잊고 있었다.

그날부터는 우물도 칠보 영감 혼자서 팠다.

아무리 어려서부터 생일이 몸에 밴 영감이기는 했지마는 환갑 노인이었다. 여덟 살 적에 꼴지게를 진 이래 오십여 년 간을 줄창 몸에 겨운 일만 하고 살아온 영감이었다. 강철이라도 오십 년간 영감이 한 일을 시키었다면 닳았어도 무척 닳았을 것이었다. 그중에도 이번의 우물 파기란 이 오십 년 동안 해온 일 중에서도 가장 힘든 일이었다. 어느 때라고 배불리 먹고 일을 했을까만, 금년은 특히 한창 보리가 팰 무렵부터 땡볕만 내리쪼이어 통 시량이 되지 않았던 것이다. 이 긴긴 해에 꽁보리밥 한술 뜨고서 저녁까지 대기란 차마 못할 일이었다. 그래도 그는 팠다. 영감이 흘린 땀만 한대도 우물 바닥을 적시기에 족할 만했었다.

—이렇게 판 우물이었다.

2

처음 우물을 파기 시작했을 때는 비웃기만 하던 덕만이 놈이 물이 비치는 것을 보더니만 욕심이 덜컥 난 모양이다. 돌 틈에서 물이 비치는 것을 보고서 영감이 길길이 뛰었을 때 저 아랫다랑이에 섰던 덕만이가 솟았다 내려갔다 하는 영감의 머리를 보고는 뛰어와서 침을 게—흘린다.

"나겠이유, 나겠어. 이 돌만 정 같은 것으루 떼어내면 쏟아지겠어유!"

이렇게 말할 때의 덕만이의 퍼런 불똥이 튀는 눈은 영락없이 허욕이었다. 영감은 속으로, '이놈!' 하고 경계를 했다. 그래서,

"인 주셔유. 지가 한번 파볼 테니…."

하고 덤비었을 때도 아예 근접도 못하게 했었다. 괭이자루만 잡았다 놓아도 저도 팠노라고 트집을 잡을 것이 빠안했기 때문이었다.

덕만이는 족히 그럴 위인이기도 했다.

아니 그런 궁리를 하고서 덤벼든 덕만이기도 했던 것이다. 바로 어젯밤에도 잠시 집에 들어와 누운 동안에 물꼬를 따돌린 덕만이기도 했었다.

그 덕만이한테 물꼬를 내어맡겨둘 수는 없다. 그래서 칠보 영감은 그 잘난 보리밥도 뜨뜻할 때 집에 들어와서 먹지 못하고 들로 내어다가 논두렁에 쪼그리고 앉아서 먹어온 것이었다.

그러나 인제는 덕만이를 지키는 것보다도 더 중요한 일이 생기고 말았다.

허리가 아프다고 언구럭을 떨던 맏아들 장복이가 기어코 상옥이 놈의 꾐에 빠져서 영동 읍내로 달아날 것 같은 눈치라고 할멈이 귀띔을 해주는 것이었다. 며느리 분옥이는 벌써 사흘 전에 때아닌 친정에를 보내고 어디서 만나기로 되어 있는 눈치라는 것이다.

"저런 지지리두 못난 자식이—기어코 고놈 종애에 떨어지는구나!"

못났어도 역시 자식이었다. 그 못난 것이 읍내로 나가기만 하면 게도 구럭도 다 잃어버리고 고생만 죽도록 할 것은 빠안한 일이었다.

그러니 달아나지 못하도록 하는 도리밖에 없다.

집에 들어오면 물꼬 도적맞을까 좀이 쑤시었다. 이제 겨우 첫 다랑이 바닥을 축이었으니 그 물로 여덟 다랑이 바닥을 축이자면 열흘을 가져야 할 것이다. 오늘만 해도 셋째 다랑이부터는 아주 기운이 폭 죽어서 잎이 돌돌 말리기 시작하던 것이다. 그래서 칠보는 집에 들어오기가 무섭게 궁둥이를 들먹댄다. 들에 나가서 쫄쫄거리는 물소리를 듣고 있으려면 돌돌 말렸던 볏잎 펴지는 소리가 서벅서벅 들리는 것 같아서 그지없이 흐뭇하다. 돌돌돌 흘러 떨어지는 물소리는 그대로 음악이다.

그러나 금세 또 옷보따리를 해 짊어지고 달아나는 맏아들 장복이의 꼴이 눈앞에 나타난다. 그럴라치면 이번에는 또 물소리고 농사고 다 잊어버리고는 주먹을 불끈 쥐고 집으로 줄달음질을 치는 것이다.

이렇게 세 번 네 번 행보를 하노니 짧은 여름밤은 훤히 밝아오고 마는 것이다.

•

3

칠보 영감이 우물을 파기 시작한 지 열흘껜가 되던 날 새벽이었다. 영감은 논두렁에서 돌을 벤 채 깜박 잠이 들었던 모양이었다. 잠결에도 얼굴에 찬물을 끼얹는 것 같아서 벌떡 일어났더니 개구리란 놈이 앙가슴에서 훌쩍 뛰어내린다. 물기란 이 개구리란 놈의 오줌이었던 모양이다.

"에이, 망할 자식!"

칠보는 광목 적삼 자락으로 얼굴의 개구리 오줌을 씻고서 물꼬로 내려갔다. 시원치는 않으나마 물줄기는 여전히 퐁퐁퐁 웅덩이에 떨어지고 있었다.

둘째 다랑이도 하루 밤낮만 더 넣는다면 갈라진 자리는 메꾸어질 성싶다. 칠보는 흐뭇해서 기지개를 한번 호들갑스럽게 켰다.

그때였다. 기지개를 켜느라고 두 팔을 번쩍 들 때 멀리 고개를 뛰어 넘어오는 할멈이 눈에 뜨이었던 것이다.

무섭게 빠른 순간에 칠보는 이렇게 단정을 했다. 그렇지 않고서는 아침 끼니때도 아닌데 할멈이 저렇게 뛰어올 까닭이 없었던 것이다.

기지개를 켜던 팔은 채 올라도 못 가고 한참 만에야 힘없이 내리어졌다. 그러고는 할멈이 저만큼 와서 뭐라고 소리를 칠 때까지도 그 자리에서 움직이지를 않았다. 묻지 않아도 빠언한 일을 구태여 알려고 해서는 뭣하랴—이런 태도다.

할멈의 이야기는 그가 단정한 대로였다. 첫닭 울 때까지도 봉당에서 자고 있었는데 지금 깨어보니 장복이가 없어졌던 것이다.

"내버려두—."

칠보는 아무렇지도 않은 것처럼 이렇게 말하고 있었다. 그러나 그가 아무렇지도 않은 것이 아니라는 것은 그 말끝에 양쪽 어깨가 축 처지는 것만으로도 알 수 있었다.

금세 칠보는 몇 살이나 더 늙어 보이었다.

"말을 개천까지 끌구 갈 순 있어도 제가 먹어지지 않으면 물은 못 먹인다오. 제가 하고 재야지. 그 녀석 한번 대처 맛이 어떤 겐가 봐야만 정신이 돌지.”

이렇게 말하고 논두렁에 털썩 주저앉아버린다.

“망할 자식! 애비 말을 안 듣구서….”

할멈은 아무 말도 없이 훌쩍훌쩍 울고만 있었다.

“울긴 왜 울어. 자식한테 못할 일을 시켰어야 말이지. 그놈의 소원 성취를 했는데 뭘 그래.”

“망할 자식, 늙은 어미 아비를 내버리구서… 작은 게나 돌아왔으면….”

작은 것이란 해병대로 나간 둘째아들 장건의 말이었다.

“놔둬, 장건이야 전쟁이 끝나야 오지 아무 때나 온다던가. 말이 자식이지 그거야 믿을 수 있다던가. 용히 살아온댔자, 이런 구석에서 농사를 짓자고 들겠다구?”
하는 칠보의 빛 잃은 눈에서도 눈물이 뚝뚝 떨어진다. 그중의 몇 방울은 쭈글쭈글해진 주름살 금을 따라서 이리저리 퍼지고 있었다.

날은 그새 활짝 밝아지고 해가 뜨려는 토산 부리가 벌겋다.

장복이가 달아났다는 소문은 금세로 온 동리에 쫙 퍼졌다.

“고얀 놈!”

“몰인정한 놈!”

“그놈, 늙은 부모를 배반하고서 죄 안 받을 줄 아나?”

동리 사람들은 모두들 이렇게 장복이를 나무랐다.

“하긴 장복이 말도 맞지 뭔가. 말이 농사지 농사 지니 사람이 살 수 있어야지! 그놈의 세금은 어째 그리 호되고 추렴은 많지? 걸핏하면 징용장은 날라들지, 대처에 나가면 징용두 잘 안 나간다더라. 상옥이 놈 좀 보지, 그 자식이 뭘한다구 징명서가 석 장이나 된다나. 모두 그럴듯한 신분 징명이거든! 고런 쥐새끼 같은 놈!"

이런 말을 하는 패는 부모와 처자 때문에 발이 매여 장복이처럼 농촌을 빠져나가지 못하는 불평객들이었다.

그러나 이렇게 말하는 패도 역시 늠름하고 제일 유식하여 대서도 곧잘 해주던 장복이를 서운해함에는 틀림없었다.

장복이가 동리에서 없어진 것을 좋아하는 사람은 오직 덕만이뿐이다. 기운이야 애일 택이 없었지만, 구변으로나 인덕으로나 학식 어느 모로도 장복이와 맞서보지 못하던 덕만이는 호랑이 없어진 산속의 토끼처럼 은근히 기뻐했다. 장복이의 처 분옥이가 작년에 자기와 말이 있다가 장복이한테로 빼앗긴 데 오는 질투심도 장복이를 못마땅히 여기는 이유의 하나이기도 했다.

그러나 이보다도 더 큰 동기는 장복이 때문에 감히 칠보와 물쌈도 못 해오던 터라, 장복이만 없으면 그깐 영감쟁이쯤 우물 속에 거꾸로 집어넣고라도 물을 앗을 수 있다는 기쁨에서였다.

덕만이는 요새 갑자기 칠보네 우물에 눈독을 들이기 시작한 것이었다.

더욱이 장복이가 달아났다는 말을 들은 칠보가 물꼬고 우물이고 다 내동댕이치고서 머리를 싸매고 누웠다는 소문을 듣자 덕만이는 연모를 챙겨가지고 슬며시 들로 나갔다. 나가는 길로 물꼬를 돌려버린 것은 물론이려니와 우물도 자기 우물처럼 뛰어들어 파기 시작했던 것이다.

칠보가 일어난 것은 저녁때가 다 되어서였다. 팽팽히 켕겨졌던 긴장이 일시에 확 풀리어 몸을 추스를 수가 없었다. 그러나 버언히 드러누웠어도 소물소물 바위틈에서 비어져나오던 물줄기가 눈앞에 서언했다. 금세 물이 그득히 괴고 우물 밖으로 칠칠—넘어 흐르는 것이 보인다. 칠보는 벌떡 몸을 일으키었다. 머리가 패앵 돈다. 그는 얼결에 베개를 붙들었다가 베개를 안은 채 되쓰러져버리었다. 그길로 두어 시간은 의식이 없었다.

저녁 사이때가 훨씬 지나서 겨우 몸을 추슬렀다. 정신도 좀 개운한 것 같다. 그는 보리죽 국물을 훌훌 몇 모금 마시더니 할멈이 울고불며 잡고늘어지는 것도 뿌리치고 기어이 토산 부리를 찾아나섰던 것이다.

칠보는 실성한 사람처럼 우물 가까이 갔다. 약간 일그러진 열하루 달이 아직도 햇빛에 애인 채 저 멀리 포플러 나무 끝에 얹혀서 있었다. 대지는 달빛과 햇빛 반반해서 뽀얀 젖빛 황혼을 자아내고 있었다.

우물에서 한 사오십 보 떨어진 논둑에서 칠보는 문득 발을 멈추었다. 머리끝이 쭈뼛해진다. 우물 쪽에서 이상한 음향이 들려왔기 때문이었다.

'장복이 놈이 돌아왔나?'

퍼뜩 그런 생각이 든다. 칠보는 그런 말을 들은 것처럼은 생각이 된다. 아까 한창 정신없이 휘갑을 칠 때 얼결에 장복이가 왔으니 어쩌니 하던 소리를 꼭 들은 것 같다. 듣고서도 워낙 경황이 없어서 잊은 것처럼 생각이 되는 것이었다.

"장복아! 장복아!"

하고 불러대며 칠보는 우물가로 달려갔다. 가슴이 몹시 뛰었다.

그러나 칠보가 우물 속에서 발견한 사나이는 장복이가 아니었다. 반가움과는 거리가 먼, 아니 정반대인 덕만이 놈이었다. 덕만이는 파기에만 열중해서 칠보가 나타난 것도 모르고 망치로 돌을 깨고 있었다.

"죽일 놈!"

칠보는 머리가 아찔해짐을 깨달았다. 온 전신의 피가 머리로 끓어올라 오는 소리가 들리는 것 같다.

"천하에 원, 날도적놈!"

"그게 누구냐!"

칠보는 발을 굴러대며 고함을 쳤다.

그제서야 덕만이는 고개를 벌렁 젖히었다. 몹시 놀라기도 했겠지만 고개를 젖히는 통에 디디었던 돌이 툭 퉁그러지며 비칠한다. 칠보는 그제서야 바닥에 물이 흥건히 괸 것을 발견했었다. 물을 본 순간의 기쁨, 그 순간의 감격은 무서운 증오와 분노로 변했다.

"이눔아, 이리 썩 못 나오느냐!"

"샘 파주는데 왜 욕지거리여요!"

덕만이도 허리에다 두 손을 짚고 맞섰다.

"이눔아, 누가 널보구 샘 파달라든. 네 맘속을 내가 못 들여다보는 줄 아느냐? 남이 다 파논 샘 가로채잔 심보지?"

"아아니, 그럼 이 샘물 혼자만 쓸 줄 아오? 농군한테 네 물 내 물이 어딨어? 네 샘 내 샘은 어딨구? 그래, 장복 아버진 해나 달두 내 것이라구 그럴 작정요?"

"잔말 말구 나와, 이눔아!"

"못 나가, 어째!"

"아, 이눔이. 장복이가 없다구 대번 이 수작이로구나."

하고 때릴 것을 찾듯이 사방을 휘돌아보는데 물꼬 돌려논 뗏장이 눈에

썩 들어왔다. 칠보는 이가 다다닥 맞치었다.

"아니, 이눔 봐라. 그 갖은 고생을 해서 만들어논 물을 싹 돌리구? 이런 원 날도적눔!"
하고 욕질을 하며 칠보는 뛰어가서 물꼬를 되돌리었다. 물꼬를 돌리고 돌아오니 덕만이도 우물 밖에 나와 있었다.

"에이끼, 고연 눔! 맘자릴 그렇게 쓰면 못써!"

"맘자리가 어떻단 말여유? 농사꾼이 물 탐내는 게 그렇게 나쁜 짓이오? 농사꾼이 물쌈하다간 살인두 난대요. 사람을 죽여두 옛날엔 살인죄로두 안 갔대요."

이 한마디에 칠보는 기가 푹 죽고 말았다. 덕만이가 자기를 죽일까 봐서 겁이 나서는 아니었다. 농사꾼이 물 탐내는 게 뭣 나쁘냐는 한마디가 농삿일로 잔뼈가 굵어진 칠보의 가슴을 쳤던 것이다.

이 한마디는 늙은 농부의 눈 속을 뜨겁게 했다.

아니 이 한마디는 천수답을 안고서 허덕댄 그의 일생의 슬픔을 한꺼번에 폭발시켜주었던 것이다.

"덕만이, 내가 잘못했네."

칠보는 기운없이 덕만이 앞에 머리를 숙이었다. 그리고 자기도 모르게 그의 손을 잡자 걷잡을 새도 없이 그냥 눈물이 쏟아지던 것이었다.

"덕만이, 내가 잘못했네, 내가. 난 자넬 전부터 좋게 보지 않았었네. 내가 잘못이었어. 자네가 우락부락하고 욕심이 많은 사람이라고만 보아왔었거든. 그래서 장복이 놈이 없으면 으레껏 이 물줄기를 뺏으려 들거니 이런 생각에 겁을 집어먹고 있던 끝에 자네가 우물을 파니까, 그만 눈이 뒤집혔던 것일세. 내가 잘못했네. 농군이 물 탐하는 게 뭐 나쁘냐구 그랬지? 옳은 말일세, 지당한 말야. 제 손으로 꽂은 벼폭이 저렇게 말라죽는 걸 보고서두 빈대떡 장살 합네 달아난 장복이 놈한테다 어찌 자네 같은 농군을 비할까만 세상 사람이 다 뭬라구 그래두 자넨 장하네! 장해! 자 들어가세. 나하고 우물을 파세. 자네가 대면 대수요, 내가 대면 대순가. 자, 이리 오게—."

칠보는 이렇게 말하며 주먹으로 눈물을 씻고 있었다.

칠보는 덕만이의 팔을 부쩍부쩍 잡아당기고 있었다.

4

칠보가 우물을 파기 시작한 지 보름째 되던 날도 태양은 악에 받친 듯이 아침부터 봄별을 내리퍼붓고 있었다. 정월 그믐께 때 아닌 폭우가 연사흘이나 퍼부은 이후로 만 다섯 달 동안 가랑비 한 오리 내리지 않았었다. 칠보는 할 수 없이 아래로 네 다랑이는 호미모를 꽂았었다. 그나마 만앙이었다.

농촌에서는 이날이나 내일이나 하늘만 쳐다보았다. 날이 조금만 무더운 기운이 돌아도 온 동리가 가래에, 삽에, 괭이, 심지어는 호미까지 챙기고서 대기를 했다.

그러나 샐녘만 되면 언제 무더웠더느냐는 듯이 초가을다운 선선한 기운이 확 무더운 기를 걷어치운다.

"인저 다 죽었네!"

하느니 이런 소리뿐이었다.

"젠장, 삼 년 가뭄에 비 안 오는 날 없다더구먼, 이건 반년이 되도록 빗방울 한 번 안 오니 이런 놈의 날씨가 있단 말인가."

정말 반년 동안에 가랑비 한 오리 내리지 않았었다.

말라비틀어지는 것은 비단 곡식뿐이 아니었다. 가뭄 잘 타는 떡갈나무는 단풍이 아니라 떨어지기 시작하고 있었다. 삘기처럼 돌돌 말린 풀잎은 뿌리만이 겨우 수분을 유지하고 있는 형편이다. 불만 그어대면 땅덩이 전체가 그대로 불바다가 될 형편이다.

식물뿐 아니다. 인간이고 짐승이고 시들 대로 시들었다. 상앗골 향나무 밑 '돌우물'이라면 근동에서도 맛 좋고 물 흔하기로 이름난 우물이었다. 그 우물도 밑바닥이 드러나는 것이다. 상앗골 사십여 호 중 두 집 걸러 한 집 평균은 되던 우물이 다 바짝 말라붙어서 상앗골 동리 전체가 이 '돌우물'로만 몰려들었던 것이다.

식수 걱정만은 모르고 살던 동민들도 도시처럼 밤을 새워가며 줄을 지어 물을 긷지 않으면 안 되었다.

그날도 칠보는, 먼동이 트기 전부터 덕만이가 마련해온 정과 망치 외에도 곡괭이, 삽, 삼태기 등을 지게 소쿠리에 담아가지고 우물로 나갔다.

덥기 전에 한참 파보잔 것이다.

우물 근처에 가까이 가니 벌써 쿵쿵 돌 울리는 소리가 난다. 덕만이가 벌써 나와 있는 모양이었다.

"어, 벌써 왔는가?"

칠보는 이렇게 덕만이한테 인사를 했다.

"예, 벌써 뭣하러 나오세유?"

"자넨 나보다두 먼저 나오구서 그러나."

"저희들 젊은 놈들이야 뭐—."

"젊은 사람이라구 다 일하기 좋아한다던가. 장복이 같은 녀석두 있다네."

칠보는 또 자식 생각이 앞선다.

"너무 상심 마셔유. 인저 오겠지유 뭐."

"오거나 말거나, 꼭 제 자식이라야 자식인가."

입에 발린 소리가 아니었다. 칠보는 심술도 궂고 상스럽기는 하다 해도 지금의 그에게는 덕만이가 친자식인 장복이보다도 몇 곱절 친근한 정이 쏠리는 것이었다. 이것은 어려운 말로 한다면 생활 감정의 완전한 교류였다. 그 미워하던 덕만이었건만, 농부의 마음만은 아들인 장복이보다도 훨씬 통하는 것이었다.

생각이 같고 욕심이 같고 목적이 같은 두 농부는 찬 보리밥 한 덩이씩으로 그 무서운 노동을 하면서도 역시 즐거울 수 있었던 것이다.

"덕만이."

"예—."

"자네, 아예 장복이 놈 같은 생각을랑 갖지 말게. 사람의 마음이란 한 번 벗나기 시작하면 휘어잡을 수가 없는 법이니. 내 자식이지만 장복이 녀석은 인저 아주 버렸네. 농군의 자식으로 태어난 녀석이 농사의 재미를 모르고야 어떻게 농촌에 붙어 있을 수 있겠는가. 사람이란, 이해타산만 가지구 사는 건 아니니. 일하는 재미에 사는 게지. 갈고 쓸고 거름을 지르고 씨를 뿌리고, 씨를 뿌리면 뾰족뾰족 싹이 내솟는 그 재미에 사는 거야. 제출 해 보지? 며칠 안 가서 벌써 곡식 포기가 다르거든. 수분이 적어서 시드는 곡식에 물을 한번 주어보지? 정신이 버쩍 나서 생기가 돌지 않던가? 그것을 보는 재미에 일하는 게지, 누가 이 물을 주면 쌀이고 콩이 몇 톨 더 나느니라, 그런 이해타산을 하고 물을 주는 사람은 없는 게니. 그런 사람이야 있지. 있긴 하지만 그건 진짜 농사꾼이 아니야, 장사꾼이지! 장사하던 사람으루 진짜 농군이 된 사람 본 일 있던가? 안 되느니. 금광하던 사람으로 농사짓는 사람 보았는가? 할 수 없는 신세가 되면 농사라두 짓는다구 덤벼보지. 허지만 일이 년두 못 가서 떼엎느니, 우리 장복이란 놈, 두구 보게나. 내 자식이지만, 그 자식 버렸네. 그놈이 계집의 얼굴을 팔아서 빈대떡 장사로 억만원을 번다기로니 그게 사람값에 가나? 그건 일이 잘된 때도 따분한 신세가 되어 농촌으루 다시 기어들기로니 그 자식 농사질 줄 아는가? 또 달아나지! 자네 아예 농군의 마음을 버려선 안 되네."

"예—."

칠보 영감은 띄엄띄엄 이렇게 덕만이를 구스르고 있었다.

사실 그는 지금 덕만이한테 친자식한테보다도 훨씬 더 은근한 정이 쏠리는 것이었다.

"입에 발린 말이 아닐세. 이다음 내가 죽는 날엔 내가 부치던 이 땅 뙈기두 덕만이 자넬 주면 주었지 그놈 안 주네. 장복이놈 주었댔자, 이 땅 버리구 말걸세. 버리잖으면 팔아먹거나…."

칠보는 이런 소리도 했었다.

그날의 노동이란 연모도 맞지 않는 그들에게는 실로 몸에 겨운 노동이었다. 정이래야 끝 부러진 끌 토막이다. 말이 망치지 못 쓰게 된 도끼였다. 밥티로 새를 잡다시피 하는 석수장이들 앞에 아름드리 큰 바위가 나타났던 것이다. 그런 바위가 두 개였다. 바위와 한쪽 바위를 자리만 떼어놓아도 물길은 틀 것 같았다. 틈새로 스미어나오는 물 기세로 보아 이 바위만 들어낸다면 큰 물줄기가 뻗칠 것은 인제 더 의심할 여지도 없었다.

저녁때가 거의 되었다.

"오늘은 그만 가시지유. 저두 오늘이 아부지 제사라서 그만 좀 가봐야겠어유."
하고 덕만이가 쟁기를 챙기면서 허리를 편다.

"글쎄, 나두 그만 나려갈까."

"그러세유. 뉜네가 너무 과로하셨다간—."

"그럼 일어나지."
하면서도 칠보는 꽤 많이 쌓인 흙더미를 내려다본다. 오늘 이 흙더미만은 져 재놓아야 내일 일이 될 것 같았지만, 덕만이가 제주로 막걸리 받아다놓은 것도 있다면서 한사코 끄는 바람에 칠보도 따라 일어섰다.

그들은 곧장 덕만이네로 갔다. 마침 밀적을 부치는 길이어서 막걸리에다 두 소당을 먹고 나니 저녁 생각이 없다. 그래서 집에 잠시 들러서 저녁을 잘 먹었노라 이르고는 그길로 곧장 토산 부리로 올라오고 말았다. 인제는 물꼬를 돌려댈 덕만이도 아니요, 도망갈까봐 지켜야 할 자식도 없어진 터고 보니 마당에 모깃불이나 놓고 이야기나 주고받아도 좋으련만 그래도 칠보는 궁금증이 나서 견딜 수가 없었다. 그런 사람은 아니지만 옆 다랑이 윤 첨지가 심통을 부릴지도 모르겠다 싶기도 했거니와 우물에 물이 좀 괴지나 않나 하는 궁금증에 조바심이 난 것이다. 요새는 또 여우도 먹을 것이 없어 미친개처럼 낮에도 산에서 내려오는지라 그놈들이 싸다니다가 물받이 홈을 건드리지나 않나 하는 것도 걱정 중의 하나다.

우물로 오니 아직도 날은 훤하다.

칠보는 담배를 한 대 피우고서 시적시적 또 일을 손에 잡았다.

호미로 긁적이다 보니 아까보다도 물기가 한결 풍긴다. 그 새에도 제법 두어 바가지는 되게 물이 괴기도 했다. 그것을 보고는 그대로 있을 수가 없다. 칠보는 다시 연모를 가지고 내려가서 우선 파놓은 흙을 져내기 시작했다. 새다리가 휘청대는 것은 새다리가 약해서만도 아닐 것이었다. 아무리 요기를 했다고는 하지만 그가 먹은 음식에 비하여 흙의 무게는 너무도 과중하기도 했을 것이었다. 나이도 또 나이였다. 어려서부터 일이 몸에 배었다고는 하지만 칠보는 환갑 노인이다.

해가 꼴딱 지더니 확 밝아진다. 열나흘 달이 오른 것이었다.

칠보는 코 속에서 단내가 나도록 피곤을 느끼면서도 그 많은 흙을 말끔히 져내었다. 여남은 짐이나 되었을 것이니 두어 시간은 실히 걸렸을지도 모른다. 마지막 흙을 닥닥 긁어서 지게에 퍼 싣고서, 칠보는 또 한번 바위 앞에 앉아보지 않을 수 없었다.

정말 뜻밖이었다. 물줄기가 아까보다도 한결 굵어지지 않았는가?

"…오오냐, 인저 살았다!"

칠보는 또 한번 고함을 지르고 팔을 내어저었다. 길 반이나 팠으니 물이 나와도 좋을 때이기도 하다.

칠보는 성냥을 그어 물구멍을 찾아보았다. 한결 정도가 아니다. 아주 물줄기가 제법 세차지 않은가? 칠보는 무의식중에 쟁기를 또 손에 잡았다. 그러고는 또다시 파기를 시작했다. 자위만 뜨면 물구멍은 날 것 같았기 때문이었다. 그는 마치 조갈난 사람이 물을 켜듯 파고 쪼고

긁고 퍼내고 했다. 길 반이나 되는 우물 바닥이 낮처럼 밝을 제는 달도 꽤 많이 올라왔던 모양이다.

그러나 칠보는 낮과 밤의 구별도 못했다. 그는 오직 물구멍을 찾기에 눈이 뒤집힌 격이었다. 인제는 팔이 올라가지 않는다. 그래도 그는 쉴 줄을 몰랐다. 허리가 접친듯이 아팠으련만 그에게는 큰 고통을 주지는 못했었다. 그에게는 오직 아직도 물줄기가 확 트이지 않았다는 의식밖에는 없었다. 그의 본능은 오직 돌을 쪼고 흙을 파는 것뿐이었다. 일자리가 어두워지기 시작한다. 달이 훨씬 기운 모양이었다. 칠보가 그것을 깨달은 것도 망치로 정 대가리를 친다는 것이 손등을 잘못 친 때였었다. 눈에 불이 번쩍 나도록 손등을 얻어맞고야 그는 망치를 내어던지고 벌떡 일어나면서 비명을 올렸던 것이다.

"아아니? 이것 봐라!"

손등이 터져서 피가 철철 흘러 떨어지고 있었다.

"아아니? 그런데?"

그는 또 한번 비명을 올리었다.

그러나 그 비명은 아파서는 아니었다. 피를 보았기 때문도 아니었다. 살점이 떨어지도록 내리치었으니 아니 아팠을 리는 만무다. 그러나 정말 그는 아픈 줄도 몰랐고 피가 흐르는 줄도 몰랐었다. 밝은 데서 보았다면 살점이 뚝 떨어져나가고 손등 뼈가 허옇게 내어다보이었으련만, 그는 전혀 아픈 것도 몰랐었다.

—칠보 영감의 비명은 전혀 딴것이었다. 손을 치인 통에 홱 돌아앉은 그는 자기의 발목이 복사뼈까지 잠기게 물이 괴어 있었다는 것을 그제야 발견한 데서였던 것이다. 깔고 앉았던 돌도 다 묻히고 궁둥이가

잠기었어도 칠보는 그것이 물이었다는 것을 의식지 못했던 것이다.

그만큼 그는 열중했었다.

"지성이면 감천이라더니 하느님이 날 돌보셨구나!"

칠보는 감개무량해서 이렇게 소릿조로 말을 하고 부지런히 쟁기를 챙기어 짊어놓았던 소쿠리 흙 위에다 얹고 지게 밑으로 들어갔다. 지겟작대기를 빼고 바른쪽 무릎을 세우는 듯 지그시 짐을 어깨에 실어보니 과히 무거운 짐은 아니다.

"응—" 소리와 함께 칠보는 몸을 일으키어 새다리에 첫발을 올려놓았다. 그러고는 다시 한번 우물 바닥을 돌아다보았다. 흐뭇한 웃음이 절로 흘러나온다.

칠보는 지겟작대기를 우물 밖으로 내어던지고 새다리에 한쪽 발을 마저 올려놓았다. 다리가 와들와들 떨린다. 한쪽 손으로는 새다리 기둥을 잡고 한쪽 손은 말뚝에 매어놓은 바를 잡고 한 층 한 층 올라갔다. 모두가 열두 층이었다. 위로 세 층을 남기고는 숨을 한 번 돌리었다. 그러고는 뒤를 또 한번 돌아다본다. 칠보는 일생 처음 즐거운 순간을 경험했다. 정녕 기뻤다. 즐거웠고 흥겨웠었다.

"하느님 덕분이지!"

칠보는 다시 발을 올려 디디었다. 홈통에서 웅덩이에 물 떨어지는 소리가 퐁퐁퐁 들린다. 이 단조한 음향은 칠보한테는 그 어떤 음악보다도 더 즐겁게 들리었다.

"홈 물은 퐁퐁퐁 우물 물은 흥건…."

「저 건너 갈미봉」조로 이렇게 콧노래를 부르며 마지막 난간을 왼발로 차듯이 하면서 바른발을 땅 위에 내어딛기 위해서 잡았던 바를 부쩍 잡아당기자, 밧줄이 싱겁게도 스스로 딸려와버리었다. 힘을 주었던 오른팔이 밧줄을 끌고 한참이나 뒤로 물러났다. 오른팔과 함께 앞으로 숙였던 상체도 펴졌다. 순간 칠보의 몸은 꼿꼿이 일자가 되었다. 육체로서는 완전히 몸의 중심을 잡았었다. 그러나 그의 등에는 무거운 짐이 덧붙여 있었다. 몸은 꼿꼿했지만 짐의 무게만큼은 뒤로 쏠린 셈이었다. 저울추는 언제나 무거운 쪽으로 기우는 법이다. 칠보의 몸도 진 짐의 무게만큼은 뒤로 기울고 말았다.

얼마 동안의 시간을 두고 칠보는 자기의 몸이 뒤로 기울었다는 사실을 인식할 수 있었다. 그것은 실로 긴 시간이었다.

'나는 뒤로 넘어간다!'

그는 이렇게 깨달았다.

'넘어가선 안 된다!'

그는 이를 악물고 짐의 무게만큼을 남은 자기 힘으로서 버티려고 애를 썼다. 그것이 시간적으로는 얼마나 되었는지는 몰라도 칠보 영감한테는 일년이나 걸린 것처럼—아니 그가 살아온 육십 년만큼이나 긴 시간이었던 것처럼 느끼어졌었다.

이튿날 이른 아침, 덕만이가 우물을 찾아왔을 때 물은 반 길이 넘게 괴어 있었다. 이 하룻밤 사이에 괸 물은 육십 년이나 물과 싸워온 칠보 영감을 수장 지내기에 충분했었다.

우리는 원두막에서 수박을 먹으면서 이 이야기를 듣고 나서 배 형의 부인이,

"그래, 그 뒤 장복인가 하는 그 아들은 어떻게 됐나요?"

하고 물었다.

"영감이 용하게도 알아맞추었지요."

"아내를 빼앗겼어요?"

"네, 저의 아버지 장사에도 못 왔지요. 그 뒤 섣달 그믐껜 거지처럼 하고 덜렁 들어왔더니만, 금세 또 나가서 여태껏 안 들어오는군요. 저 아버지 일년상이 며칠 안 남았으니까 설마 그날이야 돌아오겠죠."

"그럼 그 농토는?"

하고 이번에는 내가 물어보았다.

"아 참, 내가 그 이야길 한다는 게, 그 농톤 정말 덕만이가 부치구 있지요."

우리가 이런 이야기를 하고 있는데 박 면장은 마침 원두막 쪽으로 광주리를 이고 오는 한 노파를 가리키며 이렇게 설명해준다.

"저기 오는 저 노파가 바로 영감 할멈입니다. 열두 살인가 된 계집앨 데리구 저렇게 장살 해서 먹구 살지요. 수박을 받으러 오는 모양입니다."

——〈1957년〉

며느리

•

•

•

1

"애들아, 오늘은 좀 어떨 것 같으냐?"

부엌에서 인기척이 나기만 하면 박 과부는 자리 속에서 이렇게 허공을 대고 물어보는 것이 이 봄 이래로 버릇처럼 되어 있다.

어떨 것 같으냐는 것은 물론 날이 좀 끄무레해졌느냐는 뜻이다. 다른 날도 아닌 바로 한식날 시작을 한 객쩍은 비가 이틀이나 줄기차게 쏟아진 이후로는 복이 내일모레라는데 소나기 한 줄기 않던 것이다. 이러다가는 못자리판에서 이삭이 날 지경이다.

여느 해 같으면 지금 한창 이듬매기다, 피사리다, 매미충이 생겼느니 어쩌니 할 판인데 중답들도 아직 모를 내어볼 염량도 못하고 있다.

밭도 그대로 퍽 묵어자빠졌다. 오이다, 열무다, 목화다, 제철 찾아 심기는 했으나 워낙 내리쪼이기만 하니까 싹이 트다 말고 모두 시들어버린다.

"하늘은 방귀두 안 뀌구 오줌두 안 눌라구? 설마 망종까지야 한 보지락 하겠지."

이 설마가 사람을 죽이는 것이다. 망종이 지나고 하지가 되어도 거짓말처럼 비 한 방울 하지 않는다.

설마를 믿고 호미모를 냈던 사람들도 물을 대다 대다 지쳐서 나자빠지고 말았다.

"아니 그래, 이런 놈의 하늘이 있단 말인가? 7년 가뭄에 비 안 오는 날 없다더구먼서두 이건 그런 빗방울 한번두 하질 않으니."

농군들은 어처구니가 없어했다.

"그눔의 원자탄인가 뭔가 때문에 천지 조화가 생겼다더니 아마 그게 정말인 모양이지? 그렇잖구서야 요렇게 흐려보지도 못할 수가 있담!"

단오도 휙 지나갔다.

그래도 죽네 사네 하면서도 단오절이면 인조견 나부랭이라도 떨치는 아이들이 보이고, 누가 서둘러서던지 동구 밖 느티나무에 그네라도 매었으련만 아이들이 끙게도 없는 새끼줄 그네를 버드나무 가지에 매고 싸움박질을 할 뿐이다.

그네고 자시고 할 경황이 없는 모양이다.

달걀 노른자위처럼 삼배출짜리로만 속 뽑아 차지한 구장네 빼어놓고는 논 묵히지 않은 사람이 없다. 한식 때 한번 젖어본 채로 가랑비 한번 오지 않았고 보니 논바닥이 아니라 그대로 타작 마당처럼 굳었다. 하불하 네댓 보지락은 와야만 모라고 내어볼 형편이다.

"다들 굶어죽었군! 굶어죽었어! 아마 인제 우리나라에 떼정승이 날려나부다!"

굶어죽기란 정승 하기보다도 어렵다는 말을 빌려 하는 소리다.

물길만 믿고 모를 냈던 논들도 요새는 물 퍼대기에 온 집안이 논두렁잠을 자지 않으면 안 되었다.

누가 내 배 다치랴 싶게 거드름을 피우던 구장까지가 요새는 아들이 갖다준 군대 우장을 뒤집어쓰고 저녁이면 논으로 나간다.

이런 판국이니 온 동리 사람들이 다 고르고 난 찌꺽지만 얻어 차지한 박 과부네야 더할 것도 없다. 순조로워야 마석이나 얻어먹는 너 마지기가 그대로 쩍 갈라진 채 나자빠져 있던 것이다.

작년 일년내 박 과부는 두 며느리에 지금은 무남독녀처럼 되어버린 복녀까지를 끌고 다니며 극성을 부려서 퇴비를 천 관 가까이나 장만했었다. 그래서 장려상까지 탔지마는 박 과부의 욕심은 금년에는 아랫배미 두 마지기에서는 양석을 한번 내어보자던 뱃심이었던 것이다.

그것이 양석은커녕 꽂아보지도 못하게 되었고 보니 기가 찰밖에는 없다.

하는 수 없이 메밀이라도 뿌려둔다고 군대에 가서 있는 둘째아들 창수가 지난 정월달에 벗어던지고 간 군대 잠바에다 돈도 삼백환이나 얹어주고서 메밀씨를 구해다 놓기는 했으나 아직도 초복 전인지라 미련이 있어서 심지를 않고 아침이면 이렇게 며느리들보고 그날 일기를 물어보는 것이다.

2

그러나 박 과부가 새벽마다 며느리들한테 그날 일기를 묻는 데는 또한 딴 이유가 있다. 그날의 날씨도 날씨지만 며느리들의 대답으로 그날 며느리들의 마음속을 점쳐보기 위해서다. 박 과부는 아직도 쉰을 둘 넘었을 뿐이요, 자리잡아 드러누워 있는 병자도 아니다. 해가 뜨도록 질편하니 드러누워 있는 그런 성미도 못 된다.

그러고 보니 눈이 뜨이는 길로 문을 활짝 열어젖히고 하늘을 치어다볼 수도 있건만 반드시 두 며느리한테 그날 일기를 묻는 것은 며느리들의 대답 소리로 그날 며느리의 기분을 살피자는 수단인 것이다.

"얘들아, 오늘은 좀 어떨 것 같으냐?"

하는 소리는 비가 옴직하냐는 소리도 되거니와,

"얘들아, 너희들 오늘 기분은 어떠냐?"

하는 질문과도 같다.

"안개만 자옥해요!"

라든가 또,

"틀렸나봐요!"

또는,

"빈커녕 눈두 안 오겠어요!"

이런 대답 내용으로도 며느리들의 그날 일기가 짐작이 되었지만 말소리로도 며느리들이 부어 있는지, 신푸녕해하는지, 기분이 가라앉았는지가 짐작이 간다.

먼저 부엌에 나온 것이 어떤 며느리인가를 알기 위한 방법도 된다. 원래 따지자면 작은며느리가 먼저 일어나 나와야 한다. 그러나 매양 먼저 대답하는 것은 큰며느리다.

작은며느리가 먼저 일어나와야 할 계제인데 그것이 나중 나오면,

'아니, 저것이 또 딴생각을 하는 것이나 아닌가?'

이런 걱정이 앞서고, 큰며느리가 먼저 나오는 것을 보면 박 과부는 한편,

'그래두 낫살 더 먹은 것이 낫구나.'

이런 생각이 들어 큰며느리가 의젓해 보이다가도 또 한편으로는,

'아니, 큰것이 먼저 나온 걸 보면 간밤 또 잠을 못 잔 게 아닌가? 쓸쓸한 자리 속에 질펀히 들어 있기가 싫으니까 뛰쳐나오는지도 모르리—.'

이런 불안이 또 머리를 들고 일어선다.

그렇다고 박 과부가 수다스러운 사람이래서만도 아니다. 남편이 왜정 때 징용으로 일본 야하다 제철소에 끌려갔다가 기계에 치여 죽은 지 십 년이다. 이 십 년간의 중년 과부 생활이 자연 박 과부를 거세게 만들었고, 다심하게만 했지만 두 며느리한테 신경을 쓰는 것은 반드시 그의 성격 때문만은 아닌 것이, 두 며느리가 다 요새 와서 마음이 들뜬 것처럼 보여지기 시작한 것이다.

큰며느리는 시어머니와 같은 신세였고, 둘째는 남편이 있기는 하지만 생과부다. 작은아들 창수는 결혼한 지 석 달 만에 군대에 끌려가서 벌써 삼 년째나 되는 것이다. 이달에는 풀린다, 새달에는 풀린다, 편지만 오다 또 꿩 구워먹은 수작이었고, 부양 책임이 있는 집 자식은 곧 제대를 시킨다는 구장 말만 듣고 면소에도 몇 번이나 쫓아갔었다.

아버지도 없는 두 자식 중에 큰아들 창선이는 휴전이 되기 바로 직전에 전사를 했고, 둘째아들 창수가 군대에 갔고 보니 그런 법이 생겼다면 응당 창수만은 돌아와야 하느니라 했던 것이다.

그러나 그것도 말뿐이지 또 흐지부지하고 말았다.

진정서를 내면 된다는 바람에 삼백환이나 들여서 대서를 시켰더니 반장, 구장, 면장의 증명이 없다 해서 무효가 되었다던 것이다.

그래서 또 몇 달째 미적미적 밀려오고 있다.

큰며느리라야 이제 겨우 스물여섯이고 보니 그야말로 청상과부다. 창선이가 전사했다는 소문이 돌자 동리 사람들은,

"글쎄, 창선이 댁이 붙어 있을까? 자식이 있다고는 하지만 그깐 계집애 하나—."

이렇게 은근히 걱정을 했었다.

동리 사람뿐만 아니라 박 과부도 그랬다. 아이가 삽삽하고 붙임성도 있고, 워낙 가난한 집에 태어나서 고생을 하고 자란 터라 속도 틔었다지만 나이 이십에 뭣이 미진해서 이런 집에 붙어 있으랴 했다.

'저것이 머슴애이기나 했더라면—.'

박 과부는 손녀를 바라보면서 몇 번이나 이렇게 한탄을 했었다. 아들이었더라면 혹시 그것한테나 마음을 붙이고 붙어 있을지도 모른다 싶었던 것이다.

그래서 장사랍시고 지낸 지 한 두어 달쯤 되어서던가 한번 박 과부가 선손을 써본 적도 있다.

"얘, 얘 어미야, 너 기나긴 청춘을 어떻게 저것만 바라구 살 수 있겠느냐. 나야 네가 저것한테라두 맘을 붙이고 있기를 바라지만 어디 너한테야—."

이렇게 며느리의 마음을 떠보려니까 며느리는 펄쩍뛰었었다.

"아니 어머니두, 망측한 말씀을 하시네요! 아마 어머니가 제가 싫

어지셨나봐. 암만 싫다셔두 이 집에서 단 한 발짝두 나가질 않을 테니 그런 줄 아셔요, 어머니."

이렇게 나글나글 웃기까지 했었다.

그런 큰며느리였다.

그래도 말은 그랬지만 어디 그러랴 했다.

그러나 한결같은 며느리였다. 아니 제 남편이 살았을 때보다도 더 자상했다.

"이것 어머니나 잡수셔요. 전 많이 먹구 왔어요."

유가족 위안회에 초대를 받고 여주 읍내에 갔다 온 며느리는 거기서 주더라는 도시락을 고스란히 싸들고 왔었다. 박 과부는 정말인 줄 알고 그 도시락을 둘째며느리하고 나누어 먹고 말았더니 후에 밖에서 듣고 나니 그것 하나 주고 말았다던 것이다.

그런 며느리였다.

그렇던 며느리가 작년 가을부터 확실히 눈치가 좀 달라진 것이다.

박 과부는 자기가 보낸 십 년 동안을 생각해보고는,

'젊디젊은 것이 사내 생각도 나겠지—.'

이렇게 너그러이 보아주기로 했었지만 올봄 접어들면서부터는 전에 없던 퉁명도 생겼고, 어떤 때는 팩하고 맞서려고도 든다. 한식철만 지나면 농가에서는 눈이 핑핑 돌아간다. 볍씨도 담가야 했고, 못자리판도 마련해야 했고, 온갖 밭곡식도 파종을 해야 했다. 보리밭도 매고 거름도 주어야 했다.

이렇게 한창 달구치는 판에 떡 친정에를 다녀온다고 나서는 며느리기도 했다.

박 과부는 하도 어이가 없어서,

"얘야, 네가 정신이 있는 사람이냐? 그래 봄에 온 사둔은 꼴두 보기 싫다는데 이 바쁜 철에 사둔집엘 간다구 나서? 네가 맘이 변해두 이만저만 변한 게 아니로구나!"

그 말을 듣고 나니 방순이는 찔리는 데가 있다. 어려서부터 농가에서 자랐기도 하지만 하루하루 곡식 커가는 데 여간 재미를 붙이던 방순이가 아니다.

시집을 오던 해다. 창선이가 철도 아닌 봄 학질을 앓았었다. 골이 쪼개지는 것 같다고 하며 머리에 물수건을 대어달라던 것이다.

방순이는 물동이를 이고 한데 우물로 찬물을 길러 간 것이 아무리 기다려도 오지 않는다.

얼마 만에야 들어온 며느리를 보고 박 과부가,

"넌 우물을 팠느냐?"

하고 물으니까,

"밭에 좀 들러 왔어요."

"병자 위해서 물 길러 간 사람이 밭엔 웬 밭?"

"외가 싹이 났나 해서요, 간밤 꿈엔 안 났겠지요?"

"그래 싹이 났던?"

박 과부도 대견해서 웃었었다. 농갓집 맏며느리는 저래야 하느니라 했던 것이다.

"요만큼 뽀쪽이 나왔어요, 어머님! 어떻게나 귀엽던지 똑 따주고 싶겠지요!"

"너 그러다가 네 남편한테 외싹이 더 중하냐구 쫓겨날라."

고마워서 한 소리였다.

"쫓아내면 쫓겨가지요 뭐, 어디 가면 외싹 없을라구요."

"저런 망할 것, 그래 남편보다두 외싹이 더 대단하다는 거야?"
하고 창선이가 방에서 소리를 쳤을 때도,

"남편 없이는 살겠어두 곡식 기르는 맛 없인 못 살아요!"

이런 방순이었었다.

이렇던 며느리가 이 바쁜 봄철에 친정에를 가겠노라는 것이다.

"오냐, 네 맘 내키는 대루 해라만서두—."
하고 박 과부는 앵동그라졌다.

"아마 봄철에 친정 간다는 사람은 세상을 발칵 뒤집어두 너밖엔 없을 거다! 네가 다 날 업수이 여기구 하는 수작인 줄 나두 안다. 할 대로 해!"

아들이 아직 살아 있었을 때의 박 과부는 며느리를 들볶아대는 시어미는 아니었지만 아직 젊은 과부였더니만큼 그렇게 녹록한 시어머니도 아니었었다. 자식이 며느리 방에 들어간다고 트집을 잡아 죽네 사네 나대기까지는 않았어도 며느리 방에서 나오는 아들을 보는 눈은 어느 때 한번 모질지 않은 때가 없었다.

그러나 자식이 덜컥 죽고 난 다음부터는 자기도 모르게 큰며느리를 바라다보는 눈은 달라졌었고, 말소리에도 가시가 돋지는 않았었다.

"그래, 정말 가겠다는 거냐? 어서 가봐라. 가서 아주 올 것 없다! 지금이 어느 철인데 사둔집엘 간다는 거야!"

아들이 죽은 후로 이렇게 며느리한테 모진 소리를 하기도 처음이었거니와 며느리 또한 시어머니의 뜻을 무시하기도 그것이 처음이었다.

"어디 사둔집인가요? 친정집이지요! 누가 오래나 있겠답니까? 하두 꿈자리가 뒤숭숭하니까 잠깐 다녀만 오겠다구 그러지 않아요!"

"오냐, 맘대루 해! 말리잖을 테니 맘대루 하란 말야. 언젠 네가 어른을 어른으루 알았더냐? 시어미 대접을 했구?"

이런 말다툼을 하고서도 며느리는 기어코 어린것을 끌고 저의 집에를 갔다 왔던 것이다.

생각더니보다는 일찍 돌아왔었다. 그러나 날짜가 문제가 아니다. 가지 말라는 데 갔다는 사실이 문제였다.

고부간 사이에 틈이 벌기 시작한 것도 이때부터다. 며느리가 시어미 말을 거역했다는 이 엄연한 사실이 박 과부의 의혹을 샀었고, 그렇게 보고 나면 그럴 만한 일이 없는 것도 아니다. 올 정월달에도 집에를 갔다 왔는데 또 간다는 것도 우습거니와, 요 한 보름 전에는 육촌오라버니인가 뭔가 된다는 젊은 아이가 다녀갔고 편지도 두 번이나 왔었다.

전에 없던 일이었다.

박 과부는 그 육촌오라비라는 사나이가 심상치 않으니라 한 것이다. 치마에 바람이 나게 나대어도 미처 손이 안 돌아갈 봄철에 일손을 쥔 채 맥놓고서 섰기가 일쑤다. 밭을 매다가도 그랬다. 절구질을 하다가도 그랬었다. 그럴 때마다 박 과부는,

"얘야! 넌 절구질을 하다 말구서 뭘 그리 섰는 거야!"

하고 쏘아붙일라치면 제라서 질겁을 해서 다시 일손을 잡지만 그때뿐이었다.

"넌 아무래두 탈이 난 사람인가부다. 일하던 사람이 일엔 정신이 없구 뭔 생각에 팔리는 거냐?"

"……."

"그럴 마련이면 아주 요정을 내자, 너 갈 데 있건 가구."

"……."

어느 뉘 집 개가 짖느냐는 투다.

그러면 박 과부는 속이 왈칵 뒤집혀지고 말던 것이다.

"복녀야, 너 네 큰형이 혹 보따리를 싸는가 잘 보살펴라."

장터에 나가지 않으면 안 될 때는 박 과부는 딸한테 슬며시 귀띔도 한다. 여인네만 살고 있는 터고 보니 사내처럼 나돌아야 할 일도 많던 것이다.

"왜, 어머니?"

"글쎄, 잘 챙겨보란 말이다. 너 두구봐라. 네 큰형은 맘이 변했어, 인제 제 집으루 간다구 내댈 께니 두구봐."

"설마!"

하고 아직 열다섯밖에 안 된 복녀한테는 믿어지지가 않았다.

"설마가 뭐야, 잘 살펴봐?"

박 과부는 이렇게 장담도 했지마는 역시 나이를 먹으니만큼 짐작도 빨랐다. 큰며느리 방순이는 첫정월에 친정에를 다녀온 뒤부터 시집을 떠날 궁리만 해오고 있던 것이다.

이 이상 혼자는 견디기가 어려웠었다.

•

3

방순이가 기어코 이 집을 나가리라는 결심을 마지막으로 한 것은 단오날 저녁이었다. 방순이는 저번에 육촌오라버니라고 시어머니한테 거짓말을 한 춘근이와 그런 약속까지 되어 있었던 것이다. 단오에는 친정에 다녀서 오마 하고 그길로 곧장 영등포로 오라던 것이다.

방순이도 그러마 했었다.

춘근이와는 어려서부터 잘 알던 사이다. 방순이가 국민학교를 졸업했을 때는 춘근이는 서울 상업학교 고등과 1학년이었다. 어려서는 서로 욕지거리도 하던 사이였지만 커갈수록에 길에서 마주치면 외면도 했고, 방순이가 이성이라는 것에 눈을 뜨기 시작했을 무렵 춘근이는 서울 여학생과 결혼을 하고 말았다.

물론 춘근이와 그런 약속을 한 적도 없고, 서로 손 한 번 만져본 일도 없기는 했지만 방순이는 꼭 속아넘어간 것만 같았다. 말하자면 방순이가 짝사랑을 한 셈이었다.

방순이가 열여덟 살 때 일이다.

그 뒤 방순이는 아버지가 시키는 대로 창선이와 결혼을 했고, 춘근이의 이름조차도 잊고 살아왔었다.

그 춘근이를 지난 정월 집에 갔다가 우연히도 만났던 것이다. 춘근이는 아내한테 아이가 없어서 늘 불만이란 이야기는 전에도 들었었지만 지난겨울에 아주 헤어지고 말았다는 것이다.

영등포에서는 자동차 부속품 장사를 조그맣게 차려가지고 먹을 것은 걱정이 없다고도 했다.

바로 보름날 밤이었다. 춘근 누이동생 춘자도 친정에 와 있어서 방순이는 오래간만에 코를 같이 흘리던 동무와 함께 동리 처녀애들과 팔뚝 맞기 화투 장난을 하고 있었다. 거기에 춘근이가 들어오면서,

"나두 한몫 끼자꾸나."

이렇게 달려들었었다.

"아니 오빠두, 남 여자들 노는데 남자 양반이 왜 뛰어들까?"

하고 춘자는 나무라면서도 자리를 마련해준다. 방순이도 맞았고 춘근이가 맞기도 했다. 세 번째인가 방순이가 졌을 때다. 춘근이는 방순이의 손을 쥐는 것이 아니라 사뭇 잡던 것이다. 은근한 이야기를 하듯 손에다 힘을 자그시 주면서,

"울면 안 돼요! 지금까진 사정을 봤지만 아까 방순이가 날 몹시 때렸으니까 나두 사정을 안 볼 테야, 골 내지 않지요?"

춘근이는 이런 소리를 했다. 그런 이야기를 하는 동안 방순이의 손가락이 아플 만큼 춘근의 손아귀에는 힘이 주어진다.

방순이의 손을 잡는 기쁨을 연장하기 위해서였던지도 모른다.

방순이도 어쩐 일인지 그것이 싫지가 않았다.

아니 싫기는 고사하고 호젓한 행복에 잠겨지는 것 같은 기쁨이 느껴지는 것이었다.

"걱정 마세요!"

"정말?"

"그럼요. 춘자 오빠쯤한테 맞아선 아프지 않아요!"

방순이도 이 행복된—남편이 출정한 뒤로 그리우고 살아온 남자의 살결에서 풍기는 황홀한 체취에 잠기는 기쁨을 연장시키고 싶어졌었다.

춘근이한테 맞는 매도 행복일 것만 같다.

살짝보다도 호되게 맞고 싶다.

이것이 인연이 되었다. 남편을 잃은 후로 막은 물처럼 괴었던 남성에게 대한 정열이 터진 물처럼 춘근이를 향하여 쏟아져갔다. 둘은 살짝 두 번이나 만났다. 춘근이는 방순이한테 모든 것을 요구도 했다. 방순이도 그럴 생각이었다. 그러고 싶기도 했었다. 다만 갈 데까지 못 간 것은 그럴 기회와 장소가 없었을 따름이었다.

"방순이, 내 얘기 들었지?"

"들었어요."

"그럼 나하구 서울로 가자구. 서루 모를 사이두 아니구."

"춘자 오빠야 얼마든지 색시 장갈 갈 수 있을 텐데 뭘 그래요?"

"색시 장가? 그런 것 비린내나는 것들보다 난 방순이가 좋아, 다 인연이야. 원랜 방순이와 혼인을 했었어야 했을 겐데 사주가 바뀌었던 가봐. 그래노니까 방순인 그렇게 됐구, 난 또 이렇게 된 거야. 사람이란 다 연때가 맞아야 하는 게지."

"아인?"

"떼두고 와요!"

그짓만은 못할 것 같았다. 그러나 그것도 처음뿐이었다.

정도 들었지만 춘근이한테까지 남의 씨를 끌고 다닐 수는 없다 싶었던 것이다.

"지금서 얘기지만 나 방순이하구 결혼하구 싶었다오. 결혼을 하구서두 방순일 늘 생각했었어. 정말 방순인 이런 구석에서 썩기가 아까운 사람야."

"괜시리 그러지 뭐."

"괜시리가 다 뭐야, 방순이가 화장이나 하구 옷이나 쪽 빼보라구.

서울 장안에서두 방순이 인물 당할 여자라군 몇 안 돼요!"

춘근이는 이런 소리도 했었다.

친정어머니는 그런 속도 모르고 걸핏하면 춘근이 욕을 한다. 펑펑 댄다는 것이다. 거짓말도 곧잘 하는 눈치라기도 했었다.

"그 사람 말은 콩으루 메줄 쑨대두 도시 곧이들리지 않더라. 그저 저 혼자 잘났다지!"

어머니의 이런 험담까지도 귀에 거슬리게쯤 된 방순이었다. 그래도 친정에서 시집으로 돌아왔을 때는 방순이의 머리도 좀 식었었다.

'안 될 말이지! 말이 되나!'

이렇게 저 자신의 허벅다리를 꼬집기도 했고, 그런 생각이 들 때마다 어린 딸을 품 안에다 바짝 끌어다가 얼굴을 비벼대기도 했었다.

'안 되구말구! 우리 불쌍한 애길 두구서 어떻게! 내가 환장을 했나 봐!'

그러나 이러한 뉘우침도 사나이에게서 풍기던 살내가 한번 코로 스며들기 시작만 하면 걷잡을 수가 없이 되는 방순이었다. 오랫동안 주리며 살아온 살내였다. 한복중이었건만 가슴 한구석에서 찬바람이 일기 시작만 하면 내장을 그대로 휩쓸어가는 것 같다. 몸이 비비 뒤틀리며 목 안이 타온다. 그럴 때면 아이고 뭣이고 다 내어던져버릴 수 있을 것 같아지는 것이다.

'그까짓 계집애. 제 자식의 씬데 어련히 잘 기를라구!'

방순이를 이런 애욕의 함정 속에다 잡아넣은 데는 또한 작은며느리 분녀가 한몫을 보아준 것은 사실이다.

작은며느리는 나이 스물셋이었다. 얼굴이 동그스름한 것이 이쁘다기보다는 귀여운 얼굴이다. 이 분녀는 그래도 일년에 한두 번씩은 사내가 다녀가건만 작년 초가을부터 살짝이 자리에서 빠져나가고는 한다.

똑똑히는 몰라도 짐작건대 구장 집 작은아들인 성싶었다. 서울 가서 대학을 다닌다고 논 팔아라, 밭 팔아라 하더니만 구장도 더 댈 수가 없던지 불러내렸다. 하는 일도 없이 빈들거리면서 구장 일을 대신 보기도 한다.

그런 위인이었다.

분녀가 빠져나갔다가 돌아온 이튿날 아침에 볼라치면 얼굴이 밤사이에 불콰해진 것도 같다. 생기까지 돌았다.

"자네 오늘 아침엔 아주 얼굴에 화기가 도네나. 뭐 좋은 일이 있을려나보지?"

차마 간밤에 좋은 일이 있었느냐고 할 수가 없어서 이렇게 말할라치면 동서는 얼굴이 홍당무가 되면서도,

"행!"

역시 기쁜 모양이었다.

얄미운 생각도 없지 않았다. 아직도 나이 어린 것이 착살맞게도 사내한테 바치는 꼴이 곧 쥐어박고도 싶다. 그렇다고 그런 이야기를 시어머니한테 토설할 수도 없다.

"자네 어딜 갔다 오나?"

한번은 참다못해서 들어오는 동서를 나무란 일도 있다.

"설사병 땜에 큰일났어요!"

'요 앙큼한 것!'

곧 이런 소리가 나가는 것을 꾹 참았다. 디딤돌 뒷간이고 보니 그런

앙큼한 거짓말도 못하련만 사내에 눈이 어두워지면 그런 분간도 안 가는지 모른다 싶다.

이 동서가 구장 집 작은아들을 만나고 오는 동안이란 방순이한테는 정말 견딜 수 없는 시간이었다. 괘씸한 생각, 얄밉고 착살맞은 생각—이런 증오의 감정도 감정이려니와 젊은 사나이의 품 안에 안기어 숨을 할딱일 동서를 상상할 때 방순이는 일종 회오리바람 속에 휘갑을 당하던 것이다.

견디기 어려운 고통의 순간이었다. 참기 어려운 격정이기도 했었다.

'동세년이 저쫀데 나꺼정 가버려?'

이런 생각을 할 때는 방순이도 제정신으로 돌아간 때다.

그러나 그런 반성이란 역시 의지였다. 생리는 아니다.

4

초복을 지난 지 사흘째 되는 날 밤 방순이는 드디어 결심을 했다. 그 전전날 춘근이한테서 편지가 왔던 것이다. 시어머니란 까막눈인지라 편지를 본대도 무슨 그림인지도 모르겠지만, 시누이는 그래도 국민학교 3학년까지는 다닌 터라 그럭저럭 뜯어볼 줄은 알아 은근히 마음을 졸이었지만, 그날은 마침 들깨밭을 매고 있는데 학교에 갔다 오던 동네 아이가 우체부가 주더라면서 편지 한 장을 주던 것이다.

마침 시어머니는 둑 너머 고추밭에 내려가고 없었다.

6월 유두날 새벽 장수리 버스 정거장으로 나오라는 것이다.

"…오라비 유두날 여주 올라간다. 한번 만나고 싶다마는 만날 길이 없구나. 기별할 것이 있거든 네가 그리로 나오든지 사람을 내어보내든지 해라…."

이런 사연이 무슨 뜻인지 방순이는 잘 알고 있다. 나올 때는 아무것도 생각 말고 입은 채로 살짝 나오라는 말은 전부터 해오던 부탁이다.

사실 또 헌 털벵이를 들고 나갔자 서울 바닥에 가서 걸칠 만한 것도 못 된다. 저녁을 먹고 동서가 복녀와 목말을 하러 간다고 나간 틈에 인조견 치마 두 개와 적삼 한 개를 뚜르르 말아서 장 뒤에다 숨겨놓고 빠져나갈 궁리만 하고 있다. 장수리라면 친정 가는 길과 정반대 길인지라 들킨다 해도 잡힐 염려는 없다. 춘근이가 그런 데까지 머리를 쓴 것이 고마웠다.

이제 남은 일이란 과부 시어머니에 어린 자식까지 내어던지고 도망을 하는 자기 자신의 행동을 합리화시키는 일뿐이다.

'그런 시어머니하구—.'

방순이는 이렇게 트집을 잡아본다. 전에는 흉이 아니었지만, 사실 남편이 있을 때는 뭐니 뭐니 트집을 잡아서 들볶기도 한 시어머니라 했다. 과부치고서는 심한 시어머니도 아니었지만 지금 방순이는 지난날 남편이 살았을 동안 가끔 가다가 들거울러 넘기던 심한 시어머니만을 기억에 살려보는 것이다. 아들이 좀 일찌감치 아내 방으로 들어가는 것을 보면 심통이 나서 뭐다 뭐다 자꾸만 불러내던 것이다. 아들도 그런 어머니의 마음속을 들여다보던지라 곧잘 말을 듣다가도 어떤 때는,

"머리가 아파서 그래요! 좀 내버려둬 줘요!"
하고 퉁명을 부리기도 했다.

그러면 과부 어머니는 봉당에 털썩 주저앉아서는 푸념을 해대던 것이다. 한번은,

“너 이놈, 네 계집만 아느냐!”

하고 여편네 역성을 한다고 머리를 끄어들고 주먹으로 아들의 등을 펑펑 팬 일도 있다.

‘그런 시어머니 밑에서 어떻게….’

방순이는 이렇게 자기를 합리화시켜간다.

‘시뉘년이란 것도 그렇지! 여우처럼 눈치만 살살 보구, 있는 말 없는 말 고자질이나….’

하다가 방순이는 멈칫 했다. 몸이 달아서 시누이까지 끌고 들어가보려 했지만 아무리 따져보아도 시누이는 그런 시누이가 아니다. 아직 나이 어려도 오라범 댁을 불쌍하게 여기었고, 조카도 귀여워했고 먹을 것이 생겨도,

“언니 좀 먹어요. 먹어야 젖이 나지!”

이런 시누이였다.

‘죄로 가지! 그 시뉠 모함하다니—.’

정말 궁했다. 아무리 시어머니를 몹쓸 시어미로 몰아보아도 그랬고, 시뉘를 끌고 들어가보아도 어린 자식에 과부 시어머니를 두고 사내 꽁무니를 따라가는 자기를 떳떳하게 만들어줄 구실은 없었던 것이다.

이렇게 궁지에 빠진 방순이를 건져준 구실이 나섰다.

방순이는 눈이 버언했다. 가난이었다! 거기다가 삼십 년째 처음 볼 가뭄이라는 것이다.

‘뭘 먹구 살아?’

사실 작년은 흉년도 아니었건만 겨우내 죽으로 살다시피 했었다. 봄은 더 말할 것도 없다. 질경이죽이 끽이었다.

'지겨워! 난 그런 배 곯군 못 살아! 내가 나가면 나 한 입이라두 덜어주는 셈이지! 사람 한 입이 얼마라구. 나 하나 없어두 그깐 농산 질게구….'

정말 살 길을 찾기나 한 것처럼 눈앞이 훤해 온다.

'그래야지! 내가 한 입이라두 덜어주어야지, 서울 가서 돈푼이라두 만지면 얼마씩이라두 보내주지. 그게 더 잘하는 일이지. 진순이년한테만 해두 그렇지, 죽두 못 얻어먹는데 어미가 나가면 그래두 한 입이 주는 셈이구, 거기다 또 돈푼이나 보태준다면—.'

사실 방순이는 자기 행동을 싸고돌려서가 아니라 호미모도 못 꽂은 채 나자빠져 있는 논바닥들이 눈앞에 서언했다. 밭곡도 새들새들 말라가고 있었고, 오늘만 해도 땡볕만 내리쪼이어 나뭇잎까지도 후줄근했던 것이다.

어려서부터 곡식과 함께 살아온 방순이다.

어른들한테서 듣고 보고 해서이기도 하지만 가뭄에 타죽어가는 곡식을 보는 것은 정말 자기 자신이 말라들어가는 것 같은 고통이기도 했다.

사실 비가 푸근히 와서 곡식들이 거무데데하게 부쩍부쩍 자란다면 모든 것을 잊을 수 있었을지도 모른다 싶다.

그러고 또 곡식들이 그렇게 자라기 시작하면 그런 잡념이 생길 틈이 없었을 것이다.

들에 나가보면 논은 묵어자빠졌고, 수수다, 조다, 심지어 그것도 입에 넣는 곡식이라고 옥수수까지 잎이 새들거린다. 날로 날로 말라비틀어지는 곡식 잎을 보니 사람도 그대로 시드는 것만 같다.

아니 곡식 시들고 농군이 살찐 일도 없다.

"옛날 같았으면 만주 이민으루나 나선다지, 인제 다 굶어죽었다. 하늘도 인종이 너무 많으니까 좀 인종을 줄이자는 거야."

노인들이 하늘을 쳐다보고 하던 소리들이다.

방순이는 잘 생각했으니까, 하면서도 역시 한편으로는 달아난 뒤에 동리 여편네들이 주고받을 욕지거리를 생각만 해도 진땀이 솟는다. 무섭기까지 하다.

"그런 화냥년, 아무리 사내가 그립기루니 늙은 과부 시어미에 어린 자식까지 내던지구—."

이런 소리가 곧 귓전에서 난다.

그러면 방순이는 또 흉년을 내세운다. 이 흉년에 이렇게 살아야 하느냐 했다. 방순이는 또 같은 말을 되풀이한다.

'진순한테두 그래 어미가 있어 굶기기보다는 하다못해서 옷 한 가지씩을 해보낸대두—.'

벌써 구실이 아니었다. 그것이 도리일 것만 같다.

'시어머니두 그러길 바랄지두 모르지 않나. 한 달에 단돈 몇 푼씩만이라두 보태주면….'

이런 결심이 선 것은 첫닭이 호들갑을 떨며 울어댈 무렵이었다. 간밤에두 살짝 빠져나갔다가 들어온 동서는,

"내가 무슨 걱정, 내 팔자를 봐요!"

하는 듯이 네 활개를 펴고 잠이 들어 있었다.

방순이는 죽은 듯이 자리에 들어 있었다. 닭이 두 홰만 울면 빠져나갈 생각이었다.

시간이 가지 않는 것이 안타깝다. 조바심까지 난다. 장차 저지르려는 일에 대한 공포에 사로잡혀 있으면서도 진땀이 자꾸만 흐른다. 마치 무더운 날씨 같다.

그러다가 깜박 잠이 들고 말았다. 잠시라도 눈을 붙이잔 것이다.

꿈이었다. 벼락치는 소리가 요란하다. 번개도 났다. 대낮처럼 밝아지더니만 또 '꽈르르 꽈르르' 어디를 내려조진다. 무서운 비였다. 아니 비가 아니라 사뭇 폭포다.

"에이구, 잘 쏟아진다. 며칠이든지 나려 퍼부어라."

꿈속에서도 방순이는 이렇게 부르짖었다. 춤이라도 추고 싶었다. 와지끈와지끈 벼락 소리가 그치지 않는다. 세상을 다 깨어 두드려 부수어도 좋으니라 했다. 세상이 반쪽이 되더라도 비만 오라 했다. 그러다가 방순이는 눈이 번쩍 뜨였다. 꿈속에서 들은 벼락 소리와 빗소리는 아직도 그의 귀에 남아 있었다. 아니 아직도 와지끈거리고 비가 폭포처럼 내리 퍼붓고 있다.

'빨리 달아나자!'

꿈이건 생시이건 지금의 방순이한테는 큰 문제가 아니다. 그저 빠져나갈 궁리밖에 없었다. 방순은 눈을 뜨면서 벌떡 일어나서 장 밑을 더듬었다. 손에 잡히는 것은 보퉁이다. 보퉁이를 잡은 방순은 정신이 얼떨떨해졌다. 꿈인지 생시인지도 구별이 나지 않는다. 아직도 비가 퍼붓고 있었다. 벼락 소리도 마찬가지다. 번개도 치고 있었다.

'꿈이다!' 하고 방순은 멍청했다.

'아니다! 생시다!'

꿈도 같았고 생시도 같았다.

'꿈인가?'

'생신가?'

또 한번 어리둥절하고 나서야 방순이는 그것이 꿈이 아닌 것을 확인할 수 있었다. 역시 생시였다. 빗소리가 우레 같다. 추녀 물이 아니라 물을 쏟는 소리다.

역시 생시였다. 무서운 비였다. 그것이 꿈이 아니고 생시요, 쏟아지는 것이 비라는 것을 깨달은 순간이었다. 방순이는 저도 모르게—정말 자기 자신도 모를 동안에 문을 활짝 열어젖히었다. 역시 비였다. 번갯불이 확 일며 또 '꽈르르' 한다.

"비가 온다!"

문을 열어젖힌 순간 방순의 입에서는 이런 고함 소리가 터져나왔다. 무서운 환희였다. 그리고 같은 순간에 그는 보퉁이를 내동댕이치면서 봉당으로 뛰어내렸었다.

"어머님, 비가 와요! 비가!"

"어!"

하고 박 과부가 고쟁이 바람으로 뛰어나오기까지에 방순이는 아직도 세상 모르고 잠을 자는 동서를 대고 같은 소리를 되풀이하고 있었다.

"여보게, 비가 오네, 어서 일나!"

박 과부도 고쟁이바람으로 어쩔 줄을 모른다.

"어머님, 웃다랭이 물길을 타야 하잖아요!"

"암 타야지! 타야말구, 젠장, 사람이 있나!"

"우리 네 식구 다 달라붙음 안 돼요? 자네두 어서 챙기게."

방순이는 버스 정거장도 잊고 방으로 뛰어들고 있었다.

마침 쏟아지는 빗줄기를 헤치고 먼동도 터오고 있다.

———— 〈1955년〉

농부전초農父傳抄

•

•

•

1

"시궁창에서 용이 났다."

"개천에서 용이 났다."

그의 집안과 그의 아버지를 아는 사람은 항용 이런 소리들을 한다. 여기의 개천이란 그의 집안과 그의 아버지 어머니를 말하는 것이요 용이란 그를 추느라고 하는 소리인 것이다. 충청도 사람이면 덮어놓고 양반이라고들 하지만 충청도라고 다 양반은 아니다. 그들은 중인이었다. 더욱이 그의 아버지는 낫 놓고 ㄱ자도 모르는 판무식꾼으로 여덟 살이라든가 열 살이라든가에 진 지게를 죽던 그 순간까지도 벗어보지 못한 채 쓰러져 버린 농군이었다. 어머니는 말할 것도 없다. 어머니 또한 시집오던 날부터 짓기 시작한 새벽밥을 역시 죽던 며칠 전까지 지었었다. 집 가문이 없으니 개천이요 조상에도 국록 먹은 사람 하나 없고 하다못해 면서기 하나도 못 얻어 했으니 개천이란 말이요 시궁창이란 말이다.

이 문벌도 없고 무식한 소작인 집에 국장 영감이 났으니 그가 용이 된 세음이다. 옛날부터 '승어부'라 하여 자식이 아비보다 뛰어났다면 아비도 기뻐했다니까 그의 아버지는 지하에서 기뻐하리라 생각하는 것이 상식이겠지만 그는 그렇게 믿지를 않는다. 세상을 떠난 지 이미 이십 년이나 된지라 지하에서 기뻐하는지 어쩌는지 낯빛은 볼 길도 없거니와 만일 지금 살아 있다 치고 누가 그런 말을 한다면,

"자식이 아비보다 나아야 집안이 되는 거지."

말만은 이렇게 했을지 몰라도 속으로는,

'당치 않은—.'

돌아서서는 이렇게 그 사람을 조롱했을지도 모르는 그의 아버지다.

그렇다고 그의 아버지 윤 서방이 자식이 자기보다 뛰어났다는 것을 싫어한대서는 아니다. 그는 자기의 직업만이 가장 성스러운 천직이라고 생각하기 때문이다. 과장이니 국장이니 하는 것은 그의 눈으로 본다면 날건달인 것이다.

용은커녕 미꾸리로도 안 보아줄지 모르는 일이다.

어쨌든 그의 아버지란 그런 사람이었다.

2

그와 아버지 사이에 티각이 나기 시작한 것은 그가 열세 살 나던 해부터다. 아니 좀더 엄격히 따진다면 돌날부터라 해야 옳을지도 모른다. 그의 어머니가 다산계였던지 그들은 십이 남매였다. 딸이 열에 아들이 둘이었다. 그는 여덟 번째로 둘째아들이다. 첫아들은 낳아서 좋아했지만 한 줄에 딸을 여섯이나 연달았던지라 요새 말따나 그의 아버지는 질

렸던 모양이다. 다시 딸을 낳으면 그대로 엎어 놓는다고 서둘렀다는 것이다.

다행히 나는 아들이었다. 그래서 나는 겨우 압사를 면했던 것이다. 그 돌날 이야기다.

말이 좋아서 농군이지 제 땅이라고는 기둥 한 개 꽂을 땅도 없는 소작인 집에 아들을 낳아 좋기는 하다지만 흰무리라도 한 조각 쪄줄래야 쌀 한 됫박이 없었다.

흰무리는커녕 당장 죽에 넣을 쌀 한줌이 없는 그날의 정상이었으니 돌이고 무어고가 있을 턱이 없다. 마침 또 그는 오월 초닷새날 낳아서 단오절이라 좋기는 하다지만 농군한테는 지옥달이다. 작년 쌀은 볍씨까지 찧어먹는 형편이다. 보리 풋바심을 찧어먹자면 아직도 달포는 있어야 할 보릿고개 중에도 한고비였다. 그러니 돌차리는 감불생심이었다.

그러나 어머니는 갖은 짓을 해서 돌을 차렸었다. 그 돌상에서 그는 낫이니 호미니 하는 농사 연모가 아니라 붓을 집었던 것이다.

"아이구, 우리 무갑이가 선비가 될려는가보구나!"

하고 어머니도 할머니도 기뻐하셨고 붓을 잡음으로써 그대로 선비가 되기나 한 것처럼 모였던 동리 사람들도,

"인저 무순네 가운이 탁 티나보구려! 어쩌면 그 많은 중에서 하필 붓만 반짝 들고 나올까유."

이렇게들 치하를 했었던 것이다.

그러나 이것을 보고 가장 기뻐해야 할 그의 아버지는 몹시 못마땅해했다는 것이다.

"저 자식이 또 사람 속 무던히 썩이려는 게로군…."

맏아들이 그랬었다. 가지로 꼬이어도 통 상일은 하지 않으려 들었다. 그래서 하는 수 없이 글 공양 줄 마련도 없이 글방에를 보냈지만 뒤를 댈 도리도 없거니와 식구는 열 식구라야 검부럭 한 오리 걷어주는 사람 없는 홀앗이가 남의 땅 아홉 마지기를 떠메고 있으니 벌어먹지 않을 도리가 없다. 그래서 결국 글도 제대로 못 배우고 농삿일은커녕 상일도 몸에 배지 않아서 얼치기가 되고 만 것이다. 그래서 끝끝내 아비의 속을 썩였다는 것이다.

"눌 자리를 보구 다리를 뻗으랬다구, 그래 제가 뭘 믿구서 글은 해 보겠다는 거야? 농사두 제대루 배우자면 십 년 공이 든다는 겐데 그날 그날 끼니가 간데없는 농군 자식이 글을 하겠대? 배꼽이 웃을 노릇이지. 글을 잘하자면 진갑날이라야 문리가 티인다는 거야."

그러니 어줍잖게 글을 배울 테면 아예 초저녁부터 그만두라는 것이다.

"글이란 평생 두구 배워야는 겐데 선불리 배우다 말면 중도 속한두 못 되지. 보구 들은 낌센 있지? 일이 몸에 배질 않았으니 엄두도 안 나지? 그렇다구 굶어죽을 수 있던가? 글루두 못 먹구살구 일루두 못 먹구살구… 그러니 자연시리 입으루 벌어먹을밖에는 없지. 입이란 벌어다 주는 것이나 먹게 마련된 거지 밥 벌어들이란 입은 아니거든! 사람은 손발루 벌어먹으란 게지 입으루 벌어먹으란 건 아니니 입으루 벌어먹는 덴 거짓말밖에 없거든! 거짓말두 한두 번이지, 그게 안 되면 인전 노름꾼이 되구, 노름은 늘 따기만 하던가! 나종엔 협잡꾼이 되구 협잡두 시세가 안 나면 도적질을 할밖에! 배 안에서부터 도적놈이 따루 있는 게 아니거든. 일 하기 싫은 놈이 도적놈 되는 게지. 첨에야 바늘 도적이지. 허지만 바늘 도적이 저도 모를 새에 쇠 도적놈이 되구 마는걸."

그러니까 글공부는 생각도 말란다. 오르지 못할 나무면 아예 쳐다보지도 말아야 한다는 것이다.

이 글공부를 훈이가 쳐다보았다는 것이다.

정말 아버지와 반목이 된 것은 열세 살 때다. 그해 훈은 동리 사립학교를 졸업했었다. 학교라야 당판 맹자를 끼고 다니는 개량 서당이었다. 일어는 '국어'라 하지 않고 일어 그대로 부르던 시절이었다. 꼬마 홍 선생이란 분이 일어를 알켜주었었다. 그 덕에 훈도 '빠가', '고라'도 배웠고 '곤니찌와'가 무슨 소리인지 분간하게쯤 되었던 것이다.

그것이 결국 잘못이었다. 구구법과 '곤니찌와'를 안 것이 화였다. 훈은 오르지 못할 나무를 쳐다본 것이었다. 서울 중학교에 갈 궁리를 한 것이다.

"아—니, 뭐? 무갑아, 너 서울을 가겠다구?"

그의 부친은 밥풀 눈을 껌벅껌벅하면서,

"그래, 서울루 공불 가겠노라구?"

멱살을 바짝 추켜들 듯이 이렇게 다지고 있었다.

"……."

어른 앞에서 잠자코 있다는 것은 어른 말을 수긍한다는 표시다. 사실 훈은 어떤 일이 있더라도 서울로 갈 작정이었다. 그도 오르지 못할 나무인 줄은 알고 있었다. 졸업 기념으로 매인당 오십전씩 가져오라는 것도 못 가져간 그였다. 성의는 있었다. 그의 부친은 백방으로 주선을 하다가 못 되어서 삼십전만 주면서,

"이십전은 내 나종에 꼭 갖다 올린다구 그래라."

이런 형편이었다. 말을 했으면 또 반드시 실행을 하는 윤 서방이다. 달포나 되어서 떨어진 이십전을 들고 학교에를 찾아갔더라는 것이었다. 그때는 훈이도 벌써 집에 없을 때다.

"넌 내버린 자식이니까 다시는 내 앞에 보이지 말아라…."

동전 한 푼도 없이 서울 공부를 가겠다고 나대는 그한테 그의 부친은 깔죽이 은전 두 닢을 내어던져주면서 액막이 하는 제웅 떼던지듯 마당에 내어동댕이를 쳤던 것이다. 그런 윤 서방이면서도 학교에 남은 돈은 잊지를 않았다.

그러나 학교에서는 그것을 받지 않더라는 것이다. 지금처럼 월사금은커녕 책이고 연필이고 그저 주던 시대라 4년 동안 거저 알킨 학교에 기념품으로 종을 한 개 사 걸자던 돈이었다. 그 종도 사다 걸었으니 그만두라던 것이다.

"그렇게 정 안 받으신다면 이 돈은 학교 마당에다 버리구 가겠십니다."

이렇게 말을 하고는 이십전짜리 깔죽이 은전 한 푼을 선생 책상 앞에다 던지듯 하고 돌아갔다는 것이다. 그뒤 홍 선생은 입학 때만 되면 이 이야기를 하여 근동에서는 모를 사람이 없을 정도다.

그의 아버지 윤 서방은 이런 사람이었다.

•

3

세 번째 그가 아버지와 물맞침을 한 것이 열일곱 되던 해 여름 방학이다. 훈은 이십전짜리 은전 두 푼과 어머니가 달걀 팔아 모은 돈이라 하며 밀가루가 뽀얗게 묻은 동전 스무 닢을 넣고서 삼백여 리 길을 떠났던 것이다. 농군의 자식이니 서울에 친척이 있을 리 없다. 사흘을 걸려서 왕십리로 들어왔었다. 그래도 주머니에 삼십전이 남아 있었다. 보행객줏집에서 숙박료와 밥 두 끼에 십전 하던 시대라지만 삼십전으로 공부를 하겠다던 훈이었으니 방학이 있었을 리 없다. 방학 동안에도 그는 천일약방에서 만든 은단과 고약 영신환 같은 것을 팔아야만 했었다. 훈은 서울로 온 뒤로 편지도 별로 안 했었다. 편지 쓸 시간도 없을 정도의 고달픈 생활이었다. 새벽 일어나서 냄비에 밥을 끓여야 했고 구 용산서 창덕궁까지의 이십리 길을 걸어야 했고 학교가 파하면 저녁을 지어먹고 약을 팔러 여관집으로 돌아다니어야만 했다.

정말 훈한테는 십분이 새로웠다. 십분이면 편지 못 쓸 수 없었으련만 쓰려 들면 쓸 말이 너무 많은 것 같다. 그래서 쓰기 시작하고 나면 또 한 줄도 내려가지를 않았다. 쓰는 데보다도 편지를 하느냐 마느냐 하는 데 더 시간이 걸렸다. 그래 또 집어던지게 되는 것이다.

이 훈이한테 집에서 편지가 온 것이었다. 어머니가 위독하다는 것이다.

집에 내려오니 거짓말이었다. 그의 어머니는 눈이 짓물렀었다. 아들이 고생한다는 말을 서울 다녀온 사람한테 들었던 것이다. 편지를 한 것도 어머니였다. 순사의 부인이 보통학교 출신이었다.

어머니가 편지를 한 데는 보고 싶다는 이유뿐이 아니었다. 장가를 들이겠다는 속셈이었다. 천생 민며느리 가음이라도 침 찍어두어야 할 형편이라 아직은 장가 엄두도 못 내고 있는데 정 과부가 딸을 주겠다는 것이다. 나이는 두 살이 위였다. 그런다면 정 과부네 땅도 몇 마지기 얻어부칠 수가 있다는 것이다. 훈은 이런 계획은 그의 어머니에 의해서 단독으로 추진된 것임을 내려와서야 알았었다.

"저게 바보라니까! 이 치더린 것아, 그래 사둔집 땅을 얻어부치어! 그따위 칩칩한 맘은 버려! 얼어죽어두 양반은 곁불은 안 쪼인대!"

그의 아버지는 이렇게 아내의 입을 틀어막아 주었었다. 지극히 다행한 일이었다. 훈은 덧없이 눈물이 핑 돌았었다. 분수 적은 눈물이었지만 훈은 그런 것을 인식지도 못했었다. 그날 밤 훈은 아버지가 쓰는 사랑방에 불리어 갔었다. 아버지가 장가 이야기 대신 딴 조건을 제시했었다. 장가야 급하지 않다는 것이다. 그 대신 농사를 짓자신다.

"서울 시골 다녀서 눈이 높아진 네 귀엔 아비의 말쯤 귀에 들어가지두 않겠지만서두 사람은 농살 지어야느니라. 너 월급쟁이 신셀 봤지? 월급쟁이란 허공에 뜬 거야. 허공에— 나무도 뿌리가 있어야 살거든! 뿌리 없는 나무 제아무리 물을 주어봐라. 물 주다 하루만 건너도 시들어버리지. 월급쟁인 편할 것 같지! 매암이처럼 주는 월급이나 받아먹으니까 부러워들 하지. 허지만, 그것이 한 번 떨어져봐라! 끈 떨어진 뒤웅박야. 농산 안 그렇거든! 너 아비 혼자 허덕대는 것 오늘두 보았겠지?"

훈의 목적은 월급쟁이가 아니었다. 그때 그는 중학 3년이었다. 1년만 더 고생을 해서 기왕 내친 걸음에 일본으로라도 갈 생각이었다. 열세 살의 허무맹랑한 패기가 희한할 만큼 순조로웠던 데서 그는 용기를 얻은 것이다. 어떻게 되겠지 한 것이 그럭저럭 어떻게 되었었고 또 어떻게 될 것만 같았던 것이다. 그 어떻게가 여의치 않을 때면 그는 자살을 할 생각이었다.

이튿날 그는 새벽 아무도 모르게 집을 떠났었다. 그것이 십 년간의 부자간 작별이 되었었다.

훈이가 일본서 나올 때 그의 부친은 이미 환갑이 가까웠었다. 그도 나이 삼십이었다.

십 년 만에 부자는 만났다. 눈물겨운 상봉이었다. 열세 살에 집을 나간 훈은 이미 삼십에 접어들고 있었다. 그의 아버지는 환갑 노인이다. 피를 나눈 아버지와 아들이었건만 인생의 절반 이상을 얼굴 못 본 채 소식도 모른 채 살아왔던 것이다. 더욱이 최근 3, 4년은 엽서 한 장 없이 살아온지라 그 생사조차도 기연가미연가하던 터다. 붙들고 울어도 시원치 않은 경우다. 울며 뒹굴었대도 누구 하나 웃을 사람이 없을 부자였다. 그러나 안 그랬다.

훈의 부친은 마침 외양의 거름을 내고 있었다. 훈이가 삽짝 안에 들어설 때 그의 부친은 쇠스랑에 찍힌 소거름을 번쩍 들어 소쿠리에 내려놓으려던 무렵이었다. 응당 거름이고 쇠스랑이고 내어던졌어야 할 아버지는,

"왔냐?"

한마디 했을 뿐이었다. 그러고 천천히 거름을 싣고 지게를 한쪽으로 비켜놓고서야 아들 쪽으로 향했었다. 흙에서 나서 흙만 파고 살아온 아버지 눈에는 양복을 쪽 빼뜨린 아들이 좋이 못마땅했던지도 모른다.

이튿날 아침이었다. 훈은 해가 뜨자 아버지한테 끌리어 나갔었다. 동리를 나갔었으니 그 보갚음으로 인사를 가야 한다는 것이었다. 훈은 눈꼽만 떼고 옷을 입고 나섰었다. 마음에 내키지 않는 일인데다가 그의

부친은,

"야, 뭐냐. 너 그래, 그 옷을 입구 나갈 작정이냐? 왼 동리 사람들이 흙투성이가 된 옷만 입구 사는 동리에 들어와서 그 옷을 입구 인사를 가겠단 말이겠지?"

기가 탁 막히는 모양이었다. 기가 막히는 것은 그의 부친뿐이 아니다. 훈 자신도 기가 막히었다. 부친이 당장 갈아입으라고 내어던진 옷은 아버지의 헌옷이었던 것이다. 말이 옷이지 옷이 아니다. 걸레가 다 된 광목 겹바지저고리임에는 틀림이 없었다. 물론 흰빛이다. 그러나 제 색을 유지하고 있는 부분이란 돈짝만한 데도 없다. 쇠똥이 아니면 거름물이다. 겹옷이건만 안팎이 땀에 쩔었다. 살이 비어지게 싹 다린 옷만 입던 훈이었다. 코밑이 아리한 풀냄새가 사라만 져도 생리적인 불쾌를 느끼던 도회 신사는 옷에서 풍기는 쩔은 냄새에 현기증까지를 느끼었던 것이다.

"왜 네 아빈 육십 평생을 두구 입은 옷을 잠시두 못 입겠단 말이냐? 못 입겠으면 그만두려므나."

하고 윤 서방은 지게 목발에 팔을 꼬이고 있는 것이다.

"아니올시다. 입습니다. 지금."

훈은 터진 물을 막듯 옷을 들고 방으로 뛰어갔었다. 정말 머리가 핑 돈다. 훈은 아버지 뒤를 따라서 어렸을 적 세배 돌듯 이십여 집을 돌았었다. 개천에서 용 났다고 아버지 앞에서 말하는 노인도 있었다.

"인저 외국 바람까지 쏘였으니 아버질 뫼셔야지. 자식 좋다는 것이 뭔가. 자네들은 훨훨 쏘다니며 존 구경두 많이 하구 존 음식두 진탕 먹었으니 인저 들어앉아서 아버지 일 좀 덜어드려야잖나? 보게나, 육십 노인이 새벽부터 밤까지 저 지경이니 아버진 무슨 죈가?"

"네."

무슨 뜻인지 그 자신 모르고 하는 대답이었다. 그렇게 하겠노라는 말도 아니요 못하겠다는 말도 아니다. 듣는 이가 요량해 들었으면 그뿐일 대답이었다. 그 자신도 그랬다. 이리 해석해도 그만이었고 저리 해석한대도 시비할 조건이 안 되었다. 사실 이도저도 아니었으니까 말이다. 훈은 몹시 지쳐 돌아왔다. 사이때가 훨씬 겨웠을 것이다. 똑같은 이야기를 십여 군데서 듣는다는 것은 그대로 중노동이 아닐 수 없었다.

"네."

"네—."

그도 같은 대답만 되풀이하고 돌아다녔었다. 돌아오니 느른해졌었다.

며칠 후다. 훈은 누이의 혼담으로 아버지와 대담하고 있었다. 군서기로 있는 사람으로부터 그의 누이를 달라고 왔다는 것이다. 마침 사이에 든 사람은 그의 어릴 적 친구였고 집안도 그만했다. 어머니도 몸이 달아 서두르고 있었다. 누이도 만족인 눈치다. 그러나 아버지가 반대라는 것이다.

"너 어머닌 멋을 모르고 신바람이 나서 저런다만— 난 긴찮다. 사람은 꼼꼼하다더라. 잔존한 것이 이면도 밝구. 허지만 너 어머닌 천치야. 숭맥이라니까. 한 가지밖에는 모르거든."

"제 생각에두 괜찮은 상싶습니다만—."

훈은 이렇게 나서보다가 찔끔해버렸다.

"너 대학꼴 다녔다지? 헛 다녔구나! 사람이 글을 밴다는 건 의견이

티이자구 배는 겐데— 허, 너 헛공부 했어. 바른대루 말해보렴. 너 대학 꼴 다녔지? 보고들은 것두 많지? 음식두 가진 음식 다 먹어봤겠구? 그래, 그렇게 먹구 입구 살다가 집에 와서 있으니 어떻던? 그래, 네 동생이 해주는 음식이 입에 맞아? 안 맞지? 쓸데없는 소리니라. 그 사람이 네 동생을 한번 길에서 보군 마음이 동한 모양이더라만, 지금뿐야. 네 당장 맘에 든다구 얼씨구 내주어봐라. 일년두 못 가서 와서는 죽네 사네 할 게니. 당장 너만 해두 이 시골 구석에서 밭이나 매던 처녀 안 얻겠지? 공불 못했어두 좋다? 시체 풍속을 몰라두 좋다? 그때뿐이니라."

'대체루 이 영감님은 어떻게 다루어야 한단 말인가.'

훈은 밤 늦도록 이런 생각이었다. 훈은 자기 부친이 낫 놓고 ㄱ자도 모른다는 것은 거짓말이 아닌가 했다. 그 어떤 위대한 철학자가 농군으로 가장하고 숨어 있는 것이 아닌가 그런 생각도 들던 것이다. 훈은 어렸을 적 생각도 해보는 것이었다. 그가 아직 철도 안 났을 때 일이었다. 그의 아버지는 평생을 두고 해보다 먼저 일어나는 사람이었다. 한식이 지나서 걷음새를 하기까지는 말할 것도 없었지만 삼동에도 먼동이 트면 벌써 자리를 튀어난다. 망태를 둘러메고 쇠똥이나 개똥을 주우러 가는 것이다. 새벽 소바리꾼들이 지나가기 때문이다. 행길을 한 바퀴 돌아와서는 비를 들고 나간다. 그의 집 앞이 바로 싸전이었다. 장날이면 싸전이 서지만 무시날은 터가 넓으니까 나무꾼들이 수십 명씩 모여드는 것이다. 대개 짐나무였다. 나뭇짐끼리 스치기도 하려니와 매일 한두 사람쯤은 나뭇짐을 깨빡을 친다. 상짐이면 십오전, 애기짐은 십전이었다. 나무를 사는 사람은 대개가 면서기나 그렇지 않으면 음식 장사집이다. 비싸니 싸니 시비도 나고 가자거니 안 가겠다거니 승강이 끝에는 으레껏 나뭇짐이 나가동그라진다. 이래저래 흩어진 나무를 쓸어모으면 쇠죽내기는 되는 수가 많았다. 홀앗이에 농사 지으랴 땔나무를 대일 재간이 없었던 것이다.

•

4

아마 훈이가 열 살쯤 되었을 때였을 것이다. 훈은 댕댕이 그물로 미꾸리를 잡아가지고 집으로 오고 있었다. 생전 처음으로 손바닥만한 붕어가 그물에 들었었다. 그는 용의 목을 탄 사람처럼 신바람이 났었다. 아직 해도 있었고 좀더 잡았으면 붕어가 또 잡혔을지도 몰랐으련만 훈은 잡은 붕어를 자랑하고 싶어서 좀이 쑤셨던 것이다. 그때였다. 훈은 수푸리재 뙈기밭에서 깨를 베고 있는 아버지를 발견하고 깜짝 놀랐던 것이다. 어린 생각에도 무서웠다.

'우리 아부지가 도둑놈인가?'

훈은 가슴이 다 뛰었다. 아버지가 베고 있는 깨밭은 분명 그의 밭이 아니었다. 훈네 밭은 뒤뜰에밖에 없었던 것이다. 그것은 똘똘이네 밭이 틀림이 없었다. 그 밭에는 매해 똘똘네가 골참외를 심기 때문에 훈이도 잘 아는 터다. 훈은 어린 속에도 못 볼 것을 본 것 같았다. 그는 오던 길을 논둑으로 내려섰다. 아버지 앞에 나타나서는 안 된다고 생각되었기 때문이다. 그는 고기를 더 잡았다. 붕어는 못 잡았지만 실뱀장어가 논두렁에 들었었다. 정말 신바람이 났었다. 인제는 자기도 어른이 된 것처럼 기뻤다.

해가 져서야 집에 돌아온 훈은 이번에는 정말 놀랐었다. 마당 앞에

깨 한짐이 놓여져 있지 않은가? 무서운 일이었다. 훈은 슬프기도 했다. 그는 남의 깨를 훔치러 다니는 아버지를 가진 것이 슬펐다. 부끄럽다. 동무 앞에 무슨 낯으로 나가랴 싶다. 붕어도 뱀장어도 자랑할 기력이 없어져서 우물 둥천에다 내어던지고 상에 달라붙어 버렸었다. 순 조밥이다. 북간도에서 나오던 것이다. 훈은 되도록 아버지의 얼굴을 보지 않으려 했다. 그러면서도 저도 모르게 흘깃흘깃 아버지를 훔쳐보면서 밥을 먹고 있으려니까,

"무갑아, 너 저녁 먹구 똘똘이 형 좀 아부지가 오란다구 그래라. 이눔, 한번 혼구멍을 내놔야지!"

"왜유? 뭘 잘못했나유."

하고 그의 어머니가 묻고 있었다.

"잘못—이면 이만저만한 잘못이야. 그놈 못 쓰겠더라. 될상부른 나무는 떡잎부터 알아본다구 싹수가 뇌랗거든. 젊은놈들이—."

"뭔데유?"

"글쎄, 그런 일이 있다니까. 너 다 먹었건 냉큼 뛰어갔다 와!"

그날 저녁이다. 그의 부친은 똘똘이 형 점득이를 사랑 봉당에 꿇어앉혀놓고서 생벼락을 내렸던 것이다. 점득이는 술기운이 있었다.

"너 그래, 하늘이 무섭지도 않더냐? 하늘이? 초가을엔 양반집 대부인두 나막신을 신구 나댄단다. 이눔."

이렇게 한마디 뚝 떼어놓고는 막 몰아세우는 것이었다. 점득이가 대답할 여유도 안 준다. 대답은커녕 미처 숨도 못 쉬게 하는 것이었다. 점득이는 작년에 아버지를 잃었다. 혼자서 어머니와 세 동생을 먹여살려야 한다. 그런 책임이 있는 네가 그럴 수가 있느냐는 것이다. 곡식이

익어 튀도록 걷지를 않는 것은 남의 물건을 훔친 죄보다도 크다는 것이다.

"네 생각엔 내 곡식 내가 안 걷었기로니 딴남이 무슨 참견이냐 이렇게 생각이 들 거라? 그렇지, 이눔? 남의 집 제사에 쓸데없이 대추 놔라 밤 놔라 한다구 까우롱하지? 아니는 뭐가 아니냐, 네 눈초리 보면 다 안다. 그게 또 못된 생각이거든! 느 아버지하군 생전에 자별히 지난 내다. 너두 내 자식이나 마찬가지야! 농사란 저만 위해 짓는 게 아니거든. 세상을 위해 짓는 거야. 남을 위해 짓는 게구. 저만 위해 짓는다면 저 먹을 것만 지으면 그만이게! 농사란 하느님의 뜻을 받아서 하늘 밑에 사는 사람들을 위해서 짓는 게거든!"

저녁도 못 먹은 점득이의 뱃속에서는 쪼르륵 소리가 나고 있었다. 그래도 농군인 윤 서방의 꾸지람은 그칠 줄을 몰랐었다. —벌써 20여 년 전 이야기였지만, 지금도 그때의 자기 아버지의 증오에 타던 눈을 상상할 수가 있었다.

그 일이 있은 후로 윤 서방은 점득이의 '의붓아비'가 되고 말았었다. 물론 점득이를 놀리느라고 동무들은 다 그 아버지가 보이면 놀려댔다.

"점득아, 저기 가신다."

"누가?"

"느 의붓아버지 말여!"

"망할 자식은!"

점득이뿐이 아니다. 여인네들도 그랬었다. 모여들 있는데 혹 윤 서방이 지나가면 점득 어머니를 놀렸다.

"저기 가시는군."

"누가?"

"아, 점득 아부지 말여!"

점득 어머니는 그런 놀림을 받을 나이기도 했었다. 그때 아직 서른 여덟이었다.

•
5

훈도 아버지와 함께 농사나 지어볼까 하는 생각을 먹어보지 않은 바도 아니다. 말은 대학을 나왔다지만 취직 자리 하나 만만하지 않았다. 이미 그러리라 싶어 일본서부터 부탁을 할 만한 자리에 간곡한 편지를 띄워두었던 것이나 막상 나와보니 여의치가 않았다. 훈은 헛되이 서울서 달포나 친구들의 신세를 지다가 집으로 내려왔던 것이다. 서울을 떠날 때는 일본서 책을 정리해 가지고 나온 돈도 다 떨어지고 없었다.

"어쨌든 집엘 한번 다녀오게나. 월말까지야 무슨 탁방이 나겠지."

친구도 더 도와줄 수가 없어진 눈치다. 사실 친구에게 성의가 없는 것은 아니었다. 자기 일 못지않게 몸이 달아하나 동경에서 찍힌 부정선인이란 넉 자가 방해가 되니 도리가 없다. 할 수 없이 민간 신문사를 뚫어보란 것이나 그 친구는 신문사에는 통 길이 닿지를 않던 것이다. 헛되이 돈만 썼다. 술값도 좋이 들었었다.

"먹두 못하는 제사에 공연히 절만 하구 돌아다닌 셈 아닌가? 그 자식들 자신이 없으면 술은 왜 처먹는 거야."

그 월말이 두 번이나 지났다. 그래도 엽서 한 장이 없는 것이다.

고향에서의 두 달 동안은 훈에게 있어서 그대로 인생의 지옥이었다. 마침 농삿일이 시작될 무렵의 두 달이었다. 훈은 닥치는 대로 끌려다니었다. 무엇 하나 할 줄 아는 일이 없으니 심부름꾼 노릇밖에 안 된다. 아무것도 할 줄 모르니까 아무것이나 시키었고 아무것도 할 줄 모르니까 아무것이나 해야 했다. 훈은 동경서의 생활이 연상되었다. 동경 처음 가서 얻은 직업이 토역장이의 왜말로는 '데모도'란 것이다. 회를 개어보았나 벽을 발라보았나. 회와 모래를 섞는 데도 삽질에 격이 있었다. 아무것도 할 줄 모르니 아무것이나 해야 했고 또 아무나 부릴 수 있는 권리가 있었던 것이다. 심지어는 담배 심부름이며 휴지 심부름까지 했었다. 능력이 없는 사람의 신세란 언제나 마찬가지다.

"얘야, 너 그렇게 흙을 덮어놓으면 씨앗이 고리장 지내는 줄 알잖겠느냐."

무밭에 씨를 뿌리고 흙 하나 덮을 줄 모르는 훈이를 그의 부친은 이렇게 윽박았다.

"이거 내버려두구 저 통 가지고 가서 물이나 들어오너라."

말이 물긷기지 지게가 등에 붙지가 않는다. 긷는 물보다 엎지른 물이 더 많다. 또 퇴짜였다.

"애, 너 물 놔두구 상철이네 가서 소 몰구 오다가 집에 들러서 거름 질마 얹어가지구 오너라. 네 넷째누이네 바깥 뒤깐 모솔기에 돼지 거름 쳐낸 게 있을 게니 나오다가 그걸 긁어얹구—."

생전 쇠고삐도 다루어보지 못한 사람의 손이다. 소만 해도 훈이보다는 영리한지라 도시 말을 안 듣는다. 누에처럼 머리만 홰홰 내어둘러대니 질색이었다. 거름 길마를 얹어보았을 리가 없다. 소 옆에 가보지도 못한 훈이다. 다루기는커녕 험상궂은 눈깔과 뿔끝만 눈에 뜨이어 지기를 못 펴노니 길마는 감불생심이다. 길마를 들고 가까이 할라치면 이놈이 무슨 생각인지 쓰윽 돌아서서 눈을 부라린다. 뿔끝을 피하기에만도 그는 진땀을 쭉 흘리고 있었다. 그때 그의 부친이 달려왔었다. 자기 생각만 했을 게다. 외양에 맨 소에 거름 길마를 번쩍 들어 얹어 서너 삼태밖에 안 되는 거름이니 쇠스랑으로 몇 번 찍어 실었으면 두세 행보를 했어도 했을 시간인데 가암가암 소식이니까 달려온 것이다. 와서 보니 그 꼴이다.

"얘, 너 그것 놔두구 지게에 저 재나 끄러담아 지구 나가거라."

하루에도 십여 가지 일을 한 셈이나 기실 한 가지도 한 일이 없는 폭이다. 훈은 그때까지도 농사란 한가한 생업이니라 생각해오고 있었다. 해토가 되면 시적시적 밭도 갈고 씨도 뿌리고 해두었다가 가을이면 또 시적시적 걷어 쌓아놓고서 삼동은 들어앉아 유유히 먹고 지낸다. — 물론 어려서부터 농사에서 자란 터라 농삿일이 누워 떡먹기라고는 생각하지 않았지만 직조니 철공이니 초를 다투는 기계를 본 관념으로 농삿일처럼 수월한 것은 없느니라 했던 것이다.

그러나 두 달 동안 끌려다녀 보고서 그는 비로소 농사 생업보다도 더 바쁜 생업이 없느니라 했었다. 기계는 휴식이 있었다. 그러나 농삿일에는 휴식이 있을 수 없었다. 기계는 사람이 돌리는 것이었다. 전기 스위치만 돌리면 기계는 얼마든지 또 언제든지 인간이 그 필요만 느낀다면 정지시킬 수도 있고 돌릴 수도 있었다. 그러나 태양에는 스위치가 있을 수 없다. 기계는 인간의 자유의사에 순응하여 움직여준다. 그러나 태양은—자연은 인간의 의사를 무시하고 있다. 자연이 움직임에 따라서 인간이 움직이어야 했다. 그나마 일정한 법칙과 규율이 있는 행동이 아니다. 태양은 언제나 흐릴 수도 있었고 비를 뿌릴 수도 있었다. 인간이 비를 필요로 할 때—떡을 치고 소 돼지를 잡아 목욕재계를 하고서 옷깃을 갖추어 기우제를 지내는 인간의 머리 위에 불비를 내리는 태양이었고 목에서 피가 나도록 비를 그쳐줍소사 빌고 절하고 할 때도 폭포 같은 빗줄기를 그대로 퍼부을 수도 있는 하늘이었다.

그뿐이 아니다. 기계 생업은 한 가지만 맡음으로써 족했었다. 기계를 돌리는 사람은 기계만 돌리면 쌀도 나오고 물도 나오고 비누도 옷감도 성냥도 술도—한 인간이 생을 유지하는 데 필요한 일체가 쏟아져나오는 것이었다. 그러나 농사는 아니었다.

한 사람의 농군이 자기가 생명을 유지하기에 필요한 모든 것을 꼭 자기 손으로 만들어야만 했다. 곡식도 쌀뿐이 아니다. 쌀도 찹쌀과 멥쌀, 조, 기장, 수수, 콩에 팥이며 파요 마늘이요 참깨, 들깨에 고추 등을 꼭 자기 손으로 심어야 했고 자기 손으로 가꾸어야 했고 자기 손으로 거두어야 했다.

사람은 먹기만 하면 사는 동물이 아니다. 입어야 했다. 목화도 심어야 하고 씨아를 틀어 씨도 빼야 했고 실을 뽑을 것을 뽑고 잴 것은 재야 했으며 뽑았으면 짜야 했고 짠 것은 말라야 했다. 이것도 그들 자신의 손만으로 해야 하는 것이 농군이었고 농부의 아내였다.

인간은 자기 한몸만이 생존할 수 없는 동물이기도 하다. 한 농부는 아내와 처자가 생을 유지하기에 필요한 일체를 또 심어야 했고 가꾸어야 했고 거두어야 했던 것이다. 훈은 질리고 말았었다. 훈이가 기가 질린 데는 또 한 가지 중요한 원인이 있었다. 한 농부의 일– 생애는 그가 본 두 달 동안으로 족했던 것이다.

그의 아버지는 일곱 살부터 꼴지게를 졌다는 것이다. 그 지게를 환갑이 되는 오늘날까지 아직도 벗지를 못하고 있는 것이었다. 정월 초하룻날과 자기 생일날 이외에는 쌀밥은 먹어보지 못한 오십 평생이었다. 토시 한번 끼어보지 못한 생애였고 미투리 한 켤레 신어보지 못한 일생이었다. 그의 이름은 아직도 소작인이었다. 처음 지게를 등에 지던 여덟 살에는, 그의 부친은 소작인의 아들이었고 오십 년 뒤인 오늘날은 그 자신이 소작인이 된 것이었다. 훈은 생각했다. 만일에 자기가 농촌에 파묻히면 지금은 오십 년의 자기 아버지 이름이었던 '소작인의 아들'을 답습할 것이요, 부친이 작고하면 자기 자신이 소작인이 되는 것뿐 그 이외에는 아무런 변화도 변천도 있을 수 없다는 것이다. 훈은 마음을 작정하고 다시 고향을 버리었다.

20년 전 이야기다.

6

그의 부친이 작고한 것은 그가 서른아홉 살 때였다. 아홉수를 때웠다고들 그랬다. 전보를 받고 쫓아간 때는 벌써 생과 사와의 한계가 분명치 않았었다. 그래도 아들인 것만은 알아보는 모양이다. 그는 아들의 이름을 겨우 불러 자기 앞에 앉히고 그의 손을 만지던 것이다. 손은 찼다. 그 찬 기운에서 훈은 죽음을 느끼던 것이다.

"네 댁도 왔냐?"

"네."

"건 뭣하러."

"저 여기 있습니다, 아버님."

아내가 이렇게 말하며 손을 내어밀었다. 그는 며느리의 손을 잡아 주지 않고 또 한마디 같은 말을 하고 있었다.

"건 뭣하러."

"훈아, 너 나 죽건, 우리 밭머리에 묻어다고. 거가 양지바르구 바람 안 받구 좋니라. 풍수한테 돈 들인 사람들 뭐 별수 없더구나."

밭이란 해마다 참외를 심는 하루갈이 말이다. 그 밭머리에 여남은 평쯤 된 흡사 분봉 같은 흙더미가 있었다. 옛날 절터라고도 전해져 있어 밭에서 그릇 조각이 나오기도 한 자리였다. 훈은 그의 아버지가 왜 그 자리를 택하는지 잘 알고 있다. 말은 바람이 안 받고 양지발라서 하지만 자기 땅에 묻히고 싶다는 것이었을 것이다. 이 밭이 그의 일대— 아니 훈이가 아는 한 십 몇 대 전부터 착실히 소작을 해온 그에게 주어진 유일한 보상이었던 것이다. 동리 사람들은 이 밭을 '개똥밭'이라 불렀었다. 윤 서방이 30년간 개똥을 주워모아서 샀다 해도 과언이 아닌 데서 지어진 이름이다. 5년 전이었다. 훈이가 여러 해 만에 집에를 들렀었다. 마침 읍내까지 공무로 왔던 길에 들른 것이다. 그날이 마침 소작인 윤달성이가 평생 처음으로 땅을 산 날이었다.

"나 밭 하나 샀다!"

부친은 아들한테 이렇게 말하며 문서를 내어보이던 것이다. 오십을 훨씬 넘은 부친은 어린애처럼 흥분하고 있었다. 그때는 벌써 날이 어두웠었건만 부친은 기어이 아들을 끌고 가서 구경을 시키려 든다. 훈도 아버지의 심중이 이해되어 따라나섰었다. 그때는 벌써 어두워서 밭

한계도 아리숭했다.

"봐라. 미끈하게 생겼잖았니? 제 구실 단단히 할 게니 두고 보렴. 인저부턴 밭농사두 얕 못본다. 우리 조선 사람들은 논농사에만 너무 치우쳤더니라."

이런 말도 했었다.

"밭농사엔 그저 퇴비라야지. 유안이다 뭐다 다 소용 없느니라. 양약과 마찬가지야. 약은 한약이래야지 겉칠만 해서 병이 낫느냐. 지금 비룐 지기를 뺏아먹느니라. 그야 그 비룐 쓰면 금세야 잘되지. 허지만 건 땅 지길 빼서 빨아먹는 거지… 이눔들이 우리 나라 땅 지길 싹 빼어 먹자는 수작이니라. 그래야만 저의들 장사가 될 거 아니냐? 땅이란 푹 썩혀야느니라. 인조 비룐 아편과 마찬가지야. 첫핸 한 삼태기루 되지. 허지만 이듬해 가면 그 한 삼태기 가지구 안 된단 말야. 자꾸 늘거든. 그러다가 땅 지기가 거름에 져버리구 마느니라. 땅이 거름을 집어먹어야지 거름이 땅을 집어먹으면 뭐가 되지? 사람의 병두 그렇지. 육신이 약을 이기어야지 약이 몸뚱일 이겨노면 사람은 죽구 마는 거야. 사람 사는 이치가 다 그러니라. 너 시체 학문만 닦아서 이런 말이 귀에 들어가지두 않겠지만서두 이치란 안 그러니라. 약만으루 큰 사람은 약 떨어지면 그만야. 안 그러냐?"

물론 그때는 그렇게 말할 수도 있으리라 싶을 정도였었다. 그러나 나이 먹어갈수록에 훈은 이 무식한 농군의 말이 깊은 진리를 갖고 있었음을 발견하던 것이다. 그의 부친은 훈이가 간 지 열 시간 만인 이튿날 새벽에 세상을 떠났었다. 고인의 뜻을 받아서 훈은 부친을 개똥밭머리에 안장했었다. 그러고 닷새 되던 날 고향을 떠났었다. 그런 지도 이미

20년이다. 이 20년 동안 그는 낫 놓고 ㄱ자도 모르던 아버지를 별로 생각해보는 일이 없이 살아왔었다. 그의 아내도 그랬다. 아내는 더했었다. 결혼 때도 아내는 못 보았었다. 시집 식구란 오직 남편의 얼굴을 알 뿐이었다. 결혼을 하고도 1년이나 되어서야 단 이틀 시집에 간 일밖에 없다. 시아버지의 생신날이었다. 생신날도 시아버지는 새벽에 지게를 지고 나갔었다. 그때 어울이 송아지를 한 마리 얻어다놓고 좋아하던 때다. 그 꼴을 베어가지고 들어오던 것이다.

"얘들아, 죄되겠다."

시아버지는 상을 받고 이렇게 말한다. 상이라야 열두 반상을 차린 것도 아니다. 며느리가 사들고 내려간 갈비국에 김뿐이다. 그리고 밥이었다.

"흰밥 먹을 사람은 하늘이 낸다는데 이렇게 하얀 밥을 먹어 되겠느냐. 뭘 좀 섞지 그랬어? 한달이면 느 어머니 생일인데 반반 섞었더라면 오죽 좋냐? 아—니 그건 또 뭐냐?"

그때 맏며느리가 국그릇을 들고 들어왔었다. 기름이 동동 뜨는 고깃국이다. 거기다 갈비 토막이 들었었다.

"아—니, 거 뭐지야?"

"서울 아이가 사가지구 왔다우."

"갈빌?"

농군은 깜짝 놀라고 있었다. 흐들갑이 아니라 정말 눈이 휘둥그레졌던 것이다. 서울 며느리도 놀랐다. 상상도 못할 일이었다. 서울 며느리는 또 한번 놀라지 않으면 안 되었다. 방이라야 집안 식구가 앉재도 두셋은 서야 할 방에다 당신의 친구들을 청하겠다는 것이다.

"국밥을 보냈습니다."

하고 큰며느리가 설명을 하고 있었다. 모두 여섯 노인들 집에 보냈었다. 그러나 영감이 꼽은 사람은 이십 명이 넘었다. 하는 수 없이 고깃국을 다시 솥에 쏟아붓고 물을 반 동이나 실하게 잡기로 했다. 밥도 새로 지었다. 그래서 마음에 걸린다는 노인들을 전부 청해 먹이고야 자기도 술을 들었던 것이었다.

"아버님, 지금은 농사두 그리 바쁘실 때가 아니구 하시니 저희들과 서울 같이 가시지요. 며칠 구경이나 하구 나려오시면—."

서울 며느리가 이런 제언을 했었다.

"서울 구경? 날보구 서울 구경을 시킬 생각을랑 말구 너희들이 시골 구경을 좀 해야겠다. 시골 사람들이 어떻게 사는가 좀 알아야 해. 농사 이치를 알어야 한단 말야. 왜 내가 서울을 모르는 줄 아냐. 다 알아, 다 들었어. 왼통 돌 위에다 집을 짓구 길두 돌이구 풀 한 폭 없는 돌바닥에서 무슨 맛으루 산다지? 사람은 풀내와 흙내를 못 맡으면— 땅 지기를 못 맡은 나무처럼 돼버리는 게니라. 나종엔 죽어버려! 그야 잘 먹구 잘 입구 엎드러지면 코 닿을 데두 뚜르르 타구 댕기구 그러니까 편치, 살이 찌구. 허지만 살 쪘다구 다 사람이냐? 그럼 양돼지는 더 잘 났게시리? 난 통 못마땅해. 너희들만 해두 그럴 게다. 내가 죽었대두 여기 자동차가 안 댕기면 감히 올 염량도 못 먹었을 게야. 그렇지? 무슨 놈의 인종들이 그렇게 타길 좋아한다던? 뭐 인전 죽어서두 자동찰 타구 화장장으루 간다면서? 그래, 죽어서까지 찰 타구 댕겨야 맛이야? 애, 너나 서울 구경시킬 생각 아예 말구 너희들이 나하구 한 1년만 있거라. 그래야 사람이 된다. 농사 이칠 모르면 사람이 답답해. 농살 지어봐야 남을 위할 줄두 알게 되구, 서울 사람들은 깍쟁이라구 그러는 것두 농살 못 지어봐노니 제 욕심만 잔뜩 차리거든! 사람이 깍쟁이가 될밖에, 이악해지거든! 인저 너희들은 아주 벗는 사람들이니까 아주 질랜 시골서 못 살리라. 허지만 한두 해 살아봐야느니라. 나중에 아이들을 낳건 나려보내라. 어려서부터 이악한 꼴만 보구 크면 사람 구실 못하느니라. 사람의 새낀 서울루 보내구 마소 새낀 시골로 보내랬다지만 건 옛날 서울 말이지. 옛날엔 서울두 지금 같지 않았거든. 그래라, 아이들 낳거든 철날 때까지만이라두 나려보내라— 사람은 밑바탕이 있어야느니라. 밑거름이, 암만 돌을 깔구 분칠을 하구 해두 인조 비료 쓴 곡식과 같아지느니라. 사람은 시골서 키워야 해, 시골서. 그래야 무럭무럭 자라지. 저 보렴, 나뭇가지를… 파아랗지 않으냐, 생기가 돌지? 그래, 어떠냐, 몬지가 뽀—야케 묻은 서울 나무하구?"

그도 그의 아내도 대꾸를 못했었다. 할 말이 없었다. 이론을 캐어 보았자 질 것만 같았던 것이다.

—그 아버지를 그후 20년 까마득히 잊고 산 훈 내외였다. 그 내외가 며칠내 불현듯이 아버지 생각을 하기 시작한 것이었다. 그의 넷째놈이 못된 동무에 빠져서 손 거친 짓을 했던 것이다. 큰돈은 아니었다. 불과 천환에 불과한 물건이었다. 그것은 동무와 짜고서 몰래 갖다가 팔아서 곡마단 구경을 갔더라는 것이다. 훈은 생전 처음으로 넷째놈을 죽어라 하고 때렸었다. 오십 평생 어린것의 빰따귀 한번 친 일이 없었던 훈이다. 그 훈도 참을 수가 없었다. 처음 훈은 어렸을 적 자기가 맞은 대로 종아리를 쳤었다. 피가 맺히었다. 마침 대비가 있어 실한 놈으로 여남은 개를 끊어놨었다. 그 열 개가 다 부러져라고 때리었다. 물론 넷째놈

은 잡는 소리를 했다. 떼벌에 쏘인 아이처럼 떼굴떼굴 굴렀었다. 순간 그의 눈에는 이 어린것이 히틀러처럼 보여졌었다. 일본의 '동조'처럼 악의 화신처럼 앙칼져 보이기도 했던 것이다.

"죽어라! 죽어!"

정말 죽이고 싶었다. 죽여도 시원치 않았다. 무려 한 시간을 때리고 난 때 아이도 까무러치고 어른도 맥을 잃고 말았었다. ―그 끝에 풀쑥 그의 아내가 시골 이야기를 꺼냈던 것이다.

"돌아가신 아버님 말씀대루 마침 방학이니 시골이나 보냅시다. 제 사촌들두 있구 참외 수박두 있을 게구, 내에 가서 목욕두 하구 고기두 잡구― 그러면 좀 잊어버리지 않을까? 동무를 잘못 사괴었어요. 한 달만 갖다 두면 그런 동무들도 떨어질 게구. 아직 나이 열두 살 된 것이 천성이야 나빴겠수, 안 그래요?"

"응."

"그렇게 해보십시다. 나두 한 달쯤 시골 가 있다 오구 싶어요. 살아갈수록에 마음두 거칠어지구, 아버님 말씀대루 인간이 너무 이악만 해가는 것 같아요. 좀 구수한 흙내 나는 사람이 됐으면― 꼭 칼날 위에서 사는 것만 같아요. 촌길두 거닐어보구 발을 벗구 물에두 들어가 보구― 나두 갈까?"

"응."

훈은 이렇게 대답했던 것이다. 20년간 잊고 산 아버지가 갑자기 그리워도 졌다. 훈도 생급스럽게 시골 냄새가 그리워지던 것이다.

"존 생각이우, 보냅시다. 당신두 가우, 나두 며칠만 갔다 오겠소. 아버님 산소에두 가뵙구― 이번 가건 어떻게든지 묘답이나 한 뙈기 마련해주구 옵시다."

"개똥논을 사지."

아내는 이런 농담도 할 수 있었다. 좋이 즐거웠던 모양이다. 넷째 놈도 시골 간다는 말에 맞은 것도 잊고 좋아 날뛰었었다. 그래서 그들은 이튿날 관청에는 연락만 하고 고향길을 떠났던 것이다.

차도 마침 새 차였다. 엔진 보링을 한 지 닷새밖에 안 된다. 운전사도 모처럼 달리는 시골길에 홍이 난 모양이었다.

"참 좋습니다, 국장님."

"좋네나."

훈도 이렇게 맞장구를 치면서 담배에 불을 붙이던 것이다.

차는 오십 마일 가까운 속도로 고향에의 길을 달리고 있었다.

차보다도 고향에로 달리는 훈의 마음이 더 빨랐었다. 훈은 지금 가난한 농부의 일 생애에 흐뭇하니 잠겨보는 것이다. 아버지를 생각할 때 자기의 생이 얼마나 무가치한가를 새삼스러이 생각하는 것이었다. 개천에서 용이 난 것이 아니라 옥토에서 질경이가 난 격이라 했다.

차도 그의 마음을 알아주는 듯 스피드를 높이고 있다.

——— 〈「현대공론」 9호, 1954년 9월〉

참고자료

연륜의 허실虛實

"무영無影 아직 젊소이다"
—내 작품들의 이력서

•

•

•

1

이렇다 할 작품 하나도 없이 연륜만으로써 '문학 편력' 운운이 허용되는 것인지의 여부를 가리지 않기로 하고 나는 명제命題에 부副하기로 한다. 문학 편력기가 아니라 이것은 나의 문학 수업기다.

이런 종류의 문장을 대할 때마다 나는 흡洽을 생각한다. 40년 전 까마득한 옛날이 회상되기 때문이다. 그때 흡과 나는 한 서당에 다니었고, 15,6세 때는 남산 기슭 잔디밭에 누워서 흡이 지은 시를 읽었고, 내가 소설이랍시고 쓴 것을 읽으면서 '문학론'을 했던 것이다. 원고지란 존재도 모른 때다. '실용편전實用便箋'이라는 편지 종이에 쓴 소설이었다. '무영無影'이라는 아호雅號를 흡과 둘이서 지은 것도 이 고향, 흡의 동리인 신의실信義室 앞 남산 기슭이었었다. 그때 흡은 10여 편의 시작詩作이 있었고 내게도 100매 가량의 소설 한 편이 있었다. 그것이 소설이 되었을 리도 만무한 노릇이었지만 흡은 나의 '소질'을 인정해 주었었고, 그해 모某 순사의 부인인 신여성이 이웃에 살게 되어 그 부인에게 읽히고 좋아하였다. 그 신여성은 읍내 보통학교 출신이었던지라 그의 칭찬이 내게는 더없는 영광이었고 또 용기가 되어주었다.

그때의 그 100매의 소설을 큰 보물처럼 싸들고 동경으로 건너간 것이 18세 되던 3월이었다. 나도 신문 배달, 인삼엿 장수, 관동 대지진 직후라서 측량 인부 등을 전전하기 반년, 당시 농민 작가로 출발하여 중견 작가가 된 K씨 댁에 '서생書生'으로 입주한 후에 이 처녀작을 개작改作, 춘성 노자영春城 盧子泳 씨가 경영하던 청조사靑鳥社에서 발간했었다. 이를테면 이것이 나의 처녀작이다.

6·25로 인하여 한 권 수중에 있던 것까지 없어지고 말았지만, 4·6판 240쪽이니까 약 900매 가량의 장편으로 제목은 「의지依支할 곳 없는 청춘靑春」이었다. 내가 붙인 제목은 「의지할 곳 없는 영혼靈魂」이었는데 노자영의 기호嗜好로 '영혼'은 '청춘'이라 고치었다. 동경에 있던 나로서는 책이 나오기까지 몰랐고, 또 19세에 장편을 출판해 준 고마움 때문에 고언苦言 한마디 못했었다. 인세도 고료稿料도 없고 이익이 나면 주겠다는 조건이었지만 책을 내어주는 것만이 그지없이 고마웠었고, 읽지도 못하면서도 K씨가 자기 일처럼 좋아하면서 상금(?)까지 주어 그 기념으로 만년필을 샀었다. 작품으로서 가소로운 것이었지만 모조지에 반불양장半佛洋裝으로 책만은 이뻤었다.

이 「의지할 곳 없는 영혼」에 용기를 얻어서 쓴 것이 제2작 「폐원廢園」이다. 약 1,000매의 장편으로 그 이듬해니까 20세 때의 작이다. 이 「폐원」을 노자영에게 보냈더니 10일도 못 되어서 장문의 편지와 출판 응낙을 해오고, 전작前作의 사례로서 약간—십원이었다고 기억된다—의 돈도 보내 주어 작약雀躍했던 기억이 있다.

이 「폐원」은 330쪽으로 '보르' 양장의 아담한 책이었다. 이 「폐원」도 노자영의 기호로 「폐허廢墟의 울음」이란 마땅치 않은 이름으로 개제改題가 되어 나왔지만 무명 작가인 소년은 그저 고맙기만 하였다. 이작二作 다 탄금대인彈琴臺人이라는 아호로 발표되었다. 고향인 충주의 명승지 탄금대에서 딴 이름이다(상기 이책二冊을 가지신 분은 없을까?). 어쨌든 내가 문학서를 자리잡고 앉아서 읽은 것은 동경에서의 4년간이다. 그때 K씨는 농민 문학으로부터 대중 문학으로 옮겨 인기 작가가 되어 있었지만 선생은 당신의 작품 일체를 내게 읽지 못하게 했었다. K씨는 어쩌다 통속 소설을 쓰게 되었지만 "네까지 통속 작가를 만들고 싶지는 않다" 하며 그때의 인기 작가이던 키쿠치菊池·미카미三上·쿠메久米 등의 작품에도 초기 단편 이외에는 절대로 금독령禁讀令을 내렸었다. 그 대신 시가志賀·아쿠타카와芥川·후지무라藤村·나츠메夏目의 작품과, 특히 러시아 작품은 교과서처럼 일일이 혈수頁數까지 지정해서 읽히는 데는 정말 괴로웠다. 지금에야 그때의 K선생의 고마움을 알게 되었지만 「죄와 벌」을 십독十讀시키는 데는 정말 괴로웠다. 그래서 몇 번은 읽지도 않고서 읽었다고 했다가 몹시 꾸중을 듣고 정말 십독을 했던 것이다. 「세계문학전집世界文學全集」을 통독한 것도 K선생의 '명령' 때문이었다.

•

2

동경에서 돌아온 것이 22세 때다. 국내 사정을 모르는지라 내 딴에는 문필생활을 본격적으로 할 생각이었다. K씨는 동경 문단에서 출세

하기를 바랐었다. 그래서 사사키佐佐木 등 신인들이 모이는 '20일회二十日會'에 가담하여 작품 합평회合評會를 가져왔었는데, 여기에 내놓은 「악몽惡夢」이란 나의 단편이 K씨의 비위를 거슬렀었다.

'동척東拓'을 악귀로 상징한 내용이었다. 설왕설래가 수차 있던 끝에 나도 고국에 돌아올 결심을 했었고, K선생도 보내주기로 작정을 했었다. 여비로서 그때 돈 백원을 주셨으니 내게는 대금大金이었다.

서울에 돌아와서야 나는 내가 보아도 얼마나 어리석었던가를 알 수 있었다. 당당 신인으로 행세할 줄 알았던 나는 일언반사一言半辭의 반응이 없었음은 물론 1,000매 장편이 두 권이나 나왔건만 책 이름을 기억해 두는 사람조차도 없었다. 동경만 여겼더니 원고료란 제도조차도 거의 없는 듯싶고, 성해星海 이익상 씨와 고하古下 선생에게 받아온 동경서의 소개장도 아무런 소용이 없었다. 나의 꿈은 깨지고 완전히 17세 소년 때의 비참한 외지外地로 되돌아가 버렸다.

귀국 이후의 3, 4년간은 아무리 원고를 끌고다녀도 돈은 되지 않았다. 강습소 교원, 잡지 기자, 교정 청부請負 등으로 전전하나 하숙비는 나오지 않았다. 마침 흡洽도 서울로 와서 있어서 사랑舍廊을 점령하고서 지구전持久戰을 하기로 했다. 방법의 일은 단편을 써서 우선 권위지에 발표를 해야 한다는 것과 신문사 현상에 당선이 되는 것의 두 가지 중 양면 작전을 하기로 하고 무려 십여 편을 써가지고 다녀도 어디 하나 상대도 해주지 않았다. 「조선지광朝鮮之光」, 「개벽開闢」, 「비판批判」, 「동광東光」이 4지四誌가 가장 권위가 있어 「비판」에 「반역자反逆者」(500매 중편)를 연재하고 「동광」에 「두 훈시訓示」가 겨우 실린 것이 24세 때라고 기억된다. 「두 훈시」는 80매나 되어 그때로는 너무 길다고 주체를 못하다가 지금 서울대 사대師大에 계신 이종수 씨가 영단을 내어 실어주고 일금 오환을 받았다. 정상적인 고료를 받기는 이것이 처음이었다.

그러나 「반역자」도 「두 훈시」도 누구 하나 읽어 주는 것 같지도 않은 채 완전히 묵살을 당하고 우울하게 지내는데 그해 동아일보사에서 신춘 현상에 오십환을 걸고 소설과 희곡을 모집한다는 사고社告를 보고 이산李山이란 익명으로 희곡 「한낮에 꿈꾸는 사람들」을 투고한 것이 당선되어 겨우 신인의 명단에 끼이게 되었다.

동아일보에 「지축地軸을 돌리는 사람들」을 연재한 것이 그 이듬해였을 것이다. 춘원春園 선생이 편집국장, 서항석徐恒錫 씨가 학예부장 대리였었다고 기억된다.

그때만 해도 신인인데 3회 분만 먼저 써간 것을 연재해 주었으니 서항석 씨도 상당한 모험을 했었다.

이 「지축을 돌리는 사람들」은 60회의 중편이었는데 역시 나의 기대에 어그러져 전혀 반응이 없었다. 오직 빙허憑虛 선생이 꾸준히 읽어 주시고 용기를 북돋아주었을 뿐 문단에서는 거들떠보아주지도 않았다. 오직 나의 작품을 애독해준 사람은 흡洽과 인쇄공뿐이었다.

이 불우不遇가 나의 성격을 울병鬱病으로 만들어주었고 젊은 늙은이가 되게 했고, 17세, 24, 5세 전후 3회나 자살을 기도하게 했었고 소설가가 되는 것이 국왕보다도 더 귀하고 자랑스럽게 생각되던 그때의 나로서는 무리가 아니었다. 소질이 없음을 자각하게 되자 나는 생의 가치를 잃었었고, 쇼펜하우어의 사상에 심취되어 언제나 자살할 생각에만 몰두했었다. 25세 때라고 기억된다. 일체의 자살 준비를 갖추고서 심야에 한강까지 나갔었다. 달밤, 자정이 지나서 발에 돌을 매고 서 있는데 갑자기 천둥 번개를 치며 폭우가 쏟아져서 나무 밑으로 줄달음을 쳤으니, 자살할 사람치고는 무던히도 물이 무서웠던 모양이다. 자살을 단념하고 다시 용기를 낸 것도 그날 밤 이후였을 것이다.

동아일보에 「먼동이 틀 때」를 연재하게 된 것은 그 이듬해라고 기억된다. 지금은 신문에 연재를 쓰는 것이 그렇게 대단치 않아졌고 단편만 써도 작가적 지위를 가질 수 있지만, 그때는 신문 장편이라도 관문을 통하지 않고서는 일반적으로 작가의 대우를 하지 않았었다.

이 「먼동이 틀 때」를 연재하기 전까지에도 「만보 노인萬甫老人」, 「취향醉香」, 「흙을 그리는 마음」, 「오도령吳道令」, 「유모乳母」 등 여러 작품을 썼지만 작가로서의 이름을 얻게 된 것은 동아일보에 장편을 쓴 후부터다. 그만큼 신인이 동아·조선에 장편으로 등장하기는 어려웠었다. 특히 동아에서는 그 작자의 작가적 역량 이외에도 사상관계, 사생활까지도 검토를 한 후에 집필을 의뢰했었다.

이 관문을 통과하는 데 절대적인 보장을 해준 분이 서항석 씨뿐, 측면側面하는 현진건 씨가 조언해 주어 겨우 성립이 되었던 것이다.

다음해 역시 동아에 연재한 것이 「명일明日의 포도鋪道」였다.

•

3

장편 「향가鄕歌」를 위시한 「흙의 노예奴隷」, 「민권閔權」, 「청靑개구리」, 「문 서방文書房」 등 농촌 주제의 작품들은 다번多繁한 신문 기자 생활을 그만두고 궁촌宮村이라는 산 밑 두 집 뜸으로 이거移居한 후에 쓴 것들이다. 경부선京釜線이요 서울서 한 시간이면 가지만 성냥 한 갑도

칠 마정七馬丁을 나가야 사는 벽촌이었다. 장편은 예외지만 단편은 앉은 자리에서 끝을 내야만 문밖에도 나가는 습성이어서 「흙의 노예」 300매를 50 몇 시간 만에 쓰고 일어나다가 현기증을 일으킨 기억이 있다. 쓰다가 중도에서 일어난 작품으로 완성한 것이 하나도 없다. 이제는 생리적으로 습성이 될 것 같다. 나의 육체가 어느 때까지나 이 습성에 견디어 주겠는지 의문이다.

퀴리 부인을 소설화한 「세기世紀의 딸」은 내가 쓴 장편으로는 가장 긴 것이다. 이것도 신문사를 나와서 궁촌에서 쓴 것인데, 지금 납북되어 계신 박승호 여사가 궁촌까지 밀사를 보내는 등 갖은 고초를 겪으며 썼다. 일제의 최후 발악으로 동아일보가 폐간된 1941년 8월 20일(?), 최종간호까지에 끝을 맞추느라고 다소 무리를 한 기억도 남았다.

「향가」도 궁촌에서 쓴 장편 중의 하나다. 해방 이후의 작품으로는 동학란 이후 오늘까지의 반세기간 우리의 농민을 주인공으로 한 5부작 「농민農民」이었다. 5부를 통한 주인공이 3대에 걸친 한 농민이지만 발전상 부득이 제1부를 「농민」, 제2부를 「농군農軍」, 제3부를 「노농老農」 이렇게 '한성漢城', '서울', '대구일大邱日' 세 지에 분재分載하였고 나머지 2부는 아직 미완이다. 제1부 「농민」만은 금련金聯에서 간행된 채 중단되어 있다. 금년에 나온 「역류逆流」는 「연합聯合」에 실었고, 지금 인쇄중에 있는 「사상계」사 발행인 「삼년三年」은 해방 첫날부터 3년간의 혼미 시대를 그린 것으로 전신前身인 한국일보에 연재했던 것이요 해방 후에 쓴 단편이 약 20편 될 것이다. 「농민 생활」지誌의 「고추잠자리 뜰 때」, 「재정財政」지에 「광무곡狂舞曲」, 「가톨릭 청년」 지에 「송씨가전宋氏家傳」.

4

이로써 나의 문단 경력—이랄까—은 대강 추려본 셈이다. 습작 시대를 넣으면 30년, 문단이란 테두리 안에서 호흡한 것도 25, 6년이 된다. 그러면서도 "당신의 대표작은?"이라는 질문을 받을 때마다 나는 얼굴이 붉어진다. 창작 생활 25년에 대표작이 없다는 것처럼 슬픈 일도 없고 허무한 일도 없다. 없다는 말을 곧이들어 주지 않는 사람이 원망스럽다. 나를 가리켜 농민 작가라고 불러줄 때도 그렇다. 지금까지 써 온 작품의 태반이 농촌에서 취재한 것임은 사실이나, 거개가 머릿속에서 만들어진 농민이었고 책상 위에서 그려진 농촌이었음을 발견하고 있다.

이러한 나의 작품의 빈곤이 나를 늘 우울케 한다. 인간은 누구나 자기 자신에 대한 자신自信을 잃을 때 고독해지는 것이 상정常情인 모양이다. 나의 지금의 이 고독은 문학에 대한 자신을 얻음으로써만 구해질 수 있을 것이다. 나의 문단 생활에 기별期別이 분명치 않은 것도 이에 유서할 것이다. 모든 작가가 신인, 신진, 중견—이렇게 문단에서의 그의 위치가 구별되는데 내게는 그것이 없다. 문청文靑 시대와 신인新人 시대의 구별이 안 서고, 신인 시대와 중견 시대 또한 선이 그어지지 않는다. 이 또한 신인 시대를 대표할 만한 작품이 없었기 때문이요, 중견으로서의 위치를 대변해 줄 작품을 발견하지 못하는 때문이리라. 연륜이 문제가 아니다. 나는 나의 신인 시대를 장식해 줄 새로운 작품을 구상해야 하고, 지금 또 사실에 있어 구상중에 있기도 하다.

무영無影 아직 젊다고 외침으로써 자위한다면 너무나 슬플까?

그러나 아직 나는 그만한 패기는 갖고 있다. 어떤 젊은 사람과도 다투어 나의 신인적新人的인 지위가 보장될 작품을 쓰려 한다.

——— 〈1955년 8월 30일자 기사, 신문 이름 미확인〉

나의 아호雅號 · 나의 이명異名

그림자조차 없는 나

무갑戊甲 · 갑룡甲龍 · 용삼龍三 · 용구龍九. 이것은 어릴 때 집에서 부르던 나의 이름이다. 무갑은 무신생戊申生이라 하여 돌아가신 조모님이 지어주셨고 갑룡은 출처도 모르고 용구는 여덟 살에 내가 혼자서 지은 것이다. 아호로는 15세까지는 '누성淚聲'이라 부르고 스스로 기뻐하였고 17세부터 탄금대인彈琴臺人이라고 썼다. 탄금대는 고향 충주에 있는 이름난 곳이라 거기서 취한 것이다. 누성은 깊은 밤 홀로 울다가 원고지 위에 떨어지는 눈물 소리에 쏠렸던 것이다—그러나 민적民籍에는 무슨 이름으로 등록되어 있는지 이때껏 모르고 있다.

무영無影. 이것은 4, 5년 전부터 부른 이름이다. 펜 네임도 되어 있고 본명으로도 되어 있다. 무재無才, 무력無力—무無의 화신이나 된 듯이 모든 점에서 무無임을 깨달은 나는 '무'자字가 좋았다. 아무 데 가거나 무력하고 무슨 일을 하거나 반향反響이 없는 나. 사회의 서는 자리에 가서 보아도 그림자조차 없는 나. 나는 여기서 무영이라고 지었다. 그림자가 생기면 그때에는 갈리라 한 것이 어느 때나 그림자가 생길지 앞을 내어다보면 아득하다—그러나 나의 몸에 그림자가 생길 때까지는 이 이름을 떼버리지 않겠다.

——— 〈동아일보, 1934년 4월 1일〉

농촌과 한국 문학의 길

무영의 1주기에 부치는 제언

백철 문학평론가

무영이 작고한 지 벌써 일년이 지나 오늘이 그 일주기이다. 이제 그의 일주기를 당하여 추도의 글을 쓰게 된 기회에 다시금 애도의 뜻을 깊이 표하면서 그의 문학에 대한 유산적인 의미를 생각해 보려고 한다.

무영이 커다란 신념을 갖고 문학에 나간 것은 한국의 작가는 농촌행을 하고 농민들을 주인공으로 해서 한국적인 독특한 문학세계를 개척하려 한 것에 있다.

무영 외에도 우리 작가 중에는 먼저 이 방면에 착안을 하고 작품을 써낸 사람들이 없지 않다. 무엇보다도 춘원의 「흙」이 그런 표본의 소설이다. 심훈의 「상록수常綠綾樹」도 그 예로 된다. 또한 기영箕永의 「서화鼠火」·「고향」 등도 소위 농민 소설의 표본으로서 프로 문학에서 내세운 일이 있다. 하지만 프로 문학에서 제창한 농민 문학이란 소위 프롤레타리아 문학의 동맹군과 같은 의식성을 띤 것으로서 순수하게 농촌이나 농민을 표현한 작품들이 아닌 때문에 참고가 되지 않는다. 그렇다면 역시 춘원의 「흙」 등에서 우리 신문학新文學의 농촌 문학의 기원을 찾아야 하겠다.

그렇게 보면 무영의 농촌 문학도 어느 정도 분명하게 그 「흙」 등과 문학 의식의 맥을 통하고 있다고 본다. 그것은 단순히 연대기적으로 무영이 농촌 문학으로 전환한 것이 「흙」이나 「상록수」보다 후기였다는 사실도 무시할 수 없겠지만 그보다도 무영 역시 그 「흙」 시대에 춘원과 함께 같은 직장, 즉 1930년을 전후하여 농촌 계몽운동을 일으킨 동아일보사에 봉직을 하고 있은 인연도 그의 농촌 문학의 의식에 큰 영향을 주었을 것이라고 본다.

그런 점에서 1차는 무영의 농민 문학이 춘원 등의 문학 영향을 받고 있다고 보는 것이 옳다고 생각한다. 그러나 동시에 나는 춘원의 농촌 문학과 무영의 농민 문학 사이에 문학사적인 또는 작품의식 사이의 특질적인 차이를 구별해야 될 줄 안다. 춘원이 「흙」을 쓴 것은 그의 전 작품 체계에서 보면 적어도 소재면에서 볼 때에 이 작품은 거의 우발적으로 씌어진 것이다.

그러나 무영에 있어서는 작품의 륙색을 지고 농촌으로 들어간 것이 단순히 일시적인 호기심이 아니고 당시 한국의 지식인의 운명적인 길로서 생각된 것, 아니 농촌을 바로 인간의 본연적인 귀항지歸港地라고 신념한 사실이다. 여기엔 미상불 춘원의 경우와도 같이 톨스토이의 근대 도시문명에 대한 배척의 뜻도 받아들인 것이 있는 것 같다.

하여튼 무영이 농촌과 농민을 작품화하려고 한 것은 더 근원적인 신념에서이며, 그 처녀지處女地에서 한국의 현대문학의 길이 개척될 것과, 거기서 한국 문학다운 로컬리티가 나올 것은 물론 하나의 주체성도 여기서 수립된 것이라고 굳게 믿은 사람이다. 그것은 무영이 1939년에 신문사 일을 그만두고 서울을 버리고 농촌으로 돌아가면서 「제1과 제1장」을 써낸 것이 그의 문학 전환의 결정적인 의미로 되었거니와, 그는 그전에도 벌써 1934년대부터 농촌서 취재한 작품들, 가령 「농부」·「만보 노인」·「흙을 그리는 마음」 등을 발표해서, 이 전환기를 준비해왔다는 것과, 그 뒤의 작품들은 한두 가지 예외를 내놓고는 거의 전부가 농촌 취재와 농민 묘사의 문학으로 일관했다는 사실이다. 그의 농민 문학에 대한 확고한 신념을 반증하고 있는 사실들이라고 보지 않을 수 없다.

또한 그 신념에서 농촌과 농민으로 접근해 간 그의 인간적인, 작가적인 정열이 얼마나 컸던가 하는 것은 구체적으로 그의 작품에서 실감할 수 있는 것이다. 그의 「제1과 제1장」에서 인증해 본다. 동작同作 제3항에서 주인공(작자)이 서울의 교외인 청량리에 나갔다가 흙내를 맡으며 어떤 경이 같은 감격을 받는 장면이다.

또는 뒤이어 농민의 인간성 같은 것.

"일년내 피와 땀을 흘려야 벼 한 톨 얻어먹지 못하고 빈손만 털고 일어나는 소작인들의 그 애절해하던 심정도 지금에서야 이해되는 것 같았고, 매년 그러리라는 것을 빤히 내다보면서도 그 농사를 단념하지 못하는 그네들의 심정도 이해되는 것 같았다.

타작마당에서 벼 한 톨이라도 더 차지할 것을 전제로 한 애정임에는 틀림이 없겠지마는 단지 그러한 의욕만으로 그 책임이나 벼 한 폭 배추 한 잎을 사랑할 수가 있을까. 그것은 마치 종이값도 못 되는 원고료를 전제한 작품이기는 하지만 쓰는 동안에는 그러한 관념이 전혀 없이 그저 맹목적인 정열을 글자 한 자 한 자에마다 느끼는 것과 무엇이 다르랴 했다.

애정이란 이해관계를 초월한다는 것을 수택은 또 한번 생각한다. 이 애정—그것으로 인류는 살아가는 것이요, 이 애정으로 도덕을 삼는 데서만 인류는 행복될 것이다 싶었다… 운운."

여기서 독자들은 무영이 농촌과 농민을 문학한 의미를 파악할 수 있을 것이다. 무영의 문학은 그만큼 의식성이 강했기 때문에 전달하려는 것, 설복說服하려는 의도가 작품을 앞서는 경향도 눈에 띄지만, 그 대신 작자의 인간적인, 작품적인 신념과 정열이 구체적인 예증을 한 셈이 되어 먼저 든 작품의 노 주인공을 생각게 하는 소박하면서 근기根氣가 있는 독특한 리얼리즘의 문학을 확립한 그 유산을 높이 평가할 것이라고 생각한다.

또 하나 중요한 것은 오늘의 한국 문학에 대한 무영 문학의 유훈적遺訓的인 의미에 대해서다. 우리가 소위 한국적인 민족 문학으로 그 특색과 주체성을 실현시키기 위해선 창작도 하나의 통계적인 숫자 위에 한 토대를 둬야 할 것이다. 그렇게 봐서 우리 문학은 그 소재면만이 아니라 하나의 문학운동적인 방향에 있어서 무영 문학은 커다란 암시를 던지지 않는가 본다. 특히 현실면으로 봐서 만각晩覺인 대로 근래 차츰 지역개발을 위한 경제·문화 운동의 뜻이 강조되고 있다면, 특히 이 시기에 우리 문학의 길이 무영 문학에 대한 계승으로서 더 개척되고 확대되어야 하지 않을까 깊이 느껴지는 데가 있다.

——— 〈동아일보, 1961년 4월 21일〉

억憶, 무영 선생

그의 10주기를 맞아

•

•

송지영 소설가

•

세월 10년! 창상滄桑처럼 뒤바뀌는 세정世情 속에 절실히 피부에 스며드는 무상감, 어찌 열 손가락으로 헤아려 부족하랴만 오늘 내 만겁萬劫을 헤어나나 다름없는 몸이 10년 전 이날 우리와 유명을 달리한 무영 선생을 도곡悼哭하게 됨은 참으로 인사人事 덧없음을 뼈저리게 느끼지 않을 수 없다. 문학인 무영에 대해서는 이미 문원文苑의 공론公論과 정평定評이 내려진 바요, 다만 40년에 걸친 문의文誼에서 인간 무영의 회상을 더듬어내 미진한 우정의 묵은 빚을 갚으려 한다.

10년 전 오늘(원래는 4월이었지만 유족들이 음력으로 기일을 정해 오늘 평소 가깝던 문우 몇 사람과 함께 추도의 자리를 마련했다) 나는 일하던 책상머리에서 돌연한 비보를 받고 한참 동안 망연자실해 있었고, 한자리에 있던 그의 제자 한 사람은 실성통곡失聲痛哭하였었다.

그만큼 무영 선생과 나는 오랜 세월 깊은 인연으로 얽혀 있었다. 무영을 처음 만난 것이 내 열여섯 살 때였으니까 햇수로 꼭 40년째다. 수

주 선생의 장형 되시는 산강山康 변영만 선생의 글월을 갖고 「신동아」 편집실로 찾아간 것이 무영과 알게 된 처음이었다. 그후 경락京洛에 머문 몇 해 동안 한 직장에서 그와 사귐을 두터이했던 것은 물론 뻔질나게 그의 서재에 드나들며 밤을 밝혀 문담文談을 즐긴 적이 많았었고, 그가 경진京塵에 발을 끊고 농촌으로 돌아가 농민 문학에 전념할 때도 나는 군포와 궁촌에 무시로 그의 사랑방 손님이 되곤 하였었다. 언젠가 궁촌에 갔을 때 송림 오솔길로 나무지게를 지고 내려오던 그의 모습을 보고 처음엔 어느 초부樵夫려니 여겨 무심코 지나치다가 등뒤에서 대갈일성大喝一聲 호통치는 소리에 놀라 농사꾼, 나무꾼 무영을 놀랍고 신기하게 바라보던 기억이 지금도 새롭다.

신문사도 문 닫혀 일자리를 잃은 나는 중국으로 방랑의 길을 떠나기로 하여 궁촌으로 그를 찾아갔었다. 이틀 밤인가 함께 따스한 구들목에서 뒹굴다가 내가 이별을 고하자 그는 아마도 솔밭길을 5리쯤이나 따라오며 침중沈重한 표정으로 말 한 마디 없다가 언덕에서 발을 멈추며 손목에 차고 있던 백금白金딱지 시계를 끌러 나에게 주었다.

그 시계는 무영이 여러 해 사사師事하던 작가 가토加藤武雄씨가 런던에서 샀던 것을 무영이 귀국할 때 주었던 귀중한 선물이었다. 나는 시계를 받으며 뜨거운 우정에 눈시울을 적셨던 것이다.

이러한 이야기들은 극히 사적인 것이지만 무영의 인간 된 편모片貌를 추념하기에 족한 것이다. 내가 상해에 있을 때 그는 여러 차례 장문의 글을 보내 나를 격려하며 그도 무척 오고 싶어했으나 뜻대로 되지 않았고, 해방 후 내가 규슈九州에서 풀려나오자 누구보다도 울먹이며 반겨해 준 무영 선생이었다.

소백산 밑 내 시골집에까지 두세 번 찾아와 시골의 전부야로田父野老들과 어울려 막걸리 잔에 취흥을 돋우던 무영 선생의 그 순하디순한 모습도 10년 일월, 영영 우리들 주변에서 사라지고 이제 남은 것은 그의 문학 작품만이 장구할 뿐이다.

———— 〈조선일보, 1970년 4월 21일〉

평설

농민소설의 선구자 이무영

김봉군 문학평론가 · 가톨릭대학교 명예교수

이무영은 우리 문학사에 농민문학의 선구자로 자리매김되어 있다. 농민소설계의 거목인 이무영이 그의 작품에서 의도한 메시지의 줄기가 농민 자신의 것이며, 문체가 농민의 말로 이루어져 있기 때문이다. 일제 강점기인 1930년대 이 땅 사람들이 선망하여 마지않던 동아일보 기자직을 버리고 농촌으로 들어가 몸소 농민이 된 작가 이무영의 결단은 결코 평범한 사건이라고 할 수 없다. 그는 그러한 결단으로 명실상부한 농민문학가가 되었고, 대하농민소설 5부작을 계획하여 그중 3권의 장편소설을 발표한 것은 우리 농민문학사의 가장 현저한 업적임에 틀림없다.

이무영의 농민소설 속에는 동학농민운동기부터 3 · 1 운동을 거쳐 6 · 25 전쟁 직후까지, 소외되고 핍박받던 우리 농민들의 궁핍한 참상이 체험적으로 형상화되어 있다. 그들은 대체로 지극히 선한 순응주의자거나 때로는 극한적 좌절의 인간형으로 드러난다. 그러나 마침내 그들은 사회의 부조리를 인식하고 비분에 잠길 뿐 아니라, 이를 혁파하려는 운동의 선봉에 서는 인간상으로 발전하기도 한다.

이 책에는 이무영의 대표작으로 볼 수 있는 장편소설 「농민」과 「모우지도」를 비롯한 단편소설 다섯 편이 실렸다.

여기 실린 단편소설 「만보 노인」은 이무영이 27세 때인 1935년 3월 「신동아」에 발표한 작품으로, 이무영 자신의 농민 문학사에서 중요한 의미를 띤다. 이 작품은 1939년 이무영이 귀농하기 이전의 농민 소설로서, 「흙을 그리는 마음」(1932), 「오도령」(1933), 「농부」(1936)와 한 무리를 지으며, 귀농 후에 쓴 「제1과 제1장」(1939), 「흙의 노예」(1940), 「모우지도」(1942), 「문 서방」(1942)과 1950년대의 「농부전 초」(1954), 「며느리」(1955),「기우제」 등과 맥을 잇는다.

이들 작품에는 지극히 선량하고 순박한 천심天心의 인물들이 많이 등장한다. 이들은 이무영이 어려서 익힌 유교 경전의 천명사상天命思想과 인仁의 윤리의 체현자體現者들이다. 이런 특성은 작가의 타고난 천성과 직관, 고향의 서당에서 배운 논어 · 대학 · 중용 등을 바탕으로 한 유교적 교양 체험과 유관한 것으로 볼 수 있다. 또한 그의 희곡 「톨스토이」에 나타난 인도주의 사상과도 영향 관계에 있다고 할 것이다. 「제1과 제1장」, 「흙의 노예」의 아버지, 「문 서방」의 주인공 문 서방 등이 그 전형이고, 이는 1950년대 장편소설 「농민」, 「농군」의 아버지 원치수에게까지 이어진다.

단편소설 「만보 노인」에는 이무영이 꿈꾸어 온 "자연 낙원"의 텃밭인 농촌이 "기술 낙원"의 표징인 기계의 "횡포"에 결코 훼손될 수 없다는 주인공의 절규가 아픈 몸짓으로 드러난다. 이는 행동하는 농민상의 단초端初가 되며, 1950년대의 장편소설 「농민」(1950), 「농군」(1953), 「노농」(1954)에서 "창조적이고 저항하는 농민"으로 재창조된다. 지나사변·만주사변·제2차 세계대전의 대혼란기에 "자연 낙원"의 재건과 "거시적 저항"을 위한 귀농을 이무영은 감행한 것이다.

이무영은 장편소설 「농민」의 장쇠를 "창조적이고 거시적인 저항"의 인간상으로 제시한다. 물론 주인공 장쇠는 긍정적 주인공이고, 양반 김 승지는 부정적 인물이다. 이들 주요 인물은 제도적 부조리로 인하여 서로 대립하고 갈등을 빚는다. 여기서 제도적 부조리란 폭압·패륜·착취를 일삼는 양반 지주, 조상 대대로 핍박과 궁핍을 면치 못하는 소작인의 대립 구도가 전혀 개선될 수 없다는 것이다.

이무영은 소작인의 경우 자신의 전통적 인간상과 변화·발전하는 인간상을 아울러 제시한다. 장쇠 아버지 원치수는 지고지선한 전통적 농민이고, 장쇠는 창조·저항하는 새로운 인물이다. 원치수는 물론 부수적 인물이다. 이 작품에서 주목할 점은 결말 부분에 표출되는 장쇠의 행동이다. 김 승지의 비인간적인 핍박을 견디지 못하고 마을을 떠났다가, 동학농민군의 두목이 되어 돌아온 장쇠는 김 승지와 그 가족에게 관용을 베푼다. 장쇠의 이 같은 행동은 우리들 독자로 하여금 경이감과 감동을 안겨주기에 충분하다. 이무영의 인간관, 역사관이 현저히 드러나는 대목이다.

이 작품의 주인공은 사회 계층 간의 대결 양상을 보이면서도, 살인·방화 등의 잔인한 보복 행위를 감행하지 않는다. 김 승지의 딸 미연이와 부정적 인물인 건너 마을 박 의관의 아들 일양을 지극히 선한 긍정적 인물로 그린 것도, 이무영이 이기영의 장편소설 「고향」 같은 사회주의 리얼리즘 문학의 도식성과 일면적 단순성을 극복한 중요한 측면이다. 더욱이 「농군」과 「노농」에서 장쇠와 일양이 합심하여 농군들의 논에 물을 댈 보를 만들고, 외지에서 공부하는 미연과 연통하여 3·1 운동에 동참케하는 장면이야말로 계층 간의 화해와 민족적 일체감을 환기한다.

이무영이 통합적 화해론자임이 여기서 확인된다.

병든 소에게 지극한 애정을 쏟는 「모우지도」, 가뭄의 극한 상황에서 비극적 종말을 맞이하는 「기우제」, 일제의 징용, 6·25 전쟁 등에 남편을 빼앗긴 농촌 여인들의 수난상을 그린 「며느리」, 그리고 공동체 의식과 천명사상을 담으며 충직한 농민상을 다시금 부각시킨 「농부전초」에도 이무영의 개성 어린 인간상이 그려져 있다.

1930년대에는 "농민 속으로 가자"는 이른바 브나로드 운동이 펼쳐지고, 춘원의 「흙」과 심훈의 「상록수」가 청소년 독자들을 분기시켰으며, 수많은 농촌 문학이 족출하게 된 것도 이 시기이다. 일제 강점기의 소위 농민시·농민소설·농민극·농민문학론 2백여 편 중 대부분이 이때에 발표되었다.

이무영의 소설을, 이들 중 다수를 차지하는 "농촌소설"과 구별하여 "농민소설"이라 하는 것은 농민이 계몽의 대상이 아닌 주역으로 등장하며, 문체가 토속적이고 감칠맛나는 농민의 언어로 이루어져 있기 때문이다. 이무영의 농민소설에는 농민의 어법과 풍부한 방언, 방언의 범주를 벗어나 보이는, 이무영 특유의 개인어까지 빈번히 구사되어, 그야말로 농민 소설다운 문체적 특성이 유감없이 발휘된다. 춘원의 「흙」과 심훈의 「상록수」가 지식인·신앙인에 의한 농민 계몽에 뜻을 두었으며, 문체도 누구에게나 통용되는 공통어로 되어 있다는 것과는 성격을 달리한다.

이무영이 신문사 기자직을 내던지고 돌아가 '자연 낙원'을 재건하려 하였던 농촌은 이제 「모우지도」의 그 농촌이 아니다. 일소 대신 기계가 논밭갈이를 하고, 젊은이들이 떠난 농촌의 인구는 급격히 감소하였다. 기업형 영농과 2차 산업과의 연계 문제, 자유무역협정이 논의되는 정보화 · 세계화 시대가 되었다. 이무영이 건설하려던 자연 낙원에의 꿈은, 지금 우리에게 "생태 낙원"에의 소망으로 남았다.

이무영은 계획하였던 대하농민소설 4, 5부를 쓰지 못한 채, 1960년 52세의 아까운 나이로 영면하였다. 작가의 뜻을 이어 이를 완결 짓는 것은 우리들 독자의 몫이다.

이무영은 분량으로 보아 농민 소설에 못지않은 윤리 의식 위주의 소설을 남겼다. 「사랑의 화첩」, 「죄와 벌」 등이 그 대표적인 예다. 이에 대한 논의는 「이무영문학전집」(국학자료원, 2000)에 실은, 필자의 「다시 쓰는 이무영론」으로 대신한다.

도스토예프스키를 세계 최고의 작가로 규정하였던 이무영이 영혼에 사무치는 대작을 더 쓰지 못한 채 너무 일찍 세상을 뜬 것은 실로 애석한 일이다.

연보年譜

•

– ( )속의 연령은 만으로 기재함

연도	경력	발표 작품
1908년 (출생)	1월 14일 충북 음성군陰性郡 음성읍 오리골에서 아버지 이덕여李德汝 씨와 어머니 인印씨 사이의 7남매 중 차남으로 태어남. 본명은 갑룡甲龍, 아명은 용구龍九, 본관은 경주慶州.	
1913년 (5세)	충북 중원군中原郡 신니면薪尼面 용원리龍院里 26번지로 이사하여 이곳이 본적지가 되다. 6·25 때 행방 불명된 시인 이흡(李治, 본명은 李康治)이 바로 이웃 신의실信義室마을에 살아 오랜 친구가 되다. 서당에서 「천자문」과 「동몽선습童蒙先習」 등을 배운 뒤 이곳의 소학교에 다니다.	
1920년 (12세)	소학교를 중퇴하고 서울로 올라와 휘문徽文 고등보통 학교에 입학. 고향 지인知人 윤덕섭尹德燮 씨 댁에서 학교에 다니다. 이 학교 2학년 때부터 문학에 뜻을 갖기 시작했다고 한다.	
1925년 (17세)	문학 수업을 하기 위해 휘문 고보를 중퇴하고 일본으로 건너가 세이조成城 중학에 입학, 고학을 하다가 중퇴하고 일본의 문학 잡지 「문학시대文學時代」(新潮社 발행)의 편집을 맡았던 작가 가토 다케오加藤武雄 씨의 문하생으로 들어가 그곳에서 기숙하면서 4년 동안 작가 수업을 하다.	
1926년 (18세)	6월 「조선문단朝鮮文壇」에 단편 소설 「달순達順의 출가出家」를 이용구李龍九라는 이름으로 투고하여 당선되다.	달순의 출가

1927년 (19세)	5월 25일 첫 장편 소설 「의지할 곳 없는 청춘」(원제는 「의지할 곳 없는 영혼」)을 시인 노자영盧子泳이 경영하는 청조사靑鳥社에서 '탄금대인彈琴臺人'이라는 필명으로 간행. 이 소설은 1932년 11월 영창서관永昌書館에서 재판 발행됨. '탄금대인'은 고향인 충주의 명승·유적지 탄금대에서 딴 이름이다.	「의지할 곳 없는 청춘」(장편) 간행
1928년 (20세)		「폐허의 울음」(장편) 간행
1929년 (21세)	일본의 신인 작가들이 모이는 '20일日회'에 참가하여 작품 합평회合評會에 일본 식민지주의의 첨병인 '동양 척식 주식회사東洋拓殖株式會社'(東拓)를 '악귀惡鬼'로 상징한 「악몽惡夢」이란 단편을 내놓아 물의를 일으키고 고국에 돌아가기로 결심, 귀국하여 강습소 교원, 출판사 사원, 잡지사 기자 등으로 전전하다. 장편 「8년간」을 「조선강단朝鮮講壇」에 연재. 이때부터 '무영無影'이란 아호를 필명으로 쓰기 시작하다.	착각애, 8년간
1930년 (22세)		노파, 착각의 질투, 아내
1931년 (23세)	동아일보에서 한국 최초로 공모한 희곡 현상 모집에 「한낮에 꿈꾸는 사람들」을 이산李山이란 이름으로 응모하여 당선됨. 뒤에 이 작품은 극예술연구회에서 공연되었다. 염상섭廉想涉, 서항석徐恒錫, 이은상李殷相 들과 교유.	미남의 최후, 구성 영감과 의학 박사, 오열, 반역자, 약혼 전말
1932년 (24세)		파탄, 두 훈시, 세창침, 조그만 반역자, 흙을 그리는 마음, 한낮에 꿈꾸는 사람들(희곡), 어머니와 아들(희곡), 모는 자 쫓기는 자(희곡), 오전 영시(희곡)

1933년 (25세)		루바슈카, 산장 소화, 지축을 돌리는 사람들(중편), 오도령, 궤도, 펼쳐진 날개(희곡), 아버지와 아들(희곡), 파경(희곡), 탈출(희곡)
1934년 (26세)	동아일보사에 입사, 학예부 기자로 일하기 시작하다. 「신동아」의 편집 책임을 맡고 있던 최승만崔承萬과 사내에서 각별한 사이가 되다. 1932년부터 알게 된 김동인金東仁, 채만식蔡萬植과도 가깝게 지내다.	창백한 얼굴, 아저씨와 그 여인, 나는 보아 잘 안다, 탈출기, 거미줄을 타고 세상을 건너려는 B녀의 소묘, 남해와 금반지, S부인과 그후 이야기, 우심, 댕기 삽화, 야시 삽화, 노래를 잊은 사람, 취향, 용자 소전, 산장 일기, 반역자(희곡), 톨스토이(희곡)
1935년 (27세)		아름다운 풍경, 산가, 타락녀 이야기, 꾸부러진 평행선(중편), 만보 노인, 수인의 아내, 편지, 먼동이 틀 때(장편), 우정, 노농, 나락, 호반의 전설, 예술광사 사원과 5월(희곡)
1936년 (28세)	동아일보에 함께 근무하던 신영균申永均의 중매로 그의 처제 고일신高日新과 6월 11일 동아일보사 강당에서 결혼. 송진우宋鎭禹 동아일보사 사장이 주례, 고재욱高在旭, 임봉순任鳳淳이 들러리를 서다. 서울 봉래동에 신혼 살림을 차리다. 이 해 8월에 베를린 올림픽 마라톤 대회에서 우승한 손기정 선수의 사진에서 일장기를 말소한 사건으로 동아일보 무기 정간. 10개월 후 복간되기까지 '실직 상태'가 되어 생활고를 겪다. 이 기간에 동향인의 후원으로 친우 이흡李洽과 함께 순문예지 「조선문학」을 창간.	타락녀, 파경, 유모, 분묘, 농부, 무료 치병술(희곡), 현대 여성 기질(희곡)
1937년 (29세)	동아일보 복간. 장녀 자림慈林 출생.	명일의 포도(장편), 단편집 「취향」 간행

1938년 (30세)	희곡 「구두쇠」를 극예술연구회가 부민관에서 공연.	불살른 정열의 서, 낚시질, 일요일, 적, 화경, 9호 병실, 전설, 「무영 단편집」간행, 「명일의 포도」(장편) 간행
1939년 (31세))	창작 생활에 전념하기 위해 비장한 각오로 동아일보사를 사직하고 친구 이흡이 살고 있는 경기도 군포의 궁말〔宮村〕 옆 샛말(경기도 시흥군 의왕면)로 이사, 이곳에 살면서 창작에 정진하다. 이곳 군포에서 1951년 1·4 후퇴로 가족이 피난길에 오르기까지 12년간 살면서 창작 생활을 하다. 장남 현玄 출생. 이 해에 대표작 「제1과 제1장」을 쓰다.	한 과정, 독초, 세기의 딸—퀴리 부인의 일생(장편), 도전, 제1과 제1장, 궁촌기—최근 일기 초, 어떤 안해, 「먼동이 틀 때」(장편) 간행
1940년 (32세)	경성보육학원京城保育學院에서 문학을 강의함.	딸과 아들과, 산거 한제—속 궁촌기, 이름 없는 사나이, 산촌 한제—궁촌기 기 4, 흙의 노예, 무제록—궁촌기 기 5, 민권, 안달 소전, 청개구리
1941년 (33세)	차남 민民 출생.	누이의 집, 원줏댁, 승부
1942년 (34세)		문 서방, 모우지도, 청기와의 집(장편)
1943년 (35세)	장편 「청기와의 집」(1942년에 부산일보 연재)이 일본의 「신태양사」(「모던 일본」을 개명)에서 간행되고 이 출판사에서 주는 '조선예술상'을 받다.	귀소, 토룡, 향가(장편), 용답, 역전, 대자, 「청기와의 집」(장편) 간행
1944년 (36세)		조그만 일, 슬픈 해결, 부주전 상백시, 서, 초상, 과원 물어, 초설, 단편집 「정열의 서」 간행

1945년 (37세)	36년 동안의 일제 식민 치하에서 해방됨. 해방 후의 정치적·사회적 혼란이 문단에도 파급되었으나, 군포에서 창작에만 몰두하다. 차녀 성림聖林 출생. 희곡 「논개」를 국악단이 국립극장에서 공연.	법, 금석, 논개(희곡)
1946년 (38세)	서울대학교 문리대에 출강, 소설론 강의. 희곡 희곡 「퀴리 부인」 공연(국립극장).	굉장 소전, 3년(원명 : 피는 물보다 진하다)(장편), 단편집 「흙의 노예」 간행, 퀴리 부인(희곡)
1947년 (39세)	연희대학교 문과대에 출강. 3녀 미림美林 출생. 대학 강의를 통해 소설론에 대한 교재의 필요성을 절감하고 「소설 작법」을 간행. 전국 문화단체 총연합회('문총') 최고위원으로 피선되다.	수염, 집 이야기, 일년기(중편), 단편집 「B녀의 소묘」 간행 「소설작법」간행
1948년 (40세)		무사, 석전기, 구곡동, 단편집 「벽화」간행, 「고도승지대관」 간행
1949년 (41세)		태평관 사람들(중편), 산정의 삽화, 사위, 나랏님 전 상사리, 장화, 「무영 농민 문학 선집」 제1권 「산가」·제2권 「향가」 간행, 「세기의 딸」(장편) 상권 간행
1950년 (42세)	6·25 남침으로 군에 입대. 손원일孫元一 제독에게 소개되어 이 해 12월 소설가 윤백남尹白南, 염상섭廉想涉과 함께 해군에 입대하여 정훈 장교(소령)로 특별 임관되다. 4녀 상림祥林 출생.	농민(장편), 불암, 전기, 연사봉, 삼여인, 명암, 그리운 사람들, 정상에서
1951년 (43세)	1·4 후퇴로 가족들 피난길에 오름. 해군 함정 복무중 틈을 내어 충남 당진에 피난가 있던 가족들과 짧은 해후. 진해의 해군 통제부 정훈실장에 취임. 이곳에서 복무하면서 통제부 정극모鄭棘謨 사령관, 배윤선 헌병대장 등 해군 고위 장교들과 가까이 지내다.	범선에의 길, 소방황, 어떤 부부

1952년 (44세)	충무공 동상의 제작을 지휘하고 제막에 맞추어 희곡 「이순신」을 공연함(진해 해양 극장). 3남 홍弘 출생(3년 후 사망).	기우제, 사랑의 화첩(중편), 「젊은 사람들」(장편) 간행, 이순신(희곡)
1953년 (45세)	2월 해군 정훈감에 취임. 부산으로 이사. 숙명여대 강사로 출강.	ㄷ씨 행장기, 초향, 바다의 대화, 6 · 25, 사의 행렬, 일야, 창구의 고백, O형의 인간, 암야행로, 농군(장편), 호반 산장지도
1954년 (46세)	서울로 환도하고 2월 국방부 정훈국장에 취임. 서울에서는 성동구 신당동 344번지에 거주하면서 이곳에서 별세할 때까지 살다. 이웃 장충동에 살던 구상具常 시인과 가깝게 지내다.	역류(중편), 영전, 농부전 초, 송 미망인, 노농(장편), 「농민」(장편) 간행
1955년 (47세)	해군 대령으로 예비역 편입. 국방부 정훈국 자문위원 겸 해군 기술 연구소 이사에 취임. 전국 문화단체 총연합회(문총) 최고위원에 다시 피선되고 펜(PEN)클럽 한국본부 중앙위원, 자유문학자 협회 부회장 등으로 선출됨. 숙명여대 대학원 강사 취임. 희곡 「발착점發着點에 선 사람들」(원명 「팔각정 있는 집」)을 국립극장에서 공연. 이 시기에 특히 시인 모윤숙毛允淑, 김광섭金光燮과 가깝게 지내다.	숙경의 경우, 또 하나의 위선, 그 전날 밤, 소녀, 이단자, 사진기, 향수, 창(중편), 고추잠자리 뜰 때(중편), 광무곡, 비련, 며느리, 아침, 「역류」(중편) 간행
1956년 (48세)	서울시 문화상 수상. 국제 펜 런던 대회에 이헌구李軒求, 백철白鐵, 이하윤異河潤 등과 함께 한국 대표로 참가하고 2개월간 유럽을 여행.	숙, 빙화, 장편 「삼년」 간행, 「한국 문학 전집 제10권」(농민 외 수록) 간행
1957년 (49세)	단국대 국문과 교수에 취임. 자유중국 정부 초청으로 1개월간 이 나라의 교육 문화계를 시찰.	호텔 이타리꼬, 시신과의 대화, 광상, 고독, 맥령(중편), 난류(장편), 부표, 들메, 새벽, 제대병의 소묘, 반향, 단편집 「해전 소설집」 간행
1958년 (50세)	단국대학 대학원 교수 취임.	2·8 전야, 어떤 부녀, 숙의 위치,

계절의 풍속도(장편), 굉장 씨 후일담, 진소저

1959년
(51세)

실제기, 죄와 벌, 미애, 두더쥐, 궁촌 사람들, 기차와 박노인, 벽(희곡)

1960년
(52세)

4월 21일 뇌일혈로 별세. 장례식(5일장)은 1960년 4월 25일 오전 10시 반 천주교 명동 성당에서 장례미사를 올린 후 이곳 성당 문화관에서 '문총장'으로 거행됨. 시신은 도봉산 자락 창동의 천주교 묘지에 안장됨.

애정 설화, 목석 부인(유고)

● 연대 미상
원균의 후예, 어떤 아들, 월급날, 가락지

1960년

6월 26일 이무영 묘비 제막식이 구상 시인의 주선으로 고인의 묘소에서 거행됨. 묘비의 비명은 구상 시인이 지었 고, 글씨는 서예가 김충현, 묘비는 조각가 차근호車根鎬의 작품임.

1975년

「이무영대표작전집」(전 5권)이 신구문화사新丘文化社에서 간행됨. 편집 위원은 백철白鐵, 박영준朴榮濬, 안수길安壽吉, 구상具常. '전집 간행 기념의 밤'이 송지영宋志英 주선으로 4월 21일 오후 6시 코리아나 호텔 22층에서 거행됨. 발기인은 최승만崔承萬, 박종화朴鍾和, 이은상李殷相, 김팔봉金八峰, 김광섭金珖燮, 모윤숙毛允淑, 송지영宋志英 등 36인.

1985년

25주기를 맞아 4월 20일, 이무영을 기리는 문학비가 고향인 충북 음성읍 문화동에 음성문화원 주관으로 충청북도와 음성군과 향민의 지원을 받아 세워지다. 비문은 제자인 이동희, 글씨는 송지영, 조각은 홍도순이 맡음.

1990년

음성군은 이무영 문학비를 음성읍 설성공원 안 경호정으로 옮기고 1991년에는 구상 시인의 추모송비를 이무영 문학비 옆에 나란히 세웠다.

1994년 4월 21일 제1회 '무영제'가 음성문화원 주최, 음성군과 동양일보사 후원으로 설성공원 문학비 앞에서 열림.

1995년 4월 21일 제2회 무영제 때 이무영 문학비가 세워진 설성공원 앞길을 '무영로'라 부르는 명명식이 거행됨.

1996년 4월 21일 음성군과 음성 문인 협회에서 이무영 생가에 표지와 표석을 설치함.

1997년 6월 17일 한국문인협회와 SBS 문화재단 후원으로 이무영 생가의 한국문학 표징 제막식을 가짐.

1998년 음성군 향토민속자료 전시관에 이무영 작품·친필·유품 등을 전시함.

2000년 40주기를 맞아 4월 이무영의 작품들과 산문들을 모두 다시 정리하여 가로쓰기로 새로 편집한 「이무영 문학 전집」(전6권)을 국학자료원에서 간행. 편집 위원은 구상具常, 구인환丘仁煥, 이동희李東熙, 김주연金柱演, 김봉군金奉郡.

4월 21일 40주기를 맞아 동양일보사 주관 음성군 후원으로 '무영 문학상'이 제정됨. 시상은 매해 음성에서 열리는 '무영제'에서 시상하기로 함.

• • 무영문학상 역대 수상자

1회 이동희 〈땅과 흙〉 전 5권
2회 김주영 〈아라리 난장〉 전 3권
3회 김원일 〈슬픈 시간의 기억〉
4회 이현수 〈토란〉
5회 한만수 〈하루〉
6회 심윤경 〈달의 제단〉
7회 조용호 〈왈릴리 고양이 나무〉
8회 김영현 〈낯선 사람들〉

9회 이동하〈우렁각시는 알까?〉

2002년	유영난Yoo Young-nan 번역으로 「농민」과 「제1과 제1장」이 영문판 "Farmers" (Homa & Sekey Books: New Jersey, www.homabooks.com)로 출간됨. 유영난은 이 두 작품으로 코리아 타임즈 한국 문학 번역상을 받음.
2002년	음성군은 이무영 생가가 허물어지자 "무영정"이란 팔각정을 세움.
2005년	음성군은 4월 무영제를 맞아 문화관광부 작고 유명예술인 기념 조형물 설치계획에 따라 이무영 흉상을 제작하여 생가에 설치함. 조각은 김성용의 작품임.
2008년	2월 15일, 문학의 집·서울이 주최하여 이무영 탄생 백주년을 기리는 기념행사를 함.
2008년	4월, 이무영 탄생 백주년을 기념하여 이무영 작품 선집 「제1과 제1장」, 「농민」, 두 권을 문이당 출판사에서 간행함.

농민

초판 1쇄 인쇄일 · 2008년 4월 15일
초판 1쇄 발행일 · 2008년 4월 21일
지은이 · 이무영
펴낸이 · 임성규
펴낸곳 · 문이당

등록 · 1988. 11. 5. 제 1-832호
주소 · 서울시 중구 장충동 2가 186-39 장충빌딩 3층
전화 · 928-8741~3(영) 927-4990~2(편)
팩스 · 925-5406
© 이무영, 2008

홈페이지 http://www.munidang.com
전자우편 webmaster@munidang.com

ISBN 978-89-7456-406-3 04810

값은 뒤표지에 표시되어 있습니다.

잘못된 책은 바꾸어 드립니다.
저자와의 협의로 인지는 생략합니다.
이 책의 판권은 지은이와 문이당에 있습니다.
양측의 서면 동의 없는 무단 전재 및 복제를 금합니다.